中国古代散文学会（筹）
北京师范大学文学院中国古代文学研究所 主办

郭英德／主编　张德建／执行主编

斯文

第十辑

商务印书馆
The Commercial Press
创于1897

图书在版编目(CIP)数据

斯文.第10辑 / 郭英德主编；张德建执行主编. —北京：商务印书馆，2022
ISBN 978-7-100-21693-7

I.①斯… Ⅱ.①郭… ②张… Ⅲ.①古典散文—古典文学研究—中国—文集 Ⅳ.①I207.62-53

中国版本图书馆CIP数据核字（2022）第171446号

权利保留，侵权必究。

斯 文

第十辑

郭英德　主编　张德建　执行主编

商 务 印 书 馆 出 版
（北京王府井大街36号　邮政编码 100710）
商 务 印 书 馆 发 行
三河市尚艺印装有限公司印刷
ISBN 978-7-100-21693-7

2022年10月第1版　　开本 680×960　1/16
2022年10月第1次印刷　印张 18　1/2

定价：98.00元

编委会

主　　编	郭英德
执行主编	张德建
名誉主编	谭家健　熊礼汇
副 主 编	王达敏　欧明俊
编　　委	曹　虹　常　森　过常宝　韩高年　洪本健
	侯体健　李小龙　刘成国　刘　宁　刘全志
	刘尊举　吕双伟　马东瑶　马茂军　马自力
	莫道才　阮　忠　吴　微　谢飘云　谢　琰
	叶　晔　余来明　张新科　钟　涛　朱　刚
	诸雨辰

主编的话

本辑照例写一段话，对所编入论文进行介绍和评议，以便读者按兴趣选择。目前，各家刊物好像都没有这一项，大多是以絮语的形式谈学术，谈感受，多深切而透彻，文心文笔兼美。本人语涩意拙，勉为其力，功大不足，介绍不一定全面，学识有限，理解大多不透彻，实在是一个吃力不讨好的事。但由此亦颇知甘苦，选文实属不易，评文更为艰难。一笑。

文体研究仍然放在首位，这是因为文体研究是最贴近文本、最贴近文学的研究，同时也是学界研究的一个重心所在。此部分共收录两篇论文。高建文《〈逸周书·王会〉的文体形态及时代》是一篇基于考据而运用文体学研究方法进行文献解读的论文。正如作者所言：对先秦文献的考证，"一方面文献不足，另一方面传世文献（尤其是礼制文献）也并非全是对历史事实的实然记录，所以难免会落入难以证实也难以证伪的困境"。如何解决这一困境呢？特别是面对礼制文献时，作者通过对文体形态的分析，佐之以时代、政治、地理、观念诸因素，做了一次有益的尝试。作者认为《逸周书·王会》是一篇述图（《王会图》）之作，内容上有经、解之分，不视之为信史，也否认了视其为小说家言的看法。文章第一部分从体例混融中梳理出述经、作解的文本特点，又以语例论证说明与叙述之别，确定了述图的具体要素。第二部分则从政治地理空间的变化分析图、解差异形成的原因，是典型的由小及大的方法，以地理观念的变化引申出二者的不同，并辅之以先秦文献，证明二者不作于一时一手，而且有着很大的时间跨度。论义又从《王会图》的向位布局来看，证明其明显合乎西周早期的宗盟制度，加之贡物专名等表达，不大可能造假，大致可以确定绘制时间。而《王会解》则可断为战国中期至汉初所作。

文人交游是古代文学研究的一个重要部分，或通过年谱、笺注的形式来进行，或在专题专人研究中涉及。岳赟赟《文人交游与清代骈文集序跋的文本生成》一文提供了一个新角度，即从文人交游来看骈文集序跋的文本生成。从大量文本中挖掘出文人交游资料，以此展现清代文坛的交游生态，还原序跋生成的历史背景。论文将序跋文中的交游归纳为四种，即文艺之交、师生之交、宗亲之交、游幕之交，并做了细致梳理。正是有了细密的梳理和分析，使我们对清代文坛的文人交游方式、情感理念沟通、相互支持等方面有了具体的认识。同时，其也注意到这种交游对序跋文体写作的影响和作用，理清了序跋文本的生成方式和过程，有利于我们深入认识序跋文体的特征。但这方面的分析相对较弱，仍需要进一步的深入。

文学思想研究栏目收录两篇论文，李雅静一文有独特的视角，王永一文有深入的讨论。李雅静《"有德者必有言"的儒学诠释与文学转向——以历代注疏为中心》是对思想史的重要命题"德言"关系的讨论，通过对历代注疏进行细致的梳理，从中清理出有关这个命题的不同层面，展现这一命题不断延展完善的过程。这一命题当然会引申到文学中，但并不是平移，而是存在一个中介，即关系模式，通过此模式转到文学思想上。论文指出德言关系有两种模式："一种将'德—言'对应为'内—外'模式；另一种则类比成'本—末'模式。其中，内外模式强调的是一致性，为'文如其人'的观念形成提供了依据；本末模式注重的是派生性，助推了'文道一体''重道轻文'等思想的形成与发展。"文中挖掘出这种转换的两个代表性人物，一是苏轼，代表着文人一派的主张，二是韩愈，开启了道学理学一派。由经典注疏和思想阐释入手，对原初思想进行微调，深刻地解释了经典的活力及其历代深化过程。进入到文学思想的演化脉络之中，寻找到思想转化的模式和起始者，是本文的一大突出特色；结尾处的思考也能切实引发我们的思考。

晚期桐城派研究中，曾国藩的《古文四象》近年来颇受关注，王永《论曾国藩〈古文四象〉美学范畴体系》通过对姚鼐阴阳刚柔观念的梳理切入"四象"的讨论，从观念逻辑上理清了其渊源所自及其发展变化。这种梳理是必要的，因为观念的形成是过程性的，又是混成性的，不理清这一过程，就不能很好地把握观念本身。论文以曾国藩日记中写给曾纪鸿、曾纪泽的书信中所谈"气势、识度、情韵、趣味"连接起四象之说，指出这一观念的产生，"是在文学研究体会中自然关联起四象易学的,所以不必本末倒置,去过深探究这种分类背后的哲学依据",这是深切之言,是对古代文学研究动辄生硬搬用哲学之法的批评。这是本文在众多研究中的独特之处,更为切合研究对象,更为贴近学术情境。文末指出四象作为一组审美范畴是一种组合、交错与熔铸关系,由此既可深入到创作、文本研究中去,亦可"旁通于更为广阔的历史文化视域",将"四象"研究的学术价值推进了一步。

文学史研究栏目收录四篇文章。张伟《从〈中山诗话〉和〈临汉隐居诗话〉两则史料论宋人对韩愈人品的误解与批评》从宋人评论韩愈人品的材料出发,考订事实,辨析事理,指出宋人对韩愈的误解和苛评。近些年来,唐宋文化思想转型是学界关注的一个话题,有大量成果涌现,本文虽然关注的是一个小问题,但巧妙地由小及大,在一定程度上介入了这个话题,为相关讨论提供了具体例证。

冯晓玲《格调诗学笼罩下的"文"论——赵宧光〈弹雅〉散文批评研究》从特定的研究对象入手,提出了一种散文批评的模式:因诗论文,即在诗歌批评的场域中进行散文批评。一般的中国古代文学批评史,多以文体划分批评模式,因而有诗歌、散文、小说、戏曲诸种批评模式,但往往忽略了古人论述语境的融混性和复杂性,当然也就不会重视诸如本文所言诗歌批评中掺入的散文批评。论文细致梳理了赵宧光《弹雅》一书中的散文批评,包括尚雅、尚古的审美观念,运用诗歌批评中相关要素进行散文批评,诸如声调、格制、音韵以及注文体、文法,并对其中的诗文关系论做简要论述。最后,从总体上对上述观念、观点做了较为深入的阐释,指出赵宧光《弹雅》中的散文批评从属于诗歌批评,往往是顺带而为,缺乏充分展开,整体上是零散的,偏于美文学的散文,因而并没有建立一种系统的散文批评模式。但这种散文批评模式仍值得我们注意,并提醒我们关注文体的互融互洽,即所谓越界现象,更要关注散文批评中混杂互融现象。

桐城派研究是古代散文研究中的显学,研究领域日渐拓展,视野不断扩大,研究对象逐渐向深细化发展。在这种情况下,新选题的出现就显得难能可贵,申俊《曾国藩与桐城派在南京的重建》就属于能够在选题上出新的论文。本文有两个特点,一是人事关系研究。如曾国藩甫入金陵,即恢复重建贡院,恢复乡试，并十分重视书院建设，并在这个过程中将桐城之学渗透其中，形成了"以曾国藩为核心，以钱泰吉、张文虎、唐仁寿、黎庶昌、薛福成、孙衣言、洪汝奎、张裕钊、吴汝纶、缪荃孙、王先谦等为代表，且与晚清名士李士棻、莫友芝、汪士铎等往来密切的桐城派新阵营"。细密的文献梳理使得这一结论令人信服。又如指出桐城学者与汉学传人汇聚金陵，皆能列出名单、活动之事实，使得桐城重建能够落到实处。又如自曾国藩去世之后，薪火相传，张裕钊、黎庶昌、张謇继续在金陵坚持发扬其学术，张裕钊、吴汝纶主莲池，黎庶昌、薛福成流转诸国，皆能标举、光大其学。学术研究首先是基于扎实的文献，精熟文献，娓娓道来，才能深入。二是曾氏的理论建设。曾国藩踵武姚莹之论，构建了"义理、考据、辞章、经济"四端并重的新义理之学，这一点学界早有谈论，作者的贡献在于将这一系统归纳为"内仁外礼"，即义理包含经济，经济注入义理。文章还讨论了兼采考据之于桐城派重建的理论与实践意义，以及古文审美之变，皆切实有见。

欧明俊、许朝晖《清末民初"桐城派"总体批评之梳理与反思——以国人中国文学史著述为中心》以这一时期的"中国文学史"著述为中心，对桐城派的文学史书写与历史建构进行了系统全面的梳理，补足了桐城派研究中近代文学史书写这一环。通过梳理，将桐城谱系的建构过程包括师法对象、自身及后学种种一一呈现，使以前相对模糊的认识得以清晰，这正是学术史研究的贡献之一。文章又通过文学史著述中对桐城派的具体评价，给我们展示了传统学术体系内和接受新思想之后的新变，肯定为主，间有否定。在论文最后，作者做了深入反思，指出在这些著述中，桐城派有学派、文派之别，纯文学观影响到对桐城派的评价、新旧之争诸问题。更为突出的是，论文不仅引述评议诸家学说，还特意指出诸家所据文献来源，指明了历史建构的古典资源及其学术路径，是一个很有启发的思路。

文献考辨一栏收录四篇论文。早期文本问题近年成为学术界关注的话题，其实传统文献研究对此关注已久，尽管二者不在同一语境和概念下。早期文本的复杂性自有一套传统文献学的方法进行研究，刘明《〈天子游猎赋〉在细节上的矛盾与歧异》一文正是从文献细节出发揭示这一复杂性。作者巧妙借助已有研究成果，受其启发，提出司马相如的《天子游猎赋》即《子虚上林赋》之中存在着矛盾和歧异。首先通过引述前人评价，指出司马相如赋作具有"妙才""广博"的特征，又分析其因袭之处，然后转入文本细节的矛盾之处，作者称为溢出性，得出结论皆坚实可靠。歧异问题在现存各版本之间，属于异文范畴。但就其增益性而言，则涉及作家创作过程，即异文的产生可能不是流传过程中由传抄者造成的，而是出自作者不同创作阶段。通过具体的文本引述和分析，得出了令人信服的结论，可为早期文本的研究提供具体实证的例子。

朱玉麒《〈杨执一神道碑〉的石本与集本》是一篇专书校勘文字，作者是历史系教授，早年曾专门研究张说，并一直关注相关研究的进展，本文即利用新出土石刻文献对张说《杨执一神道碑》的石本与各种集本进行详细校勘。张说集目前仅存景宋本、明刻本、清刻本，总集系统则存《文苑英华》《全唐文》本，加之今人熊飞的《张说集校注》，其版本系统是庞杂的。作者不避繁细，对《神道碑》各本之异文、错误一一加以列表并说明，不仅校出异文，还充分揭示了石本文献的独特价值。行文中对各集文字之误的揭示也呈现了古人刻书、校书的依据和过程，并指出其致误之因。文章对《神道碑》自产生之初的标题、结衔、书者及落葬、立碑时间、家世信息的详细考述，也使得本文超越了简单的文字比勘，从而具有文化史价值。文前一段以对杨执一身世的介绍也充分体现了作者对唐代政治的精熟，又增加了文章的可读性。考据文字历来难读，本文严谨规范，却能不失文字的生动性，值得一读。

黄二宁《元代士人干谒书信考》是一篇纯粹的考述文字，作者围绕元代士人干谒书信，一一考订其作者、时间、投书对象，皆有实据。一般而言，元明以来的文献少有注释，人们在运用时，或随文考释，或含混言之，不利于研究的深入。随着研究的深入，这种现象正在改变，本文就是一次扎实的基础工作。

潘浩正、潘承玉《清初明遗民文学家徐芳散佚散文三篇考释》是一篇辑佚兼释义之作，作者专门研究徐芳，广搜文献，于是有此作。这里仅选取《休园诗余序》《灵蛙记》《寄李太虚先辈》三篇文章加以考释，于写作对象姓名、生平、交游一一详加考订，可以使读者了解文章写作的背景，掌握其理论和批评价值，真正读懂其隐含的意味。孟子所云知人论世，早已成为古代文学研究的核心理念，但对大量明清作品而言，则因其数量繁多、背景模糊、事实不明而常被人忽略。这是一个长期的积累过程，本文即是这座大厦基石的一粒石子。

散文研究评述栏目推出两篇论文。李梦琦、欧明俊《2019—2020年明清散文研究综述》从文献整理与研究、文体研究、散文与学术文化关系研究、桐城派散文研究等方面，对近两年的古代散文成果进行了梳理和评论。这两年，散文研究成果众多，如何从大量成果中筛选出有新意有成就的论文是很费力气的，但作者确实收录了一批佳作，和我们平时的阅读感受是一致的。论文对每篇文章观点的摘录都很讲究，抓住了关键之处。所作评价虽很简单，但确实点到要处，不仅注重对作者观点的评述，而且能够从学术视野的角度，对其价值和意义做进一步的评价。最后，在反思与展望中，对明清散文研究的特点进行简要分析，如重视文献整理与研究、文体研究的拓展、吸收西方理论与跨学科方法、明清散文研究分布。同时，也指出研究的不足，一是多集中于名家名作；二是宏观研究不够，深度有待加强；三是易代之际关注不够；四是艺术审美分析成果相对较少；五是对港澳台地区及国际汉学界关注较少，缺乏理论和方法自觉；六是在传统学术路径中，重考据轻义理、辞章；七是习惯思维与观念的顽固制约着创新，选题陈旧，视野不宽。在这里不厌其烦地转述，是因为这几条确实是目前学术界存在的问题，如果不注意，会阻碍研究的深入和发展。文后又从五个方面提出了展望，非常有启发意义。

从第三辑开始，本刊开设年度古代散文研究评述栏目，对年度古代散文研究成果进行评述，期望在总结散文研究成果、方法、理论的同时，为学者了解古代散文研究的即时性进展服务，亦可视为学术史的当代书写。学者的无私奉献使这个栏目得到学界关注，并被逐步认可。评述有两个要点：一是述，需要撰写者从大量年度成果中选取有价值的论文，并在分段分类中实现时间与空间的双重呈现；二是评，对相关研究中观点、方法、理论进行有意义的评论，以此加强古代散文研究中的问题意识。这个设计的关键在于撰写者的学养、眼光，从历年的评述中我们可以感知到撰写者的认真与负责、学养与眼光。但不可避免地也存在视野盲点，这是无可奈何的事情。本辑推出韩玉凤《基于数字人文方法的近20年中国古代散文研究刍探》，庶几可以克服这个缺点，并且可以从较长的时间段和命题分布等宏观视野来看待20年来的中国古代散文研究。数字人文（Digital Humanities）的前身为人文计算（Humanities Computing），是将计算机技术与人文学科相结合的新兴跨学科研究领域，本文运用CiteSpace

（全称为 Citation Space［引文空间］）的海量文献可视化分析的软件，对近20年（2001—2020）国内古代散文研究论文进行计量，分析期间发文量的整体性趋势和热点主题的阶段性变化。技术之眼将我们通过人工之眼看不到的现象得以呈现，如散文研究趋势的变化，论文分为三个阶段，分别是快速增长期、趋势维稳期、稳定上升期，这与我们身在其中感受是一致的，但却更为准确地在时间轴上清楚描述了这一趋势。热点主题的变化也是学界关注的，但我们身在其中，未免被裹挟，以井窥天。运用数字人文技术则可以通过指标的设定，分析古代散文研究整体格局即以墓志、辞赋为主，小品文、序跋、史传文学等为辅的现象；突发节点的设置也让我们看到几个值得关注的现象。相关命题分析则揭示了散文研究中的几个重要方向：唐宋八大家研究、前后七子为代表的复古文论研究、《文心雕龙》研究、文章学研究。透过相关分析，研究者可以更充分地了解古代散文研究的命题状况，从全局把握研究趋向。文章还研究了数字人文在计算机层面的运用和结合，指出其有两个热点：文本处理、可视化呈现。并基于对各项技术及软件、网站的细致分析，提出三个问题："该技术工具或方法实践可以解决古代散文研究中的什么问题？目前已经做到了哪一步？接下来还可以在哪些方面有所突破？"其提出利用数字人文方法对古代散文进行研究的多种新途径与可能，这种展望使我们深切体会到数字人文的广阔前景，很快就会改写整个学术研究的体系，本文让我们深切地感受到这一点。

本期再次推出书评栏目，近期散文研究专著不断出版，王润英《梓而有序：明代书序文研究》即是其中一部有特色的散文文体研究专著。刘扬《理论创新与文献深研兼备的文体学专著——读王润英〈梓而有序：明代书序文研究〉》指出本书是对书序文的首次系统研究，作者认为本书在学术上有三个特点，一是对书序文的关注在理论层面上有所突破，对特点的把握超出了以往的印象式批评；同时，在理论运用上比较突出，特别是"主体间性"理论引入，但又能保持清醒和克制。应该说，这个评价还是相当中肯的，当前古代文学研究中，不可避免地会引入西方理论，但选择、运用是否贴合得当，效果往往不一样。这就需要一方面要对研究文献吃深吃透，就可以避免套用之弊；另一方面，也需要对西方理论保持清醒，既要注重西方理论提供了深度挖掘的工具，又要不被套住，确实不易。二是文体研究是当今散文研究中"显学"，但也产生了僵化、模式化的弊端。本书引入书籍文化视角，关注书序文与书籍出版、传播、文人活动、文人精神的复杂生态，呈现为立体、动态的理路和方法，从而深入揭示了书序文的文体特征。三是指出本书以细密的论证见长，尤为突出的是反向论证和对比论证，并善于捕捉细节。当然，本书也有一些失察不当之处，文中已有所指出。

目 录

文体研究

《逸周书·王会》的文体形态及时代 .... 高建文 3

文人交游与清代骈文集序跋的文本生成 .... 岳赟赟 24

文学思想研究

"有德者必有言"的儒学诠释与文学转向
　　——以历代注疏为中心 .... 李雅静 45

论曾国藩《古文四象》审美范畴体系 .... 王　永 61

文学史研究

从《中山诗话》和《临汉隐居诗话》两则史料论宋人对韩愈
　　人品的误解与批评 .... 张　伟 77

格调诗学笼罩下的"文"论
　　——赵宧光《弹雅》散文批评研究 .... 冯晓玲 93

曾国藩与桐城派在南京的重建 .... 申　俊 113

清末民初"桐城派"总体批评之梳理与反思
　　——以国人中国文学史著述为中心 .... 许朝晖　欧明俊 132

文献考辨

《天子游猎赋》在细节上的矛盾与歧异 .... 刘　明　155

《杨执一神道碑》的石本与集本 .... 朱玉麒　170

元代士人干谒书信考 .... 黄二宁　193

清初明遗民文学家徐芳散佚散文三篇考释 .... 潘浩正　潘承玉　210

散文研究评述

2019—2020 年明清散文研究综述 .... 李梦琦　欧明俊　227

基于数字人文方法的近 20 年中国古代散文研究刍探 .... 韩玉凤　245

书　评

理论创新与文献深研兼备的文体学专著
　　——读王润英《梓而有序：明代书序文研究》 .... 刘　扬　271

文体研究

《逸周书·王会》的文体形态及时代*

高建文**

摘要：《逸周书·王会》是述图之作，内容有经、解之分，"经文"内容主要是人物、建筑、器服、国族、贡物的专名等，应该是古《王会图》上的题记，而非独立成篇的文字；"解文"是后人对《王会图》的描述和注解。《王会图》的整体布局在图文转化过程中更不易失真。其台坛布局所本的"甸侯比要一荒"对应"中国—四海"的政治地理空间观合于西周早期情况，而相应解文"中国方三千里"的世界观则流行于战国中期以后；《王会图》向位布局所体现的同姓为先且以西（右）为上的朝会礼制也与西周早期情况相合。因此结合传统观点可以认为，《王会图》主体内容应是对成王七年成周之会的图画记录或追记，而非小说家言；而《王会解》作时当在战国中期至西汉早期之间。

关键词：《逸周书·王会》；《王会图》；向位布局；政治地理空间观

《王会》①篇是《逸周书》中体例比较特殊的一篇。文史学者关于本篇的专门研究较少，但在相关研究中涉及本篇者却很多。因论题不同，自然也有不同

---

* 本文为国家青年社会科学基金项目"先唐舆地知识、观念及相关文献的生成研究"（项目号：17CZW015）阶段性成果。

** 高建文，山西师范大学文学院副教授，文学博士。

① 本文认为，《王会》篇本为经解体，经文为《王会图》上的题记，解文是对《王会图》的描述和注解。为行文之便，本文以《王会》作为《图》《解》的统称，以《王会解》专指解文。

的关注角度与倾向，如史学方面多将其作为研究早期方国的史料来使用，但具体研究中或延续传统观点认为"此篇记八方会同之事。列举四夷之名甚多，考古之瑰宝也"①，视之为信史，或将其视作小说家言弃而不论；文学、文献学方面的研究相对系统些，多有对本篇文体、作时、性质等问题的关注，不过也是意见不一，或认为其为战国秦汉间"私家"所作"礼书"②，或因其内容"荒诞"而视之为战国小说家言等。③ 其中也有不少灼见为学者所认同，如认为《王会解》存在"有说有解，完全是经、解之体"④的特点，其经文与解文非成于一时，有述图特点等。只是这些研究多非专门研究，所论多点到为止，对经文、解文的区分及对二者的分别研究尚有很大的空间。

这就需要在充分关注《王会》篇文本的复杂性，将经文、解文区分开来，在明了它们各自文体形态的基础上确定其内容，进而作必要的历史考证和比照，这样才能对其作时、性质等基本问题有较全面的认识。因此，本文将从如下三个方面对《王会》篇的文体形态及作时问题陈述管见，以求正于方家。

一、《王会》篇的"经文"即《王会图》的题记

从内容和文体来看，《王会解》可分为内台（开篇至"其守营墙者衣青，操弓执矛"）和外台（"西面者正北方"至篇末）两部分⑤，前部分述位列内台的人物及礼制，后部分述位列外台的远方国族及其贡物。

内台和外台部分的行文均有经解体的痕迹，这点毕沅、刘师培、黄怀信等前辈学者均有论及。如毕沅注"扬州禺禺，鱼名"（按：此处暂按《逸周书汇校集注》［修订本］句读，后文按毕沅说点断）条时即认为：

---

① 吕思勉：《经子解题》，华东师范大学出版社，1995年，第42页。
② 刘起釪持此说。见氏著：《尚书学史》，中华书局，1989年，第97页。
③ 如胡念贻、杨宽、罗家湘等学者即持此说。参见胡念贻：《〈逸周书〉中的三篇小说》（《文学遗产》1981年第2期）；杨宽：《论〈逸周书〉——读唐大沛〈逸周书分编句释〉手稿本》（《中华文史论丛》1989年第1期）；罗家湘：《〈逸周书〉研究》（上海古籍出版社，2006年，第35页）等论著。
④ 黄怀信：《古文献与古史考论》，齐鲁书社，2003年，第75页。
⑤ 今本《王会》篇之后附有《伊尹朝献》篇，黄怀信认为其"明属后人增附"（参见黄怀信：《〈逸周书〉源流考辨》，西北大学出版社，1992年，第119页），因此本文所论不包括《伊尹朝献》。

扬州禺，经也。禺，鱼名，注也。①

刘师培注"方千里之外为比服，方千里之内为要服，三千里之内为荒服，是皆朝于内者"条时说：

此疑前人注释之辞，犹《尚书·大誓》之有故，《礼经·丧服》之有传，故旧本均入正文。又案此下四夷方物间有释词，疑亦前人所增益。如"秽人前儿"，《王会》之正文也；"前儿若猕猴"云云，即前人释《王会》之词。②

黄怀信更以外台部分的行文为例，归纳了包括《王会》在内的《逸周书》中的经解体现象。③但要确定将经文、解文区分开来分别研究的思路是否适用于《王会》全篇，首先还需要确定其经解体是否是全篇一贯的特点，其经文和解文是各有体系的还是仅仅是局部现象，在此基础上才能甄别出经文与解文的具体内容及其体例。

如前贤所见，外台部分的行文经解体的特点很明显，文体又比较统一，因此可以认为经解体是外台部分行文的普遍特点。内台部分的行文叙述性很强，其中有经解体痕迹较明显的，如上引"方千里之外为比服"条：

内台西面正北方，应侯、曹叔、伯舅、中舅，比服次之，要服次之，荒服次之。西方东面正北方，伯父中子次之。方千里之外为比服，方千里之内为要服，三千里之内为荒服，是皆朝于内者。④

此语显然是"注释之辞"，但与注释的对象之间又隔了记述伯父中子之国

---

① 何秋涛注引毕沅语。参见黄怀信等撰，黄怀信修订，李学勤审定：《逸周书汇校集注》（修订本），上海古籍出版社，2007年，第825页。
② 刘师培：《周书补正（附周书略说）》卷五，宁武南氏校印本，1934年，第9页。
③ 黄怀信：《古文献与古史考论》，第72—76页。
④ 黄怀信等撰，黄怀信修订，李学勤审定：《逸周书汇校集注》（修订本），第807—810页。

位次的内容，可见本段前后两部分是先述经、后作解，二者各成体系。

多数经、解文混融一体，不过仍有迹可循，如"应侯"之下王应麟本即有"曹叔，皆国名，为诸侯。二舅，成王之舅，（邑）姜兄弟也"①的解文，显然是用来注释"应侯、曹叔"的；再如"外台之四隅张赤帟，为诸侯欲息者皆息焉，命之曰'爻闾'"是注解建筑物"爻闾"的，"青马黑鬣，谓之母儿"则是注解"母儿"的，因此可以将"爻闾""母儿"等视作经文内容——它们都是建筑物、器服仪仗等事物的专名。

无独有偶，外台部分的经文也是以专名为主，如"扬州""禺"这样的国族、贡物专名即经文。不仅如此，在外台部分所记 61 条经文中，有 45 条以"国族名 + 贡物名"的体例存在（如"秽人前儿"），而以"国族 + 以（或"之""用"）+ 贡物"体例的仅有"会稽以鼍""蛮扬之翟""夷用罽采"等 16 条。因此可以认为，"国族 + 贡物"的格式是这部分经文的典型格式。而且，这种"国族名 + 贡物名"的体例具有标识性特点，而"国族 + 以（或"之""用"）+ 贡物"的体例显然是叙述性的，一如《禹贡》"厥贡惟 +"之类的语例。

那么，《王会》的经文具体应该是哪些内容呢？是建筑物、器服仪仗、国族、贡物等的专名，还是"内台西面正北方……比服次之，要服次之，荒服次之"之类叙述性文字全部都是经文呢？前贤的观点显然偏向后者，本文认为应当结合《王会解》的述图性质来看。

《王会解》有述图特点，这是学者早已注意到的，但对于图、文之间是配合并行还是先图后文、图画形态具体怎样等问题则或语焉不详，或莫衷一是。②因此需要加以申述。

首先，《王会解》中存在大量的静态场景描写。文中有大量描写向位排布的语句，如外台部分记述诸国族"西面者，正北方""皆西向"等向位的语句，内台部分"唐叔、荀叔、周公在左，太公望在右，皆绂，亦无繁露，朝服，七十物，摺笏，旁天子而立于堂上"等语句，均属此类。类似文体在《尚

---

① 黄怀信等撰，黄怀信修订，李学勤审定：《逸周书汇校集注》（修订本），第 808 页。
② 如唐大沛认为《王会图》系后人追想成周之会的盛况而绘制，《王会解》与《图》配合并行（参见黄怀信等撰，黄怀信修订，李学勤审定：《逸周书汇校集注》（修订本），第 795 页）；安京认为《图》系成周之会时绘制，《王会》篇是《图》的文字说明，后加入孔晁注释而成《王会解》（参见安京：《〈山海经〉与〈逸周书·王会篇〉比较研究》，《中国边疆史地研究》2004 年第 4 期）等。

书·顾命》《礼记·明堂位》《逸周书·明堂解》等中也有，不过《顾命》相关的场景描写乃属于动态的仪式情境，而《明堂位》《明堂解》等所记人物均为"诸侯之位"等等类名，乃是对礼制常态的概括而非对特定场景的记述，与《王会解》的静态场景描写均不相同。

其次，《王会解》中有大量关于方位、物态等述图性描写。内台部分如"爻闾"与"外台之四隅张赤帝"这种记述方位和仪仗的文字，"母儿"与"青马黑鬛"这种描摹物态的文字；外台部分如"乘黄"与"似骐，背有两角"，"鳖封"与"若彘，前后有首"等描写物态的文字等；这些都应当是对图像的描述。

此外，《王会解》全篇的叙述顺序也具有明显的述图特点。全文基本叙述顺序是先内台而后外台，内台先言堂上后及堂下，外台先北方后南方（也即上北下南、先上后下）；内台（除"堂上"外）部分先右后左，外台顺序也是先东后西（也即先右后左），按空间布局构成一个个相对独立的叙述单元。前文所引"方千里之外为比服"段先述内台东方的比、要、荒服位次，次述内台西方伯父中子位次，最后加入比、要、荒三服的注解，这样的顺序显然不是据文作解，而是解文作者先述图像、后作注解所致。

据此不仅可以肯定《王会解》的述图性质，还可以对《王会图》的文体形态、《王会》篇的经解文关系等问题有进一步的认识。

1.《王会图》的形态应当是"图像+题记"，这也是早期图画文献的常见形态。如天水放马滩出土的7块秦代地图中，在图像之侧就有对于山川谷邑关隘，甚至于树木专名如"灌木""杨木"（第3块）[①]等的注记；马王堆汉墓出土《驻军图》也采用"图像+题记"的方式；更早、更典型的实例当属1977年河北平山县中山王墓出土的《兆域图》，其题记有"中宫垣""内宫垣""门"等建筑物专名，有"丘"这种图例性质的题记，还有"从内宫至中宫廿五步""王堂方二百尺"等标注广幅的文字，对于特殊地点则有如"夫人堂方百五十尺，其葬视哀后，椑棺、中棺视哀后，其颛溱长三尺"等注释礼制的题记[②]。这些题记主要是以专名等标识性文字为主，辅以简短的叙述性文字；当然

[①] 何双全：《天水放马滩秦墓出土地图初探》，《文物》1989年第2期。
[②] 见刘来成：《战国时期中山王䶮兆域图铜版释析》，《文物春秋》1992年第1期。

有些图画文献如子弹库帛画《月令图》、《管子·幼官图》等，题记文字则是以篇幅较长的叙述性文字为主的。

《王会图》题记的形态显然与这些舆地图相似，是以标识性文字为主的：外台部分的经文是标识性很强的"国族名＋贡物名"的格式，是很明显的；内台部分应当也是如此，诸如"内台西面正北方""青马黑歇"之类的文字本身就是对图画内容的描述，不必要用题记的方式专门注出，因此可以认为"比服""要服""荒服""母儿"等专名才是原图中的题记文字，只是解文作者在述图时将其用叙述性的话语表达了出来。

2. 我们所说的《王会》篇的"经文"，并不是一篇与《王会图》配合并行的一篇独立的文字，其主体更可能只是原图中的题记，也即建筑物、人物、国族、贡物等的专名；至于内台部分一些关于器服及数量规制等内容的文字如"（天子）繞无繁露，朝服八十（九采①）物，搢挺"是否也是题记文字，则不易断定。因此《王会解》应当是解文作者对《王会图》及其题记文字的记录、描述，并加以注解而成。

《王会图》的基本建筑格局为内、外二重台，内台又称"中台"，其上之中央为"堂"；按图画（上北下南）次序分别为：

  堂上：天子南面；唐叔、荀叔、周公在左，太公在右；

  堂下：夏公、殷公在左，虞公、唐公在右，皆南面；

  堂下、阶前：郭叔箓币于堂下之东方，在右；相者太史鱼、大行人在左，面东②；祝淮氏、荣氏、弥宗在右，阼阶之南，面西；

  内台：同姓诸侯应侯、曹叔及伯父、中子等同姓诸侯皆在左、面东，自北至南依次排列；伯舅、中舅等异姓诸侯及比、要、荒服诸侯皆在右、面西，自北向南依次排列；

  堂后：天子车马在左；赤帝、浴盆在东北角，在右；

---

① 孙诒让认为"八十"为"九采"之误。参见黄怀信等撰，黄怀信修订，李学勤审定：《逸周书汇校集注》（修订本），第709页。

② 此处若原文无脱文，则太史鱼、大行人当在阼阶之南、西侧面东与祝淮氏等相对。

内台之外、外台内缘有受赘者八名，分别是：台左①为泰士，台右为弥士；内台边缘有"营墙"②，有青衣卫士守卫；

外台：东方台自稷慎至会稽，西面、以北方为上；西方台自义渠至奇干，东面、以北方为上；北方台自高夷至山戎位处东半段，自般吾至匈戎位于西半段，自东向西排列，皆面南；南方台自权扶至长沙处东半段，自鱼复至仓吾处西半段，自东向西排列，皆面北。

外台四隅：爻间。

可将其图画布局简要整理如下（图一）：

作时、性质问题是《王会》篇研究的一大难题。究其原因，主要在于本篇内容极为丰富，若要得出确定的结论，需要对明堂、器服、觐礼等礼制，以及分封制度、国族地名等作全面、具体的考证。这种考证不免会依赖与其他传世及出土文献相比照的方法，但一方面文献不足征，另一方面传世文献（尤其礼制文献）也并非全是对历史事实的实然记录，所以难免会落入难以证实也难以证伪的困境。

但是进一步的研究拓展仍然是必要的，也是可能的：一方面随着考古学的发展和出土材料的增多，一些国族（如般吾③、不屠何④、鱼腹⑤等）、礼制（如"天子驾六马乘"、虞夏商周诸公堂下"南面"⑥等）等方面的内容也逐渐被印

---

① 此处原文为"其右"，朱右曾、卢文弨等均认为应是"台左"。参见黄怀信等撰，黄怀信修订，李学勤审定：《逸周书汇校集注》（修订本），第813页。

② 王应麟谓即"墠宫之墙"。参见黄怀信等撰，黄怀信修订，李学勤审定：《逸周书汇校集注》（修订本），第820页。

③ 见何景成：《论师酉盘铭文中的"弁狐"族》，《中国历史文物》2010年第5期。

④ 战国文献追述前史曾提及此，如《墨子·非攻中》追述"不著（屠）何……亡于燕代胡貊之间者"，《管子·小匡》载齐桓公"败胡貊，破屠何"，可见"不屠何"春秋早期既有，西周时应当既已存在；学者结合锦西小荒地山城考古发现推论，认为此地即"不屠何"故城，"这里在商末周初曾属于辽西文化区的有机组成部分"（参见朱永刚：《锦西邰集屯小荒地出土的曲刃青铜短剑与屠何故城》，《文物春秋》2000年第1期），可以信从。

⑤ 学者或认为鱼凫为杜宇所取代大致在商末周初。任乃强、毛曦等有此说，参见毛曦：《先秦蜀国王权更替考述》，《史林》2006年第4期。

⑥ 唐虞殷夏诸公皆处堂下且"南面"，古注或以"南面"为错讹，其实这些先王之后的"周宾"地位与"介于王与公侯间的等级"与《小盂鼎》所记相合（参见丁进：《从小盂鼎看西周大献礼典》，《学术月刊》2014年第10期），且《仪礼》"宾之尊者，堂上外南向"（钱玄：《三礼通论》，南京师范大学出版社，1996年，第522页）。

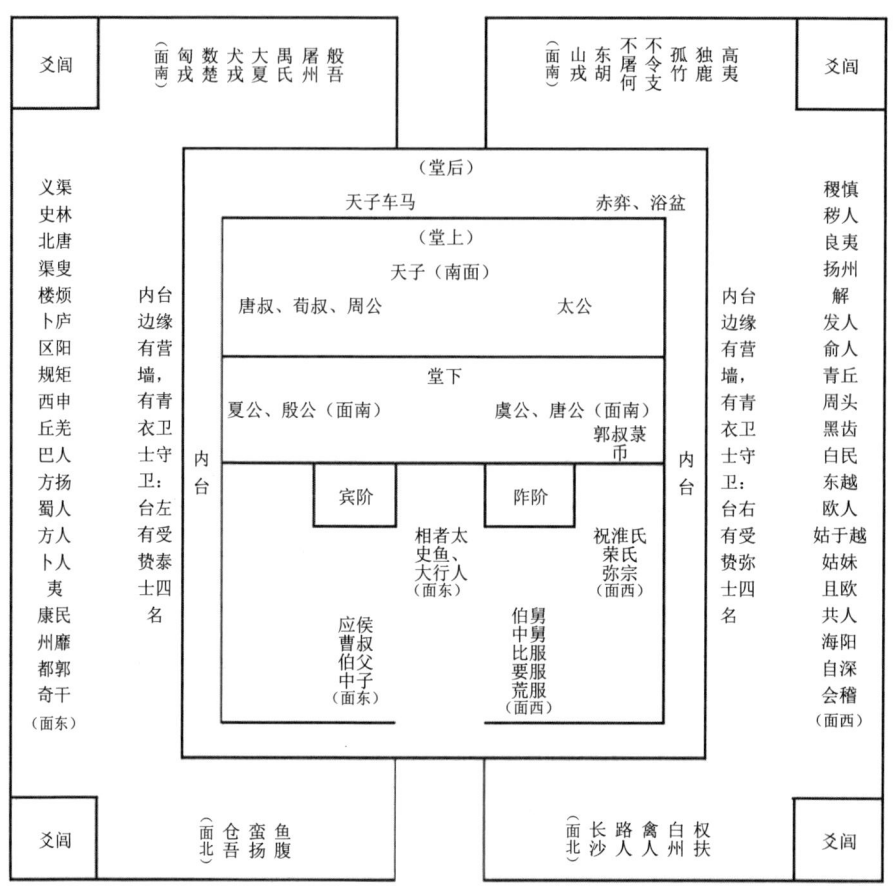

图一

证；另一方面思路和方法的变化或改进，很大程度上也可以促进研究的进一步深入，比如，若充分考虑到本篇的经解之体以及《王会图》的文体形态，那么就可以避免混淆经解、图文的研究方法所带来的困扰，有助于明确研究的侧重点——例如器服礼制部分的描述，若非是原图有此类题记文字作为注解，那么就可能是解文作者对图像内容的理解，但这种对图像细节的描述是很容易产生误读的，而台坛设置、向位布局等宏观内容则更加直观、不易失真，除非解文作者有意改写。

二、《王会图》与《王会解》的时代差异——以政治地理空间观为中心

　　《王会图》与《王会解》之间并非相配并行的关系，而是先《图》后《解》、据《图》作《解》。而且，这种从《图》到《解》的转化是旨在讲解古图的客观"描述"或"追述"，看不出明显的有意"阐释"的痕迹，这点无论从《王会解》经解文分开、先述图后作解的体例，还是"成周之会，坛上张赤弈阴羽……自古之政，南人至众，皆北向"（《王会解》）这种以描述、总结为主的行文语气来看（与《礼记·明堂位》比较，一目了然），都是如此。但是，这种"客观"也只是就解文作者的姿态而言的，他们的时代观念难免也会在图文转化过程中留下痕迹，甚至可能导致对古图内容的误解，尤其是当图、文之间时代差距较大的情况下。如解文描述明堂堂后天子车驾时说"天子车六马乘"。"车六马乘"的驾乘法西周已有①，但并非常制。从述图的角度看，原图应该仅仅是图绘了这种车驾，但细味解文的意思，显然是将这种驾乘法与"朝服九采物"之类器服制度一样，当作天子车驾的常制了——这体现的应该就是解文时代（战国及以后）的观念。②

　　《图》《解》观念的这种时代差异，在宏观布局方面更加明显，最突出的就是《王会图》台坛布局所体现的天下观与相应解文之间的差异。

　　《王会图》基本格局为内外二层台，内台上为坛、堂在坛上③，这种布局象征的是"中国—四海"的天下观；其堂下为先王后裔诸侯，其后内台之上按位次先后分别是同姓诸侯、异姓诸侯及比、要、荒各服，外台上为远方国族，这种位次又是按五服制来排列的。简言之，这种布局体现的是西周早期既已出现的"甸侯比要—荒"对应"中国—四海"的政治地理空间观。

　　兹略作论述。"中国""九州""四海""五服"等概念之间本即关系密切，

---

① 六马驾乘法已见于浚县辛村卫国墓、三门峡虢国墓等西周墓葬。
② 虽自西周以来既有一车六马的驾乘法，但并非天子定制，"天子驾六"的观念起于战国。参见周新芳：《"天子驾六"问题考辨》，《中国史研究》2007 年第 1 期。
③ 据唐大沛说，"埠当读为坛……封土为坛，坛上画地为堂，亦画地为阶为庭，其为封土无疑"。参见黄怀信等撰，黄怀信修订，李学勤审定：《逸周书汇校集注》（修订本），第 797 页。

胡渭曾总结说：

> 四海之内，分为九州，制为五服，以别其远近……所谓"弼成五服，至于五千"者是也。五服之外，尚有余地，亦在九州之数，所谓"外薄四海，咸建五长"者是也。九州之外，夷狄戎蛮之地，不登版图，不奉正朔，王者以不治治之，是为四海。①

其说很大部分符合西周早期情况，如认为"天下"分为"中国"（"中邦"）"四海"两个基本部分，"中国"在空间上相当于"禹迹""九州"，这点《尚书·益稷》所载禹言"予决九川，距四海"、周初太史辛甲所命作《虞人之箴》"茫茫禹迹，画为九州岛，经启九道"（《左传·襄公四年》）等皆可为证；"中国"为"锡土姓"之地、五服所在，乃是绍绪夏禹王德而建构的三代王权法统区域，"四海"诸夷则是"以不治治之"的一群——此乃是周初建构的夏商周三代"王族文化圈"②在空间观上的表现。

具体而言，《王会图》内台（也即对应的"中国"）部分记"比服"等位次在"伯舅、中舅"之后，这与《国语·周语上》所载西周初中期畿服制情况③相合，只是将后者所强调的关系距离用空间的方式表现了出来而已：

> 夫先王之制，邦内甸服，邦外侯服，侯、卫宾服，蛮夷要服，戎狄荒服。甸服者祭，侯服者祀，宾服者享，要服者贡，荒服者王。日祭，月祀，时享，岁贡，终王，先王之训也。

"谓之宾服，常以服贡宾见于王也"（韦昭注）④，《王会图》对应的是"比

---

① 胡渭著，邹逸麟整理：《禹贡锥指》，上海古籍出版社，1996年，第13—14页。
② 颜世安：《周初"夏"观念与王族文化圈意识》，《北京师范大学学报》（社会科学版）2007年第4期。
③ 《国语》五服与晚商内服（王畿）、外服（侯、师等封国）、四至（诸方国）的格局大致相合，当是由商制演化而来。参见孙亚冰、林欢：《商代地理与方国》，中国社会科学出版社，2010年，第30—32页，第59页。
④ 徐元诰撰，王树民等点校：《国语集解》（修订本），中华书局，2002年，第6—7页。

服","比"义为"近也""亲也""辅也",孙诒让说"'比'当为'宾',一声之转"①,二者音义皆近;"要服"之"要"为"要约","荒服"之"荒"则是"政教荒忽"②之义。顾颉刚认为:

> "宾"服,前代王族之有国者,以客礼待之,蕲其能帖服于新政权,转而为今王之屏藩也。更别"夷蛮"、"戎狄"为"要"与"荒"。夷蛮者,虽非前代王族,而久居中原,其文化程度已高,特与新王室之关系较疏,故不使跻于华夏之列;然犹服我约束,故谓之"要服";要者,约也。戎狄者,未受中原文化陶冶之外族,性情强悍,时时入寇,虽欲跻之华夏而不可得,故谓之"荒服";荒,犹玩也。③

《王会图》中"比服"等三服位在"王所封殖以自卫"④的异姓诸侯之后,与《国语》五服相合。"要服"为蛮夷诸国,其标准当如顾说乃是就文化、政治关系而言,而非字面所示以族群为标准,因蛮夷诸国（如楚、鲜牟等）多属此类,故曰"蛮夷要服"。《国语·周语上》韦注"荒服"谓"在九州之外荒裔之地"⑤,也即位处"四海"。那么参以《王会图》,"荒服"当即外台诸国族。其特点如顾颉刚所说有二:一是叛服不定,如犬戎族,一般认为即甲骨文中的"犬方",商时即曾"寇周"(《合集》6812),在文王时尚为征伐对象(《史记·周本纪》),周有天下后或即归顺,故穆王时祭公追述此事已言其为"荒服"(《国语·周语上》);二是"未受中原文化陶冶",如"渠叟"(《王会解》之"渠搜")以"织皮"为服(《禹贡》)、不与中邦同俗者即是。

但《王会解》说"比服次之,要服次之,荒服次之",又解曰"此皆朝于内者",是说"荒服"位于内台而非外台。但若回到《王会图》中看,固然"荒服次之"之语很可能是作为题记注记在"伯舅、中舅、比服、要服"等等

---

① 王应麟、陈逢衡、丁宗洛、孙诒让等说,参见黄怀信等撰,黄怀信修订,李学勤审定:《逸周书汇校集注》(修订本),第808—809页。
② 阮元校刻:《十三经注疏》,中华书局,1980年,第153页。
③ 顾颉刚:《畿服》,《史林杂识初编》,中华书局,1963年,第2页。
④ 顾颉刚:《畿服》,《史林杂识初编》,第2页。
⑤ 徐元诰撰,王树民等点校:《国语集解》(修订本),第6页。

之后的，那么这就可能只是一种对"荒服"位次的泛泛说明，而不是说"荒服"就位于内台之上、与其他各服一起在明堂内朝觐，这显然是自相矛盾的。

"荒服"不在九州（"中邦""禹迹"）范围之内，这点《王会图》与《国语·周语上》《周礼·秋官·大行人》等记载一致，落实在"中国—四海"的二层空间中，"荒服"位在"四海"，这反映的是西周早期的观念——《尚书·益稷》"弼成五服，至于五千"，郑玄注曰："要服之内四千里，曰九州。其外荒服，曰四海"①；而同记成周之会的《尚书·康诰》云："采卫百工播民和，见士于周"语中有"播民"二字，安京就将其视作是成周之会外台所列的诸民族；②《大行人》载"九州岛之外谓之蕃国，世一见，各以其所贵宝为挚"，也与外台"国族＋贡物"的情况一致：因为其他四服所贡各有定制，无需特别注明，而荒服所献之"贵宝"则具随机性，故有必要说明。

在叙述完内台诸侯位次之后，解文作者注解道：

> 方千里之外为比服，方千里之内为要服，三千里之内为荒服，是皆朝于内者。

这句解文历来有不同版本，从"是皆朝于内者"语及本句内在逻辑看，应从王应麟本作：

> 方千里之内为比服，方二千里之内为要服，方三千里之内为荒服，是皆朝于内者。③

学者对本句的解释亦说法不一，除版本原因外，主要是因为将经解文混淆，在默认本句解文"正确"的前提下，将之与《禹贡》《周礼》等记载相附会，故导致龃龉难合。但若将其视作后人的解文，那么就不能排除有误读《王

---

① 孙星衍撰，陈抗等点校：《尚书今古文注疏》，中华书局，1986年，第114页。
② 参见安京：《〈山海经〉与〈逸周书·王会篇〉比较研究》。本文认为，"播"可训为"布"（《说文》）、"散"（如《禹贡》"又北播为九河"义，"播民"即"散布于四海之民"。
③ 黄怀信等撰，黄怀信修订，李学勤审定：《逸周书汇校集注》（修订本），第810页。

会图》的可能，如上文所论对"荒服"位置及朝觐制度的误读。沿着这个思路来理解，要准确理解这句解文的意思，着重需要理解本句内在的逻辑。

首先，解文作者认为比、要、荒三服是"皆朝于内"也即位于内台的，这点并不存在版本上的歧异。这种观点很难与其他文献所载朝觐制度相合，如上所论，很可能只是解文作者误解并附会图画内容所致。

其次，解文作者认为内台对应的"中国"幅员是"方三千里"的，从本句前一段的述图内容和体例来看，这点并不属于图画题记的内容，更可能是解文作者根据时下观念作出的理解。这种"中国方三千里"观念常见于战国中期以后的文献记载中：

> 海内之地，方千里者九。(《孟子·梁惠王上》)
>
> 千里之外，二千里之内，诸侯三年而朝……二千里之外，三千里之内，诸侯五年而会至……三千里之外，诸侯世一至。(《管子·幼官》)①
>
> 凡冠带之国，舟车之所通，不用象、译、狄鞮，方三千里。(《吕氏春秋·慎势》)
>
> 凡四海之内，断长补短，方三千里。(《礼记·王制》)

这些说法的共同点在于，都认为"方三千里"是"中国""九州"，也即"四海之内"的幅员，这显然与上文所论西周时期"弼成五服，至于五千"的观念不同。

按照《禹贡》五服制的架构，甸、侯、绥三服是三千里，其余二千里为要、荒二服，也即蛮夷戎狄四夷所在之地。究其原因，应当是东周以降，夷夏之辨趋于严格，产生了"九夷、八狄、七戎、六蛮，谓之四海"(《尔雅·释地》)②的观念，时人按《尚书·益稷》《禹贡》等五服五千里的架构，以"甸、侯、绥为中国，要、荒为四夷"③，遂产生了"中国方三千里"的说法。

---

① 关于本篇作时，学者亦有歧说。胡家聪认为是威宣时期齐稷下法家著作，可以信从(参见胡家聪：《〈管子·幼官篇〉新考——兼论〈吕氏春秋·十二纪〉的年代》，《社会科学战线》1981年第2期)。

② 《礼记·明堂位》《逸周书·明堂解》所诸侯位次中，中国诸侯位于明堂廷门之内，蛮夷戎狄之国在门外，应门之外为四塞九采之国，也体现了这一观念。

③ 胡渭著，邹逸麟整理：《禹贡锥指》，第13—14页。

综上可见，《王会图》所隐含的政治地理空间观合于西周早期的情况，而《王会解》所本的则是战国中期以后流行的观念，二者不仅断非作于一时一手，而且其间有着很大的时间跨度。

三、《王会图》的向位布局原则及其时代印记

关于《王会》篇的作时，以《周书序》为代表的传统观点认为：

> 周室既宁，八方会同，各以其职来献，欲垂法厥后，作《王会》。①

认为是记述七年三月十六日洛邑初成时（《尚书·洛诰》）成周之会的盛况②，意在垂法后世的礼制文献。此说用于《王会解》（按：此"《王会》"即指"《王会解》"而言）显然不妥，但用于《王会图》则似无大过。

如前文所论，《王会图》台坛设置隐含的政治地理空间观是与西周早期情况相合的，那么其向位布局是否也是如此呢？

1. 首先看"堂上"部分。

> 唐叔、荀叔、周公在左，太公在右……旁天子而立于堂上。③

唐大沛质疑说：

> 周公为成王叔父，当先周公，次荀、唐，今倒置之，殊不可解。在天子右，周人尚右。④

---

① 黄怀信等撰，黄怀信修订，李学勤审定：《逸周书汇校集注》（修订本），第1134页。
② 参见黄怀信等撰，黄怀信修订，李学勤审定：《逸周书汇校集注》（修订本），第820页。现代学者亦有从此说者，参见邵炳军：《论周平王所奔西申之地望》（《南京师大学报》[社会科学版] 2001年第4期）等文。
③ 黄怀信等撰，黄怀信修订，李学勤审定：《逸周书汇校集注》（修订本），第800—802页。
④ 黄怀信等撰，黄怀信修订，李学勤审定：《逸周书汇校集注》（修订本），第800—801页。

陈逢衡解释说：

> 周道亲亲，故周公与唐叔、荀叔皆在左，太公异姓，故在右。①

二贤所说有两点是很正确的：一是从昭穆次序看，周公、荀（郇）为文昭，唐为武穆，所以"当先周公，次荀、唐"，这点可征诸《左传·僖公二十四年》富辰语②；二是此处班次乃是按姓别异同而分，而且"周道亲亲"，同姓的周公、荀、唐位次在异姓太公之上。周代朝堂班次是"尚右"的，这点唐说为是：考诸《左传·襄公十年》载"王叔陈生与伯舆争政，王右伯舆"，即以伯舆为上③；《昭公二十五年》"宋公使昭子右坐"，意即"坐宋公右以相近"④，亦以右为尊；《闵公二年》卜季友生之卜辞曰"男也，其名曰友，在公之右；间于两社，为公室辅"，亦是其例。

但唐说与陈说的一个共同误解是以为《王会》篇的叙述是以朝堂班次为序的，遂导致"殊不可解"。述图性质的文献经常是按读图之便而非内容次序来叙述的，故多先图右而后图左，如《管子·幼官图》之类即是。⑤按此思路来理解，则"堂上"部分所谓的"左""右"只是以北为上、图画的自左至右顺序，而非周王南向视角的"左""右"，图示如下：

周王

唐叔、荀叔、周公　　太公

实际上是太公在周王之左，而周王之右自近至远分别是周公、荀叔和唐叔。

---

① 黄怀信等撰，黄怀信修订，李学勤审定：《逸周书汇校集注》（修订本），第800页。
② 《左传·僖公二十四年》富辰曰："昔周公吊二叔之不咸，故封建亲戚以蕃屏周。管、蔡、郕、霍、鲁、卫、毛、聃、郜、雍、曹、滕、毕、原、酆、郇，文之昭也。邘、晋、应、韩，武之穆也。凡、蒋、邢、茅、胙、祭，周公之胤也。"
③ 此处古注曰"右，助也"（阮元校刻：《十三经注疏》，第1949页），但下文晋士匄为二人平诉讼曰"天子所右，寡君亦右之；所左，亦左之"，可知"右"即以伯舆为尊官主政。
④ 阮元校刻：《十二经注疏》，第2107页。
⑤ 参见张固也：《论〈管子·幼官〉和〈幼官图〉》，《齐鲁文化研究》2004年总第3辑。

这样不仅合乎"尚右"的班次原则,而且根据近王为上①或近中为上②的位次原则,周公、荀叔和唐叔的位次也合乎其昭穆次序。

2."堂下"部分也是如此。

> 堂下之右,唐公、虞公南面立焉。堂下之左,殷公、夏公立焉,皆南面。

这与史传所载周武王大封前代王族后裔相合,《左传·襄公二十五年》陈人自述:

> 昔虞阏父为周陶正,以服事我先王。我先王赖其利器用也,与其神明之后也,庸以元女大姬配胡公(按:虞阏父之子),而封诸陈,以备三恪(按:周武王封黄帝、尧、舜之后为"三恪")。

《礼记·郊特牲》云"天子存二代之后,犹尊贤也,尊贤不过二代",当是后起之说,"恐不合古人传说"。③

其叙述顺序仍是按图画方位,实际位置是:

夏公、殷公　　虞公、唐公

按上述班次原则,则殷公最尊,其次依次是夏公、虞公、唐公,世越近者位越尊,这也是符合周人"内三代而外三皇五帝"理念的。④

3. 内台堂下廷中的伯舅、中舅及比、要、荒服居东在图右,应侯、曹叔⑤、

---

① 孔颖达疏。参见阮元校刻:《十三经注疏》,第897页。
② 俞正燮语。参见孙诒让撰,王文锦等点校:《周礼正义》,中华书局,1987年,第2460页。
③ 杨伯峻编著:《春秋左传注》(修订本),中华书局,2009年,第1105页。
④ 顾实论《周礼》外史"掌三皇五帝之书"时说:"不掌之内史而掌之外史,此周人之内三代而外三皇五帝,有以也。"参见顾实:《汉书艺文志讲疏》自序,上海古籍出版社,2009年,第2页。
⑤ 堂下东方诸侯中处舅氏异姓诸侯和比、要、荒三服之外,还有应侯、曹叔。唐大沛认为:"当先序同姓,后及异姓乃合。上条序伯舅中舅,又杂以同姓之应侯、曹叔,则不伦矣。窃疑'应侯曹叔'四字是妄人所增也",其说可采(参见黄怀信等撰,黄怀信修订,李学勤审定:《逸周书汇校集注》(修订本),第808页),不过本文认为"应侯、曹叔"当在"伯父中子"之前。

伯父、中子等同姓诸侯居西在图左；外台诸国族的叙述顺序依次是东方、西方、北方东半段、北方西半段①、南方东半段、南方西半段②。体现的是同姓居西（右③）、异姓居东（左）、近世王族后裔居西（右）、远世居东（左）且以西方右位为尊的原则，从中亦可以找到关于《王会图》时代的印记。

三 《礼》对于朝会礼制中是以姓别还是爵位判定尊卑、向位以西还是东位为上的说法并不统一：

> 正朝仪之位，辨其贵贱之等。王南乡，三公北面东上，孤东面北上，卿大夫西面北上；王族故士、虎士在路门之右，南面东上；大仆、大右、大仆从者在路门之左，南面西上。（《周礼·夏官·司士》）

> 诸侯前朝，皆受舍于朝。同姓西面北上，异姓东面北上。（《仪礼·觐礼》）

此外，《周礼》的《射人》《朝士》《小司寇》等均与《司士》一致，均是以爵位为标准、以西位（右）为尊④；《礼记·曲礼下》所载觐礼与《周礼》相近，为"诸公东面，诸侯西面"⑤；《礼记·明堂位》则是以爵位为标准、以东位（左）为上。大致地看，爵高或同姓为上、近王为上（或近中为上）是三者的共同原则，这应当是周礼一以贯之的。

关于早期朝会礼制中是以姓别还是爵位为标准的问题较容易判断。春秋初鲁羽父曾曰："周之宗盟，异姓为后。寡人若朝于薛，不敢与诸任齿。"（《左传·隐公十一年》），可见周时会盟班次先姓别而后爵位是当时的通制，只是诸

---

① 朱右曾云："北方台正东者，在台北方之东也。"何秋涛云："自高夷以下至山戎凡七国，皆东北方之国也，故列于北方台正东。"（参见黄怀信等撰，黄怀信修订，李学勤审定：《逸周书汇校集注》（修订本），第875—876页）朱、何二说为是。在北方台诸国之末又有"皆北向"语，何秋涛注云："'皆北向'当作'皆南向'。"（同上，第888页）北方台诸国"自高夷以下至山戎"为"东北方之国"；则自般吾以下至匈奴乃是西北方之国。原因就是在叙述完"山戎"情况之后，又以"其西"引起"般吾"及以后诸国行文。
② 西半段乃自东向西排列，参见黄怀信：《逸周书校补注译》，西北大学出版社，1996年，第359页。
③ 按图画上北下南的顺序看是西位居左，而以周王的视角而观是西位居右。
④ 孙诒让语。参见孙诒让撰，王文锦等点校：《周礼正义》，第2460—2461页。
⑤ 孔颖达谓："尊之，故从宾位。"阮元校刻：《十三经注疏》，第1266页。

侯不知此制者已大有人在。"到了西周中期以后,随着国家政治的复杂化,这种以姓来划定国家等级理念就逐渐被五等爵等其他制度所替代了"①,当然直至春秋时期此原则仍为周王室所秉持,但诸侯国甚至鲁国"则以国之大小及爵位为序矣"②。《王会解》作为战国中期以后,且学者多认为作于魏人之手③,因此可以认为《王会图》中的这种位次安排反映的是史实而非后人杜撰。

而关于最早是尊西、尊右还是尊东、尊左的问题,三《礼》所载较龃龉,《仪礼·觐礼》《礼记·明堂位》等的尊位思想当如钱玄所总结的:

> 古礼向位,每依阴阳而定。东、南、左为阳;西、北、右为阴。人以阳为上;神、鬼以阴为上。行礼时……神以西为上、人以东为上。④

但西周时期的情况未必如此,关于朝堂上班次以右为尊的问题前文已有论,又《尚书·顾命》载康王即位时:

> 大辂在宾阶面,缀辂在阼阶面,先辂在左塾之前,次辂在右塾之前……太保承介圭,上宗奉同、瑁,由阼阶隮。太史秉书,由宾阶隮,御王册命。(《尚书·顾命》)

> 王出,在应门之内,太保率西方诸侯,入应门左,毕公率东方诸侯,入应门右。(《尚书·康王之诰》)

《顾命》所载"凡所陈列,皆象成王生时华国之事"⑤,而礼器等级高者置于西方⑥;《康王之诰》例虽然是召、毕二伯"各率其所掌诸侯,随其方为位"的

---

① 于薇:《西周宗盟考论》,《史学集刊》2008年第2期。
② 参见童书业:《春秋左传研究》(校订本),《童书业著作集》第一卷,中华书局,2008年,第472页。
③ 陈梦家、罗家湘、王连龙等持此说。参见王连龙:《〈逸周书〉研究》,社会科学文献出版社,2010年,第24—26页。
④ 钱玄:《三礼通论》,第515页。
⑤ 孔安国传。阮元校刻:《十三经注疏》,第239页。
⑥ 孔颖达正义说"地道尊右,故玉路在西,金路在东",差近。阮元校刻:《十三经注疏》,第240页。

情况①，但二公地位并非完全等同，召公为太保故在王右，毕公为太史故在王左，仍以右（西）为尊②。这一点在后世礼制中仍有保留，如堂以西南隅"奥"为尊位（《尔雅》）；"席南乡北乡，以西方为上；东乡西乡，以南方为上"，"客若降等，则就主人之阶"（《礼记·曲礼上》）；等等。

因此，《王会图》以姓别为首要标准、以西（右）为上的向位布局原则是符合西周早期的宗盟制度，而早于《仪礼》等所载情况的。

结　语

从《王会图》的总体布局安排来看，其中隐含的政治地理空间观、向位礼制等与西周早期情况相合，其主体内容应是对成王七年成周之会的图画记录或追记。除上文所论之外，还有一些证据可以佐证这一观点，如：

《王会图》所列贡物专名因假借而存在大量形义不一致的现象，如鱼类记作"禺"（《说文》则改为"鰅"）、兽类记作"鳞"等等。其原因当是远方贡物专名对于作图者而言较陌生（不像"苡"这类生物中原本有，有较固定专名），没有专门名称，故取音近字而为记。本文统计此类贡物（含内台"母儿"）计有64种，其名称的形义完全不一致者有22种，占34%以上；若连形义部分不一致者也算在内，则占了一多半。这些特殊专名的命名方式正符合朝觐的语境。

《王会》所记人物、国族中既有可以确定西周早期既有者，更多则是难以证有也难以证无者，但其中有几条颇耐人寻味，如应国在春秋早期即为郑国所灭③；禺氏在《王会》中位于犬戎之东（地在今山西朔州市平鲁区④），而在《穆天子传》中则位于犬戎之西⑤，这当与周穆王东迁犬戎（从"雍州洛水之阳"的

---

① 阮元校刻：《十三经注疏》，第243页。
② 参见郭沫若：《周官质疑》，《金文丛考》，人民出版社，1954年，第57—58页。
③ 李乔：《应国历史与地理问题考述》，《中原文物》2010年第6期。
④ 顾实：《穆天子传西征讲疏》，商务印书馆，1934年，第14页。
⑤ 王国维认为《穆天子传》所记为"犬戎既迁后事"。参见王国维：《观堂集林》卷十三，中华书局，1961年，第600页。

故地东迁至"太原"也即今太原市阳曲县①）有关，因此《王会》所记符合穆王伐犬戎之前的情况；史林国成王时尚有，而穆王时即"身死国灭"（《逸周书·史记解》）；等等。②

《王会图》的布局上有一个细节值得注意：外台若扣除位于四隅的"爻间"，则其形制为"亚"形。"解文"云："外台之四隅张赤帛，为诸侯欲息者皆息焉，命之曰爻间。"这一设置恐怕不单纯是出于实用的目的，应该还有特定的礼制意义在内。"亚"形宇宙观是晚商以来伴随王权的强化而产生的③，这种宇宙观为周人所继承，2014年周原凤雏三号基址发现的西周早期石社主的横截面即呈"亚"形④。虽然这种形制的宗庙、墓葬、图画等在春秋战国时也不少见，难以据此来断定《王会图》的时代，但它也确与西周早期的世界观相合。

如前所论，《王会解》总体上是描述和注解的体例，既无故事情节、人物塑造或场景渲染，又无明显的阐释痕迹，因此仅以其中所涉国族、贡物看起来"荒诞"就视其为小说家言固然有失粗率，将之视作后世私家著述也并不妥当。黄怀信曾论道：

> 此篇解语显著。但其原作，必当时实录，至少必有所据。因为篇中所记当时会场之布置、天子与诸公的服饰与位置，以及各方贡物，是无缘也无法杜撰出来的。前人或谓此篇"怪诞"，正说明其时代较早。⑤

虽是推论之言，但如本文所论，不仅《王会图》的布局安排及其所体现的向位礼制和政治地理空间观念符合西周早期的情况，而且上述贡物专名、"爻间"等细节确实也是无缘杜撰出来的，更可能是实录，其产生的时代当在成周之会后不久。至于器服礼制、国族等细节内容是否有后人的增删改动，则有待

---

① 参见沈长云：《猃狁、鬼方、姜氏之戎不同族别考》，《人文杂志》1983年第3期。顾实：《穆天子传西征讲疏》（第9—15页）所考犬戎、禺知之平等地理与沈说一致，何景成所考弁狐夷（即《王会》"般吾"地在河北平山县，其地理位置关系与《王会》《穆天子传》皆一致。
② 参见黄怀信等撰，黄怀信修订，李学勤审定：《逸周书汇校集注》（修订本），第954页。
③ 〔美〕王爱和：《四方与中心：晚商王族的宇宙论》，金蕾译，《中国哲学史》2001年第4期。
④ 周原考古队：《周原遗址凤雏三号基址2014年发掘简报》，《中国国家博物馆馆刊》2015年第7期。
⑤ 黄怀信：《〈逸周书〉源流考辨》，第119页。

于进一步的研究。

学者一般认为《王会解》的成书时间较晚，如周玉秀从语法、语体等方面考证其作于战国时代[1]、黄怀信则从"以方位言人"和避讳等方面证其作于西汉景武时代[2]，二说各有道理。从《王会解》"中国方三千里"的世界观看，其时代当在战国中期以后；而从后世文献的引用情况如司马相如《上林赋》言"禺禺鲀鰨"，以"禺禺"为鱼名[3]当是对《王会》"扬州禺。禺，鱼名"的误读，由此可推知"解文"在此前已有，此亦可佐证黄怀信说。因此可以将《王会解》作时定于战国中期至汉初之间。

---

[1] 周玉秀：《〈逸周书〉的语言特点及其文献学价值》，中华书局，2005年，第269页。
[2] 黄怀信：《古文献与古史考论》，第90—91页。
[3] 费振刚等校注：《全汉赋校注》，广东教育出版社，2005年，第95页。

文人交游与清代骈文集序跋的文本生成*

岳赟赟**

摘要：清代文人因宗亲、地缘、师生等各种关系产生文学艺术上的往来，又因学术主张和思想观念的相投产生深入交往，乃至超越师生之谊和亲友之情，成为学术上的挚交。为对方编刻骈文集或撰写序跋，成为文人交游往来的重要活动，骈文集序跋由此不断生成。或有文人与学界名流或家族前贤未有直接交往，却因编刻其骈文集或为其撰写序跋而产生精神上的联结。序跋作者在写作中又自觉追溯其与骈文集编著者的交游始末与联结，展现了清人之间丰富的交往事迹。这种交游和联结不仅为清代骈文集的编撰、保存与流传做出了突出贡献，还相互影响着文人之间的骈文思想与观念，推动着清代骈文理论的进程。

关键词：文人交游；清代；骈文集；序跋；文本生成

清代文人因宗亲、地域、师生关系的近便产生文艺上的往来，又因学术观念的相投产生更深入的交往，乃至超越普通的亲友师生之情，成为文学学术上的知己挚交。请序或为人序是文人交游往来的常见活动。清代骈文集序跋包括自序和他序，自序是文集编著者的一家之序；他序或是文集编著者请人作序，或是文集笺注、评点或重刻者的请序。文集编著者的请序往往不止一家，所请之序愈多，愈能展现文集认可度之高及受众之广，所以总体上清代骈文集他序

---

* 本文为北京市社会科学基金重大项目"中国古代散文序跋文献整理与研究"（项目编号：15ZDA14）阶段性成果。

** 岳赟赟，中国传媒大学人文学院博士研究生。

数量远远超过自序。在骈文集著者的自序中，序跋作者和文集作者是主客体合一的关系，虽不涉及请序这一交游活动，但自序写作有时也会涉及其与时人交往之事。骈文集编者的自序有所不同，其或辑录师友的骈文成集，通过褒扬作者的文章以推尊骈文文体，为学界创作骈文树立规范；或裒辑未与其相交的前贤或家族先辈的骈文成集，以传扬前贤的文章著述，或传承发扬家学；此时文集编者和序跋作者虽是同一主体，但与文集著者却存在多种相交或相离关系。骈文集编著者的请序更为复杂，所请之人一般与文集编者或著者有着或师或友、或亲缘或地域的相交关系，也有因编刻前贤或家族前辈的骈文集而为其撰作序跋，此时序跋作者虽未与他们直接相交，但却能超越时空的限制，产生思想上的紧密联系。由此，清代文人之间多样化的交游关系，构成了骈文集序跋文本生成的重要条件。

清代骈文集序跋数量庞大，所涉交游关系纷繁复杂。笔者根据目前所见清代骈文集序跋资料，选择其中最突出的文艺之交、师生之交和宗亲之交，着重还原序跋文本对文人交游事迹的书写，追溯序跋文本产生的背景，总结文人交游对骈文集编撰和骈文理论的影响。

一、序而有情：序跋文本与文艺之交

文人之间的交游多是基于文化活动和精神层面的需求而产生。因诗文、艺术、思想、志趣等结交的交谊可称文艺之交，这是文人之间最普遍最常见的交游类型。文人思想主张、学术观念的形成及其取得的学术成就，与其人生经历和社会阅历密切相关，文艺交往活动便是其中最重要的影响因素。在文人交游中，学术志趣的相投则能吸引两人更进一步的交往。即使与对方见解有别，受其学术观点的启发，亦能丰富眼界和学识，扩大诗文创作题材。尤其是学界名流之间的交游更具影响力，也更易形成集群效应。清代骈文作家之间形成了各种交游群体，随着这些交游群体的凝聚与扩大，骈文创作与交流活动更为活跃，进而推动着骈文集的编撰与序跋文本的生成。

清代骈文集序跋对文艺之交的记录最多。乾嘉骈文名家吴鼒（1755—1821）

辑选清代孙星衍《问字堂外集》、孔广森《仪郑堂遗稿》、邵齐焘《玉芝堂文集》、吴锡麒《有正味斋文续集》、袁枚《小仓山房外集》、曾燠《西溪渔隐》、洪亮吉《卷葹阁文乙集》、刘星炜《思补堂文集》为《八家四六文钞》（或称《国朝八家四六文钞》），并撰有总序，且分别为八家文集写有题词。在序文和题词中，吴鼒阐述了自己与八位骈文家的交往关系，其中还涉及他与当时其他文人的交游事迹。其中，吴鼒与袁枚（1716—1798）、洪亮吉（1746—1809）、孔广森（1751—1786）的交谊即属文艺之交。在《仪郑堂遗稿题词》中，吴鼒追述了其与孔广森因洪榜相识之事。洪榜（1745—1780）为乾嘉时期的经学家，精于学问，惜英年早逝。孔广森与洪朴、洪榜两兄弟相熟，对洪榜之逝痛惜不已，为其撰写《洪舍人诔》，以表深切悼念，足见两人交情匪浅。同时，吴鼒为安徽全椒人，孔广森外甥朱文翰为安徽歙县人，因地缘之便，吴、朱两人于家乡安徽订交。朱文翰刊刻孔广森骈文集《仪郑堂遗稿》，仅收辑孔氏骈文十几篇，吴鼒在其基础上将孔氏骈文增至十九篇，仍题为《仪郑堂遗稿》，以弥补朱氏的遗憾，并评价孔广森骈文曰："顨轩太史四六文，乃兼有汉、魏、六朝、初唐之胜。常从戴氏受经，治《春秋》《三礼》，多精言，故其文托体尊而取古近。"[①] 吴鼒不仅看重孔广森的经学成就，还尤其推崇其骈文，这不仅是因其骈文兼有汉魏六朝初唐之胜，还因孔氏在经学方面师从经学大师戴震，其治经理念影响到骈文写作，形成其骈文语言精严、风格古朴的特色。吴鼒因洪榜与孔氏相识，又因朱文翰与孔广森相熟，尽管无法得知吴、孔两人交游的更多细节，但作为与孔氏同时代的骈文家和骈文选家，两人因骈文产生深入联结。吴鼒归根结底是因赏识孔氏骈文，将其选入《八家四六文钞》，且在最初刊刻时因辑录孔氏篇目过少而遗憾，并在之后翻刻本中补增篇目，两人交谊是典型的文学之交。同时，这种交谊也进一步促成吴鼒《八家四六文钞》的刊刻，孔广森因此选被誉为清代"骈文八大家"，其骈文得到更大范围的流传，其骈文名声和地位也得以提升。

孙星衍（1753—1818）撰于乾隆五十二年（1787）的《八家四六文钞序》，实则是为孔广森《仪郑堂遗稿》所题，吴鼒将其录于《八家四六文钞》卷首，

[①] 孔广森：《仪郑堂遗稿》，吴鼒辑：《八家四六文钞》，清较经堂刻本，吴鼒题词，第1页。

大概是因序中除阐述孔广森生平事迹与学术成就，还涉及对袁枚、邵齐焘、洪亮吉等人骈作的评介，也均与骈文八大家有关，故而吴鼒将其题为《八家四六文钞序》。此序记述了他与孔广森的交谊："往余在江淮间，友人汪容甫出㢸轩检讨骈体文相示，叹为绝手。后数年，㢸轩从都门为余亡妻作诗序见寄，故未相识也。岁乙巳，余客中州节署，值㢸轩以公事至。"①孙星衍任职安徽时，从友人汪中处读到孔广森骈文，大为赞赏，可见孙星衍与汪中（1744—1794）、的结交早于他与孔广森。据蕉桂美所著《孙星衍研究》可知，乾隆四十二年（1777），孙星衍乡试下第，至泰州拜谒刺史林光照，归扬州文选楼，与汪中、汪端光、汪文锦、方本等名士为诗会，孙星衍至此方与汪中结识。②乾隆四十五年，汪中《与赵味辛书》称："常州欧城中三数友，近惟渊如与狎，其他求于里门，若不能终誉者。"③同时，在此间前后，孙星衍游江淮间，常住汪中家中，即孙星衍《仪郑堂遗稿序》中所言"往余在江淮间，友人汪容甫出㢸轩检讨骈体文相示"之语，足见两人关系之亲密。此后，汪中为孙星衍校勘的《墨子》作《墨子后序》，称赞孙星衍的墨子之学；孙星衍为翰林院编修及改官刑部时，汪中多次致书以切直良言规劝，孙星衍则为汪中怀才不遇而愤慨，如其为汪中所撰《汪中传》即曰："（汪）中于诗古文书翰，无所不工，振笔千言，不加点窜，盖尽如人意所欲出。……中与予学术最相契合，惟论《明堂》《石鼓》，意见不同耳，其长不可及也。"④不同于时人对汪中"狂士"的非议，孙星衍对汪中诗文创作、学问品格称许有加，甚至还有澄清时人对汪中的误解之意，由此孙星衍对自己无力帮他摆脱落魄遭遇深感痛惜。孙星衍《八家四六文钞序》是因论述孔广森骈文而提及汪中，孙、汪对孔氏骈文的一致认同得益于两人骈文思想的切近。这是因为两人学术走向颇为相似，皆由诗文转向治经和考据，最终兼通文章与经术，并将这种经学思想和方法融入骈文写作中，对骈文创作内容与风格产生了较深影响。如孙星衍入陕西毕沅幕府之后所作的论

---

① 吴鼒辑：《八家四六文钞》卷首，孙星衍序，第1页。
② 参见蕉桂美：《孙星衍研究》，上海古籍出版社，2017年，第67页。
③ 周和平主编，北京图书馆编：《容甫先生年谱》，《北京图书馆藏珍本年谱丛刊》，北京图书馆出版社，2010年，第111册，第61页。
④ 孙星衍：《五松园文稿》卷一，《孙渊如先生全集》，商务印书馆，1935年，第237—238页。

学骈文，即浸染了乾嘉学派典雅厚重的考据之风，而汪中为文则是根柢经史，熔铸汉魏，取法于古，宏丽渊雅，与孙星衍类似。据《孙渊如先生年谱》记载，乾隆五十一年（1786），孙星衍参加本省乡试，朱珪（1731—1807）为主考官，孙星衍试卷被打入落卷之中，朱珪从落卷中搜得，认为必是汪中所作，最终录取了孙星衍。① 孙星衍虽不善作时文，但其时文却流露出渊博学识和通人气息，汪中更是学问渊博，兼通古今，故而导致朱珪误以为孙星衍时文乃汪中所作。同时，汪、孙二人皆以狂傲耿直、锋芒毕露著称，这源自于两人对学问的诚挚追求，以及不与时俗相妥协的真实性情。两人在性格、学问方面的相似致使他们相互欣赏，引为生平至交，虽偶有不同见解，但交往之中常以切直之言相互砥砺，并未因意见不同而互相攻讦，确如孙星衍所说，他们在学术上最为契合。

汪中与孙星衍两人的相熟，也是吴鼒编辑《八家四六文钞》选入孙星衍、孔广森骈文的关键契机。吴鼒《问字堂外集题词》曰："容甫称今之人……能为东汉、魏、晋、宋、齐、梁、陈之文者，曲阜孔㧑轩、阳湖孙渊如也。余故识仲则、㧑轩两君，又习其所艺，惟与渊如无一面耳。容甫乃出示其骈体文，风骨遒上，思至理合。余与存南先生交叹其美，且叹容甫俯视一世，而持论之公、乐善之诚如此，此今之人所难。"② 吴鼒最初是于汪中处读到孙星衍骈文，吴鼒《法司成汇装汪江程三君手迹跋》还提到，汪中曾在汪汝瀚、江德量面前说当今之世能为六朝唐初之文者只有孙星衍和吴鼒两人。③ 所以汪中对孙星衍骈文的多次称赏，加深了吴鼒对孙氏骈文的印象。多年以后，吴鼒得与孙氏结识，并结为姻亲，且成为至交，因而选录孙氏之文便在情理之中。同时，吴鼒、孙星衍能接触到孔广森骈文，也得益于汪中的称许。尽管上文提到吴鼒因洪榜与孔广森结识，而选录孔氏骈文，但他在《仪郑堂遗稿题词》中评价孔氏之文"兼有汉、魏、六朝、初唐之胜"，则是受汪中之评的影响。总之，吴鼒选录孙星衍、孔广森骈文，与汪中的反复推许有很大关系。汪中性情狂傲，为

---

① 参见周和平主编，北京图书馆编：《孙渊如先生年谱》，《北京图书馆藏珍本年谱丛刊》，第119册，第459页。
② 孙星衍：《问字堂外集》，吴鼒辑：《八家四六文钞》，吴鼒题词，第1页。
③ 吴鼒：《吴学士文集》卷四，《续修四库全书》，上海古籍出版社，2002年，第1487册，第477页。

人直爽,对于他不认同的作品,他习惯指出不足,乃至谩骂,不愿违心夸赞。所以若非真心赏识孙、孔之文,仅出于私情交谊,他不可能违背本心而给予高度推赏。因此汪中和孙星衍、孔广森、吴鼒等人的交谊,在吴鼒《八家四六文钞》选文中起到了桥梁和纽带作用。

再回到孔广森与孙星衍的交游上。孙星衍从汪中处读到孔广森骈文后,两人还未相识。几年以后,孔广森为孙星衍亡妻作有诗序,但两人仅限于书信往来,仍未见面。乾隆五十年(1785),孙星衍客于河南中州节署,孔广森亦因公事至此,自此两人才得以当面结交。上文说到孙星衍《八家四六文钞序》是为孔广森《仪郑堂遗稿》而作,所以序文很大篇幅是述孔氏生平之事:

> 㧑轩美风仪,与之处,终日无鄙言。为三《礼》及《公羊春秋》之学,或自道其所得,超悟绝人。又能作篆隶书。是时以遭家多故,不食肉饮酒,卒卒无欢悰。未几,适广陵朱归,越岁而凶问至矣。㧑轩年少入官,翩翩华胄,一时争与之友。然性恬淡,耽著述,裹足不与要人通谒。初以陈情归养,不忍复出。及居大母与父丧,竟以哀毁卒。悲哉!圣人之后,一丧庄、谷,再夭㧑轩,微言几绝矣。①

孔广森乃孔子第六十九代孙,天资聪颖,风仪翩翩,年少有才,时人争相与其相交,但他性情淡泊,潜心著述,不愿与达官贵人通谒。孔广森在"三《礼》"和"《公羊春秋》"学方面见解超人,然因父母去世,其悲伤过度,以致早卒,年仅三十五岁。孔广森卒于乾隆五十一年,此时他与孙星衍正式结交仅过去一年,两人还未及产生更多交往。孙星衍还说:"余稍知㧑轩者,故为述刻文之由,并慰舍人(朱文翰)西州之痛云。"② 尽管孙、孔相交不深,但两人仅有的书信往来和当面交流,多是关于文学学术问题的探讨。虽然孔氏生命短暂,但其骈体创作和经学成就皆受到时人推赏,其亲友孙星衍、吴鼒、朱文翰乃至文坛更多师友,无不对其早逝深感痛惜和遗憾。同时,由于孙星衍由诗文

---

① 吴鼒辑:《八家四六文钞》卷首,孙星衍序,第1页。
② 吴鼒辑:《八家四六文钞》卷首,孙星衍序,第2页。

转向治经，对孔氏治经之才甚为钦佩，故而他为孔氏骈文集撰作此序，不仅是为阐述孔氏骈文集刊刻缘由，还借以传达自己的深切悲痛，表达其对孔氏外甥朱文翰的慰藉。所以此序在践行文体功能的同时，还融入了个人情感，因而写得深挚动人，比一般序跋文增加了一层哀悼之意。

除了上述几家，吴鼒选录的其他骈文作家也与他有着不同交往关系，由此组成了骈文作家交游群体，而吴鼒《八家四六文钞》与曾燠《国朝骈体正宗》的编选即与这些交游群体密不可分，他们也成为乾嘉骈文复兴的主要力量。纵观整个清代，文人因文学、艺术相识相交并成为至交的事例不计其数，这种交谊更易唤起文人间的精神共鸣，也更倾向于请对方作序。被请者在序跋写作中力求实现请序者的宗旨，这不仅是对友人文学成果的珍视，也是对两人交谊的回馈。序跋作者通过阐述其与骈文集编著者的相交经历，抒写相互间的深厚情谊，有时还借鉴传记、哀祭、墓志等文体写作方式，增强序跋的抒情意味。因而序跋文本除了发挥原有的文体功能，还被赋予多种文体功能，丰富了表现手法与应用场域。

二、亦师亦友：序跋文本与师生之交

师生之交分为亲炙和私淑两种，如吴鼒《八家四六文钞序》阐明其选文来源时即说："兹就鼒师友之间，钻仰所逮，或亲炙言论，或私淑诸人，所知在此也。"[①] 吴鼒将所选八家师友合在一起，包括其师辈与友人，同时也蕴含尊敬之意。其实，亲炙和私淑确切来说是指师生关系，但师生和友人这两种关系无法截然区分，即使是平辈友人，甚至是比自己年龄小的友人，在学术上或其他方面受到对方的启发或指导即可称师，即所谓亦师亦友。在中国古代，师者对弟子传道授业解惑；作为门生则需跟随其师承担一定的学术文化事业，如共同整理编刻书籍等，其中包括整理其师的诗文著述，并为其撰写序跋或寿序、墓志铭、祭文、年谱、传记等，这也是门生回报师授之恩的重要方式。同时，文

---

① 吴鼒辑：《八家四六文钞》卷首，吴鼒序，第1页。

人辑刻自己的诗文著述，首先倾向于邀请自己的授业恩师为其作序，不仅是为了得到其师的亲自指导，征求其师关于作品删选去留的意见，以审定选文篇目，更是借助其师的文坛影响力来提升自己著作的关注度。如果能获得师长的正面肯定与赞赏，其著述也就更能取信于人，以此得到更大范围的传播。

清代骈文集序跋或有师长为弟子而撰，或有弟子为师长所作，这类序跋写作必然面临师生关系的表述，且序跋作者在落款处也大都表明自己与骈文集主体的关系。如清初骈体名手陆繁弨（？—1700），为其骈文集《善卷堂四六》作序跋者，既有其师陈廷会，又有同辈友人徐炯，亦有其弟子章藻功。陆繁弨父亲陆培和兄长陆圻皆与陈廷会私交甚密，陆培于明清鼎革之际殉节时曾写遗书给陈廷会，令繁弨师从陈氏。因此在繁弨年少之时，陈氏即开始教授他[①]，并延续其整个成长过程，对其影响最大。在年少跟随陈廷会学习时，繁弨即表现出骈体写作上的非凡天赋，并随着年龄增长而日臻成熟，所创篇目亦不断增多。随后，陈氏搜辑陆氏骈文91篇，编成《善卷堂四六》，并撰有序文。序文前半段简单追溯文章从周代至六朝的发展历程，认为至六朝骈体之风盛行，徐、庾最为杰出，然后转入对繁弨骈文创作的评述：

> 及门陆拒石，禀奇丽之才，履穷愁之境。少从余游，即擅兹体，月异岁殊，益臻厥奥。近且裒其夙著，辑为一编，学士家之能文者，未有不叹美其茹徐吐庾，工妙若斯之甚也。虽然，余窃有进焉。声音之道，与天地之气相感，以拒石之才思天授，又至性越人，异日者参六籍之徵言，究中和之极致，……此余不敏之私也，余犹望吾拒石也。[②]

序文前半段极言六朝徐、庾之盛是为后文作铺垫，以陆繁弨类比徐、庾，正面突出其骈体工妙，而陈氏又非一味推奖繁弨，他更期望其骈体创作取得更大进益。陆繁弨取得如此成就，与其师陈廷会的教导密不可分，陈氏从长辈和师者的角度对陆氏既有欣赏，又不乏勉励和希冀，序文因两人的师生之父而

---

① 蓝青：《明清之际"西陵十子"及其诗学研究》，山东大学博士学位论文，2017年。
② 陆繁弨撰，吴自高注，陈明善校：《善卷堂四六》卷首，哈佛燕京图书馆藏清乾隆九年（1744）刻本，陈廷会序，第1—2页。

作，文本内容又落实到两人的师生之谊，交游和序文文本两者形成了双向互动关系。

章藻功（1656—？）亦为其师陆繁弨《善卷堂四六》作有跋文。四库馆臣为陈维崧《陈检讨四六》所作《提要》比较清初陈维崧、吴绮与章藻功骈文三大家：

> 国朝以四六名者，初有维崧及吴绮，次则章藻功《思绮堂集》，亦颇见称于世。然绮才地稍弱于维崧，藻功欲以新巧胜二家，又遁为别调。譬诸明代之诗，维崧导源于庾信，气脉雄厚如李梦阳之学杜。绮追步于李商隐，风格雅秀，如何景明之近中唐。藻功刻意雕镂，纯为宋格，则三袁、钟、谭之流亚。①

《清史列传·文苑传二》亦云："国初以骈体名者，推陈维崧、吴绮，藻功欲以新巧胜二家，然遁为别调。"② 两书对章氏骈文评价类似，《清史列传》晚于《四库提要》，基本沿袭四库馆臣之说；二者都强调章氏骈文以新巧取胜，过于雕琢，乃宋四六一派，远逊陈维崧的气势雄健和吴绮的风格雅秀。其实，章氏这种思想是受其师陆繁弨的影响。他在《善卷堂四六跋》中评陆文："夫子气足孤行，文能对举。有庾信之清新，而加之泉涌；得徐陵之巧密，而益以云浮。……仗以工而较切，典实旧而翻新。至于韵和班香，色匀何粉。"③ 称陆文有庾信之清新，徐陵之巧密，在抒情、摹状、辞藻、用典、对偶、声韵等方面均达到了极高水准，可见他对其师骈文的全面认可。陆氏骈文的确以抒写曲折哀怨之情和形式精巧工整取胜，但也存在用典过繁、好用生僻之典、辞藻雕琢以及议论过多等缺点，导致文气流畅不足，滞重有余。章氏骈文写作师从陆繁弨，也存在这些问题，其《善卷堂四六跋》文的写作即有明显体现，跋文篇幅较长，基本句句对仗，联联用典，且不少典故都颇为生僻。不过，章藻功又非

---

① 陈维崧：《陈检讨四六》卷首，《景印文渊阁四库全书》，台湾商务印书馆，1986年，第1322册，第1页。
② 王钟翰点校：《清史列传》卷七十一，中华书局，1987年，第5775—5776页。
③ 陆繁弨撰，吴自高注，陈明善校：《善卷堂四六》卷首，章藻功跋，第2页。

全然师承陆繁弨，他有自己明确的骈文主张，如其《与吴殷南论四六书》提出："盖夫神欲其清，气欲其动；字贵乎洁，语贵乎生；典以驯雅而取精，仗以空灵而作对。"①同时，章氏骈文除了有四库馆臣所评之新巧雕琢，追摹宋代骈文，他还崇尚屈宋、齐梁和初唐之文，形成自己气韵流动的风格，因而其骈文声望甚至超过陆繁弨，被誉为清初骈文三大家之一。总之，章藻功在骈文创作与思想认识上与其师陆繁弨有诸多相通之处，其骈文风格的形成，离不开陆氏的启发。在长期的交往中，师生两人相互切磋，彼此激发，建立了亦师亦友的深厚情谊，共同成就了两人在清初骈文史上的不俗地位。

晚清郭传璞（1823—1897）②不仅工于骈体和词章之学，还是藏书刻书大家，所刻《金峨山馆丛书》十一种，即包括曾燠的《赏雨茅屋外集》和乐钧《青芝山馆骈体文》。曾、乐两集前代已有刊本，郭传璞皆有收藏，因热衷藏书、刻书事业，并喜作骈文，他对曾、乐两集格外珍视，遂加重刻，并分别题序。在《重刻青芝山馆骈体文》序中，郭传璞提到"姚复庄师"③，姚复庄即姚燮（1805—1864）。据今人汪超宏所撰《姚燮年谱》载："咸丰三年（1853）九月，（姚燮）自甘溪里迁居鄞县小浃江北浒，赁顾氏屋，名曰息游园。"④直至咸丰十年（1860），姚燮一直寓居浙江宁波鄞县，主要活动即是著书、编书和藏书，并招揽一大批门人子弟，如姚燮弟子董沛所撰《姚复庄先生墓表》云："（姚燮）生平足迹遍于江南北，而寓鄞之日最久，作文写画，藉以自给。老屋三间，客常满座。间或抚笛品花，与诸少年为诗社而甲乙之，著录弟子至数百人。"⑤关于郭传璞入姚燮门下的时间，《姚燮年谱》有曰："咸丰十年庚申（1860）六月，

---

① 章藻功：《思绮堂文集》卷八，清康熙六十一年（1722）刻本，第61页。
② 关于郭传璞生卒年，目前网络上载为郭传璞（1855—？），显然有误。王志双《〈清人诗文集总目提要〉订补八则》（《图书馆理论与实践》2013年第7期）根据王时蕙撰《抱泉山馆文集》（光绪二十七年刻本）卷一《与郭晚香同年书》和顾廷龙主编《清代朱卷集成》"郭传璞之履历"记载（台湾成文出版社，1992年，第254册，第236页），断定郭传璞生于道光三年（1823）。此文又据《（民国）琼山县志》卷二十三《官师志》记载"（郭佳璞）卒于讲院，年七十五"（朱为潮、徐淦：《（民国）琼山县志》，海南出版社，2004年，第1493页），可知其卒年为光绪二十三年（1897），此文考证基本可信。所以郭传璞生卒年为1823年至1897年。
③ 乐钧：《青芝山馆骈体文》卷首，清光绪间郭氏《金峨山馆丛书》刻本，郭传璞序，第1页。
④ 汪超宏：《姚燮年谱》，中国社会科学出版社，2011年，第310页。
⑤ 董沛：《正谊堂文集》卷十七，《清代诗文集汇编》，上海古籍出版社，2010年，第707册，第530页。

郭传璞来访。《琼贻副墨·兰如集》卷九郭传璞《庚申夏杪，买棹之海镇东冈蝎，谒复庄夫子大人，有慨时事，赋呈，兼示哲嗣撝伯、拊仲，时将有象山之行，故篇终及之》。"①《姚燮年谱》又载："（姚燮）晚年家居，从学者众。除徐时栋、董沛、王荺兰、王荺蕙、郭传璞……等及红犀馆诗社的其他诸人外，胡韫玉……等均从之学。"②郭传璞为鄞县人，姚燮晚年正好寓居此地，因地域之便，郭氏拜师游于姚氏门下。姚燮常与弟子举行文艺集会，写诗作画，弹琴品花，其弟子常一起编校其著述，助他完成多部著作，如《皇朝骈文类苑》和他自己的《复庄骈俪文榷》《复庄骈俪文榷二编》皆是在其弟子的帮助下编刻成集。

《皇朝骈文类苑》素以姚燮为主要编纂者，其实他仅拟定选文篇目，并撰写叙录，实际编校工作主要由张寿荣负责。郭传璞《皇朝骈文类苑序》曰："惟其书未经誊钞，仅有叙录及选目。老友张菊龄孝廉积学多才，……复梓先生是编，谓璞从游师门，宜其裒辑。顾兵后简册销沈，庋藏家亦不多得，相与征求之外，尚阙文四十余首，拟候博雅君子，邮寄重为补入，倘亦同志之愿乎？"③光绪七年（1881）前后，张寿荣欲刊此集，想到郭传璞曾求学于姚燮门下，负责这项工作更为方便，遂请他帮助搜辑。确如张寿荣设想，因姚燮和郭传璞两人的师生关系，郭氏能够与姚燮密切接触，商讨选集编刻事宜，更好落实姚氏编纂宗旨，便于选集各项工作的展开，最终完成刊印工作。但因战乱，很多书籍皆已遗失，就连当时的一些藏书大家也未能保存，所以最后编刻成书的《皇朝骈文类苑》比姚燮原先拟定篇目少了四十多首。姚燮还为曾燠的《国朝骈体正宗》作评点，并以骈文创作闻名，其骈文集《复庄骈俪文榷》（112篇）与《复庄骈俪文榷二编》（125篇）由王荺兰先后编刻，并作有序目。据《姚燮年谱》载："咸丰三年（1853）秋，客象山西沪王荺兰翠竹轩一月，王荺兰、王荺蕙师事之。……将历年所撰骈文托于荺兰，荺兰编为《复庄骈俪文榷》。"④姚燮弟子周白山还为《复庄骈俪文榷》作有《题后》："复庄师刻《骈体文初编》成，白伏而读之，精气厚力，鸣笔丽藻，不随时花椒苓。汉魏以来，邈尔寡

---

① 汪超宏：《姚燮年谱》，第328页。
② 汪超宏：《姚燮年谱》，第339页。
③ 姚燮、张寿荣选校：《皇朝骈文类苑》卷首，清光绪七年刻本，郭传璞序，第1页。
④ 汪超宏：《姚燮年谱》，第309页。

俦。"① 周白山对恩师姚燮的骈文极度推重，其称汉魏以来鲜有骈文家能与之匹敌，显然有过誉之嫌。另外，郭传璞也参与校订了《复庄骈俪文榷二编》。总之，作为文坛名家，姚燮晚年致力于教授子弟，为后学提供了宝贵的学习交流机会，并在思想学术上启发着他们。王蒔兰、郭传璞、周白山等人因从学于姚燮门下，受其重视，得以负责其骈文别集与选集的搜辑编选工作，在其骈文集的成书和经典化进程中发挥着关键作用。

师生关系在文人学术生涯中起着关键作用，它不仅开启文人学术道路的起点，还影响文人一生的学术观念与创作走向。在学术文化尤为发达的清代，前辈学者和后辈学人，或同辈友人之间，由他人引荐而成为师生。甚或打破师者为长、徒者为幼的年龄壁垒，凡从一方有所学，即使未曾得其当面教授，因私慕其人其学而自觉学习其著述或思想，均可结为师生。亦有学人自幼跟随家族长辈或亲属而学，由亲缘关系变成师生关系。师生之交为清代骈文集序跋的生成创造了更多可能，序跋写作又勾连起各种师生关系，不仅能够增进师生之谊，还能集中记录师生交游始末，为考察清代文人师承关系和学术宗派的思想流变提供线索。

三、由亲而友：序跋文本与宗亲之交

清代文人之间的宗亲之交同样纷繁复杂。因宗亲和姻亲关系的联结，文人在地缘上较为接近，处在相同或相近的自然和社会环境中，受到共同学术气氛的影响，教学相长，相互合作，整个家族形成良好的文化场域。相互为家族成员或亲属的著作撰写序跋，是家族成员学术文化的常见活动。当文人生前未及编刻自己的著作，其亲属或后辈子孙便主动担起弘扬家学的责任，为其整理编刻诗文集或学术著作，并撰写序跋、凡例和评语等。在这种交往中，他们既是亲属关系，又超越了亲情，在文学艺术上成为志同道合的知己之交。

清初李渔辑选的《四六初征》，即由其家族成员协作完成。李渔负责广泛

---

① 姚燮：《复庄骈俪文榷》卷八，《续修四库全书》，第1533册，第435页。

搜求四方名彦的骈文，其女婿沈心友负责校释，其子李将舒、李将开、李将华等亦参与订正。① 同时，沈心友还为《四六初征》撰写凡例，凡例虽算不上严格意义上的序跋，但此凡例所写内容与序跋基本无异，侧重书写其骈文主张以及此集的编刊原委，为读者研读《四六初征》提供了参考。沈氏不仅帮助李渔校刻此集，两人还共同编刻多种文史、艺术类书籍。在长期交往中，沈氏逐渐成为李渔的得力助手，两人亦发展为志趣相投的朋友关系。尽管沈心友在当代文学史中并未有文名，但以文学著称的李渔，其著述多半是在沈氏的协助之下而得以完成。所以李、沈之间超越翁婿亲情的交谊，为李渔在学术文化上取得更多成果做出了重大贡献。

　　清初骈文第一大家陈维崧（1625—1682）与其弟及表兄弟皆为当时的诗文名家，其兄弟之间相互切磋诗文，砥砺品节，倾力对方选辑刊刻诗文集，题写序跋。如陈维崧骈文集的编刻与序跋撰写，即涉及其弟和表弟等多位亲属和师友，其骈文集名称也随之发生多次变更。其中与陈维崧亲属相关者，主要有三种刻本。其一，陈维崧临终之前将著作手稿托付给蒋景祁，蒋景祁与陈维崧表弟曹亮武（陈维崧姑母之子）共同编选校订陈维崧骈文，于康熙二十二年（1683）前后刊刻成《陈检讨集》，凡十二卷，收文130篇，此即天藜阁本，蒋、曹分别为此集作序，余国柱、毛际可、毛先舒亦为此集作序。其二，由于天藜阁本《陈检讨集》所收陈维崧骈文尚缺30多篇，康熙二十八年（1689），在《陈检讨集》的基础上，陈维崧四弟陈宗石又着手搜集其长兄的诗文作品，与陈维岳等共同整理刊刻患立堂本《湖海楼全集》，其中文集六卷，俪体文集十卷，诗集八卷，词三十卷，其后陈维崧全集的多次重刻，大都以此版为底本。陈维崧骈文集题为《湖海楼俪体文集》（《四部丛刊初编》本《陈迦陵俪体文集》十卷即据此本影印），收录骈文168篇，是收录陈维崧骈文最为完备、校勘最为精严的一个版本，且陈维崧三弟陈维岳、四弟陈宗石于康熙二十六年（1687）分别为其作跋。如陈维岳《湖海楼俪体文集跋》所记：

　　　　先兄以壬戌年五月日卒于检讨之任，予时适在京师视兄疾。易箦之前

---

① 参见路海洋：《李渔与〈四六初征〉》，《古典文学知识》2018年第5期。

二日,执余手而泣曰:"吾生平所为诗词古文,吾死后,弟为吾润色删定之。"余涕泗滂沱不能答。余诗文远不逮大兄,而命之以润色删定之语,何敢当?兄又曰:"吾四六不多,固吾擅扬之体,恨未尽耳。"……丙寅春,余过子万(陈宗石)四弟安平署斋,其校订大兄四六文一月,所遗三十许篇,尽入之《集》,字亦悉改正。所为润色删定者,终不敢篇数,宁存无遗。①

陈宗石跋文所记与陈维岳所写有所对应:

> 丙寅春,迎三兄至署,簿书抽暇,相与哀辑釐正,凡两阅月,计文一百六十余篇,兄骈俪之文尽于此矣。……宗石虽不及见兄,而兄之所欲为而未为者,石皆代兄为之矣。②

如两跋所述,陈维崧有着浓重的骈文情结,他最喜写作骈文,也最推崇骈文,临终之前最遗憾自己未来得及写作更多骈文,其兄弟及亲属深知陈维崧生平志趣,对其骈作格外重视。同时,又因蒋景祁、曹亮武所辑版本收录陈维崧文章不全,所以陈维岳、陈宗石于康熙二十五年(1686)重刻陈维崧全集时最先刊刻其骈俪文,并于次年皆作跋文,以记述他们重刻此集的原委。另外,陈维岳、陈宗石还分别于1687、1688年为《湖海楼诗集》撰有跋文。其三,乾隆六十年(1795),陈宗石之孙陈淮(即陈维崧侄孙),在患立堂本《湖海楼全集》本的基础上重新搜罗辑佚,编成浩然堂本《湖海楼全集》,陈维崧骈文集仍题为《湖海楼俪体文集》,凡十二卷,收文160篇。当然,陈淮作为孙辈,未能与陈维崧有直接接触(陈维崧卒于1682年,陈淮父亲陈履中生于1693年,尚未与陈维崧有交集,因而陈淮更无法与陈维崧有交集)。有感于堂祖父的诗文集年久漫漶,陈淮便主动承担重刻祖辈作品集的职责。当然,陈维崧骈体文与诗文集还有其他版本或汇本,均为其平生师友或师友的后代所搜辑刊印,并

---

① 陈维崧:《陈迦陵俪体文集》卷末,《四部丛刊初编》,商务印书馆,1919年,第1712册,陈维岳跋,第1页。
② 陈维崧:《陈迦陵俪体文集》卷末,《四部丛刊初编》,陈宗石跋,第1页。

撰有序跋，这里不复赘述。总体而言，在陈维崧骈文集乃至全部诗文集的刊刻中，其弟和表弟以及后辈子孙起到了关键作用，为其诗文作品的保存和流传做出了突出贡献。而他们在刊印陈维崧作品时又撰有多篇序跋，在交待刊刻始末时，并对自己家族亲友关系和相交事迹有较多还原，为了解陈氏家族的文人及文化事业留下珍贵资料。同时这些序跋在简单质朴的叙述中，流露出陈氏家族文人之间感人肺腑的亲情。因而清代骈文集序跋在阐明文集编撰原委的同时，还扩大了抒情成分，以抒写亲友间的真情挚情为突出特色，而不仅是将序跋当作交际应酬的工具，拓展了序跋文体的表现功能。

浙江胡氏家族是清代著名的文学家族，胡天游（1696—1758）、胡浚（约1735前后在世）、胡敬（1769—1845）、胡念修（1873—1915）分别为清代胡氏家族不同时期的代表作家，且都擅作骈文。胡天游、胡浚、胡敬皆为胡念修先辈族人，因所处时代相距较远，胡念修与他们皆未有交集。至晚清胡念修之时，胡氏家族已积累了丰硕的骈文成果，但流传未广，胡念修对此深感遗憾，又兼自己热衷藏书刻书，因此便担负起弘扬家学之责，也即重新刊刻家族文人的诗文著述。胡念修《石笥山房骈体文录序》详细阐述了其刊刻胡天游、胡浚、胡敬骈文集的原委，可知胡天游乃胡氏十七世族祖，胡念修为胡天游二十一世诸孙，生活时代相距甚远。胡天游是继清初陈维崧、毛奇龄等人之后，历经康、雍、乾三朝，实开乾嘉诸子之先河的骈体大家[1]，并被刘麟生《中国骈文史》誉为清代中期骈文三大家[2]，其诗文集产生之后著称海内，但惜其所传不多。胡氏家族胡秋潮曾得家藏手抄本，胡念修先叔祖胡蘅江校梓行世，但秋潮先生以其"校勘未精，镌刻未善"[3]为憾，因而嘱托胡冠山寻求硕儒良匠重刻。咸丰初，安甫先生四处访求胡天游诗文遗篇，咸丰二年（1852），胡冠山重刊善本《石笥山房诗文集》。胡念修因受秋潮先生一心欲刻胡天游诗文集而未及付梓触动，遗憾家学未振，于是便将胡天游《石笥山房骈体文录》与胡浚《绿萝山庄骈体文集》、胡敬《崇雅堂骈体文钞》三集同刻。同时，胡念修将胡天游《石笥山房骈体文录》、胡浚《绿萝山庄骈体文集》、胡敬《崇雅堂骈体文钞》合称"安

---

[1] 参见昝亮、刘树山：《胡天游骈文试论》，《聊城师范学院学报》（哲学社会科学版）1997年第3期。
[2] 参见刘麟生：《中国骈文史》，东方出版社，1996年，第104页。
[3] 胡天游：《石笥山房文集》卷首，清咸丰二年重刻本，杨以增序，第1页。

定三贤骈体文集"①，并分别为三集作序。此外，他还将《绿萝山庄骈体文集》《崇雅堂骈体文钞》以及自己的骈文集《问湘楼骈文初稿》，收入其《刻鹄斋丛书》中。胡念修《崇雅堂骈体文钞序》云：

> 家书农先生通才硕德，照耀于嘉道间。入则誓墓让产，著独行之风；出则讲道论艺，致友朋之乐。……至诗文集，尤为先生生平精力所贯注。往在旧肆购得一帙，珍秘玩索，逾于球琳。窃谓先生诗文缓转流丽，语妙天下。……念修爱谨举先生《骈体文钞》重付枣梨，冀存典则。世有知音，能尽举先生著述而悉梓之，斯文幸甚，士林幸甚！②

胡念修曾在旧肆中购得胡敬诗文集，认真拜读之后，惊叹其骈文之精妙，于是重刊其骈文集，作为自己学习的典范，并期望有知音人士能够搜辑胡敬的全部著述而付梓刊印。同时，在《绿萝山庄骈体文集序》中，胡念修还比较总结前代骈文发展的特点及骈文大家，并将胡浚与历代骈文大家类比，对其极尽推重之意。尽管胡念修未能与家族先贤胡天游、胡浚、胡敬等人直接交流与接触，但受到他们骈作的感发，以及乾嘉道以来骈文复兴思潮的影响，并出于对家族文学传承的责任感，胡念修竭力重刻胡氏家族的骈文集，分别为他们题写序文，更大范围地传播了家族的文学著作，为振兴家学、弘扬家族的文化事业做出了最大努力，同时也激励自己在学术上取得更大进益。

不仅胡念修为家族先贤刊刻骈文集和撰写序跋，与胡念修生活时代较近的族人或亲属，亦在骈文方面有所成就，亦为胡念修骈文集作有序跋。如胡念修《堂兄子怡家传》称其堂兄胡念祖："兄于学无所不窥，所为诗古文辞骈体甚富，而制艺尤工，有诗四卷、骈体二卷、制艺十卷，名曰《无可斋遗稿》。"③足见胡念祖在文学创作上亦有不俗成果，且工于骈体文。而胡念修族叔胡元鼎、表兄方旭、表侄恽棨森均为胡念修《问湘楼骈文初稿》撰有序跋。如胡元鼎跋云："今春幼嘉宗侄回里省墓，出示近稿骈体之作，直追古昔，胎息雄厚，不作中

---

① 胡念修：《问湘楼骈文初稿》卷五，《清代诗文集汇编》，第793册，第355页。
② 胡敬：《崇雅堂骈体文钞》卷首，清光绪二十五年（1899）刻鹄斋刻本，胡念修序，第1页。
③ 胡念修：《问湘楼骈文初稿》卷四，清光绪二十四年（1898）杭州胡氏刻鹄斋刻本，第11页。

晚唐人喁喁细响也。"① 胡元鼎擅作骈体文，著有骈文集《柟林骈文》②，他称赞胡念修骈文气势雄厚，直追汉魏六朝文，远超中晚唐骈文的浮靡之风，这在宗尚六朝文的清代可谓是至高评价。这不仅是因为人作序跋者的溢美之言，也是胡元鼎对宗族后辈学人的激励与肯定。方旭《问湘楼骈文初稿跋》则阐明了他与胡念修的关系及编刻原委：

> 表弟胡右阶太守，少余十六岁，而与余最昵，两人每有心得，必互相商榷。丁亥春，君游庠后，奉先舅父荣禄公之命，致力于经世之学，而兼嗜溺于词章。每成一篇，辄移示余。余读之，如聆哀丝豪竹，而筝琶为之辍响；如入穷岩邃壑，石淄潺湲，清冷幽咽，而不觉神往也，因时时录成副本。今所积骈散各体，几及百篇，四方知交索观者趾相错，余颇苦之。乃取其骈体，析为四卷，刊而以行。君深自谦抑，不欲以少作示人，辄与余争。余以为君惟有余于词章之外者，则燕石之藏，敝帚之享，皆可以不计矣。君语塞，乃无以相阻。③

方旭乃胡念修表兄，年长念修十六岁，年龄之差几近一代人，但两人关系却最亲密，在诗文学术上每有心得必相交流切磋。胡氏每有文章成篇，必请方旭审阅，方旭深为叹赏念修之文，尤其是骈体文，每阅毕必誊录，所积胡氏文章近百篇。时人索观甚多，反复抄写过于繁琐，方旭欲将其骈文刊印成集。但胡念修不满于少时所作，不愿收录这些篇目，在方旭劝说之下，他才最终同意刊行。足见正是方旭对胡念修骈文的极度称赏，给予他足够信心和勇气，胡念修才着力编刻自己的骈文集，而此集最终成书也得益于方旭的鼎力相助。

恽榮森还为胡念修《问湘楼骈文初稿》撰有序文。胡念修和恽榮森不仅是表叔侄关系，还是同学关系，两人少时即已相熟，恽榮森《问湘楼骈文初稿序》有言："胡子幼嘉，具放逸之才，怀冲淡之致，不炫名，不骛时……榮森与同学，又属姻戚，且少为总角交，故知之最翔。然其经术之宏远，学问之渊

---

① 胡念修：《问湘楼骈文初稿》卷末，胡元鼎跋，第3页。
② 参见张明强：《胡念修与晚清骈文学建构》，《光明日报》2021年4月19日，第13版。
③ 胡念修：《问湘楼骈文初稿》卷末，方旭跋，第1页。

遂，与夫俯印上下，高情逸致之所寄，榮森心知之，而言之不能尽。……幼嘉以返华归朴，益椒于德也。夫幼嘉固学不求人，知者榮森，因弁是言以为之叙。"① 胡念修、恽榮森两人之间超越了普通亲情关系，而同学、亲属、知己等多重关系的加持，更增进了两人的学术交流，最终成为亲密挚交，学术水平也随之提升。不止恽榮森，胡念修和恽氏家族多位成员均有交往。胡念修父亲胡裕燕娶恽光业之女，胡念修又娶恽光业三子恽祖祁次女②，可见胡、恽两个家族两代皆有联姻，故而相互之间交往密切，如他们在书信往来中经常商榷探讨骈文。如胡念修《与恽季申舍人书》是写给恽毓龄（字季申）的书信，其云：

> 驱陈言于灵腕，索别裁于枯肠，气灏瀚而惊人，笔遒炼以存古，然亦不过藉此摅抒性情，酬接朋辈而已。……玉茗诗骈，后我而学，乃其所造，竟居吾右，细玩诸作皆出入于初盛中晚之间……骈文必欲乞灵南朝，以逸其趣，流览《西都》，以充其才。仆与玉茗，同患斯病，愿共尽力，箴兹膏肓，勉旃立言。③

胡念修称恽榮森（字玉茗）虽比自己晚学骈文，但却远超自己，同时还指出自己和榮森的骈作皆存在缺乏新意、灵气不足的缺点，故而倡导骈文创作要学习南朝的灵动之趣，吸取班固《西都赋》的学识才能，学识与灵动兼备才能创作出卓绝的骈文。可见，胡念修及其家族、姻亲不少成员皆擅作骈文，相互为家族成员骈文集撰写序跋，不吝称许对方骈文精彩处，但并非一味溢美称颂，尤其是胡念修与人交往，不仅直指其弊，还反思自己骈文之不足，勉励家族文人力纠己弊，共同进益，由此带动整个家族文人骈文写作水平的提高，为晚清骈文的持续发展贡献力量。

---

① 胡念修：《问湘楼骈文初稿》卷首，恽榮森序，第 1 页。
② 参见张明强：《胡念修与晚清骈文学建构》，《光明日报》2021 年 4 月 19 日，第 13 版。
③ 胡念修：《问湘楼骈文初稿》卷一，第 11 页。

结　语

　　清代之所以被誉为学术文化的集大成时代，不仅源于文人自身的创作才能与学识，还与文人之间纷繁复杂的交游往来密不可分。因地域关系的近便、宗族血缘的影响、性情观念的相投、思想志趣的相类，文人之间自觉聚集，彼此呼应，思想碰撞，激发灵感，构建了多样化的交游网络和文学群体，为清代学术文化发展带来源源动力。为师友和家族成员刊刻骈文集或撰作序跋，成为清代文人交往活动的常态。序跋作者对骈文集编撰始末的追溯，以及对自己与骈文集编著者交游历程的叙写，不仅还原了骈文集成书及序跋生成的历史背景，还彰显出交游对文人骈文主张与学术观念的影响，为清代骈文研究提供了别样视角。

文学思想研究

"有德者必有言"的儒学诠释与文学转向
——以历代注疏为中心

李雅静*

摘要：《论语·宪问》篇"有德者必有言,有言者不必有德"一句,是儒家关于德言关系的重要论述。历代注家通过释义,从内涵与表达等不同层面,进行正反阐释,对有德之言进行了规范化界定,揭示出儒家推崇礼乐政教的本质诉求;针对"有德"与"有言"的逻辑关系,在不断思辨中给予补充修正,使其更显精密完善;将"德—言"对应成"内—外""本—末"关系,为"文如其人"和"文道一体"等观念生成提供了经典来源,推动了儒学命题向文学命题的转化。借助注疏文本,"有德者必有言"章被赋予丰富意蕴,并产生了深远的文化影响。

关键词：《论语》;言;德;文道观

"有德者必有言"见于《论语·宪问》篇。原文为:"子曰:'有德者必有言,有言者不必有德。仁者必有勇,勇者不必有仁。'"其中"有德者必有言,有言者不必有德"一句,是儒家关于德言关系的重要论述,故格外受到关注,历代注疏甚多,尤其是围绕"言"的具体含义、"德"与"言"的关系等核心问题,做了诸多积极的探讨,为我们解读元典提供了有益参考。当前不少研

---

* 李雅静,中国社会科学院大学文学院博士研究生。

究，便是在借鉴注疏成果的基础上，对儒家道德观念与言语方式展开讨论①；但由于重在阐发己见，虽对前人观点有所取用，却在整体观照和认识上略显不足。因此，本文从历代注疏出发，对不同角度、不同层次的释读进行梳理归纳，抽绎其共性，辨析其差异，既探究这一命题在儒学诠释中的多维理解，也考察它作为思想依据向文学命题转化的演进脉络，进而呈现注疏文本对经典传承的历史影响与现实意义。

一、释义：对"言"的规范化界定

对"言"的确切释读，是理解句意的关捩。历代注疏对此存在两种偏向：一种关注"言"之内涵，一种关注"言"之表达。不同的立足点，看似差异较大，实则相互补充，为"有德之言"建立了较为全面的评判标准。

皇侃《论语注疏》较早探讨了"言"之具体所指："夫德之为事，必先有言语教喻，然后其德成。故有德者必有言。"②皇侃认为，以德行事，必须先经过言语教喻，才能形成其德。此处的"言"，虽未直接解释，但侧重"教喻"之用，可视作"教喻"之言。《说文解字注》："教，上所施下所效也。""谕，告也。凡晓谕人者，皆举其所易明也。《周礼·掌交》注曰：'谕，告晓也。'晓之曰谕。其人因言而晓亦曰谕。谕或作喻。"③由此可以推断，皇侃理解的有德之言，偏向于具有教化、谕告意味的言论。除了申明自己的见解，他还援引东晋李充的观点：

> 甘辞利口，似是而非者，佞巧之言也。敷陈成败，合连纵横者，说客之言也。凌夸之谈，多方论者，辩士之言也。德者高合，发为明训，声满

---

① 比较有代表性的研究成果，如龚建平：《德与言——孔子儒家言说方式刍议》，《人文论丛》，武汉大学出版社，2004年，第57—64页；张刚：《"德"与"言"——儒家言语观研究》，《人文杂志》2009年第4期；杨旸：《巧言令色，鲜矣仁——简论孔门言语观》，《北方论丛》2015年第5期；胡大雷：《"有德者必有言"考辨》，《广西师范学院学报》（哲学社会科学版）2016年第6期等。
② 何晏集解，皇侃义疏：《论语集解义疏》，《丛书集成初编》，商务印书馆，1937年，第191页。
③ 许慎撰，段玉裁注：《说文解字注》，上海古籍出版社，1988年，第127、91页。

天下，若出金石，有德之言也。故有德者必有言，有言不必有德也。①

李充的思路是先破后立，将"佞巧之言""说客之言""辩士之言"作为反例，排除在"有德之言"之外，再对"有德之言"进行补充说明。关于"明训"，《说文解字注》："训，说教也。说教者，说释而教之。必顺其理。引伸之，凡顺皆曰训。"②关于"金石"，《周礼·春官·大师》："皆文之以五声：宫商角徵羽；皆播之以八音：金石土革丝木匏竹。"③金石指施用于礼乐教化的钟磬等乐器。又据《史记·乐书》载："太史公曰：夫上古明王举乐者，非以娱心自乐，快意恣欲，将欲为治也。正教者皆始于音，音正而行正。故音乐者，所以动荡血脉，通流精神而和正心也。"④金石之声，是为正乐、正教、正民心，与"明训"蕴含的说教、教化义高度统一。因此，李充与皇侃所认为的"言"，皆是具有教喻、明训意味的言论，目的在于化德正心。

继李、皇之后，清代刘宝楠《论语正义》也对"言"的含义有所说明：

正义曰：德不以言见，仁不以勇见，而此云"必有"者，就人才性所发见推之也。《荀子·非相篇》："法先王，顺礼义，党学者，然而不好言，不乐言，则必非诚士也。故君子之于言也，志好之，心安之，乐言之，故君子必辨。"又曰："故仁言大矣。起于上所以道于下，正令是也。起于下所以忠于上，谋救是也。故君子之行仁也无厌。"……二文并足发明"德必有言，仁必有勇"之旨。⑤

刘氏认为，有德者之才性，必定导致有言而发。他引用荀子《非相篇》发

---

① 何晏集解，皇侃义疏：《论语集解义疏》，《丛书集成初编》，第191页。关于"若出金石"一句，皇侃《论语义疏》各版本皆作"若出全者"或"若出全"，疑误。根据清代吴骞《皇氏论语义疏参订》和马国翰《玉函山房辑佚书》二书校勘，以及《庄子·让王》"声满天下，若出金石"之言，可考证原文当为"若出金石"。对此笔者将另撰文详细说明，此处不再展开。
② 许慎撰，段玉裁注：《说文解字注》，第91页。
③ 郑玄注，贾公彦疏：《周礼注疏》，上海古籍出版社，1990年，第353页。
④ 司马迁撰，裴骃集解，司马贞索隐，张守节正义：《史记》，中华书局，2014年，第4册，第1467页。
⑤ 刘宝楠撰，高流水点校：《论语正义》，中华书局，1990年，下册，第555页。

明意旨。荀子指出，君子诚士，不仅需要"法先王，顺礼义，党学者"，也要"乐言""好言"。荀子把"言"作为以言行仁的一部分，指出"仁言"的目的既是行仁，则有自上而下发布正令、自下而上筹谋救世的作用。

从上述梳理中可以发现，以李充、皇侃、刘宝楠为代表的注家，在解读"有德者必有言"时，对"言"的具体内涵有所规定。这里的"言"不是普通的言语，而是一套有助于侍君、安民、维护秩序、匡扶道义的言论。换言之，有德之人对社会抱有深刻的责任感，他们理应建构一套具有意识形态导向作用的话语体系。

此外还有另一种阐释角度值得关注。当注家在解释"有言者不必有德"时，他们的关注点也随之转换。如皇侃注疏："既有德，则其言语必中，故必有言也。人必多言，故不必有德也。"①"必中"与"多言"形成一组对立概念。如果说"必中"可以理解为言必有中、切中肯綮，那么多言则指向言的多寡，这属于对语言表达的要求。他还引用殷仲堪的观点："修理蹈道，德之义也。由德有言，言则末矣。末可矫而本无假。故有德者必有言，有言者不必有德也。"②殷氏认为，有言者不必有德，正是因为言可矫饰。对"言"的分析，已不拘于具体内涵，而转向了外在的表达与修饰。

皇疏中针对语言表达提出的看法，在嗣后的注疏中有所发展，并逐渐形成口不妄发、言不巧饰的评判传统。北宋时期，邢昺《论语正义》在解释"言"时指出："'有言者不必有德'者，辩佞口给，不必有德也。"③《论语·公冶长》有"御人以口给，屡憎于人，不知其仁焉"。邢昺所反对的"辩佞口给"，指人巧言善辩、阿谀逢迎。胡瑗在《周易口义》中则用"有德者必有言"来解释艮卦："《象》曰'艮其辅，以中正'者，此爻居非其正，然位得其中，是有大中之德而能正其口辅，使口不妄发。孔子曰'有德者必有言'是也。"④足以折射宋人理解之"言"，是有德正口、口不妄发之言。同样持此论断的，还有陈祥道《论语全解》："德至静也，其发为言；仁至柔也，其动则为勇。颜子善言德

---

① 何晏集解，皇侃义疏：《论语集解义疏》，《丛书集成初编》，第 190 页。
② 何晏集解，皇侃义疏：《论语集解义疏》，《丛书集成初编》，第 190 页。
③ 何晏注，邢昺疏：《论语注疏》，北京大学出版社，1999 年，第 183 页。
④ 胡瑗：《周易口义》卷九，文渊阁《四库全书》本。

行，有德者必有言也。子贡能言不能讷，有言者不必有德也。"①陈氏以颜回和子贡对比，指出颜回"善言"，而子贡却存在"能言不能讷"的局限。

事实上，在内涵上推崇"上道于下、下忠于上"，在表达上提倡慎言、反对巧言，这两种不同层面的规定，基本也呼应了《论语》中所体现的对"言"的追求。考察《论语》中的"言"，一共出现 129 次，分布于 77 章。② 其中 20 余章用作动词，指说话、谈论、评论等；其余 50 余章用作名词，指言语、言论等，这部分集中反映了儒家对"言"的多重要求。譬如"言"的承载主体，多是君子或士。如"子曰：'君子食无求饱，居无求安，敏于事而慎于言，就有道而正焉，可谓好学也已。'"（《论语·学而》）"子贡问君子。子曰：'先行其言而后从之。'"（《论语·为政》）都强调君子应该慎言敏行、言行合一，这属于针对特定阶层的评判标准。《论语》中得以着重讨论的"言"，也非普通言论，而是符合儒家为政理念的良策。如"仲弓问子桑伯子。子曰：'可也，简。'仲弓曰：'居敬而行简，以临其民，不亦可乎？居简而行简，无乃大简乎？'子曰：'雍之言然。'"（《论语·雍也》）"子曰：'善人为邦百年，亦可以胜残去杀矣。诚哉是言也！'"（《论语·子路》）作为"雍之言然""诚哉是言"而受到肯定和记录的，都是事关治国率民的主张。此外，《论语》对"言"的外在属性也有明确态度，既反对巧言，如"子曰：'巧言令色，鲜矣仁！'"（《论语·学而》）；也鼓励言语切中要害，如"鲁人为长府。闵子骞曰：'仍旧贯，如之何？何必改作？'子曰：'夫人不言，言必有中。'"（《论语·先进》）。通过对"言"的阶层属性、政教意涵、表达特性进行规定，儒家才能实现思想主张的有效输出，进而真正介入到维护伦理秩序、推进教化统治的社会实践中。而"有德之言"作为儒家言论追求的凝练表达，在注家不同角度的释义和申说中有了明晰的定位，也标示着儒家推崇礼乐政教的本质诉求。

---

① 陈祥道：《论语全解》卷七，文渊阁《四库全书》本。
② 以上数据为笔者粗略统计。

二、辩证:"有德"与"有言"之关系

"有德"与"有言"各有其范畴,不仅具有独立性,同时也存在辩证关系。按照"有德者必有言,有言者不必有德"的论述,实际可以细分为三种情况:第一,有德者必有言;第二,有言者亦有德;第三,有言者无德。这说明"有德"的要求高于"有言",而"有言"是衡量有德的标准之一,"有德"与"有言"属于包含与被包含的关系(如图一)。这种认知逻辑在《论语》中较为常见。如"子曰:'君子不以言举人,不以人废言。'"(《论语·卫灵公》)"孔子曰:'不知命,无以为君子也;不知礼,无以立也;不知言,无以知人也。'"(《论语·尧曰》)在孔子看来,内心之志需要借助言来外现,不知其言则难以知其人。但与此同时,不能光凭借言来判断一切,不能"以言举人"。那么,究竟该如何认识"有言",在达到何种标准之后,"有言"才可以变成"有德"呢?

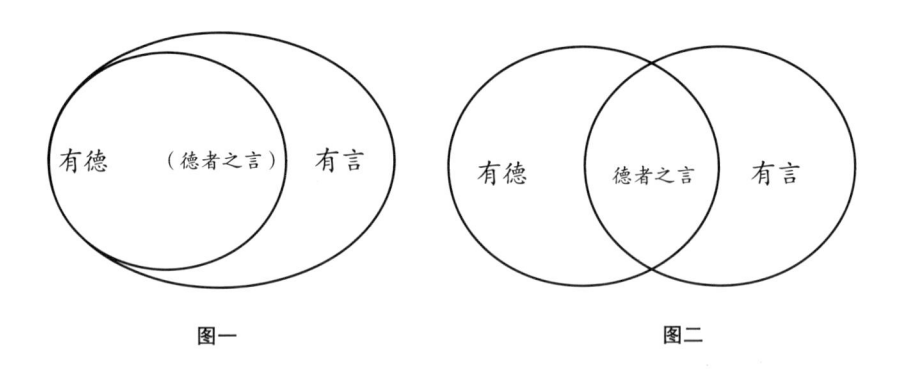

图一　　　　　　　　图二

诚如上节所论,注家在辨析"有德"与"有言"关系之前,已对"有德之言"有所界定。那么不符合规范的"佞巧之言、说客之言、辩士之言",自然在"有德"行列之外。问题是符合规范的言论,是否就可以顺理成章纳入"有德"的范畴呢?宋人敏锐地发现了这一问题,在朱熹所辑《论孟精义》一书中,就记载了相关探讨:

吕曰：有德者然后知德，故能言；尚辞者德有所不察。

杨曰：有得于中，则其发于外也必中，故必有言。有言者行或不掩焉，故不必有德。

侯曰：有德者必有言，有德之言，如圣贤之言是也。有言者不必有德，狂者过之，如琴张、曾皙之言是也。①

吕大临认为，"尚辞者"不能归为有德，这仍是从语言的外在修饰出发，反对重辞轻德的倾向。而杨时所提出的"有言者行或不掩焉，故不必有德"，则新引入了"言行相符"的标准。换言之，一个人也许不但"有言"，而且说的是"有德之言"（内涵与表达都符合要求的正当言论），但其行为并不符合这些言论，也不能是"有德者"。这无疑为"有言者不必有德"增加了新的内涵。侯仲良则以琴张、曾皙为例。《孟子·尽心下》有：

曰："如琴张、曾皙、牧皮童者，孔子之所谓狂矣。"
"何以谓之狂也？"
曰："其志嘐嘐然。曰'古之人、古之人'，夷考其行而不掩焉者也。"②

《说文解字注》："嘐，夸语也。"③侯仲良所列举的琴张、曾皙等人，都不是巧言令色、奸佞舌辩之人，而是儒门中低圣人一等的贤人。但也因为言行不符，只有夸饰狂放之语，不能算作有德者。由此可以反映出，宋儒在分析"有德"与"有言"关系时，思辨更趋精密，对有德者的要求也显得更严格。

除了对"有言者不必有德"进行补充说明，确立言行一致的新标准；宋儒朱熹对"有德者必有言"一句，也进行了某种程度的否定。他提出"有德者未必以能言称"和"有德而不能言者常少"的说法，表现出对经典命题的修正态度。

首先看《论语集注》。朱熹将此句释为："有德者，和顺积中，英华发

---

① 朱熹撰，朱杰人等主编：《朱子全书》，上海古籍出版社、安徽教育出版社，2002年，第7册，第474—475页。
② 赵岐注，孙奭疏：《孟子注疏》，上海古籍出版社，1990年，第263页。
③ 许慎撰，段玉裁注：《说文解字注》，第59页。

外。能言者，或便佞口给而已。尹氏曰：'有德者必有言，徒能言者未必有德也。'"① 朱熹"和顺积中，英华发外"的说法，本自《礼记·乐记》：

> 德者，性之端也；乐者，德之华也；金、石、丝、竹，乐之器也。诗，言其志也；歌，咏其声也；舞，动其容也。三者本于心，然后乐气从之。足故情深而文明，气盛而化神，和顺积中，而英华发外。唯乐不可以为伪。②

《乐记》中将"乐"视作"德"之华，是因为有德于心，才能发之于外，并且"乐不可以为伪"。而朱熹在与陈文蔚围绕《乐记》对谈的时候，也专门对"乐"做过阐发："下文云：'乐章德，礼报情，反始也。'文蔚问：'如何是章德？'曰：'和顺积诸中，英华发诸外，便是章著其内之德。'"③ 在朱熹看来，乐是内在德行的外向彰显。因此，当他将对"乐"的看法，几乎原封不动置换到"言"上时，我们可以相信，朱熹所理解"言"与"乐"，存在一致的特点，即由内而外、自然生发。不过需要注意的是，当朱熹在解释"有言者不必有德"时，却认同尹焞的观点，将"有言"与"能言"等同起来。他认为能言者，或许只是巧舌善辩，即便拥有过人的表达能力，其言论也不是内心德性的真实流露，故而未必有德。

朱熹关于"能言"的看法并非仅见于此。他还在不同的书信、注疏中反复阐发自己的理解。《答程允夫》便记载了他与程洵的探讨：

> "有德者必有言，有仁者必有勇。"洵窃谓有德者未必有言，然因事而言，则言之中理可必也；仁者未必有勇，然义所当为，则为之必力可必也。故皆曰必有。

> 有德者未必以能言称，仁者未必以勇著。然云云以下，各如其说。④

---

① 朱熹：《四书章句集注》，中华书局，1983年，第149页。
② 郑玄注，孔颖达疏：《礼记正义》，北京大学出版社，1999年，中册，第1111—1112页。
③ 朱熹撰，朱杰人等主编：《朱子全书》，第17册，第2976页。
④ 朱熹撰，朱杰人等主编：《朱子全书》，第22册，第1875页。

关于这次交流，何焯《义门读书记》的记载略有差异："有德者未必以能言称，然因事而言，则言之中理可必也；仁者未必以勇著，然义理所当为，则为之必力可必也。此程允夫问语首二句，朱子略改。"① 由于程洵本人的书信已不可见，很难还原原始文字。但从二人讨论的重心来看，朱熹的说法确乎与他在《集注》中的观点保持一致。"有德者未必以能言称"，只不过"因事而发"而有"中理之言"。

这一观点在《周子通书注》中得到进一步发展。周敦颐《通书·文辞》章有："不知务道德而第以文辞为能者，艺焉而已。"而朱熹在作注时，更详细表达了自己的见解：

> 或疑有德者必有言，则不待艺而后其文可传矣。周子此章，似犹别以文辞为一事，而用力焉何也？曰：人之才德，偏有长短，其或意中了了，而言不足以发之，则亦不能传于远矣。故孔子曰："辞达而已矣。"程子亦言："《西铭》吾得其意，但无子厚笔力不能作耳。"正谓此也。然言或可少，而德不可无。有德而有言者常多，有德而不能言者常少。学者先务，亦勉于德而已矣。②

朱熹认为周敦颐先务道德的看法是正确的，但同时指出，人的才德各有长短。即便内心有德，如果才华不足以支撑表达，难以因言达意，则不能长远传播。"有德而有言者常多，有德而不能言者常少"，实际上承认了"有德者不必有言"的情况存在。这就从语言表达能力的角度，对原论断进行了否定和完善。于是"有德"和"有言"不再是包含与被包含的关系，而形成各自独立却互有交集的新关系（如图二）。

值得注意的是，朱熹立足"能言"，对语言表达能力进行考量，折射出当时一种新的解读倾向，即将"言"与"文辞"③ 等同起来。他论述中强调的"辞

---

① 何焯：《义门读书记》，中华书局，1987年，上册，第68页。
② 朱熹撰，朱杰人等主编：《朱子全书》，第13册，第121—122页。
③ 刘师培指出："凡古籍'言辞'、'文辞'诸字，古字莫不作'词'。特秦汉以降，误'词'为'辞'耳。"参见刘师培：《论文杂记》，王水照编：《历代文话》，复旦大学出版社，2007年，第10册，第9515页。

达""笔力",显然与孔子所说的"言"有所差别。孔子也重视语言形式上的美化和修饰:"志有之,言以足志,文以足言。不言谁知其志?言而无文,行而不远。"(《左传·襄公二十年》)① 在孔子看来,"言之无文,行而不远",唯有经过文饰的语言才能胜任"言志"的功能,才能使思想得到充分的传达和传承,但"言"与"文""辞"尚有区别。而伴随时代迭降,"言"与"文辞"却在人们的观念中渐失差异。这种认知倾向,也成为促使儒家之"言"向文人之"文"转化的重要动因。

三、引申:作为文学命题的依据

相较于"有德"和"有言"两组范畴,历代注家对"德""言"两个核心概念间的关系也有所辨析,主要形成了两种阐述模式。一种将"德—言"对应为"内—外"模式,另一种则类比成"本—末"模式。其中,内外模式强调的是一致性,为"文如其人"的观念形成提供了依据;本末模式注重的是派生性,助推了"文道一体""重道轻文"等思想的形成与发展。

以"内—外"论析德言关系,在何晏《论语集解》注中已有体现:"德不可以亿中,故必有言。"②《说文解字注》"億":"或假为'意'字。如《论语》'不億不信''億则屡中'是也。'億则屡中',《汉书·货殖传》作'意'。'毋意毋必',诸家称作'億必'。是可证矣。"③ 何晏认为,有德怀揣于心中,不能揣测辨别,于是要有言而发之。换而言之,言是德的外现。皇侃在何晏的基础上加注:"夫德之为事,必先有言语教喻,然后其德成。故有德者必有言。有言是不可億度中事也。"④ 皇侃的角度与何晏有细微差异,他认为有言是成德的环节,必须先经过言语教喻,才能真正形成其德。也即是说,德要宣扬于外,发挥作用,必定通过言语。这是一个由内心之德影响心外之事的过程,借助言

---

① 左丘明传,杜预注,孔颖达正义:《春秋左传正义》,北京大学出版社,1999年,中册,第1024页。
② 何晏注,邢昺疏:《论语注疏》,第183页。
③ 许慎撰,段玉裁注:《说文解字注》,第376页。
④ 何晏集解,皇侃义疏:《论语集解义疏》,《丛书集成初编》,第191页。

语来连接。何晏与皇侃的注解虽然隐晦，但基本指明了这种内外关系。宋儒的诸多论说，与此一脉相承。例如：

程颐：和顺积于中，而英华发于外也。故言则成文，动则成章。①
朱熹：有德者，和顺积中，英华发外。②
张栻：有德者必有言，其有言也，和顺积中而发见自然也。③
戴溪：德与言，仁与勇自是两事，缘中心纯实，发见于外，自然相应德人之言，可爱可敬，真是有和气袭人之意。④

以上诸人皆直接提出"中 外"关系，揭示更为鲜明。正是基于对内外一致性的认同，言语表达便成为道德品性的自然流露。循此认知，当人们把言语表达与文词表达相勾连，"有德者必有言"便时常被援引，用以誉美文人创作，逐渐成为"文如其人"观念的有力支撑。

明确提炼"文如其人"的说法，可追溯到苏轼《答张文潜县丞书》："子由之文实胜仆，而世俗不知，乃以为不如。其为人，深不愿人知之；其文如其为人，故汪洋澹泊，有一唱三叹之声，而其秀杰之气，终不可没。"⑤尽管此命题是针对苏辙文章评论而来，却反映出苏轼对人品文章一致性的认同。而他所撰《范文正公文集序》，也以"有德者必有言"的评价，沿袭了对"文如其人"的一贯看法：

在天圣中，居太夫人忧，则已有忧天下、致太平之意，故为万言书以遗宰相，天下传诵。至用为将，擢为执政，考其平生所为，无出此书者。今其集二十卷，为诗赋百六十八，为文一百六十五。其于仁义礼乐，忠信孝悌，盖如饥渴之于饮食，欲须臾忘而不可得。如火之热，如水之湿，盖

---

① 朱熹撰，朱杰人等主编：《朱子全书》，第 7 册，第 474 页。
② 朱熹：《四书章句集注》，第 149 页。
③ 张栻：《癸巳论语解》卷七，文渊阁《四库全书》本。
④ 戴溪：《石鼓论语答问》卷下，敬乡楼丛书本。
⑤ 苏轼著，李之亮笺注：《苏轼文集编年笺注》，巴蜀书社，2011 年，第 6 册，第 363—364 页。

其天性有不得不然者。虽弄翰戏语，率然而作，必归于此。故天下信其诚，争师尊之。孔子曰："有德者必有言"。非有言也，德之发于口者也。又曰："我战则克，祭则受福。"非能战也，德之见于怒者也。①

范仲淹文集共二十卷，包含"诗赋百六十八，文一百六十五"，苏轼皆归结于"德之发于口者"。由于范仲淹其人有"先天下之忧而忧"之襟怀，有追逐"仁义礼乐，忠信孝悌"之笃志，即便"弄翰戏语，率然而作"，都是发自天性，令人尊崇不已。"有德者必有言"就是对他为人为文的终极褒扬。这类引用在南宋的序跋题写中较为常见，例如李纲《古灵陈述古文集序》："窃观古灵先生陈公所著文章，殆所谓有德之言，而君子之文欤。"②陈宓《跋凤山杨先生〈景申集〉》："夫子曰：'有德者，必有言。'韩子曰：'仁义之人，其言蔼如。'言所以宣其心也，孰谓不足以观其人乎？"③陈宓《跋温陵吴教诗》："有德者必有言，耐闲先生之诗，岂依放陶、谢而焉之者哉。"④高斯得《沧州先生奏议序》："呜呼，圣人所谓有德者必有言，其公之谓乎？"⑤

如果诗文序跋的题写，不免掺杂私谊人情，难免有过誉之嫌。那么诗话中的运用，则在学理层面完成了向文学批评的转化，使"有德者必有言"成为"文如其人"的替换性表达。吴乔《围炉诗话》有："诗出于人。有子美之人，而后有子美之诗。子美于君亲、兄弟、朋友、黎民，无刻不关其念，置之圣门，必在闵损、有若间，出由、求之上。生于唐代，故以诗发其胸臆。有德者必有言，非如太白但欲于诗道中复古者也。……非子美之人，但学其诗，学得宛然，不过优孟衣冠而已。"⑥吴氏以杜甫为例，说明作诗当以德为先，唯有圣贤德行才能成就一流诗人。方东树《昭昧詹言》则认为："有德者必有言，诗虽吟咏短章，足当著书，可以觇其人之德性、学识、操持之本末，古今不过数

---

① 苏轼著，李之亮笺注：《苏轼文集编年笺注》，第2册，第2页。
② 曾枣庄主编：《宋代序跋全编》，齐鲁书社，2015年，第2册，第640页。
③ 曾枣庄主编：《宋代序跋全编》，第7册，第4896页。
④ 曾枣庄主编：《宋代序跋全编》，第7册，第4902页。
⑤ 高斯得：《耻堂存稿》，中华书局，1985年，第54页。
⑥ 吴乔：《围炉诗话》，郭绍虞选编，富寿荪点校：《清诗话续编》，上海古籍出版社，1983年，第593页。

人而已,阮公、陶公、杜、韩也。"①他认同诗品即人品,也从品德、学养、操守等方面肯定了诗歌创作的意义。由是观之,建立在内外一致基础上的德言关系,使"文如其人"观念具有一定的合理性和适用度。

而将"德—言"类比成"本—末"关系,则是另一种架构。皇侃《论语义疏》中引用东晋殷仲堪观点:"修理蹈道,德之义也。由德有言,言则末矣。末可矫而本无假。故有德者必有言,有言者不必有德也。"②殷氏用"本末"关系来阐释"德言"关系,以凸显德的本质性与稳定性。"本末"阐释模式在后世不断得到支持和回应,并逐渐与文道关系建立联结,从而形塑了传统的文道观念。

首先攫取这一模式并将其置换到文道关系上的,是唐代韩愈。撰写于贞元十七年(801)的两篇信札,较为集中地展现了他对文道关系的认识。在《答李翊书》中,他就将"有德者必有言"的德言关系论引申到文学上,提出"仁义之人,其言蔼如"的命题,开启了道德与文章的关系。他把德与言的关系比喻成木根与果实、膏油与光明的关系,提出"根之茂者其实遂,膏之沃者其光晔",强调了德对于言即文章的决定作用。③而在《答尉迟生书》中,他也指出:"夫所谓文者,必有诸其中,是故君子慎其实。实之美恶,其发也不揜。本深而末茂,形大而声宏。"④同样是以本末来类比"道"与"文"之关系,强调"中"和"实"的重要性。

韩愈的这一思考,反向而深刻地影响到宋代理学家对"有德者必有言"的阐释。据朱熹《论孟精义》所载:

范祖禹:德者本也,言者枝叶也,未有本固而枝叶不茂者也。
谢良佐:本深而末茂,器大而声闳,有德者所以必有言也。⑤

---

① 方东树著,汪绍楹点校:《昭昧詹言》,人民文学出版社,1961年,第97页。
② 何晏集解,皇侃义疏:《论语集解义疏》,《丛书集成初编》,第190页。
③ 张健:《知识与抒情——宋代诗学研究》,北京大学出版社,2015年,第8页。
④ 韩愈著,刘真伦、岳珍校注:《韩愈文集汇校笺注》,中华书局,2010年,第2册,第607—608页。
⑤ 朱熹撰,朱杰人等主编:《朱子全书》,第7册,第474—475页。

范祖禹用"本—叶"代替"本—末",虽表述更具象,但实质未变,强调了"德"与"言"之间的派生性。而谢良佐"本深而末茂,器大而声闳"的说法,则完全脱胎自韩文。

除注释传统以外,不少理学家对文道关系的思考也因袭此框架。与朱熹同时代的陆九渊在论述文道关系时,也持有和韩愈一样的主张:

> 孔门惟颜、曾传道,他未有闻。……曾子所传,至孟子不复传矣。吾友却不理会根本,只理会文字。实大声宏,若根本壮,怕不会做文字?今吾友文字自文字,学问自学问,若此不已,岂止两段?将百碎。①

其中"实大声宏",源自韩愈"本深而末茂,形大而声宏"的表述。在陆九渊看来,道和文原本一体,文自道出,不可割裂,一旦分途便会支离破碎。而在《与吴子嗣》中,他还有进一步阐发,并越过韩说而直溯"有德者必有言"之论:"文字之及,条理粲然,弗畔于道,尤以为庆!第当勉致其实,毋倚于文辞。不言而信,存乎德行。有德者必有言,诚有其实,必有其文。实者、本也,文者、末也。今人之习,所重在末,岂惟丧本,终将并其末而失之矣。"②他将"文—道""言—德""末—本"三组关系进行类比,将"言"与"文"、"德"与"道"等同。按照文不能违背道、有德自然有言、有本自然有末的逻辑,他提出应先务本而后逐末,显示出文道一体且重道轻文的认知取向。实际上,这种看法在宋代及此后,还有过更多申说。如黄庭坚《与济川侄》谈及,"夜来细观所作文字,甚有笔力,他日可为诸父雪耻,但须勤读书令精博,极养心使纯静,根本若深,不患枝叶不茂也"③;还有王阳明《书玄默卷乙亥》所论,"盖世之为辞章者,莫不以是借其口,亦独不曰'有德者必有言,有言者不必有德'乎?德,犹根也;言,犹枝叶也。根之不植,而徒以枝叶为者,吾未见其能生也"④,皆秉持相同理路。

---

① 陆九渊著,钟哲点校:《陆九渊集》,中华书局,1980年,第443页。
② 陆九渊著,钟哲点校:《陆九渊集》,第145页。
③ 黄庭坚:《黄庭坚全集》,四川大学出版社,2001年,第1册,第498页。
④ 王守仁著,陈恕编校:《王阳明全集》,中国书店,2014年,第1册,第227页。

由此推知，当文道关系逐渐变成思考的议题，无论理学家还是文学家，都试图返回经典，从"有德者必有言"中寻找依据。在将"德—言"放置在"本—末"关系中加以审视时，与之类比的"道—文"也随即被纳入本末派生的框架之中。尤其特殊的是，不同于"贯道说""载道说"，将道和文视作二元独立的事物①；"本—末"关系的本质是派生性，正因为文从道出，所以文、道原本为一体。对"文"独立属性的剥离，不仅加剧了崇本抑末、重道轻文思想在唐宋的盛行与演进，同时在"贯道说""载道说"之外，为重审文道关系开辟了新角度。"道本文末""文道一体"的观念，也成为传统文道观的重要支脉之一。

　　综上所述，围绕"有德者必有言"这一论断，历代注家的释读主要从两个维度展开。从儒家思想的传承上看，立足"言"的内涵与表达，不同的释义共同为"有德之言"建立了标准、划清了界限，也呼应了儒家的言论追求；针对"有德"和"有言"的辩证关系，适时补充"言行相符"的新标准，并对必然化、绝对化的表述进行微调修正，展现了理论不断完善的动态过程。而从文论思想的肇源上看，围绕德言关系建立"内外""本末"两种阐释模式，将"言"与"文"等同视之，为"有德者必有言"渗入批评领域提供了立论依据，使文学命题的形成有了来自儒家经典的支撑。

　　尽管在理论重构与内涵扩容的环节中，还留有许多尚待研究的问题，例如"言"与"文"是何时、又是如何形成对应关系的？"有德之言"与"无德之言"在修辞形式上是否存在区别，是否在先秦时期便存在由"言"向"文"转化的潜在根源？从宋代理学家的"文章之学"到清人的"词章之学"，"言"所对应之"文"又有何差异？然而就思想的诠释与演进而言，我们已足以看见儒家思想是如何通过注疏，从对概念范畴的细密界定，逐步走向对整体逻辑的推敲驳正，不断延展其历史影响；同时又是如何回应时代需要，在促成儒学、文

---

① 韩愈门人李汉序韩氏文集，提出"文者，贯道之器也"，是为"贯道说"。周敦颐《通书·文辞》提出"文，所以载道也"，是为"载道说"。郭绍虞先生由此总结："唐人主文以贯道，宋人主文以载道"，"后来贯道说成为古文家的文论，而载道说则成为道学家的文论"。"贯道说"和"载道说"也成为唐宋文学批评史上的重要范畴。参见郭绍虞：《照隅室古典文学论集》，上海古籍出版社，1983年，上册，第170页。

学等不同领域话语方式互动互渗的过程中，与传统文化形成日渐深刻的联结。

此外就学术的传承发展来看，回溯经典、重返元典是汲取思想养分的重要途径。在面临时代给予的新议题时，每一代学人既试图从古典中采掇资源，也基于对"当下"的思考不断衍生新的理念与见解，在原有的认知框架中纳入新的因子，推动思想谱系的持续性建构。当我们围绕"有德者必有言"章，回到不同的历史现场，还原层累其上的诸家观点，不仅是为重现叠加在经典之上的交锋与论争，更是为了读懂同一命题背后丰厚的思想积淀。以此为基础，我们才能更好地走向思想深处，找寻它辐照当下的光芒，在无限延续的"当下"阐释中，既受其沾溉，也育其蓬勃。

论曾国藩《古文四象》审美范畴体系

王 永[*]

摘要： 桐城派后期代表人物曾国藩继承姚鼐以阴阳论文的传统，在他所编选及分类的《古文四象》一书中，提出了"气势""识度""情韵""趣味"四种诗文分类范畴，并分别系以散文为主体、诗歌为补充的相关篇目。详考曾国藩的日记和家书，可以理清曾国藩这套审美范畴体系的生成路径和阐发程度。林纾对曾国藩的概念有所深化，对深入认知曾氏"四象"理论的内涵颇有帮助。

关键词： 曾国藩；《古文四象》；审美范畴；林纾

据《曾国藩日记》及吴汝纶序，《古文四象》编于同治四年初至同治五年冬曾国藩55岁前后，是为教授子弟所选，篇目经反复权衡斟酌，已成带有圈识评点的文稿，但原本并未流传出来，且不知所在。我们目前所见到的《古文四象》一书是据曾国藩弟子吴汝纶所抄出的目录所辑。据王澧华《〈古文四象〉编刊考论》[①]，《古文四象》有1903年林纾、昌鹤亭校勘，常埅璋督刻的刻印本，常埅璋跋云该本选目即吴汝纶抄自曾国藩处；1990、2008和2010年中国书店影印本出版。1908年北京北新书局本与林纾本同源，为王在棠校勘四卷本，赵衡铅印。其他现存版本有两种：一为国家图书馆及安徽图书馆藏民国七

---

[*] 王永，中国传媒大学人文学院教授，文学博士。
[①] 参见王澧华：《曾国藩家藏史料考论》，广西师范大学出版社，1996年，第226—240页。

年（1918）张翔鸾《评注古文四象》四册四卷，有张翔鸾注；二为安徽图书馆藏宋铁生节录本及宋铁生编辑的《评注详解古文四象》两册四卷。

唐文治《桐城吴挚甫先生文评手迹跋》追记吴汝纶（字挚甫）对他的教导云："子欲求进境，非文章明阴阳刚柔之道不可。因为余言：少时偕张濂亭先生从曾文正公学为文，殊碌碌，无短长。某日，文正公出，吾偕濂亭检案牍，见公插架有《古文四象》一书，盖公手定稿本也，亟取之记其目，越日归诸架。逾数月，文章大进，文正怪之曰：'子等已窃窥吾秘本乎？'则相与大笑。"① 正是这位偷艺而有大成的弟子吴汝纶将此书传于世间，传播曾氏为文的"阴阳刚柔"之秘。他在《记古文四象后》云："自吾乡姚姬传氏以阴阳论文，至公而言益奇，剖析益精，于是有四象之说，又于四类中各析为二类，则由四而八焉，盖文之变不可穷也。如是乃聚二千年之作一一称量而审定之，以为某篇属太阳、某篇属少阴，此则前古无有，真天下瑰玮大观也，顾非老于文事者骤闻其语，未尝不相与惊惑。文之精微，父不能喻之子，兄不能喻之弟，但以俟知者耳。"② 朱东润《〈古文四象〉论述评》（《文哲季刊》1927 年第四卷第 2 期）认为："持阴阳刚柔之说以论古文，其事始于姚惜抱而成于曾涤笙。姚氏之论，谓文有得于阳与刚之者，有得于阴与柔之美者，其言犹未尽致。至曾氏则更析为太阳太阴少阳少阴，是为四象，于兹四者复加分析，条贯始备。曾氏之后传其说者为张廉卿、吴挚甫，卒未能于曾氏之说有所加也。"③ 有关《古文四象》的专论文章重要的还有几篇。王之望《论〈古文四象〉说》（《江淮论坛》2000 年第 6 期）为当代学者对该书较早的综合性论述，蔡美惠《曾国藩古文四象说之文章风格分类探讨》，则着重从易学角度深化曾国藩对古文"四象"的认识。赵义柳《曾国藩〈古文四象〉研究》（安徽师范大学硕士学位论文，2016 年）对该书的研究也有全面的推进。

综上，学者对《古文四象》一书在校勘、评注、读解、论述等方面积累了

---

① 唐文治：《桐城吴挚甫先生文评手迹跋》，《茹经堂文集》三编卷五，《近代中国史料丛刊续编》第四辑，台湾文海出版社，1974 年，第 1384 页。
② 曾国藩编：《古文四象》，中国书店，2010 年，第 218 页。
③ 见《国立武汉大学文哲季刊》1927 年第四卷第二期（油印本），第 314 页。该文提出了吴汝纶所传之本的诸多可疑之处，但至今尚未出现比林纾本更可靠的版本以证其疑。

一定的成果，由于曾国藩本人的家传意识，后学又疏于阐发，加之文化变革的影响，《古文四象》的价值仍有待发掘、其选篇有待传播。本文从曾国藩"四象"文论的生成历程以及林纾等人的相关阐发，着重从审美范畴的视角进行深化研究。

一、"阴阳刚柔"与文学审美辩证

"四象"这一概念出自《易传》，《易·系辞上》云："太极生两仪，两仪生四象，四象生八卦。"以太少阴阳论四象，其说久远，自宋儒起更为明确，朱熹云"四象者，次为二画以分太、少"，"四象，谓阴阳老少"。① 这是从爻符上说明阴阳两叠所生成之太（老）少四象。对此两仪所生成之"四象"，向世陵解为："《周易》作者通过观象于天，观法于地，观鸟兽之文与地之宜，近取诸身，远取诸物，并通过对天与地、明与暗、牡与牝、男与女等事物的分析比较，认识到每一前者都具有刚健的属性，而每一后者则具有柔顺的属性，于是把前者归于阳，把后者归于阴，从而将宇宙万物最终区分为阳与阴两类事物和属性。最初的分类就是两类（两仪），两类属于质的划分，四象则是在阴阳之质的基础上代入量的因素而得出。"② "质""量"之别将"两仪"与"四象"之义阐发得很形象。以"质"的角度看，事物可有阴、阳两种属性，而从"量"的角度看，阴、阳的多、少，又构成"四象"。因此，自"太极"而言，阴阳对生而互存。太（老）阴实即无阳；太（老）阳实即无阴，各代表阴、阳之极致。少阴实即多阳，是阴在量上发生发展的态势；少阳实即多阴，是阳在量上发生发展的态势。老阴、老阳之说，着眼周期而言，相应地，其少阴、少阳之"少"要读作年少的少；太阴、太阳之说，着眼量变而言，相应地，其少阴、少阳之"少"要读作少量的少。既然如此，如果将文风系以阴阳二元来析分，自然有太少四象之变化，变化之中又必然包含阴阳二元之错综关系。

---

① 朱熹撰，苏勇校注：《周易本义》，北京大学出版社，1992年，第149页。
② 向世陵：《张载"易之四象"说探讨》，《周易研究》2012年第5期。

以阴阳刚柔论文，正式系统地运用于文学批评，是姚鼐在《复鲁絜非书》中所云：

> 鼐闻天地之道，阴阳刚柔而已。文者，天地之精英，而阴阳刚柔之发也。惟圣人之言，统二气之会而弗偏，然而《易》《诗》《书》《论语》所载，亦间有可以刚柔分矣。值其时其人告语之，体各有宜也。自诸子而降，其为文无有弗偏者。其得于阳与刚之美者，则其文如霆，如电，如长风之出谷，如崇山峻崖，如决大川，如奔骐骥。其光也，如杲日，如火，如金镠铁；其于人也，如凭高视远，如君而朝万众，如鼓万勇士而战之。其得于阴与柔之美者，则其文如升初日，如清风，如云，如霞，如烟，如幽林曲涧，如沦，如漾，如珠玉之辉，如鸿鹄之鸣而入廖廓。其于人也，漻乎其如叹，邈乎其如有思，暖乎其如喜，愀乎其如悲。观其文，讽其音，则为文者之性情形状，举以殊焉。①

姚鼐虽使用了阴、阳、刚、柔四个概念，但事实上仅是阳刚与阴柔的二元文风论。姚鼐以圣人之言为阴阳匀合的太极状态，经书已有刚柔分蘖，秦汉以后文章或偏于阳刚之美，或偏于阴柔之美。

姚鼐另有《海愚诗抄序》，亦论及文章阴阳、刚柔之理：

> 吾尝以谓文章之原，本乎天地。天地之道，阴阳刚柔而已。苟有得乎阴阳刚柔之精，皆可以为文章之美。阴阳刚柔并行而不容偏废，有其一端而绝亡其一，刚者至于偾强而拂戾，柔者至于颓废而闇幽，则必无与于文者矣。然古君子称为文章之至，虽兼具二者之用，亦不能无所偏优于其间。其故何哉？天地之道，协合以为体，而时发奇出以为用者，理固然也。其在天地之用也，尚阳而下阴，伸刚而绌柔，故人得之亦然。文之雄伟而劲直者，必贵于温深而徐婉。温深徐婉之才，不易得也。然其尤难得者，必在乎天下之雄才也。夫古今为诗人者多矣，为诗而善者亦多矣，而

---

① 姚鼐：《惜抱轩全集》，中国书店，1991年，第71页。

卓然足称为雄才者，千余年中数人焉耳。甚矣，其得之难也。①

姚鼐认为文章之原在天地之道，天地之道在阴阳刚柔。文章得天地之道至偏于一极者实即"质"上的"太阳"与"太阴"。姚鼐崇尚文风阴阳刚柔协和之美，但以周易阴阳二气辩证关系演绎文章风格奇崛、偏于阳刚的合理性，认为"雄伟劲直"贵于"温深徐婉"，"温深徐婉"之阴柔文风则多得之于诗人之才。

二、"四象"文章审美范畴的提出

桐城派弟子曾国藩则继承姚鼐的阴阳二元文风论并有所发展，更多肯定了文章阴柔之美的价值，正式通过文学作品的编类提出了四象文学的观念，但曾国藩的"四象"理论有一个生成的过程。

咸丰九年一月二十日曾国藩49岁时写有《圣哲画像记》一文，透露出以阴阳为据分类选文的一些观念：

> 西汉文章，如子云、相如之雄伟，此天地遒劲之气，得于阳与刚之美者也。此天地之义气也。刘向、匡衡之渊懿，此天地温厚之气，得于阴与柔之美者也。此天地之仁气也。东汉以还，淹雅无惭于古，而风骨少颓矣。韩、柳有作，尽取扬、马之雄奇万变，而内之于薄物小篇之中，岂不诡哉！欧阳氏、曾氏皆法韩公，而体质于匡、刘为近。文章之变，莫可穷诘。要之，不出此二途，虽百世可知也。②

他认为天地阳刚、阴柔之美以遒劲之义气、温厚之仁气得之于文章，得阳刚之美的文家典范是司马相如和扬雄，而阴柔之美的文家典范是刘向和匡衡。韩愈、柳宗元取法阳刚之文得之奇诡，欧阳修、曾功取法韩愈而性偏于阴柔。

---

① 姚鼐：《惜抱轩全集》，第35页。
② 曾国藩：《曾文正公全集·文集》卷三，吉林人民出版社，1995年，第1593页。

咸丰十年三月《日记》又云：

> 吾尝取姚姬传先生之说，文章之道，分阳刚之美、阴柔之美。大抵阳刚者，气势浩瀚；阴柔者，韵味深美。浩瀚者，喷薄而出之；深美者，吞吐而出之。就吾所分十一类言之，论著类、词赋类宜喷薄；序跋类宜吞吐；奏议类、哀祭类宜喷薄；诏令类、书牍类宜吞吐；传志类、叙记类宜喷薄；典志类、杂记类直吞吐。其一类中微有区别者，如哀祭虽宜喷薄，而祭郊社、祖宗则宜吞吐，诏令类虽宜吞吐，而檄文则宜喷薄；书牍类虽宜吞吐；而论事则直喷薄。此外各类，皆可以是意推之。①

在这里，他运用阴阳哲学，将阳刚的"气势浩瀚"与阴柔的"韵味深美"落实为文体文风的"喷薄"与"吞吐"，认为论著、词赋、奏议、哀祭、传志、叙记类宜喷薄，序跋、诏令、书牍、典志、杂记类宜吞吐，但又感到这种划分有武断之处，于是又就文体风格在具体场合、功能之下的变体进行了补充说明。这段论述可以看作是四象文学理论的前身。次年一月四日给儿子纪泽的书信中，曾氏又传承姚鼐的阳刚与阴柔二元论谈论了文风雄奇与惬适的关系②，但与最终的分类范畴仍有较大距离。

同治四年六月一日，曾国藩在写给儿子纪鸿、纪泽的书信中提到："有气则有势，有识则有度，有情则有韵，有趣则有味，古人绝好文字，大约于此四者必有一长。尔所阅古文，何篇于何者为近？可放论而详问焉。"③可见此时曾氏已经正式有了古文风格四象分类的意识，而具体篇目尚未明确。对于"古文四象"，曾国藩此后又有重要的说明。当月十九日再次写给纪鸿、纪泽的书信中又写道："气势、识度、情韵、趣味四者，偶思邵子四象之说可以分配，兹

---

① 曾国藩：《曾文正公全集·求阙斋日记类钞》卷下，第 4935—4936 页。
② 朱东润《古文四象论述评》云："涤笙则言：'天地之仁气''天地之义气'。自今日视之，鲜不以为迂诞而可笑，然在昔日则自成其为时代之精神。又如阳刚阴柔，今日言者。几何不疑其为悠谬之谈，实则易阳刚为壮美，易阴柔为优美，名辞一变，听闻可耸，度亦有贤者为此改观，愚夫从而继声者，狙公之术，如是而已。"《国立武汉大学文哲季刊》1927 年第四卷第二期（油印本），第 314 页。可见以阳刚与阴柔论文，可以会通于当代美学之壮美与优美。
③ 曾国藩：《曾国藩家书》，东方出版社，2014 年，第 89 页。

录于别纸，尔试究之。"① 其所附"文章各得阴阳之美表"如下：

理气之成象者	文境各有所长	经书之可指者	百家之相近者	自抄分类古文	自抄十八家诗
太阳	气势	《书》之誓《孟子》	扬雄韩文	论著奏议	李韩
少阴	情韵	《诗经》	《楚辞》	词赋	少陵、义山
少阳	趣味	《左传》	《庄子》、韩文	传志	韩苏
太阴	识度	《易》十翼	《史记》序、赞 欧文	序跋	陶

　　这封书信标志着古文四象分类观念的正式生成。其中值得注意的是：作者虽然受到姚鼐的阴阳刚柔文风理论启发，但并非有意识以邵雍的四象易学来创生四类文风概念，相反是在文学研究体会中自然关联起四象易学的，所以不必本末倒置，去过深探究这种分类背后的哲学依据。例如在经学著作的选目上曾国藩并未受到邵雍经学典籍"四府"分类说的影响。② 王望之云："与姚鼐的刚柔论一样，曾氏四象说的哲学基础也渊源于《周易》，只不过曾氏更倚重于邵雍的先天象数学……"③ 这只是从概念层面的肤浅感受。曾国藩在同治七年四月的日记中曾经回顾说："余昔年钞古文，分气势、识度、情韵、趣味为四属，拟在钞古、近休诗，亦分为四属，而别增一'机神'之属。机者：无心通之，偶然触之。余钞诗，拟增此一种，与古文微有异同。"④ 可见他对四分法背后的哲学框架是并不重视的，可以轻易就将其打破为五分法。⑤

---

① 曾国藩：《曾国藩家书》，第90页。
② 北宋理学家邵雍是四象哲学的重要开创者，他认为："夫昊天之尽物，与圣人之尽民，皆有四府焉。昊天之四府者，春夏秋冬之谓也，阴阳升降于其间矣。圣人之四府者，《易》《书》《诗》《春秋》之谓也，礼乐隆污于其间矣。春为生物之府，夏为长物之府，秋为收物之府，冬为藏物之府。号物之庶谓之万，虽曰万之又万，其庶能出此昊天之四府者乎？《易》为生民之府，《书》为长民之府，《诗》为收民之府，《春秋》为藏民之府。"见《邵雍集》，中华书局，2010年，第11页。
③ 王之望：《论"古文四象"说》，《江淮论坛》2000年第6期。
④ 曾国藩：《曾文正公全集·求阙斋日记类钞》卷下，第4943页。
⑤ 但这并不妨碍学者依照周易"四象"理论的深厚思想对《古文四象》已有的概论术语和经典选篇进行深度阐发。参见祭美忠：《曾国藩古文四象说之文章风格分类探讨》，《中国文论》（第三辑），上海古籍出版社，2016年。

以"阴阳四象"之说因而推之，阳则有太阳、少阳之分，阴则有太阴、少阴之分。气势太阳之类，趣味少阳之类，识度太阴之类，情韵少阴之类。曾国藩所分又不止于四象四类，太阳气势又别为喷薄、跌宕，太阴识度又别为闳括、含蓄，少阳趣味又别为诙诡、闲适，少阴情韵又别为沉雄、凄恻。作者所谓古文，既不同于唐宋以来的"古文"，也不同于宽泛的"古代之文"，而是从文学的立场上对经史子集等古籍文献的文风统观。《古文四象》选入经、史、子、集四部中 236 篇诗文，其所选篇数列表如下：

四象	选文
喷薄之势	《书》1、贾谊文 3、晁错文 1、贾山文 1、路温舒文 1、贾捐之文 1、扬雄文 4、杨恽文 1、韩愈文 12、柳宗元文 2、苏洵文 1、王安石文 1
跌宕之势	司马迁文 9、司马相如文 5
闳括之度	《易·系辞》上下、《书》3、《孟子》7、司马迁文 11、汉文帝文 1、刘向文 2、匡衡文 1、汉光武文 1、诸葛亮文 1、韩愈文 8、欧阳修文 15、曾巩文 3
含蓄之度	
诙诡之趣	《左传》文 10、司马迁文 1、班固文 6、庄周文 11、荀卿文 1、韩愈文 8、柳宗元文 5
闲适之趣	
沉雄之韵	《诗》65、贾谊文 2、扬雄文 1、班固文 1、屈原文 12、宋玉文 1、魏文帝文 1、左思文 1、潘岳文 1、鲍照文 1、邱迟文 1、江淹文 2、庾信文 1、韩愈文 4、苏轼文 2
凄恻之韵	

表中可见宋以后文章完全不选，选篇不仅限于古文，也包括诗赋及其他文化经典。曾国藩推重韩文，入选数量多（32 篇）且四类相对均衡。

三、曾国藩对"四象"的解说及林纾的相关论述

现存版本《古文四象》中没有直接留下曾国藩的理论解释，对于其"四象"文风概念体系，只能在家书和日记中找到一些片段性的解说，而林纾《春觉斋论文》中对曾国藩所使用的术语有所阐发，结合起来论说如下。

（一）气势

曾国藩在同治元年十月十四日写给纪泽的信中曾云："至行气为文章第一义，卿、云之跌宕，昌黎之倔强，尤为行气不易之法，尔宜先于韩公倔强处揣摩一番。"① 在同治四年六月十九日正式向儿子们提出四象文风的概念并附寄列表的半月之后，曾国藩又对他们强调道："韩无阴柔之美，欧无阳刚之美，况于他人而能兼之？凡言兼众长者，皆其一无所长者也。……四象表中，惟气势之属太阳者，最难能而可贵。古来文人虽偏于彼三者，而无不在气势上痛下工夫，两儿均宜勉之。"② 并在此提出了贾谊《治安策》、贾山《至言》、太史公《报任安书》、韩退之《原道》、柳子厚《封建论》、苏东坡《上神宗书》等代表性文章。

林纾对"气势"的解读云：

> 文之雄健，全在气势。气不工，则读者固索然；势不蓄，则读之亦难尽。故深于文者，必敛气而蓄势。
>
> 苏明允《上欧阳内翰书》称昌黎之文"如长江大河，浑浩流转，鱼鳖蛟龙，万怪惶惑，而抑遏蔽掩，不使自露。"此真所谓气势，亦真知昌黎之文能敛气而蓄势者矣。
>
> 昌黎吞言咽理，昌黎之所谓气势，从浅率观之，颇不易领会；若先取孟子与许行论并耕章读之，则知气势之所在矣。
>
> ——《气势》③

"气势"主要是来自于基于公义立场的滔滔雄辩。而林纾对"蓄势"的阐发及所选的孟子文例对我们体会曾氏的理念很有帮助。"气势"编多收韩文而不收欧文，可见对其阳刚文风的重视。

---

① 曾国藩：《曾国藩家书》，第 76 页。
② 曾国藩：《曾国藩家书》，第 91 页。
③ 此处及以下各条林纾引文见林纾：《春觉斋论文》，人民文学出版社，1998 年，第 76、78、75、82、86、84、85 页。

（二）识度

关于"识度"，曾国藩在给儿子们的书信中曾专门解释道："纪泽于陶诗之识度不能领会，试取《饮酒》二十首、《拟古》九首、《归园田居》五首、《咏贫士》七首等篇反复读之，若能窥其胸襟之广大，寄托之遥深，则知此公于圣贤豪杰皆已圣堂入室。"① 这虽是就诗歌而言，但亦能代表他对"识度"的总体看法。

林纾对"识度"的解读云：

> "识度"二字，本曾文正《古文四象》列入"太阴象"中，用意深微。然自浅率言之，则识者，审择至精之谓；度者，范围不越之谓。
>
> 识者，见远而晰其大凡，于至中至正处立论说，而事势所极，咸莫能外。
>
> 有远识，有闳度，虽闲闲出之，而势局已一瞭无余。
>
> ——《识度》

依林纾所论，"识度"的要点在于深、广及中正精微。曾氏所选"识度"之篇什，多为经纬天地之宏论，旨在总结或规划历史、政治和文化变迁之大势。

（三）情韵

曾国藩在同治五年十月十一日写给纪泽的信中说："尔读李义山诗，于情韵既有所得，则将来于六朝文人诗文，亦必易于契合。"② 可见他是以少阴之象概括六朝文风的。曾国藩说："夜温韩文《柳州罗庙碑》，觉情韵不匮，声调铿锵，乃文章中第一妙境。（咸丰九年九月十七日）"③ 此篇也被收在《古文四象》"情韵"编中。

林纾对"情韵"的解读云：

> 凡情之深者，流韵始远，然必沉吟往复久之，始发为文。

---

① 曾国藩：《曾国藩家书》，第 91 页。
② 曾国藩：《曾国藩家书》，第 99 页。
③ 曾国藩：《曾国藩日记》，九州出版社，2014 年，第 284 页。

盖述情欲其显，显当不邻于率；流韵欲其远，远又不至于枵。有是情，即是有韵。体会之，知其恳挚处发乎本心，绵远处纯以自然，此才名为真情韵。

——《情韵》

"情韵"编多收《诗经》中的篇什，诗情是"情韵"的主调，林纾的解说也根植于传统诗论中的抒情观。是编不收欧阳修文章，而"识度"编则特重欧、曾之文，可见编者对欧阳修及其学生曾巩文风的阴柔之美是以"太阴"象看待的，这与笔者的观念有所不同。欧阳修"六一风神"的阴柔之美，应也包含"少阴"象的情韵之美。

（四）趣味

曾国藩云："余近年颇识古人文章门径，而在军鲜暇，未尝偶作，一吐胸中之奇。尔若能解《汉书》之训诂，参以《庄子》之诙诡，则余愿偿矣。（咸丰九年九月十七日）"关于"趣"，曾国藩曾在日记中说："古文之道，亦须有奇横之趣、自然之致，二者并进，乃可成体之文。（咸丰十一年七月四日）"[①]曾国藩在写给纪泽的书信中说："望尔等于少壮时，即从有恒二字痛下工夫，然须有情韵趣味，养得生机盎然，乃可历久不衰，若拘苦疲困，则不能真有恒。"[②]持之以恒需要情韵趣味的调节，这符合古人为学的张弛之道。

对"趣味"一词，林纾并未做出直接的解释，而是析分为"风趣"与"神味"：

风趣者，见文字之天真；于极庄重之中，有时风趣间出。

然亦由见地高，精神完，于文字境界中绰然有余，故能在不经意中涉笔成趣。

——《风趣》

味者，事理精确处耐人咀嚼之谓。

——《神味》

---

① 曾国藩：《曾国藩日记》，第 76、447 页。
② 曾国藩：《曾国藩家书》，第 92 页。

《古文四象》"趣味"编多收《左传》《庄子》《汉书》及韩柳文章。对于"趣味"一体，曾国藩在同治五年十一月初二日《与沅弟书》中说："《古文四象》目录抄付查收。所谓'四象'者，识度即太阴之属，气势则太阳之属，情韵则少阴之属，趣味则少阳之属。弟若依此四门而另选稍低者、平日所嗜者钞读之，必有进益。但趣味一门，除我所钞者，难再多选耳。"[①] 这里包含两层意思，一是古文四象只是确立了四种文风的概念和框架而已，文本对象并不是僵化的；二是在古文中拣择"趣味"之文不易，或可见出古代雅文学趣味审美之缺失。

　　我们应该看到：（1）曾氏的编选本是为教授子弟的目的，是一个应用于创作实践上的范本，所选篇目有自己的理解和想法，但并不是一个封闭的体系，且客观上说来并未达到完善；（2）曾国藩本人对四象尚无理论上的自觉，林纾的解说也有自身理论体系的出发点，阐发过程中将气与势、识与度、情与韵、趣与味都分开来，这是一个发展和进步，惜其对于曾氏所分之喷薄之势与跌宕之势、闳括之度与含蓄之度、诙诡之趣与闲适之趣、沉雄之韵与凄恻之韵等并没有论及。

结　论

　　阴阳辩证是中国古代思想文化的核心方法论，曾国藩发挥姚鼐以阴阳刚柔论文的观念，由自发到自觉，建立了"四象八元"的诗文编类体系。曾氏对"气势""识度""趣味""情韵"的一些相关阐释，及林纾文论中的相关论说，使这些语词具备了美学风格范畴的高度。我们今天来通过选目从文章关键处窥探曾氏对四象的文学体认，则是气势多用驳难，现实问题讨论多；而识度多用颂赞，理论话题探讨较多；趣味多含机锋，智慧展现为主；而情韵多作感慨，生命意识思考深远。

　　《古文四象》是中国古代哲学方法论与中国古代文学理论高度融合的成

[①] 曾国藩：《曾国藩家书》，第100页。

果，但相应地，以哲学体系框架对古代文章的框范，自然也难以避免武断牵强。当下积极地继承《古文四象》的创作启迪和批评，尤其在于从字、句、段、篇这些细节入手，从文本上升到文体、文类的认识，因而曾国藩的"四象"作为审美范畴，在对文本进行定性研究和结构研究方面，具有不可或缺的判断功能和工具作用。气、识、趣、情四个范畴的审美内涵及其组合、交错与熔铸的表达经验，在创作上具有重要的借鉴和启迪意义，也旁通于更为宽广的历史文化视域。

文学史研究

从《中山诗话》和《临汉隐居诗话》两则史料论宋人对韩愈人品的误解与批评[*]

张 伟[**]

提要： 宋人对韩愈的文章给予高度评价，对其人品却颇有指摘。韩愈并非完人，但宋人对韩愈的批评也有误解和苛责。如《中山诗话》称"王向子直谓韩与处士作牙人商度物价也"，《临汉隐居诗话》谓"韩愈虽与石洪、温造、李渤游，而多侮薄之"。这两则批评从韩诗《寄卢仝》出发，看似有理有据，实则不明真相，有失公允。这两则诗话对韩愈的批评不是偶然现象，其根源与宋代朝野对忠义的高度重视和易代之际文人的心态变化有关。

关键词： 韩愈；牙人；乌重胤；误解

韩愈是唐宋八大家之一，唐代古文运动最重要的发起人。钱锺书《谈艺录》指出，宋人对韩愈的人品有不同的见解。批评者谓韩愈"好名""欲学文而学道"，《上李实书》词卑谄不可据，《符读书城南》示儿皆利禄事，《三上宰相书》轻薄为文，哂骂未休等；拥戴者则对韩愈或从大端回护之，或多有谅宥之词。[①] 韩愈抗颜为师，在世之时受到的诽谤不可胜数。相比于韩愈在世时"群

---

[*] 本文系湖南省发展和改革委员会2021年创新研发课题项目"中国阐释学理论资源及谱系研究"（项目编号：湘发改委投资【2021】212号）的阶段性成果。

[**] 张伟，湖南省社会科学院文学研究所助理研究员。

① 参见钱锺书：《谈艺录》，生活·读书·新知三联书店，2014年，第204—205页。

怪聚骂，指目牵引，而增与为言辞"①，宋人对韩愈的批评算是比较温和的。《谈艺录》中所引之《上李实书》词卑诌不可据，《符读书城南》示儿皆利禄事，《三上宰相书》轻薄为文，哂骂未休，皆实有其事，但宋人对韩愈人品的批评中也有误解和吹毛求疵的成分，《谈艺录》未曾收录。笔者发现宋人对韩愈与石洪、温造、李渤交游的两则批评从韩诗出发，看似有理有据，实则没有掌握全部文献，未从动态的角度看待韩愈思想的发展，不明真相，因而其所作评价有失公允。

刘攽《中山诗话》云："韩吏部《赠玉川诗》曰：'水北山人得声名，去年去作幕下士。水南山人又继往，鞍马仆从塞闾里。少室山人索价高，两以谏官征不起。'又曰：'先生抱材须大用，宰相未许终不仕。'王向子直谓韩与处士作牙人商度物价也。古称驵侩今谓牙，非也。刘道原云：'本称互郎，主互市。唐人书互为乐，因讹为牙。'理或信然。今言万为方，千为撇，非讹也，若隐语尔。"②牙人，古称"驵侩"，为马匹交易的经纪人。

魏泰《临汉隐居诗话》云："李固谓处士纯盗虚声。韩愈虽与石洪、温造、李渤游，而多侮薄之，所谓'水北山人得声名，去年去作幕下士。水南山人今又往（按：韩集作"又继往"），鞍马仆从照闾里（按：韩集作"寒闾里"）。少室山人索价高，两以谏官征不起。彼皆刺口论时事（按：韩集作"论世事"），有力未免遭驱使。'夫为处士，乃刺口论时事，希声名，愿驱使，又要索高价，以至饰仆御以夸闾里，此何等人也？其侮薄之甚矣！又《送石洪诗》曰：'长把种树书，人云避世士。忽骑将军马，自号报恩子。去去事方急，酒行可以起。'此尤可笑也。"③

《中山诗话》称"王向子直谓韩与处士作牙人商度物价也"。王向，字子直，号公默先生。《宋史》卷四百三十二《王回传》后有其弟王向、王同附传。王向曾戏作《公默先生传》。刘攽将王向的言论记录下来，本是借王向之说作个引子，讲述"牙人"一词的来源，并将类似的现象加以比较，但他在引用时不加分辨，等于认可了王向的说法。对于韩愈而言，"牙人"这个评价有"抹

---

① 柳宗元：《答韦中立论师道书》，《柳河东集》，上海古籍出版社，2008年，下册，第541页。
② 刘攽：《中山诗话》，何文焕辑：《历代诗话》，中华书局，2014年，第293页。
③ 魏泰：《临汉隐居诗话》，何文焕辑：《历代诗话》，第320—321页。

黑"的意味。"处士纯盗虚声"出自《后汉书·黄琼传》。黄琼为东汉名士，黄香（二十四孝之一）之子。他受朝廷征召，称疾不进。有司劾不敬，不得已将顺王命。先聘处士多不称望，李固素慕黄琼，故以书"逆遗之"，言："诚遂欲枕山栖谷，拟迹巢、由，斯则可矣；若当辅政济民，今其时也。自生民以来，善政少而乱俗多，必待尧舜之君，此为志士终无时矣……自顷征聘之士，胡元安、薛孟尝、朱仲昭、顾季鸿，其功业皆无所采，是故俗论皆言处士纯盗虚声。愿先生弘此远谟，令众人叹服，一雪此言耳。"①李固所引"俗论"为时人对处士的看法。他的本意是勉励黄琼展才华，行善政，为处士一雪耻辱。魏泰则引此论说明石洪、温造、李渤皆"纯盗虚声"者，谓"韩愈虽与石洪、温造、李渤游，而多侮薄之"。王向、魏泰皆为北宋士人，他们对韩愈的评价都是负面的。

刘攽所引的诗《赠玉川诗》（笔者按：一为《寄卢仝》）涉及四位处士：石洪、温造、李渤、卢仝。韩愈与四人皆有交往。从韩愈与此四人的交游及他们的出仕经历来看，王向、魏泰所言并非实情。仔细分析宋人对韩愈的批评，不难发现，宋人对韩愈的误解、批评，与易代之际文人的心态变化密切相关。

一、石洪、温造、李渤、卢仝的出处经历

"水北山人"指石洪，"水南山人"指温造。石洪、温造分居洛阳南北之涯，皆为东都名士。《新唐书·乌重胤传》后有石洪简传："石洪者，字濬川，其先姓乌石兰，后独以石为氏。有至行，举明经，为黄州录事参军，罢归东都，十余年隐居不出。公卿数荐，皆不答。重胤镇河南，求贤者以自重，或荐洪，重胤曰：'彼无求于人，其肯为我来邪？'乃具书币邀辟，洪亦谓重胤知己，故欣然戒行。重胤喜甚至，礼之。后诏书召为昭应尉、集贤校理。"②乌重胤于元和五年（810）四月任河阳军节度使、御史大夫，经幕僚推荐，征召

---

① 范晔撰：《后汉书》卷六十一，中华书局，2014年，第589—590页。
② 欧阳修、宋祁撰：《新唐书》卷一百七十一，中华书局，1975年，第5188页。

处士石洪。是年六月，石洪入乌重胤幕，河南令韩愈作《送石处士赴河阳幕》《送石处士序》送行。石洪应征后仅一年，即因考功为天下第一正式步入仕途，拜京兆昭应尉、任集贤院校理。

韩愈与石洪乃生死之交。元和三年（808）十月九日，韩愈与石洪、王仲舒等人同游福先塔寺。韩愈时为国子博士，同游者皆为官宦，唯有石洪为处士。韩愈还曾与李翱、孟郊、柳宗元、石洪一起登长安慈恩塔，时间不详。石洪去世之前嘱咐韩愈为其作墓志铭。元和七年（812）六月甲午，石洪因病去世。韩愈撰文祭奠，作《集贤院校理石君墓志铭》，又作《祭石君文》："曰景与愈，与游为久。自君之逝，相遇辄哀。"①

《旧唐书》有《温造传》，"温造字简舆，河内人。祖景倩，南郑令。父辅国，太常丞。造幼嗜学，不喜试吏，自负节概，少所降志，隐居王屋，以渔钓逍遥为事。寿州刺史张建封闻风致书币招延，造欣然谓所亲曰：'此可人也。'徙家从之。建封动静咨询，而不敢縻以职任。及建封授节彭门，造归下邳，有高天下之志。建封恐一旦失造，乃以兄女妻之"②。温造为侍御史时弹劾夏州节度使李佑违制进马一百五十匹。李佑私谓人曰："吾夜逾蔡州城擒吴元济，未尝心动，今日胆落于温御史。吁，可畏哉！"③ 温造识机知变，善于夷乱，累迁至礼部尚书，年七十卒，赠尚书右仆射。温造与韩愈的交情不如石洪，但身为河南令的韩愈也参与了为温造践行的集会，并撰《送温处士赴河阳军序》。石洪、温造入幕之前所得"书币"、入幕之后任何职，都与韩愈并无直接关系，韩愈仅在其送行之宴会上作诗、序以饯行。韩愈从未推荐石洪、温造入幕，更未从中牟利。韩愈在送行的诗、序中对于石洪、温造的出仕，给予了婉转的批评，《寄卢仝》更是表达了尖锐的批判。"牙人"从事的职业是撮合买卖双方，帮他们做成交易后收取佣金，"商度物价"即牙人撮合双方买卖的过程。刘攽引《寄卢仝》来印证王向所说韩愈"与处士作牙人商度物价"，完全不符合事实。

---

① 韩愈著，马其昶校注，马茂元整理：《韩昌黎文集校注》，上海古籍出版社，2014 年，第 418—419 页。
② 刘昫等撰：《旧唐书》卷一百六十五，中华书局，2015 年，第 4314 页。
③ 刘昫等撰：《旧唐书》卷一百六十五，第 4315—4316 页。

再来看少室山人李渤。李渤之父身为殿中侍御使却不奉养生母,被废于世,李渤对此感到羞耻,与兄长隐居庐山不肯仕,后隐居少室山,故韩愈称其为少室山人。《资治通鉴》载李渤在元和元年(806)被征为左拾遗,李渤辞疾不应。元和三年,朝廷征召李渤出山,河南少尹杜兼派遣小吏持诏、币即山敦促,李渤上书谢绝。韩愈作书敦劝,其言曰:"又窃闻朝廷议,必起遗公,使者往若不许,即河南必继以行。拾遗征君若不至,必加高秩:如是则辞少就多,伤于廉而害于义,遗公必不为也。"① 韩愈说朝廷征召李渤的意愿很坚决,而李渤坚辞不出,接下来只有由河南少尹亲自出马,且"必加高秩",彰显朝廷的诚意,李渤才会出仕。但这样一来,"辞少就多",难免落人口实。韩愈这是从反面来劝说李渤出仕。据《嵩山天封宫题名》,元和四年(809)二月二十六日,韩愈与著作郎樊宗师、处士卢仝自洛中至少室山谒李渤。次日与李渤、卢仝及道士韦濛、僧容登太室中峰,宿封禅坛下石室,后于龙泉寺遇雷。这则题名作于元和四年,说明在朝廷征召一年之后李渤仍居于少室山中。《寄卢仝》中"少室山人索价高,两以谏官征不起"就是讽刺李渤两次却朝廷拾遗之召之事。山人不应征,体现其孤高的情怀,本是文人佳话,韩愈却加以讥讽。笔者推测,可能与李渤虽不应召,对朝廷之事却很热心有关。《新唐书·李渤传》曰:"每朝廷有阙政,辄列章附上。"② 李渤于元和元年、三年两次拒绝从八品的拾遗,却于元和九年(814)出任从五品的著作郎,确实不无"索价高"的嫌疑。

李渤在出仕问题上与韩愈的想法不一致,但在为人和从政的理念上与韩愈有诸多相似之处。这种一致性或许是他们能够成为友人的重要原因。李渤节操高尚,从不苟合,出仕后不避危难,屡屡谏言纠正时弊,为时人所推重。《新唐书·李渤传》云:"渤,孤操自将,不苟合于世,人咸谓之沽激。屡以言斥,而悻直不少衰,守节者尚之。"③ 元和十三年(818),李渤上书:"宜正六官、叙九畴、修王制、月令,崇孝悌,敦九族,广谏路,黜选举,复俊造,定四民,

---

① 韩愈著,马其昶校注,马茂元整理:《韩昌黎文集校注》,第742页。
② 欧阳修、宋祁撰:《新唐书》卷一百一十八,第4283页。
③ 欧阳修、宋祁撰:《新唐书》卷一百一十八,第4286页。

省抑佛、老，明刑行令，治兵御戎。"① 李渤"省抑佛、老"与韩愈排佛老的主张不谋而合，不过李渤的表达方式比较平和，没有激起宪宗的反感。就政治见解而言，李渤与韩愈是有所契合的。

《寄卢仝》作于元和六年（811）春，韩愈时为河南令。《韩愈传》后附有孟郊、张籍及"韩门弟子"的传记。卢仝的简传为："卢仝居东都，愈为河南令，爱其诗，厚礼之。仝自号玉川子，尝为《月蚀诗》以讥切元和逆党，愈称其工。"② 卢仝精研《春秋》，善于作诗，其祖为初唐四杰之一的卢照邻。虽然史家视卢仝为韩门弟子，但韩愈本人从未视卢仝为弟子，而是对其礼敬有加。卢仝"家甚贫，惟图书堆积……终日苦哦，邻僧送米。朝廷知其清介之节，凡两备礼征为谏议大夫，不起"③。比起"刺口论世事"的石洪、温造、李渤，卢仝不阿世，不入时，甘于清贫，一心治学。韩愈作为文化领袖，对他的称赞、敬佩乃是出自内心。卢仝深居简出，仅有破屋数间、一奴、一婢，因被恶少欺凌而遣老奴向韩愈告状。韩愈为之出头。卢仝又遣老奴告知，如此处置并非所喜，不应以猛政治理都邑，不宜伤生。韩愈对之肃然起敬，发出"先生固是余所畏，度量不敢窥涯涘"的感慨。《唐宋诗醇》曰："玉川垂老，尚依时宰，致罹甘露之难，其人固非高隐，退之何以倾倒乃尔？观诗中所叙，特与邻人构讼，而以情面听其起灭耳。却写得壁立千仞，有执鞭忻慕之意。乃知唐时处士，类能作声价如此。"④ 韩愈作《寄卢仝》之时卢仝的处境艰难之至，即使其晚年"依附时宰"确有其事（此事目前尚未得到确证），那也是《寄卢仝》之后的事，韩愈怎能预先得知？石洪、温造、李渤多次拒绝朝廷征召，用隐居来博取名誉，其底气是因为他们不做官也可以过富足的生活（如乌重胤说石洪"无求于人"）。在韩愈看来，石洪等人的隐居只是一种姿态和策略，待到朝廷提供高官厚禄，或者是遇到有力者提携，又会再度出山，而卢仝安贫乐道，十余年闭门不出，精研学问和诗歌，与他们显然不是同一类人。韩愈的"执鞭忻慕之意"是发自内心的，与处士"类能作声价"并不相关。

---

① 欧阳修、宋祁撰：《新唐书》卷一百一十八，第4283页。
② 欧阳修、宋祁撰：《新唐书》卷一百七十六，第5268页。
③ 傅璇琮主编：《唐才子传校笺》卷五，中华书局，1989年，第268页。
④ 韩愈著，钱仲联集释：《韩昌黎诗系年集释》，上海古籍出版社，1984年，第790页。

二、韩愈对石洪、温造、李渤的批评

究竟应当如何看待韩愈对石洪、温造、李渤的批评呢？笔者认为，或许可以从以下角度进行思考。

其一，在处士入幕问题上，韩愈并不是"一刀切"的，他会根据对象的情况而采取不同策略。在对待处士出仕的问题上，韩愈的态度是有差异的：他力劝处士应朝廷征召，而不建议、不鼓励入幕。只有当处士既无法通过科举考试，又无朝廷征召，且确实是在家庭有困难的情况下，他对于入幕才是肯定的。对比《送李愿归盘谷序》和《送董邵南序》，就可以了解韩愈的不同态度。韩愈借李愿之口提出了士大夫的三种人生选择，第一种是"大丈夫之遇知于天子……是有命焉，不可幸而致也"；第二种是"穷居而野处……大丈夫不遇于时之所为也，我则行之"；第三种是"伺候于公卿之门，奔走于形势之途……老死而后止者，其于为人贤不肖何如也？"①在有选择的情况下，士人最好的选择是"遇知于天子"，其次是"穷居而野处"；最不得已、最糟糕的人生选择才是入幕。但对于家境贫穷、家庭负担沉重的士子而言，韩愈又会体谅他们的难处，不仅鼓励他们入幕，而且或以赠序的方式，或向幕主直接推荐，促使他们得到成为幕僚的机会。"成就后进士，往往知名。"②董邵南隐居行义于寿州安丰县，"刺史不能荐，天子不闻名声"③，不得已游河北，韩愈作序为之壮行。孟郊年近五十，来京师应进士试，落第。韩愈与其相交不久，钦慕于孟郊的才情，同情他的不幸，向张封建推荐孟郊。张籍于贞元十五年（799）中进士。韩愈时为国子祭酒，作《举荐张籍状》，使其得以自校书郎除为国子博士。韩愈推荐董邵南、孟郊、张籍，完全出于对人才的惺惺相惜，并无功利目的。他赞美身处穷困之中依然坚持独立精神的卢仝亦是如此，由此我们也可了解韩愈的光辉而博大的人格境界。

其二，韩愈的批评因场合不同而有轻重之分，但出发点都是爱护友人。韩

---

① 韩愈：《送李愿归盘谷序》，《韩昌黎文集校注》，第273页。
② 欧阳修、宋祁撰：《新唐书》卷一百七十六，第5265页。
③ 韩愈著，钱仲联集释：《韩昌黎诗系年集释》，第79—80页。

愈对石洪、温造的出仕和李渤的不仕都是不赞成的，不过他还是注意区分场合的。在为石洪、温造送行的公开场合（如《送石洪》），韩愈对石洪的批评是含蓄婉转的，有戏谑的性质。《送石处士赴河阳军幕》云："长把种树书，人云避世士。忽骑将军马，自号报恩子。风云入壮怀，泉石别幽耳……"马位说："二句包括《北山移文》一篇。"①马位是清代诗人，所谓"二句包括《北山移文》一篇"，可以有两种理解：一是韩愈的"风云云入壮怀，泉石别幽耳"与《北山移文》中将风景拟人化的写作手法相似；一是指韩愈的《送石处士赴河阳军幕》与《北山移文》一样都是讥讽欺世盗名的假隐士，讽刺先贞后渎的变节者。后者是文学史通常的说法，谭家健、吴正岚等人支持这个说法。不过笔者更倾向于认同王运熙的分析。王运熙在《孔稚圭的〈北山移文〉》一文中指出，《北山移文》的主旨并非讥讽假隐士，而是以戏谑的口吻写给友人的游戏文章。②结合韩愈的《送石处士赴河阳军幕》来看，韩愈对《北山移文》的吸收是创造性的。他虽然借用了《北山移文》将风景拟人化的写法，但与《北山移文》写山林如何"献嘲……腾笑……争讥……竦诮"迥异，《送石处士赴河阳军幕》中的风云、泉石并无悲、怨、愤、讥等负面情绪。它们"入壮怀"、"别幽耳"，以理解的态度与石洪的惜别。诗歌后半部分对石洪着急出山的原因也做了说明："巨鹿师欲老，常山险犹恃。岂惟彼相忧，固是吾徒耻。去去事方急，酒行可以起。"事急从权，石洪的出仕的确匆忙，但韩愈反而劝石洪更快一点，喝完这杯酒，立马上路。这种写法带有戏谑的性质。戏谑与讥讽、侮薄性质迥异，韩愈对其间分寸拿捏得很好。《送温处士赴河阳军序》将"贺"与"怨"相结合，写法别开生面。姚鼐评价韩愈这篇序"意含滑稽，而文特票姚"③。这两篇序都有正话反说的意味。作为友人，韩愈的《送石洪》确有含蓄的批评，但并未达到"此尤可笑"的程度。否则，石洪对之不可能不介怀，也不可能在临死之前请韩愈为其作墓志铭。

在私底下，尤其是在写给卢仝的诗中，韩愈对石洪等三位处士的批评极为辛辣。《寄卢仝》是韩愈与卢仝私人往来的诗歌，韩愈或许最初并未料到它会

---

① 韩愈著，钱仲联集释：《韩昌黎诗系年集释》，第739页。
② 王运熙：《汉魏六朝唐代文学论丛》，复旦大学出版社，2002年，第66页。
③ 韩愈著，马其昶校注，马茂元整理：《韩昌黎文集校注》，第315页。

流传，故而在诗中毫无顾忌地批评友人。不过韩愈的批评虽然辛辣，但所说皆为实情。李渤不应征召，却对庙堂之事格外关心；石洪身为处士，却热衷于参与社交活动，"请与出游，未尝以事辞，劝之仕，不应"①。韩愈说他们"刺口论世事"（刺口为多嘴、多言之意），并不为过。

韩愈个性耿直，被他批评过的人不在少数。他的批评有婉转的、有直接的，但总的来说，初心都不在于贬低对方，而是促使对方做出更好的选择。正如《重答翊书》所言："君子之于人，无不欲其入于善，宁有不可告而告之，孰有可进而不进也？"②韩愈于元和十四年（819）上《谏迎佛骨表》，例举汉代至梁武帝以来帝王求佛而短寿的例子，直言："事佛求福，乃更得祸。"引得宪宗雷霆大怒，将其贬至潮州。韩愈至潮州后上表哀谢，宪宗颇感悔，持示宰相曰："愈前所论是大爱朕，然不当言天子事佛乃年促耳。"③宪宗动怒的主要原因不在于排佛，而在于韩愈上表论及前朝皇帝奉佛而命促。韩愈对上门求益的李翊也多有批评。《重答翊书》曰："生之自道其志可也，其所疑于我者非也。"④我们不能说韩愈谏迎佛骨、批评李翊是对宪宗、李翊的"侮薄"，同理，我们也不能将韩愈对石洪、温造、李渤的批评视为"侮薄"。韩愈对友人的批评，无论是含蓄的，还是辛辣的，都是他耿介的个性使然。爱之深，责之切。我们应从爱护友人的角度来理解他在《寄卢仝》中的批评。

其三，韩愈借赠序、赠诗进行"规箴"，是他的一贯作风，也是他对这种体裁的贡献。韩愈的赠序创作不仅具有序体"善叙事理"的特征，还有"赠人以言"的性质，亦可举荐士子、提携后进，为后世所法。⑤如《孟生诗》结尾："子其听我言，可以当所箴。"⑥《送许郢州序》结尾："愈与使君非燕游一日之好也，故其赠行，不以颂而以规。"⑦《送石处士序》借执爵者之口说出了韩愈的肺腑之言。何焯评《送石处士序》曰："此篇命意，盖因处士之行，望重胤尽力

---

① 韩愈：《送石处士序》，《韩昌黎文集校注》，第312页。
② 韩愈著，马其昶校注，马茂元整理：《韩昌黎文集校注》，第192页。
③ 欧阳修、宋祁撰：《新唐书》卷一百七十六，第5262页。
④ 韩愈著，马其昶校注，马茂元整理：《韩昌黎文集校注》，第192页。
⑤ 参见钱蕾：《从赠诗至赠序：韩愈与赠序文体的确立》，《古典文学研究》2020年第1期。
⑥ 韩愈著，钱仲联集释：《韩昌黎诗系年集释》，第12页。
⑦ 韩愈著，马其昶校注，马茂元整理：《韩昌黎文集校注》，第265页。

转输,使朝廷克成讨王承宗之功,不可复若卢从史阴与之通,而位置有体,藏讽喻于不觉。"① 何焯的评语很有见地。韩愈的赠序是有所寄托的,如果仅仅把眼光放在"讥讽"石生,未免把韩愈的胸襟看得太小,如此一来,很难把握他的创作意图。

三、韩愈批评石洪等人的原因

韩愈《寄卢仝》中对于石洪、温造、李渤的辛辣批评,我们还可以从另一个角度来理解。从《送石生序》中"凡出处去就何常,惟义之归"②来看,韩愈对石洪、温造的出仕是接受的,不过从《寄卢仝》来看,韩愈对于他们投身于乌重胤的幕府无法认同。这主要是源于他对藩帅乌重胤的不信任。事实上,唐代文人不得志而投身幕府并不少见。学者陈铁民曾考察唐代制度,指出入幕是盛唐文人仕进的一条途径,并非个别现象。盛唐文人的游边与使边,促进了边塞诗的繁荣。③ 韩愈亦曾两次入幕,分别投身董晋、张封建幕府。笔者认为,韩愈之所以对石洪、温造出仕持反对意见,与他对乌重胤的为人有所怀疑以及乌重胤带有鲜卑族血统分不开。

韩愈之所以极力劝李渤应朝廷征召而反对石洪、温造入幕,原因是李渤出仕是为天子服务,石洪、温造则是为藩帅服务。大多数藩帅拥兵自重,与朝廷分庭抗礼,为藩帅服务无异于为虎作伥。当然,并非所有的藩帅都与朝廷作对,但乌重胤恰好是因逐帅而上位的,这就让韩愈不得不有所担忧。

元和五年(810)三月,成德节度使王士真卒,其子王承宗自为留后。唐宪宗李纯遣潞帅卢从史发军讨王承宗。不料卢从史与王承宗私下勾结,宪宗遂命神策行营吐突承璀擒卢从史入京。吐突承璀与卢从史的牙门都将乌重胤密谋,于帐下擒拿卢从史。军士哗变,乌重胤当军门大喝,此乃朝廷命令,潞

---

① 韩愈著,马其昶校注,马茂元整理:《韩昌黎文集校注》,第312页。
② 韩愈著,马其昶校注,马茂元整理:《韩昌黎文集校注》,第314页。
③ 参见陈铁民:《关于文人出塞与盛唐边塞诗的繁荣——兼与戴伟华同志商榷》,《文学遗产》2002年第3期。

军遂无敢动者。宪宗赏其功,授乌重胤潞府左司马,迁怀州刺史,兼充河阳三城节度使。①霍松林指出:"按《旧唐书》本传,乌重胤始终忠于唐王朝,表现很好;但在由牙将而初任河阳节度使之时,对他以后会怎样做,韩愈不能不持怀疑态度。卢从史窃献诛杀王承宗之谋而受奖励,接着就勾结王承宗谋反,可谓殷鉴不远。李绛就说由乌重胤任昭义节度使,会比由卢从史任昭义节度使更糟。"②

《资治通鉴》详细记载了李绛劝宪宗不让乌重胤在昭义任节度使的理由:"昭义五州据山东要害,魏博、恒、幽诸镇蟠结,朝廷惟恃此以制之。邢、磁、洺入其腹内,诚国之宝地,安危所系也。向为从史所据,使朝廷旰食,今幸而得之,承璀复以与重胤,臣闻之惊叹,实所痛心!昨国家诱执从史,虽为长策,已失大体。今承璀又以文牒差人为重镇留后,为之求旌节,无君之心,孰甚于此!陛下昨日得昭义,人神同庆,威令再立;今日忽以授本军牙将,物情顿沮,纪纲大紊。校计利害,更不若从中为之。何则?从史虽蓄奸谋,已是朝廷牧伯。重胤出于列校,以承璀一牒代之,窃恐河南、北诸侯闻之,无不愤怒,耻与为伍。且谓承璀诱重胤逐从史而代其位,彼人人麾下各有将校,能无自危乎!倘刘济、茂昭、季安、执恭、韩弘、师道继有章表陈其情状,并指承璀专命之罪,不知陛下何以处之?若皆不报,则众怒益甚;若为之改除,则朝廷之威重去矣。"③李绛以直言敢谏、忧国忧民著称,后迁至宰相。他的担忧代表了时人对乌重胤的普遍看法。宪宗采纳李绛的建议,改授乌重胤为河阳节度使。

昭义又称泽潞,是唐代在山西设立的藩镇。乌重胤因协助吐突承璀擒拿卢从史有功,宪宗本打算让他接任卢从史任昭义节度使,在李绛的劝说之下,改封为河阳三城节度使,总揽军政大权。李绛之所以劝宪宗不让乌重胤在昭义任节度使,与昭义在地理位置上的特殊性有关。唐史专家张国刚将唐朝藩镇分为割据型、防遏型、御边型和财源型四类。在此事件中,成德、昭义位于河朔地区,为割据型藩镇。河阳则为防遏型藩镇。河阳虽少与朝廷作对,但藩镇内部不时发生大大小小的动乱。作为河南令,韩愈对因推翻上司而上位的乌重胤难

---

① 参见刘昫等:《旧唐书》卷一百六十一,第4223页。
② 霍松林:《韩文阐释献疑》,《文学遗产》2000年第1期。
③ 司马光编纂:《资治通鉴》卷二百三十八,《唐纪》第五十四,岳麓书社,2014年,第191—192页。

免有些不信任。韩愈对乌重胤称呼有两种,其一是乌公,其二是"有力者"。前者带有恭敬意味,后者则于恭敬中带有贬义。

韩愈曾任宣武节度使董晋的推官。宣武位于河南东部,即张德刚所讲的防遏型藩镇。乌重胤上任河阳节度使时,河阳依然笼罩在战争的阴云之下。吐突承璀虽擒拿了卢从史,但王承宗的叛乱并未平息,久攻不下,民生凋敝。对于乌重胤是否会拥兵自重,与朝廷作对;能否一心奉上,平叛王承宗的叛乱;能否给河阳军民带来安宁……这一切,韩愈心中都没有答案。他虽然借为石洪、温造送行之机对乌重胤进行规箴,但乌重胤是否会听从他的规箴是另一回事,他内心是有所担心的。

韩愈对乌重胤的不信任或许还有一个缘由,那就是他的血统。韩愈后来为乌重胤家庙作《乌氏庙碑铭》,叙述了乌氏的来源,"乌氏著于春秋……处北者,家张掖,或入夷狄为君长……初,察为左武卫大将军,实张掖人。其子曰令望,为左领军卫大将军。孙曰蒙,为中郎将。是生赠尚书,讳承玼,字某"。乌重胤的曾祖父乌察为张掖人。马其昶注曰:"乌氏,后魏乌落侯之后裔,国邑在汉东二千余里。贞观初,贡献内属,代为功臣,因官徙地,今为张掖人。"① 后魏即北魏,是鲜卑族拓跋珪建立的朝廷。乌落侯是南北朝至唐代居住在大兴安岭附近的一个部落。乌重胤是因功迁徙至张掖(位于甘肃省西北部)的鲜卑族的后裔。《乌氏庙碑铭》作于元和八年(813),韩愈给石洪作序时为元和五年,《寄卢仝》作于元和六年。随着时间的流逝,相知渐深,韩愈对于拥有鲜卑族血统的乌重胤已完全信任,但在他上任之初,乌重胤究竟会怎样,韩愈心里并没有底。借送石洪、温造的契机,韩愈对乌重胤进行规箴,也是可以理解的。

石洪对于乌重胤则没有这个顾虑。《集贤院校理石君墓志铭》云:"君讳洪,字濬川。其先姓乌石兰,九代祖猛始从拓跋氏入夏,居河南,遂去'乌'与'兰',独姓石氏,而官号大司空。"② 石洪是乌石兰姓的后裔,乌重胤是乌落侯部落的后裔。他们的祖先虽然可能来自拓跋氏不同的部落,但都带有鲜卑族血

---

① 韩愈著,马其昶校注,马茂元整理:《韩昌黎文集校注》,第 444、445 页。
② 韩愈著,马其昶校注,马茂元整理:《韩昌黎文集校注》,第 417 页。

统。因此石洪对乌重胤非但没有韩愈对于异族的隔膜，反倒是有着极为亲切的认同感。石洪的隐居地洛阳与王承宗的叛乱之地成德（今河北中部）相距不远，石洪对于乌重胤擒获卢从史的义举当有所耳闻，对乌重胤的为人或许也知晓一二。《旧唐书·乌重胤传》云："重胤出自行间，及为长帅，赤心奉上。能与下同甘苦，所至立功，未尝矜伐，而善待宾僚，礼分同至，当时名士，咸愿依之。"① 石洪入幕后不久便推荐同为名士的温造入幕，可见他对乌重胤极为信任。

乌重胤上任三年之后，河阳称治。乌重胤凭借赤心奉上赢得了韩愈的信任，韩愈对他的态度也有了完全改观。元和八年，韩愈为乌重胤撰《乌氏庙碑铭》时，不仅借天子之口赞扬了乌重胤的贡献，还追溯了乌重胤之先父与先伯父谋杀史思明的事迹。此后，乌重胤与李光颜掎角相应，诛杀吴元济，拱卫京师。元和十三年，乌重胤代郑权威横海郡节度使，总结河朔六十年叛乱的教训，指出节将权力过大，致使"刺史失其职"乃是根本原因，主动将政权交还刺史、县令。在中唐时期的军事将领中，乌重胤兼具忠诚与才干，是不可多得的帅才。因此，虽然韩愈起初对于石洪、温造为乌重胤一征即起有所批评、讽刺，但过错并不在于石、温二人，也不在于乌重胤，而在于韩愈对于乌重胤的不了解，其根源则在于中唐时期屡屡发生的逐帅自代之事与其他心怀异心的少数民族将领如安禄山给韩愈带来了难以磨灭的心理阴影，使得他对乌重胤有所疑心，但乌重胤以他的人格魅力与军事才能说明了一切，韩愈不仅捐弃前嫌，与之为友，并对他给予了源自内心的崇敬和赞美。

"牙人"从事的职业是撮合买卖双方，帮他们做成交易后收取佣金，"商度物价"即牙人撮合双方买卖的过程。韩愈对董邵南、孟郊、张籍等寒士的赞语与推荐或可勉强理解为"韩与处士为牙人商度物价"，而石洪、温造、李渤这三位名满天下的隐士何需他推荐，王向引《寄卢仝》得出"韩与处士为牙人商度物价"的结论，不符合事实。刘攽记录王向之论而不加以分辨，有失察之嫌。《临汉隐居诗话》称"韩愈虽与石洪、温造、李渤游，而多侮薄之"，对韩愈的评价也不准确。

韩愈对石洪、温造、李渤皆有批评。他的批评主要有两个原因，一方面是

---

① 刘昫等：《旧唐书》卷一百六十一，第 4224 页。

他对友人投身幕府或迟迟不肯应朝廷之征感到失望。作为河南令，他希望为天子得人，而有才华者或为"有力者"夺之，或待到有高官厚禄才出仕，这使得他不免失望，因此批评得严厉了些，但还未达到"侮薄"的地步；另一方面他对藩帅乌重胤并不信任。他担心乌重胤像王承宗、卢从史一样拥兵自重，与朝廷作对；乌重胤的鲜卑血统也许让他难以释然。不过此后乌重胤赤心奉上，韩愈与之相知渐深，对他的看法也有所改观。我们应当看到，韩愈的《寄卢仝》是在不了解乌重胤为人的情况下，在私下场合对友人石洪等人的出处选择说了些过于尖锐的话，不够温柔敦厚，但还不至于到"侮薄"的地步。他的出发点是爱护友人，在多数场合，他是以规箴为主的。在写法上，有正话反说的意味，应当仔细辨析。

四、宋人批评韩愈人品的原因

王向、魏泰对韩愈人品的指摘并不是偶然现象。钱锺书的《谈艺录》中所录宋人批评韩愈者至少有十几人。与唐人批评韩愈抗颜为师不同，宋人对韩愈的批评多集中于其人品本身。这些批评可以从三个层面来分析：

其一，韩愈的人品本身确有瑕疵。韩愈荐迎佛骨，得罪皇帝，被贬潮州；积极为底层士人求荐举，为底层军人鸣冤而不惜辞官，这些都是他政治生涯中的高光时刻。但毋庸讳言，他在应举觅官的二十余年中，因生活的困境（《上兵部李侍郎书》云"家贫不足以自活"）而逢迎官长，也实有其事。譬如《上李尚书书》（即《上李实书》）中褒扬尚书李实"赤心事上，忧国如家"[①]，《顺宗实录》备书其恃宠强愎，专于聚敛。宋代文人对韩愈的态度是复杂的，一方面他们喜爱、尊崇韩愈，将其视作文学上和思想上师法的对象，如柳开《上符兴州书》称其"师孔子而友孟轲，齐扬雄而肩韩愈"；另一方面，他们对韩愈的人品有更高的要求。韩愈人格上的瑕疵，难免引起宋人的反感。其实宋人的有些批评未必公允。譬如韩愈因自幼生活困窘，遂以利禄之事劝儿读书，此为

---

① 韩愈著，马其昶校注，马茂元整理：《韩昌黎文集校注》，第157页。

父者肺腑之言，亦是人之常情，宋人也揪住小辫子不放，《渔隐丛话》前集卷十六引东坡云："退之示儿皆利禄事，老杜则不然，所示皆圣贤事。"① 这些批评就有点苛责的味道。我们仿佛看到，宋人戴着放大镜寻找韩愈人格上的瑕疵。这些瑕疵虽然被宋人"放大"了，但还没有达到误解和曲解的地步。本文所举的《中山诗话》和《临汉隐居诗话》对韩愈的批评则在不全面的材料的误导下，对韩愈的人品有所歪曲和误解。这类批评是有失公允的。

其二，宋人对忠义的褒扬与对五代时期文人气节沦丧的反思有关。《五代史·一行传序》《宋史·忠义传》对此都有所反映。《五代史·一行传序》中说："呜呼！五代之乱极矣，传所谓'天地闭，贤人隐'之时欤！当此之时，臣弑其君，子弑其父，而搢绅之士安其禄而立其朝，充然无复廉耻之色者皆是也。"② 易代之际，文人的心态往往有比较重大的变化。如果我们借用医学术语来看，这种心态变化可以被看作是由外在刺激（亡国）而造成心理上的"应激反应"，有时"应激反应"过了头，就变成了"过激反应"。宋人因五代之乱、清人因亡国而反思文人品行问题，都带有同样的性质。这是他们从历史废墟中进行文化建设的一部分。类似的情况在清初亦有重现。明遗民反思明代亡国的教训，对文人的无行深恶痛绝，这种观念影响到他们对古人的判断。王夫之身上也有这种道德"洁癖"，在他看来，宋人尊崇的纯儒杜甫亦是"诗永亡于天下"的祸根之一。《诗广传·论北门》云："若夫货财之不给，居食之不腆，妻妾之奉不谐，游乞之求未厌，长言之，嗟叹之，缘饰之为文章，自绘其渴于金帛、没于醉饱之情，靦然而不知有讥非者，唯杜甫耳。呜呼！甫之诞于言志也，将以为游乞之津也，则其诗曰'窃比稷与契'；迨其欲之迫而哀以鸣也，则其诗曰'残杯与冷炙，到处潜悲辛'。是唐虞之廷有悲辛杯炙之稷契，曾不如嚄蹴之下有甘死不辱之乞人也。甫失其心，亦无足道耳。"③ 王夫之的观念很难被现在的读者所接受，但我们回到清初的特殊历史语境，就能对他的"道德洁癖"产生理解与同情。

其三，有鉴于五代时的教训，宋代统治者格外重视忠义，在国家治理的层

---

① 参见钱锺书：《谈艺录》，第 204 页。
② 曾国藩编纂，余础基整理：《经史百家杂钞》，中华书局，2013 年，上册，第 316 页。
③ 王夫之：《诗广传》，中华书局，1964 年，第 22 页。

面，通过物质和精神两方面褒恤忠义，促使忠义观念成为社会的主流价值观。孙廷林说："宋代国家对忠义人士的褒恤规格一般依据官本位等级制原则，同时根据忠义事迹影响、现实政局需要予以变通；赠官赐谥、封妻（母）荫子、赐银绢田宅、建庙立祠、其他（辍朝、刻石）等褒恤忠义措施多样，集物质与精神奖励于一体。"① 从民间立场来看，文人也将忠义内化为自我追求，他们对道德、气节的高要求，是宋代理学兴起的重要原因。宋人重新发现了儒家修身治国的思想价值。与曹操重才轻德相反，宋人极看重人的德行。在这种思想观念的支配下，他们发现韩愈的求道是不真诚的——"学文而学道"，而他们才是真正的求道者。由此，他们占据了道德的高位，获得了批评的优势。

从阐释学的角度来看，阐释者对于文本的阐释是具有自由度的，但阐释者的发挥必须考虑到作者的原意和本事。若罔顾作者的意图和本事，随意发挥，这种阐释只能称之为"创见"。而这些"创见"，在文献面前很可能是站不住脚的。宋人对韩愈人品的批评，多少有些借题发挥的味道，后人在评价时，还应该多一点自己的思考。否则难免人云亦云，如雾里看花，终隔一层。

---

① 孙廷林：《宋代国家对忠义的褒恤及其意义——基于〈宋史·忠义传〉的分析》，《史志学刊》2019 年第 4 期。

格调诗学笼罩下的"文"论
——赵宧光《弹雅》散文批评研究*

冯晓玲**

摘要：《弹雅》是晚明赵宧光的一部诗学专著，包含着丰富驳杂的散文批评内容。《弹雅》散文批评的主要内容有：尚"雅"尚"古"的散文美学观，以"声调""格制""音韵"等格调论要素批评散文，重视散文的文体、文法与诗文之别等。总体上，《弹雅》散文批评具有一定的逻辑性与系统性，且从属于《弹雅》的诗歌批评。此外，《弹雅》散文批评与明代的复古思潮、格调诗学、辨体批评等也有着密不可分的关系。对《弹雅》散文批评进行研究，有助于更清晰地认识晚明文学思潮，更好地辨析诗歌批评与散文批评的关系等。

关键词：格调诗学；晚明；散文批评

《弹雅》是晚明赵宧光的一部诗学著作。赵宧光（1559—1625）字凡夫，太仓（今属江苏）人。宧光早年曾为经生，后弃俗学，偕妻陆卿子隐居寒山，擅诗文、精书法、文字学。《弹雅》是赵宧光的一部诗学专著，以论诗为主，也有不少论文的内容。除《弹雅》外，宧光传世文献还有书论著作《寒山帚谈》，文字学著作《说文长笺》《六书长笺》，诗文集《寒山帚草》等。

---

* 本文系河北大学高层次人才科研启动项目"明清诗话中的散文批评研究"阶段性成果。
** 冯晓玲，河北大学文学院讲师，文学博士。

《弹雅》现存十六卷，分十篇，篇名分别是："雅俗""声调""格制""取材""韵协""论文""尘言""刊误""源流""题跋"。① 本文不对《弹雅》诗学思想做全面系统的梳理，只从散文批评的角度入手，对《弹雅》的文学批评理论做些初步探讨。② 从篇名来看，《弹雅》"论文"篇与散文批评直接相关，其他篇章中也包括相当数量的散文批评。总体上，《弹雅》散文批评内容丰富驳杂。

一、尚"雅"尚"古"的散文美学观

《弹雅》书名本身即包含"雅"，书中第一篇篇名即为"雅俗"，可见"雅"在作者心中的重要性。《弹雅》散文批评中，多以"雅"的审美标准来衡量散文。并且，"雅"常与"古"相连，"古""雅"都是作者所崇尚的审美标准。如：

> 唐宋人文，取其近人，故名家不废。不知者因而望见韩、苏影子，即步其鄙俚口角，自以为得其真境，冤哉！可怜！所谓文章，文果何物？何以分雅俗，何以别古今，何以殊贵贱，何以列君子小人之不同科？是以出词吐气，不可不慎。③

> 弇州评作赋诸家，虽未及声调，论文则优。今录之如左："《子虚》《上林》，材极富，辞极丽，而运笔极古雅，精神极流动，意极高，所以不可及也。长沙有其意而无其材，班、张、潘有其材而无其笔，子云有其笔而不得其精神流动处。"④

---

① 《弹雅》现存有十六卷本与十八卷本。十六卷本为天启二年（1622）刻本，藏山东大学图书馆、首都图书馆。该本实际为十六卷十篇，但目录中尚有《诗铨》两卷，有目无篇，下注云"卷帙既烦，别自行也"。另有天启三年（1623）刻本，藏故宫博物院图书馆，收入《诗铨》两卷，计十八卷十一篇。但"诗铨"内容仅论《诗经》，有学者认为其或为未竟稿。

② 本文所论之"散文"，采用的是大散文的观念，即除诗歌、小说、戏曲之外的一切文体，包含辞赋、古文、骈文、八股文等。

③ 赵宧光：《弹雅》卷八《论文六》，陈广宏、侯荣川编校：《稀见明人诗话十六种》，上海古籍出版社，2014年，第898页。

④ 赵宧光：《弹雅》卷八《论文六》，陈广宏、侯荣川编校：《稀见明人诗话十六种》，第903页。

宧光不喜韩、苏的鄙俚口角，认为学韩、苏之文的人"可怜""冤哉"。在他看来，韩、苏那些带有"鄙俚口角"的文章，不符合"雅"的审美规范，是"俗"的代表。引文还把"雅俗""古今""贵贱"相对，"雅""古""贵"是宧光所崇尚的美学风格，"俗""今""贱"是他所否定的美学风格。

引文中，宧光还节录王世贞言语，王世贞认为《子虚赋》《上林赋》艺术成就高有五个原因，即材极富、辞极丽、运笔极古雅、精神极流动、意极高。应该说，弇州论文的这五点标准都契合宧光对于文学的审美标准，所以宧光特别称赏并将之录入自己的文章中。

《弹雅》评论具体散文作品、散文文本时，也常以"古雅"为标准：

> 《赤壁》最可憎者，在"人影在地，仰见明月，顾而乐之，行歌相答"，宛然优施上场说白唱曲，如此形状，雅道扫地矣。而世反目之为美谈，所谓《折杨》《黄花》，哈然而笑者邪？又"驾一叶之扁舟，纵一苇之所如"二句，一篇之中失于点检，此小失也。至于枕舟中，梦道士，忽然云开户视不见处，不知何时到家。此则大失。①

宧光所不喜者，是《赤壁赋》中类似于"优施上场说白唱曲"的情形，宧光认为其"雅道扫地"。然而，这却正是后世激赏之处，也是苏文中颇具生活意趣之处。宧光还认为"驾一叶之扁舟，纵一苇之所如"是"小失"，"枕舟中，梦道士，忽然云开户视不见处，不知何时到家"是"大失"。宧光所认为的"大失"与"小失"，恰是《赤壁赋》中最能表现东坡逸怀浩气、与物同化之境界的词句。又如：

> 小时常憎其"曾日月之几何，而江山不可复识"句，作烂时文口吻，此不足论也。子瞻一生妙用，在趣时近俗，后世儒生，奔走承风者，尚为此等文法，又何怪乎一语？②

---

① 赵宧光：《弹雅》卷八《论文六》，陈广宏、侯荣川编校：《稀见明人诗话十六种》，第905—906页。
② 赵宧光：《弹雅》卷八《论文六》，陈广宏、侯荣川编校：《稀见明人诗话十六种》，第906页。

此段宦光依旧表达了对东坡的不满。东坡《后赤壁赋》中"曾日月之几何,而江山不可复识",也是前人称诵的名句,却被宦光认为是"烂时文口吻"。宦光又说批评东坡"一生妙用,在趣时近俗"。宦光按照"古雅"的审美标准,批评了东坡的赤壁二赋,并认为其对后世儒生起了不良影响。宦光对苏轼的不满,颇值得关注。

"古""雅"的审美标准不仅是宦光评价散文的美学标准,而且是宦光文艺理论中一以贯之的美学标准。宦光在评价诗歌作品、书法作品时,也同样秉持"古""雅"的美学标准。例如:

> 东坡每以乐天自比,诗中不下数十见。杜牧之作《唐赞》曰:"白居易诗纤艳不逞,非庄人雅士所为,淫言媟语,入人肌骨,不可去也。"余谓苏氏恐复过之,奈何令后人不骨醉乎?①

这段评论中,宦光对于白诗、苏诗均持否定态度,原因在于白诗、苏诗中的"淫言媟语"不符合"庄人雅士"的行为标准,也不符合宦光心中文学作品"古""雅"的审美理想。宦光还认为苏轼比白居易更为过之,因为苏诗的俚俗化倾向较白居易更为明显,所以宦光对苏轼的批评也更为强烈。

又如:

> 《春秋》美恶不嫌同辞,犹谚所称"口无择言",毁誉并取之谓也。是以率意题诗,拂士则为正风,郑、卫则淫乱矣;韵士则成古雅,俗子则鄙俚矣。余常有言:不能择善,但取率真,误杀天下后世。②

在宦光看来,"美善不嫌同辞"的《春秋》是"毁誉并取"的。宦光所赞誉的是"韵士"之"古雅";而"古雅"之途径,是要"择善",不加择善的"率真"之言,会误杀天下后世。仅仅"率真"不等同于"择善",也不能成就"古雅",因为"率意题诗"的效果有多种可能,"拂士则为正风,郑、卫则淫乱"。这段

---

① 赵宦光:《弹雅》卷三《格制三》,陈广宏、侯荣川编校:《稀见明人诗话十六种》,第812页。
② 赵宦光:《弹雅》卷一《雅俗一》,陈广宏、侯荣川编校:《稀见明人诗话十六种》,第776页。

宧光不仅论及"古雅"的美学理想,也触及到艺术标准中"真""善""美"的关系问题:要想达到"雅"之美,不能只取"率真",而是取"择善"基础上的"率真"。

宧光在其书论专著《寒山帚谈》中,也常以"古""雅"为标准来论书法。按照崔祖菁的研究,宧光的《寒山帚谈》是"关于时代书法复古的方法论"①。《寒山帚谈》也贯彻了宧光一贯的复古理想。同《弹雅》一样,《寒山帚谈》也往往尚"古"尚"雅":

> 好古不知今,每每入于恶道。趋时不知古,侵侵陷于时俗。宁恶毋俗,宁俗无时,恶俗有觉了之日,时俗则方将轩轩自好,何能出离火坑。不见古人书不能洒俗,不见今人书不能祛妄。②

引文中,宧光认为"不知今"会"入于恶道","不知古"则会"陷于时俗",又说"宁恶毋俗","不见古人书不能洒俗",可见,知古习古,习古人书,才能避免"俗"。

可见,尚"古"尚"雅"、以古为雅的思想是贯穿宧光书论、文论等艺术领域的一条主线。在《寒山帚谈》中,他还提出要学习篆书,通过学习篆书来复兴书法的古雅之美;在《弹雅》中,他以鲜明的态度贬斥白居易、苏轼诗文中的俚俗语句,反对俚俗之美。

应该指出,宧光的复古思想与崇古情结,与其所处时代、个人交游等都有关系。如果从明代文学发展的宏观背景来考察的话,明代之前,中国古代的诗、词、文等文学样式都经过了成熟期和高峰期。明代的诗文创作出现了种种弊端,大批文人面对前人辉煌的文学成就,以及现实创作中的种种弊端,各自以自己的理解加以总结概括,其中有不少文人选择以古典审美理想作为审美典范。正如廖可斌所言,"从唐中叶到明中叶,伴随中国古典审美理想的解体,

---

① 参见崔祖菁:《赵宧光书法及其书论研究》第三章《赵宧光〈寒山帚谈〉书学思想研究》,南京艺术学院硕士学位论文,2009 年。
② 赵宧光:《寒山帚谈》卷下《评鉴六》,黄宾虹、邓实编:《美术丛书》二集第五辑,浙江人民美术出版社,2013 年,第 103 页。

中国古典诗歌已经在逐步衰落的道路上滑行了几百年","到明中叶时,中国古典诗歌确实到了'极鄙极靡、极卑极滥'的地步。如果突破古典的审美理想而建立新的审美理想、抛弃古典诗歌而创造新的艺术形式的条件还不成熟,那么,重倡古典的审美理想,整顿古典诗歌创作的局面,力图恢复古典诗歌的审美特征,就称为人们唯一的选择,因而也成为一种时代要求"。① 廖氏所论,虽以明代诗歌为主,但也其实是明代诗文共同面临的问题。《弹雅》中,宧光贬斥白居易、苏轼诗文的俚俗问题,而俚俗倾向是当时明代诗文创作存在的一个弊端。宧光虽有些矫枉过正,却也有针砭时弊的意义。

宧光崇尚古典的审美理想,也与其生平交游有关。② 赵氏早年入京做太学生的万历年间,正是明代文学复古运动的第二次高潮时期(此处采用廖可斌的说法)。据崔祖菁研究,宧光做太学生时老师是赵用贤,而赵用贤被人视为"后五子"或"末五子"的成员,一般认为是复古派。宧光在《弹雅》中多次引用王世贞的言论,可见他对王的熟悉,而王正是复古派的代表。宧光传世诗文集《寒山诗草》中,也收录了大量他与当时文人的唱和之作。③ 与之唱和之人包括王稚登、申时行、冯时可、邹迪光等当世名人。清人朱彝尊说:"凡夫饶于材,卜筑城西寒山之麓,淘洗泥沙,俾山骨毕露,高下泉流,凡游于吴者,靡不造庐谈䜩,广为乐方。"④ 因此,宧光崇尚古雅的审美思想,是其与时人交游、与时代思潮相呼应的产物。

二、以"声调""音韵""格制"论文

在"文"的总体审美标准上,宧光崇尚"古""雅"。而在具体的散文批评中,宧光对于文的声调、格制、音韵等,也都有相应的标准或看法。

其一,以"调"论文。如:

---

① 廖可斌:《明代文学复古运动研究》,商务印书馆,2008年,第40、41页。
② 赵宧光的生平和交游,参见崔祖菁:《赵宧光书法及其书论研究》第一章《赵宧光的身世及交游考》。
③ 参见赵宧光:《寒山诗草》,《四库全书存目丛书》集部,齐鲁书社,1997年,第348册。
④ 朱彝尊撰,黄君坦校点:《静志居诗话》卷十九,人民文学出版社,1990年,第566页。

> 《归去来》词，余怪其开千古卑弱之调，非以其词意而为去取也。朱紫阳云："两晋无文章，赖有此一篇。"六一居士云："江左高文，当世莫及。"二公何其赞美之谬乎！宋代论意不论调，宜乎其异尚也。
>
> 昔人谓渊明《闲情》一赋白璧微瑕，余则以为兴到之言，文人亦类有之，但有所托，政不必以此拘拘也。《归去来》词，起千古卑弱之调，此足为陶公玷耳，反为后世美谈，冤哉！①

以上两段，涉及对渊明《归去来》与《闲情赋》的评价。对于《归去来》，一般认为其表现了渊明不媚流俗的高洁志趣，是"后世美谈"，前人对其评价较高。然而，宧光却从"调"的角度批评《归去来》，认为"其开千古卑弱之调"。对于《闲情赋》，前人认为其"白璧微瑕"，宧光却认为"兴到之言"，"但有所托，政不必以此拘拘也"。可见，正是秉持以"调"论文的标准，让宧光得出了与前人不同的结论。

在《弹雅》全书中，"调"从属于"格调"论，《弹雅》第二个篇名便是"声调"，可见宧光对于"声调"的重视。又如：

> 凡格必因于调，调不必出于格也。即如屈子诸作，若赋若诗，若文若说，四格具备，总谓之楚词者，以其声之楚也。后之拟骚格者，拟其格而调随之，调不楚，不成骚矣。②

"凡格必因于调，调不必出于格也"，"格"从属于"调"，"调"有其独立于"格"之外的特性。宧光并举屈原的例子来说明屈子作品"四格具备，总谓之楚词者，以其声之楚也"，屈原作品之所以被称为"楚词"，最重要的原因是其"声"的因素，即其表现了楚语楚声之调；并说"后之拟骚格者"，"调不楚，不成骚"，是说后世仿作能否被称为楚辞关键在于"调"，这都说明"调"的因素远重于"格"。

---

① 赵宧光：《弹雅》卷八《论文六》，陈广宏、侯荣川编校：《稀见明人诗话十六种》，第905页。
② 赵宧光：《弹雅》卷二《声调二》，陈广宏、侯荣川编校：《稀见明人诗话十六种》，第800页。

其实，宧光不仅论诗、论文重视"格调"，在论书法时，也同样重视"格调"。在书论《寒山帚谈》中，"格调"是专门的篇名，在具体批评中也强调"格调"：

> 夫物有格调：文章以体制为格，音响为调；文字以体法为格，锋势为调。格不古，则时俗；调不韵，则旷野。故籀鼓斯碑、鼎彝铭识、若钟之隶、索之章、张之草、王之行、虞欧之真楷，皆上格也。若藏锋运肘，波折顾盼，画之平，竖之正，点之活，钩之和，撇拂之相生，挑剔之相顾，皆逸调也。①

宧光认为，无论文章还是书法，都是有"格调"的。对文学而言，"体制"为格，"音响"为调；对书法而言，"体法"为格，"锋势"为调。这段宧光还将书艺分为"上格""逸调"，都能看出他对格调的强调。

其二，以"韵"论文。上述引文中，宧光认为"音响为调"，"调不韵，则旷野"，这表明，他认为文学的"调"，是与音响、声韵等因素相联系的。《弹雅》中，"声调""韵协"都是专章论述的。具体论述如：

> 兖州谓《子虚》胜《高唐》，可也；至谓《长门》胜玉，何邪？惟不及声韵，遂有此失。②

宧光认为，《长门赋》不如《如玉赋》，认为弇州"有失"，原因是未能以"声韵"论赋。宧光与弇州相比，似乎更强调赋的声韵。

又如：

> 意与音会谓之文，故意从心从音，作者不诬矣。有意无音，纪事之

---

① 赵宧光：《寒山帚谈》卷上《格调二》，黄宾虹、邓实编：《美术丛书》二集第五辑，第32页。
② 赵宧光：《弹雅》卷二《声调二》，陈广宏、侯荣川编校：《稀见明人诗话十六种》，第796页。按：此段之"玉"，似指传为司马相如所作的《如玉赋》，但是《汉书·艺文志》著录司马相如二十九篇赋中，并无《如玉赋》。

职；有音无意，乐师所攻。音含意，意成音，君子哉？文章乎？故古人之文有全篇韵协者，或韵语间作者，或韵函意者有之，或意夺韵者有之，叙讽迭出，能无偏胜？故今之去音单义而犹自命之曰文，失其旨矣。故韵之为教入人深，不可阙也如是。①

宧光认为，"意与音会谓之文"，"意从心从音，作者不诬矣"，对于文而言，"意""音"都很重要。"今之去音义而犹自命之曰文"则"失其旨"，文必然是"音"与"义"的结合。"故韵之为教入人深，不可阙也如是"，宧光所强调的，是"韵"对于"文"的重要性。

又如：

古人言成文，文有韵，不韵不可以言文。后世失其读者十七八，更其字者十二三，是以中古而降，有韵者曰诗，无韵者曰文。间有有韵之文，遂别立门户以别之，如《北山移文》《千字文》之类。《北山》，书也，非文也；《千文》，诗也，非文也。然则文何在？古人总谓之文，文总之有韵，此为得之。何乃纂诗诸人，见题诗名即入之诗，题铭、诵、箴、诔诸名，即列之铭、诵、箴、诔。其他有韵之书，何经不有？何传、何子史不有？②

此段所强调的，依然是"韵"对于文的重要性。"古人言成文，文有韵，不韵不可以言文"，"古人总谓之文，文总之有韵，此为得之"，"文"之所以成为文的原因之一，就是因其有"韵"。"其他有韵之书，何经不有？何传、何子史不有"，宧光指出，经、传、子、史等都是"有韵之书"，"韵"是文之为文的重要因素之一。

其三，以"格制"论文。"格制"与"格调"相关，《弹雅》中，文的"格调"侧重声调问题，而文的"格制"等侧重文体因素：

余常论诗文之尚清，在音韵格制，而事物之清浊不与焉。元瑞云：

---

① 赵宧光：《弹雅》卷十六《题跋十》，陈广宏、侯荣川编校：《稀见明人诗话十六种》，第1046页。
② 赵宧光：《弹雅》卷十六《题跋十》，陈广宏、侯荣川编校：《稀见明人诗话十六种》，第1051页。

"钧天帝庭,玉楼金阙,不谓之清可乎?"又云:"才大者未常不清,才清者未必能大。"又云:"超凡绝俗之谓清,深厚隽永之谓婉。"云云。余曰:如是取清,反觉烦杂。①

这段话谈论的重点是作为美学风格的"清"。宧光认为,"清"的形成与塑造,在于诗文的"音韵"与"格制"。此处的"格制",更偏重体制、体性等文体性因素。同时,"格制"与"音韵"并举,说明宧光认为二者均是诗文中极重要的因素。又如:

> 表臣详解诗文,诸体略备,然止于讲事而不及格制,观者终是闷然。②

宧光看来,诗文诸要素中,"格制"的重要性大于"讲事"。 不讲"格制",观者无法真正领会诗文之要义,"终是闷然"。可见宧光对于"格制"等文体因素的重视。

综上,宧光以"调""韵""格制"等论文,而这些因素恰是明代格调论诗学的重要议题。这表明,《弹雅》文学思想与理论主张,与明代格调论诗学有着密切关系,甚至是明代格调论诗学的组成部分。

三、文体、文法与诗文关系论

《弹雅》一些具体的散文批评中,宧光论及一些特定文体所应具有的文体属性:

> 古人文则必文,若词命誓诰,或用彼一时方俗语言,取其易晓。三代时,国自成俗,故可率直示众耳。若行及他邦,便有许多难处。此以郑人

---

① 赵宧光:《弹雅》卷九《尘言七》,陈广宏、侯荣川编校:《稀见明人诗话十六种》,第938页。
② 赵宧光:《弹雅》卷九《尘言七》,陈广宏、侯荣川编校:《稀见明人诗话十六种》,第922页。

词命，四子笔削，然词命有直言报，有转语报，是故有语意俱酬者，有酬意不酬语者，有酬语不酬意者，有语意俱不酬、直出胸臆者，有非语意、非胸臆，若狂若愚，嘻笑自恣，似乎漫不解事者。然此皆郑国四子要害，各有所宜，杂则偾事矣。至若欲吐不吐，藏头露尾，此最可憎，小人作用耳。①

此段中，宧光认为，词命誓诰等文体，在语言风格上，可以用"方俗语言"，目的是"取其易晓"。为了达到"易晓"的表达效果，具体的语言风格、表法方式可以多种多样的，"直言报""转语报"等表达方式，"语意俱酬者""酬意不酬语者""酬语不酬意者""语意俱不酬、直出胸臆者"等语言风格，都"各有所宜"。赵宧光强调"词命誓诰"等文体最重要的是其表达效果，至于表达方式、表达风格等可以多种多样，没有特别的规定性。

又如：

文生于情，文士自然而至；情生于文，学者勉然而得。元微之叙《白乐天集》云："讽谕长于激，闲适长于遣，感伤长于切。五字律、古，百言而上长于赡；五字、七字，百言而下长于清。赋、赞、箴、戒长于当，碑、记、叙、制长于实，启、表、奏、状长于直，书、檄、策、判长于尽。"②

这段话中，宧光引用元稹的相关论述，主要强调各种文体有其文体特征。赋、赞、箴、戒、碑、记、叙、制、启、表、奏、状、书、檄、策、判等都各有其独特的文体要求和文体规定性。

又如：

陈后山云："退之作记，记其事耳，今之记乃论也。"云云。凡叙事曰记，议论曰叙，记尚质，叙尚文；记以理，叙以意，参则紊矣。③

---

① 赵宧光：《弹雅》卷八《论文六》，陈广宏、侯荣川编校：《稀见明人诗话十六种》，第899页。
② 赵宧光：《弹雅》卷八《论文六》，陈广宏、侯荣川编校：《稀见明人诗话十六种》，第905页。
③ 赵宧光：《弹雅》卷八《论文六》，陈广宏、侯荣川编校：《稀见明人诗话十六种》，第900页。

此段中，宧光对"记"与"叙"的区别进行论述，认为"记"重在"叙事"，"叙"重在"议论"，"记尚质，叙尚文"，"记以理，叙以意"，这也属于对特定文体的认识。

《弹雅》还论及散文的用事、技法等文法问题，如：

> 故事有当直用者，有当反用者。宜反处亦可以直，宜直处不可以反。如王元之《谪守黄冈谢表》云："宣室鬼神之问，岂望生还？茂陵封禅之书，惟期死报。"李义山《贾生》诗云："可怜夜半虚前席，不问苍生问鬼神。"宋马子才效之云"可怜一觉登天梦，不梦一岩梦邓郎"之类。表不可不直，诗反用方佳。①

此段比较"表"与"诗"对于"用事"的不同要求，认为"表"之用事"不可不直"，而"诗"当"反用"，这涉及"表"文的写作技法。又如：

> 学赡之文，文之上乘；文赡之文，风斯下矣；事文之文，直是虚器，何所取之！②

此段比较"学赡之文""文赡之文""事文之文"三种类型的文风，从中也可看出宧光对于"学赡之文"的崇尚。

又如：

> 徐文学醉心子长，常言百三十传，篇篇异其格调，不似他人之名家者，数篇而往，机局循环，洞见伎俩，可憎也。余大不然，子长之妙，妙在叙事擅场。获麟而下，为史笔中兴，描写人情物态，人不能及。若取变调、变格为佳，左矣。文章不难于异而难于同……故曰"异易"是也。果求一气流通，千篇浃洽，以我一心昭临万事，摹写作用，各得其情，不在

---

① 赵宧光：《弹雅》卷六《取材四》，陈广宏、侯荣川编校：《稀见明人诗话十六种》，第862页。
② 赵宧光：《弹雅》卷八《论文六》，陈广宏、侯荣川编校：《稀见明人诗话十六种》，第897页。

词华之波荡,不在格调之翻覆,任笔写成,各中肯綮,他人口吻不得杂厕,故曰"同难"是也。①

该段中,宧光认为,司马迁之文的妙处并非"篇篇异其格调",而是妙在"叙事擅场""描写人情物态,人不能及"。可见,尽管宧光提倡格调,但在具体作品的论述中,却能够突破格调说的局限,表现出较高的艺术鉴赏力。文中还说"以我一心昭临万事,摹写作用,各得其情,不在词华之波荡,不在格调之翻覆,任笔写成,各中肯綮",表现出对格调说的超越,是极有见识的观点。

又如:

> 以助语为文,子长之长伎也;以交际为文,子瞻之长伎也。子长抑郁无聊之日作史,未免有过常当,漫兴之谈,盖落稿未出之作多也。子瞻以劳骚不平之气作文,未免为恣肆应酬之具,盖随意不必存者多也。后世不料及此,望见二公,一意趋步,遂认其败处作妙境。②

该段指出司马迁"以助语为文"、东坡"以交际为文"等写作特点,并分析其形成原因,也比较符合司马迁、东坡各自的写作实际。

《弹雅》中,宧光还对诗文之别、诗文源流等提出一些看法。如:

> 艺文有得失,有妍媸。文尚得失,诗尚妍媸。后世学士两以妍媸胜,至于今日,得失全抛。妍媸用事,彼哉彼哉。
>
> 诗之得失有二:一事理,一格调。格调能夺事理者,诗文各有所司也。理夺事,调夺格,为上格;事夺理,格夺词,为下格。世人反之。③

此段包含了宧光对诗文之别的一些认知,如"文尚得失,诗尚妍媸","格调能夺事理者,诗文各有所司"。宧光认识到"义"与"诗"各自的文体规定性不

---

① 赵宧光:《弹雅》卷八《论文六》,陈广宏、侯荣川编校:《稀见明人诗话十六种》,第898页。
② 赵宧光:《弹雅》卷八《论文六》,陈广宏、侯荣川编校:《稀见明人诗话十六种》,第899页。
③ 赵宧光:《弹雅》卷一《雅俗一》,陈广宏、侯荣川编校:《稀见明人诗话十六种》,第767页。

同，对于文而言，思想内容之"得失"至关重要；对于诗而言，形式美之"妍媸"更为重要。

又如：

> 文如大明中天，诗则秋霄明月。杜甫、韩愈，以文作诗；屈平、庄周，以诗作文。以此胜彼，何邪？凡谓之文必以清为尚，至于诗则安身立命惟清耳，去清几乎无诗。然清浊有二：一是音韵之清，一是事物之清。事物有当然处不须避忌，至于音韵而浊，此中无著脚地矣。是故诗无声响，可以无作。声响惟清有之，一作有声，便是清之道路；若无声之诗，苍古有之，清未必也。不知者谓苍古为清，非强名即漫兴耳。①

这段首先强调"文"与"诗"不同的美学风貌，一为"大明中天"，一为"秋霄明月"，前者类似于清代姚鼐所言之"阳刚"美，后者则类似于姚鼐所言之"阴柔"美。虽然，以这两种美学风貌来区分诗文并不准确，但宧光毕竟看到诗文在美感意境层面存在区别。就后文所举例子来看，屈原、庄子之文情思婉转要邈，具有浓郁的抒情气息与诗性意蕴，确实具有"秋霄明月"的优柔之美，宧光将这种美学意蕴视为诗的美。而此段所举韩愈、杜甫之诗往往融议论、叙事等多种成分于一体，内容宏大、气象开阔，确实有一种"大明中天"的壮美风貌，宧光将这种雄壮之美归结为"文"的美感特征。应当说，宧光对于屈庄之文，韩杜之诗的总体美学风貌把握比较准确，只是将这种风格扩大为所有诗、文的美学风貌，就有些不妥。此段中，宧光还认为，屈、庄的"以诗作文"胜过韩、杜的"以文作诗"，因为"清"对诗的意义远大于其对文的意义。诗安身立命之处唯有"清"，文未必如此。进而，宧光还从"音韵之清""事物之清"两方面来建构其"清"的具体内涵。而这所有论述的起点，都是因为他看到诗文具有不同的审美风貌。

再如：

---

① 赵宧光：《弹雅》卷二《声调二》，陈广宏、侯荣川编校：《稀见明人诗话十六种》，第787—788页。

东坡《示从子书》云："为文当使气象峥嵘，五色绚烂，渐老渐熟，乃造平淡。"云云。余以为此是自然之势，非学问之方也。又竹坡谓苏氏此书，于诗允当。余谓平淡则可，若前二语，在文为积资，于诗则中毒矣。诗文二法，有时而同，此则大不同也。①

此段论述重点依然是诗文同异。宦光认为，苏轼所论中，"平淡"之美对于诗文而言都是适用的，而"气象峥嵘""五色绚烂"等美学风貌则适用于文，不适用于诗。此处所论与上段引文相关，宦光在总体上认为"文"可以内容驳杂，包罗广泛，而"诗"可以更纯粹一些。

以上表明，宦光对"诗"，重视其作为艺术美的因素，更关注其形式美学层面；而对"文"，更重视其内容驳杂、包罗广泛的特征，更关注其具体内容方面。宦光的相关论述，未必全对，但他毕竟从事理、格调、审美风貌等方面对诗文之别做了一些有意义的探索。

其次，《弹雅》还对诗文文体的交融关系做了一些分析和思索。如：

司勋谓："宾王《荡子从军赋》，赋中之诗；渊明《归去来词》，词中之赋。"云云。余曰："唐赋何足论！凡骚体诗，皆赋中之诗也；凡叙事歌行，皆诗中之赋也。"②

该段论及"诗赋关系"，认为"骚体诗"是"赋中之诗"，"叙事歌行"是"诗中之赋"，说明宦光认识到诗、赋、歌行等文体具有交融互渗的特点。又如：

古人文多用韵，过脉处间用散文，后世致力散文而古意失。刘勰于《杂文》之条，平列典、诰、誓、问、览、略、篇、章、曲、操、引、弄、吟讽、谣、歌一十六类。按，彼自"篇"已下十类，皆诗也。是又以诗浑文矣。③

---

① 赵宦光：《弹雅》卷八《论文六》，陈广宏、侯荣川编校：《稀见明人诗话十六种》，第 901 页。
② 赵宦光：《弹雅》卷三《格制三》，陈广宏、侯荣川编校：《稀见明人诗话十六种》，第 813 页。
③ 赵宦光：《弹雅》卷七《韵协五》，陈广宏、侯荣川编校：《稀见明人诗话十六种》，第 881—882 页。

该段所论，依然涉及文的用"韵"问题，认为不加"韵"的散文本是用于"过脉"处，后人致力于此导致古意失。同时，引文指出《文心雕龙》"杂文"篇的"以诗浑文"，反映出宧光对诗中包含散文文体这一客观事实的认识。

再如：

> 论文者，诗法之余，诗亦文也，偶一及之。①

此段中，"诗亦文也"说明诗文具有相通性。而"论文者"是"诗法之余"，是论诗之外的"偶一及之"，这进一步表明，宧光的文学观念中，论文从属于论诗。

四、结论

总括而言，《弹雅》的散文批评呈现出一些较鲜明的特点。

第一，《弹雅》散文批评的各方面之间，存在某种系统性和内在逻辑性。大体而言，尚"古"尚"雅"是《弹雅》散文批评表现出的总体审美理想，而对文的格调、声韵、体制的具体要求则是文章达到"古""雅"之美的具体方法和具体途径。如果说，文的"古""雅"之美具有目的论意义的话，文的声调、音韵、格制等更偏重方法论意义。并且，文的"声调""音韵""格制"等往往也是相辅相成的。之所以存在这种系统性和内在逻辑性，是因为《弹雅》全书有着较强的系统性和理论性。首篇"雅俗"表明作者总体的美学要求，而"声调""格制""取材""韵协"等篇则是在"古""雅"美学要求之下的对于诗文之声调、格制、取材、音韵等的具体要求。宧光传世著作中，不仅《弹雅》在系统性、理论性方面达到了较高的水准，其书论著作《寒山帚谈》也有较高的理论性、系统性。这也是同时期诸多文艺著作的特点。如胡应麟的《诗薮》、许学夷的《诗源辩体》等著作，也都达到了相当的理论性、系统性高度。某种程度上，这反映出明后期的一些文艺批评家，已开始对中国古典诗学、古典美学

---

① 赵宧光：《弹雅》卷八《论文六》，陈广宏、侯荣川编校：《稀见明人诗话十六种》，第897页。

做出总结和反思，其中一些文艺著作在反思与总结中构建了自己的理论体系。

第二，整体而言，《弹雅》散文批评在一定程度上从属于诗歌批评。从全书内容来看，除了专门《论文》的两卷之外，《弹雅》全书仍然是以谈论诗艺为主。相关的散文批评，往往是因为与诗歌批评有关而论及，或是在评诗论诗时为了比较而谈，或者是评诗论诗时顺带而谈。比如《弹雅》论声调、论音韵，是因为声调、音韵对于诗歌至关重要，因此"声调""韵协"等在《弹雅》中作为专章论述，而散文的声调、音韵等论述，是在谈论诗歌声调、音韵的大背景之下涉及的。《弹雅》论及辞赋较多，而辞赋等文在整个散文体系中属于与诗歌关系较近的文类。因《弹雅》论诗为主，与诗歌较近的辞赋，在所有散文文类中便得到较多的探讨。从批评方式而言，《弹雅》散文批评，是作者评诗论诗的过程中顺带而为的。因此，《弹雅》散文批评涉及的内容往往与诗文的美感构成要素有关。比如《弹雅》所论文之雅俗、声调、音韵等，都与诗文的美感有较直接关系。《弹雅》所论之文，多是辞、赋等美感意蕴较浓厚的文体，对偏于实用意义的散文文体涉及较少。按照现代学术话语来衡量，《弹雅》所论之文，往往是现代意义上"美文学"的散文，而不是偏于实用性的散文。从全书的理论性与系统性来看，由于《弹雅》论诗为主的性质，全书的体系性更多地体现在诗论之中。作者的诗歌批评及诗学观点，常常能够比较充分地展开。而《弹雅》中的论文之语，往往是点到为止，未能像诗歌批评那样充分展开。

第三，《弹雅》的散文批评及相关观点具有较强的时代特色。《弹雅》散文批评中涉及的复古论、格调论、诗文辨体论等，是有明一代文学批评的论述重点，相关论述反映了这些文学理论和文学思潮。例如，《弹雅》中曾多次引用王世贞的观点，也多处引用《诗薮》《诗源辩体》等著作。许学夷在三十八卷《诗源辩体》中称：

> 赵凡夫《弹雅》虽多反中郎，然信心自得，中亦有绝到之见。其引予论四十余则，弹射居半。弹射者不必致辩。采录者间署"《诗原》"二字，余多不署其名。恐读者不知，反以予为盗袭。①

---

① 许学夷：《诗源辩体》卷三十五，陈广宏、侯荣川编校：《明人诗话要籍汇编》，复旦大学出版社，2017年，第9册，第3937页。

这段话至少表明两点，一是许学夷对于赵凡夫的认可，认为赵宧光《弹雅》"信心自得，中亦有绝到之见"；二是许学夷的《诗源辩体》与赵宧光的《弹雅》存在互相影响的关系。许学夷的《诗源辩体》初刻本十三卷刊于万历四十一年（1613），38卷改定本则刊于崇祯十五年（1642）。应当说，赵宧光读过《诗源辩体》的13卷初刻本，而在《诗源辩体》38卷改定本刊刻之前，许学夷又读过赵宧光的《弹雅》。① 可以认定，赵宧光写作《弹雅》受到了时人的一些影响。因此，《弹雅》的散文批评及其相应的理论观点等与时代环境、时代背景有着千丝万缕的联系，《弹雅》是晚明文学思潮和文艺理论的组成部分。

此外，对《弹雅》散文批评进行研究，涉及《弹雅》的评价问题。

首先，应当承认，《弹雅》的散文批评及所表现的文学思想具有很大的局限性。比如，其中对于"雅""俗"具体内涵的界定，对于苏轼、陶渊明的评价等，都带有比较明显的主观色彩和个人色彩。对于今天的读者而言，陶渊明、苏轼等人，不仅具有文学家的身份，并且承载着某种文化精神、文化品格，担负着古典理想人格和理想人生境界的文化符号使命。在今天的读者看来，《弹雅》以"浅近俚俗"批评苏轼文风，以"声调"批评陶渊明的《归去来》以及苏轼的赤壁二赋，都是极为苛刻的。而赵宧光对于苏轼、陶渊明的这些批判，可能不仅是他个人的局限，也是整个时代的局限，即明代复古论、格调论思潮的局限。对于明代复古派的局限以及复古派的内部矛盾，廖可斌曾分析说，"在当时的历史条件下，重新倡导古典审美理想，力求恢复古典诗歌的审美特征，已不可能有远大前途……古典审美理想和古典诗歌的审美特征，与现实社会生活及人们的思想感情、思维习惯等，已经相当不适应。复古派的理想，即一方面反映现实生活，表达真实丰富的思想感情，一方面力求符合古典审美理想，恢复古典诗歌的审美特征……内部存在着根本矛盾"②。廖氏所揭示的这一矛盾，是明代复古运动中始终存在的一个矛盾。而这一矛盾，也是赵宧光《弹雅》中最根本的缺陷所在。《弹雅》中，赵宧光对散文审美标准提出的"古雅"美学观，以及相应的格调、声韵要求，是与时代潮流相悖的。赵宧

---

① 赵宧光《弹雅》初刻于明天启三年，即1623年。
② 廖可斌：《明代文学复古运动研究》，第141—142页。

光以"古"为雅,贬斥苏轼等人散文作品的浅近俚俗,显得不合时宜;以"声调"作为衡量尺度,来批评《归去来》《赤壁赋》等作品,也有些矫枉过正。《弹雅》散文批评中反映出来的赵宧光散文思想与散文理论,与明代大多数复古派的局限性一样,在于古典的审美理想与当时的现实生活已经不相适应。并且,赵宧光所提倡的散文之"雅"还包含了声调、声韵等形式上的要求,以及内容上排斥浅近俚俗等要求,这些都使得他所理解的"雅"的内涵过于狭窄。因此,赵宧光所提出的散文之"雅"以及"雅"的具体要求,很难行得通。

其次,晚明思想文化界所隐藏的时代潮流和时代要求是冲决古典规范、冲决一切束缚和一切阻碍,自由地表现自我、书写自我。赵宧光所批判的白居易、苏轼等人诗文中浅近俚俗、贴近自我、切近生活的特点,恰恰是符合时代潮流与时代要求的写作风格。与此同时,明代中后期,诗文创作中浅近俚俗一面的弊端也表现了出来。在复兴古雅与顺时从俗之间,赵宧光选择了复古,并且从理论上建构以"古"为雅的文学美学观。在这样的时代背景下,赵宧光认同并提倡古雅之美,至少有两层意义,一是针砭时弊,说明他认识到明代诗文创作中存在浅近俚俗等弊端;二是对古典诗文的审美理想做出总结和概括。《弹雅》中的散文批评,对于古典散文在声调、音韵等艺术形式上的特点进行分析和概括,具有理论总结的意义。

另外,本文还要指出,对《弹雅》散文批评进行研究,还给我们带来另一个启示,即古代诗歌批评与散文批评之间,往往存在着相互影响的复杂关系。如前所述,就《弹雅》的散文批评而言,其往往从属于诗歌批评。其中所论的审美理想与审美观念等,大多是对诗文提出的共同要求。而实际上,从审美理想上看,对诗文提出共同的"古""雅"的美学标准或许还比较合理。但是,对诗文的格调、音韵等因素做同等程度的强调和重视,似乎就不太合适了。因为诗文作为两种不同的文体,对于音韵、格式等形式层面的要求其实有所不同。一般来说,诗歌比散文更需要强调音韵、格制等形式层面的因素。就《弹雅》而言,其积极意义在于分析探讨了散文形式层面的一些美感因素,其消极意义则在于过分强调声调等因素,导致出现一些不太合理的观点。当然,《弹雅》中,赵宧光对于诗文之别也做了一些积极地分析和探讨,只不过,在涉及一些具体的散文美感问题的探讨上,并没有完全冲破诗歌思维的束缚。当代学者蒋寅指出，中国古代文体互参中，存在着"以高行卑"的思维定势[①]。实际上，不仅古代各种文体之间存在这种"以高行卑"的思维定势，在一些具体的文学批评著作中，也存在某种文体思想占主导的思维定势。论诗为主的诗学著作中，诗歌批评与散文批评之间，往往存在着地位不对等的现象。因此，《弹雅》等诗学著作中，以声调、音韵论文等现象的出现，便是古典诗学中诗歌美学思想占主导地位的反映。

---

① 参见蒋寅：《中国古代文体互参中"以高行卑"的体位定势》，《中国社会科学》2008年第5期，第149—167、208页。

曾国藩与桐城派在南京的重建

申 俊*

摘要： 桐城派经咸丰兵燹后渐趋衰落。寝馈桐城之学已久的曾国藩，有意在战后的金陵重建桐城派。他于两江总督任上力振文教，锻造桐城派复兴之基。他将经世致用的时代精神涵于桐城派"义理"之中，构建出以"内仁外礼"为核心的新义理之学，并于金陵付诸实践。他提出汉宋兼采的思想，极大地提升了考据之学在桐城派中的地位。在重建后的桐城派群体中，他引入究心汉学之士，为桐城派学术兼收奠定重要基础。在内忧外患、桐城派古文亟须变革的情势下，他踵姚鼐"阳刚、阴柔"说而增其华，提出"古文八美"之概念，并编订《古文四象》，为重建的桐城派构筑出新的文章审美体系。此后，桐城派又在曾门弟子及再传弟子手中几经变革，以新的姿态屹立于清季、民国文坛。

关键词： 曾国藩；南京；桐城派；重建

咸丰兵燹前，桐城派曾于金陵煊赫一时[①]。咸丰三年（1853），太平军建都金陵。此后十余年间，战争使得长江以南几无完郡，桐城派亦遭受到毁灭性打

---

* 申俊，北京师范大学文学院中国古代文学专业博士研究生。
① 方苞生长于金陵，晚年笃老自引，归隐江宁；姚鼐主讲钟山书院二十余年，造就弟子甚众；梅曾亮显赫于道咸文坛，金陵的名山胜迹点缀了许多梅氏墨痕。方、姚、梅等桐城派人物实际参与到金陵政教的发展之中，对金陵乃至江南文化产生重要影响。方、姚在金陵时，众多文士来此问道，桐城派在金陵呈现方兴未艾的大好形势。

击。① 同治三年（1864）夏，湘军攻破天京，曾国藩入主金陵。四年后接上谕调任直隶总督，同治九年秋重督江表，直到三年后逝世。② 曾氏主政江南近六年间，为重建桐城派竭尽心力。

厚植人才之基

曾国藩主政金陵，续乡试、修书院、迁金陵书局于飞霞阁、集四方名士于幕府，为桐城文派的复兴奠定了坚实的人才之基。

曾国藩致力于江南乡试的恢复，一批桐城后学在乡试中脱颖而出。同治三年六月，湘军攻破天京，曾国藩即于翌月视察江南贡院，所见"号舍十存其九，号板全无。……临监、主考、十八房住处……皆无存者"③，因此令曾国荃主持修缮贡院。九月初九清晨，曾国藩再次视察贡院，见诸试闱号舍，工料坚实，焕然一新，曾氏喜出望外，当夜即上奏请求补行乡试。他说："臣……初九日至贡院，查验工程。所有主考、监临、提调、监试、房官各屋，誊录、对读、弥封、供给各所，新造者十之九，修补者十之一。号舍一万六千余间，新造者十之一，葺补者十之九。又因江南人文荟萃，向虑号舍不敷，酌就闱外圈入隙地，以备将来添建号舍之用。臣逐段勘验，现仅号板未全，牌坊及油饰未毕。约计九月二十日前，一律完竣。工坚料实，焕然一新。两江人士，闻风鼓舞，流亡旋归，商贾云集。"④ 同月十一日，曾国藩再次上奏，言道"远近一闻乡试之音，四民辐凑，奔走偕来。臣此次行抵省城，各街巷熙来攘往，焕然改

---

① 一方面，桐城派一时中坚如杭州邵懿辰、伊乐尧、戴熙、南丰吴嘉宾、吴昌寿、桐城马树华、马三俊、张勋，庐江吴廷香，吴江陈寿熊，句容唐治等人相继在战争中殉命。另一方面，在太平天国"禁书"政策的笼罩之下，桐城派经典文献屡遭焚毁。文献家萧穆称桐城失守之后的八九年间，"乡先辈遗书，浩如烟海，已相继灰烬"。参见《与鄢陵苏菊村先生书》，萧穆撰，项纯文点校：《敬孚类稿》卷四，黄山书社，1992年，第83页。
② 参见《曾国藩全集》，同治三年六月二十五日、同治七年七月二十七日、同治九年十月十五日，曾国藩：《曾国藩全集》（第18、19册），岳麓书社2011年，第67、80、363页。
③ 曾国藩：《曾国藩全集》（第18册），第75页。
④ 曾国藩：《曾国藩全集》（第7册），第448页。

观"①，言辞中满是欣喜与迫切。仅同治三年，中举者出于桐城谱系的就有：王鼎元（受知于李联琇、李鸿章）、杜锡熊（受知于曾国藩、李鸿章）、陈孚益（受知于李联琇、李鸿章）、周赟（受业于马恩溥，受知于曾国藩）、赵钧（受知于李鸿章、冯桂芬）、姜兴（受知于李联琇、冯桂芬、李鸿章）、彭福保（受知、受业于李鸿章）、裴正绅（受知于马恩溥、李鸿章）、濮肇华（受业于曾国藩、李鸿章）、刘渚文（受业于李嘉端、彭玉麟、李鸿章）、金峘（受知于李嘉端、李鸿章）。②这对桐城后学有着极大的激励作用。桐城派"后起之英"萧穆亲历了此次乡试，他在日记中记载："十月廿六日，与同行士子泊于金陵城外二十里，已见乡试舟云集。"③他虽榜落孙山之外，但于此间拜会方宗诚、莫友芝，访见吴汝纶、黎庶昌。此后三十余年，萧穆往来金陵甚繁，在桐城派经典著述的辑存和出版上成果丰硕。本次乡试共录举子四十人，尚不及鼎盛时之一半，但如萧穆一般，桐城后学在一片混沌中望见明灯，纷至沓来。此后，马其昶、姚永朴、姚永概、张謇等清季桐城派后学相继通过江南乡试中举，成为清季桐城派之中流砥柱。

　　曾国藩十分重视书院建设。与太平军的交战中，曾氏就曾规划蓝图："所至郡县，即兴学校，讲文艺，崇儒重道，不数年间东南元气逐渐以复，此其纲维国本者，岂不伟耶？"④曾国藩尚在安庆之时，就已着手修葺敬敷书院，并先后延请马雨农、杨璞庵主讲其中。曾国藩入主金陵不久，即立书院以养学士。曾氏同治年间的日记中，随处可见其出题、阅卷、送馆之事。如同治四年三月初二日，曾国藩"早饭后，至贡院甄别钟山、尊经两书院，出题'待文王而后兴者'一章，诗题'云近蓬莱常五色，得常字'。旋至新葺之钟山书院一看，辰正归"；三月初五日，"请缦云与倪豹岑及幕府诸君阅书院卷"；三月初九日，"巳刻出门，至钟山书院送馆，宾主各行四拜礼，山长即李小湖大理也。又至

---

① 曾国藩：《曾国藩全集》（第7册），第450页。
② 顾廷龙主编：《清代朱卷集成》（第143、144、145册），台湾成文山版社，1992年，第311—464页、第3—417页、第3—47页。
③ 萧穆：《敬孚日记》，《上海图书馆藏稿钞本日记丛刊》（第29册），国家图书馆出版社，2017年，第477页。
④ 慕玄父：《柏堂师友言行记·序》，参见方宗诚编撰，蒋信点校：《柏堂师友言行记》，京华印书局，1926年，卷首。

尊经书院，与山长周缦云行宾主礼，午初归"。① 在去世前一年，曾氏仍屡次阅览钟山、惜阴书院课卷，并为之出题至深夜。

曾国藩在重建书院的过程中，有意将桐城之学渗透其中。他先后聘任桐城派传人李联琇②、张裕钊主讲金陵。同治四年，曾国藩亲书一信，礼聘李联琇主讲钟山书院，兼主惜阴书院。曾氏在信中明确表示不止期望他能"培此邦之英华"，更希望他"蹑惜抱之前尘"③，延续桐城余脉。李联琇为学博宗深造，不存汉、宋门户之见，造就人才甚众，他的文集《好云楼二集》后并附有其主讲钟山书院时与弟子的问答。其尤为推重方苞，他在《好云楼四书自序》中言道："于近时选家，一尊桐城方氏轨辙。"④ 曾氏于信中对李联琇推崇备至，评价其"咋古得菆，接人用枻。枕周菲孔，包嬴越刘"⑤，期望他能和自己共培栋梁之材。而李联琇视学钟山、惜阴两书院之时，"四方游学之士，肄业门下。其评点试卷，每至深夜尤校阅不殚。传授程朱之学，虽列下等者，无不心服。于试诸生，诗赋及诂经评史之作，一字之瑕疵不宽假。于是士气振兴，发明成业者甚众"⑥。沈葆桢以为其能继轨钱大昕、姚鼐，曾言"从前主讲钟山书院如詹事府少詹事钱大昕、刑部郎中姚鼐，并以博学鸿儒推崇海内，该京卿抗怀希古，继轨前贤"⑦。同治七年，凤池书院为知府徐宗瀛修葺，随后张裕钊应曾国藩之召，主讲于此近十二年。在此期间，他与吴汝纶往还密切，与曾国藩畅论文学，与黎庶昌游览山水，与曾氏幕僚燕集酬和。张氏讲学金陵之时，范当世、朱铭盘、马其昶纷纷来此问道，受诗古文法。

曾国藩创办金陵书局，不仅为此后半个世纪的江南学子提供了充分的阅读文本，更使得桐城派经典文献重新流布江南。同治四年，曾国藩将其于安庆

---

① 曾国藩：《曾国藩全集》（第18册），第151页。
② 刘声木曾记载："李联琇，字季莹，一字小湖，临川人。道光乙巳进士，官大理寺卿。师事李兆洛，主讲钟山书院。"参见刘声木撰，徐天祥校点：《桐城文学渊源考撰述考》，黄山书社，2012年，第300页。
③ 曾国藩：《曾国藩全集》（第28册），第313页。
④ 李联琇：《好云楼二集》卷十，《清代诗文集汇编》（第682册），上海古籍出版社，2010年，第316页。
⑤ 曾国藩：《曾国藩全集》（第28册），第312页。
⑥ 参见李翊煌：《好云楼二集序》，《清代诗文集汇编》（第682册），第263页。
⑦ 参见李翊煌：《好云楼二集序》，《清代诗文集汇编》（第682册），第264页。

创办的书局迁往金陵，着手经史诸集的刊刻，意在为战乱之后的江南学子提供读本。方宗诚在《柏堂师友言行记》中曾记载："当金陵初行乡试时，士子欲买《四书》不可得。公乃先刻《四书》《十三经》，继刻《史记》《两汉书》。"① 曾国藩亦十分重视对桐城派经典书籍的刊刻。如：同治五年，金陵书局将姚鼐《惜抱轩今体诗选》付之剞劂，同治七年又重刊该选本。金陵书局后更名江南书局，至光绪二十七年为清廷裁撤。半个世纪间，该书局刊刻各类书籍一百余种，为晚清学术之复兴与桐城派在江南的重建立下不朽之功。

在曾国藩罗织下，一批桐城派学者纷纷集于幕中，最终于金陵形成了以曾国藩为核心，以钱泰吉、张文虎、唐仁寿、黎庶昌、薛福成、孙衣言、洪汝奎、张裕钊、吴汝纶、缪荃孙、王先谦等为代表，且与晚清名士李士棻、莫友芝、汪士铎等往来密切的桐城派新阵营。他们上承桐城诸老之说，又于学术、古文、洋务等诸方面多有创获，开启桐城派发展的新局面。

曾国藩早在咸丰八年、九年时已作《欧阳生文集序》《圣哲画像记》两文，表达其"曲折以求合桐城之辙"的古文观念。② 总督两江之时，更是视重建桐城派为己任。在任近六年间，曾国藩补行乡试，重修书院，培养了众多桐城后学。曾氏对桐城派的推崇，使得散落各处的桐城派文士纷纷集于幕下。在他有心插柳的努力下，渐趋衰颓的桐城派终在金陵重现旧时方、姚盛况。

新义理之学的构建

曾国藩虽为桐城派嫡系，但却非鹦鹉学舌的模拟者。曾氏将经世致用的时代精神涵于桐城派"义理"之中，构建出以"内仁外礼"为核心的新义理之学。他于两江总督任上，重刊《船山遗书》、改建江宁府学，皆为"新义理"思想的重要表现。

曾国藩在入主金陵之前，已从理论上为构筑新义理思想打下基础。他在

---

① 方宗诚：《柏堂师友言行记》卷三，《近代中国史料丛刊》（第216册），台湾文海出版社，1966年，第74页。

② 曾国藩：《曾国藩全集》（第14册），第204页。

姚鼐"义理""考据""辞章"三事说的基础上，另增"经济"一端。寝馈于桐城之学已久的曾国藩，极大地受到姚门高第思想的影响。姚莹就曾略变姚鼐的为学三端之论，提出新的治学之途，他认为为学"要端有四：曰义理也，经济也，文章也，多闻也"①。与姚莹交往甚密的曾国藩自觉踵武其说法，又加以变化，构建出"义理、考据、辞章、经济"四端并重的治学之道。姚、曾二人所谓"经济"，实质上就是经世济民。嘉道以降，内忧外患的社会格局促使学术重心转向经世致用。姚莹究心经世之学，主动在时代转型的路口为桐城派寻求新变。而曾国藩以湘军统帅、礼学大师、古文名家的身份加盟桐城派，力倡经济之学，不仅将桐城派经世精神提升到了新的高度，更极大扩充了桐城之学的具体内涵。

曾国藩在金陵重建桐城派后，又进一步将"经济"涵于"义理"之中，构建出脱胎于姚鼐而又超越之的新义理之学。他表示："义理与经济初无两术之可分。""苟通义理之学，则经济该乎其中。""文章之学，非精于义理者不能至。经济之学，即在义理内"。② 在他看来，经济本就包含在义理之中，二者密不可分。正因如此，他所言之义理就与姚鼐之义理思想有所差异。姚鼐之义理说虽不弃躬行，但其究心之处实在修身养德。而曾氏在经世浪潮涌动的时代背景下重新提及经济之学，且强调经济之学实由义理中延伸而来，是义理必不可少的组成部分，这无疑是对桐城派"义理说"的极大扩充与开拓，可视其为新义理之学。

曾国藩"新义理之学"的理论核心实质是"以理为体，以礼为用"，即"内仁外礼"。曾氏以为欲"平物我之情，而息天下之争，内之莫急于仁，外之莫大于礼"③。仁即养德修身，所强调的仍以程朱所阐发的孔孟义理为主，此为内圣之本；"礼"为经世济民④，是"经济"之学，此为外王之道，二者不可偏废一端。在此理论核心下，曾国藩实现了"理"与"礼"的会通，亦实现了

---

① 姚莹：《与吴岳卿书》，参见严云绶等主编：《桐城派名家文集》（第6卷），安徽教育出版社，2014年，第120页。
② 曾国藩：《曾国藩全集》（第14册），第487页。
③ 曾国藩：《曾国藩全集》（第14册），第209页。
④ 曾国藩以为礼学的根本指向就是经世致用治学。他曾言："古之学者，无所谓经世之术也，学礼焉而已矣。"参见曾国藩：《曾国藩全集》（第14册），第206页。

义理与经济的交融，避免了桐城派义理流于空疏之弊。乾嘉之际，"礼"学在统治阶层与汉学家的双重推动下复盛，"以礼代理"之呼声四起。钱穆先生曾言："夫而后东原（戴震）之深斥宋儒以言理者，次仲（凌廷堪）乃易之以言礼。同时学者里堂（焦循）、芸台（阮元）以下，皆承其说，一若以理、礼之别。"① 方东树对汉学家"言礼不言理"表示不满，他认为："自古在昔，固未有谓当废理而专于礼者也，且子夏曰礼后，则是礼者为迹，在外居后，理是礼之所以然，在内居先，而凡事凡物之所以然处皆有理，不尽属礼也。今汉学家厉禁穷理，第以礼为教，又所以称礼者，惟在后儒注疏名物制度之际，益失其本矣。使自古圣贤之言，经典之教尽失其实而顿易其局，岂非亘古未有之异端邪说乎？"② 方东树强调"理"是根本，"礼"仅为"行迹"。曾国藩虽未直接言明"理"与"礼"之关系，但他表示："古之君子之所以尽其心、养其性者，不可得而见，其修身、齐家、治国、平天下，则一秉乎礼。""礼"在曾国藩理论思想中不再与"理"对立，而是成为理的外部表现手段，是实现"尽心养性"的具体措施。"新义理之学"统摄内圣、外王的双重内涵，对姚鼐乃至程朱之"义理"做了丰富拓展。

曾国藩的"新义理之学"直接承继桐城派学术理论，仍将义理视为学术之根本，同时他又为义理注入了新的活力，即经世致用。他的经世思想"超越汉学家视域下的三礼研究，而将官制、财用、盐漕、钱法、兵制、刑律、河渠、洋务等一切经世之学都纳入视野之下，凡是经世的学问他都注意研究，注意推广实践"③。如此，"新义理之学"非但彻底摆脱了传统理学空疏无用、无补时艰之弊，同时又为经世提供了经术的理论依托。这是咸同之际理学得以中兴的重要因素，亦是桐城派得以重建、复兴的理论基础之一。

总督两江之时，曾国藩的新义理思想在其政治实践中得到深刻体现。

曾国藩力促《船山遗书》在金陵的重锓，正因其看重此书包揽"育物之仁"与"经邦之礼"④。同治三年，曾国藩迁书局于金陵，设于城南"铜作坊伪

---

① 钱穆：《中国近三百年学术史》，商务印书馆，1997年，第547页。
② 方东树：《汉学商兑》卷中之上，《汉学师承记（外二种）》，生活·读书·新知三联书店，1998年，第294页。
③ 武道房：《曾国藩礼学观念及其思想史意义》，《江海学刊》2009年第6期。
④ 曾国藩：《曾国藩全集》（第14册），第209页。

慕王府"，继续《船山遗书》的刊刻工作。① 同治四年，曾国藩北上征战，在劳碌的军政事务之间，犹不忘对《船山遗书》的校勘，他于日记中言及："夜又批《札记》二条。余阅此书，本为校对讹字，以便修板再行刷印，乃复查全书，辩论经义者半，校出错讹字半。盖非校雠家之体例，然其中亦微有可存者。若前数年在安庆、金陵时，则反不能如此之精勤。"② 同治六年夏，《船山遗书》全帙终告刊竣。曾国藩在书序中言道："船山先生注《正蒙》数万言，注《礼记》数十万言，幽以究民物之同原，显以纲维万事，弭世乱于未形，其于古者明体达用、盈科后进之旨，往往近之。"③ 曾国藩为《船山遗书》的重刊费尽心血，正是欲借此书张示其新义理之学。

江宁府学的改建亦渗透着曾国藩仁礼并重的新义理思想。同治四年，李鸿章在曾国藩授意之下着手改建江宁府学。同治六年，曾国藩亲手接续建之。同治八年，在新任两江总督马新贻的助力下，集崇经祠、尊经阁及学官之廨宇为一体的江宁府学正式竣工。曾国藩亲为此府学作记，表达其欲"黜邪慝而反经"④的决心。江宁府学原址为朝天宫道观，是祭祀老子之所，曾国藩认为道家称天，是"侵乱礼经"之行径。而咸丰三年，太平天国攻占金陵，洪秀全"窃泰西诸国绪余，燔烧诸庙，群祀在典与不在典，一切毁弃，独有事于其所谓'天'者，每食必祝"，曾国藩更将此定性为"邪慝""异端"。因此他要"就道家旧区，廓起宏规，崇祀至圣暨先贤先儒"。重建儒家道德体系，正是对内"仁"的重视。同时曾国藩强调："将欲黜邪慝而反经，果操何道哉？夫亦曰：隆礼而已矣"，将"礼"看作重建儒家道德体系的外部表现方式。唯有学礼，方能得体悟圣人之道，最终得治国平天下之术以辅世长民。他说："既长则教之冠礼，以责成人之道；教之昏礼，以明厚别之义；教之丧祭，以笃终而报本。"同治九年，曾国藩在江宁府学新立之际，作《江宁府学记》一文，讲明"反经而崇礼"的锐意，正是向东南乃至全国士子昭示其内仁外礼的新义理之学。

---

① 张文虎著，陈大康整理：《张文虎日记》，上海书店出版社，2001年，第3页。
② 曾国藩：《曾国藩全集》（第18册），第303页。
③ 曾国藩：《曾国藩全集》（第14册），第210页。
④ 本段引文俱出自曾国藩：《曾国藩全集》（第14册），第175页。

方、姚二人虽曾有"叹时俗之波靡，伤文章之萎薾，颇思维挽救正于其间"①以及"经济天下之才"②的思想，但其用功之处其实仍在修身养德。曾国藩则在桐城派生死存亡之际，将经济注入义理之中，建构出内仁外礼的新义理之学。在金陵重建桐城派之时，曾国藩更将其新义理思想付诸实践。此后的桐城之学，裹挟着育物之仁与经世之礼，在近代百年浪潮中激荡，为古典文学留下了最后一抹绚烂的余辉。

兼采考据之学

　　曾国藩在重建后的桐城派群体中，引入究心汉学之士，为桐城派学术兼收奠定重要基础。姚鼐虽汲取考据之学，但他自身对汉学家十分鄙夷。姚门弟子在门户之见下，鲜能重视到汉学之优势。曾国藩明确表达其汉宋兼采的思想，极大地提升了考据之学在桐城派中的地位。

　　曾国藩在重建的桐城派阵营中，广纳究心考据之学者。刘毓崧、刘曾寿、刘恭勉、戴望、成蓉镜等皆名重江南，他们博通经训、深谙考释，秉承扬州、常州学派治学之精髓。刘毓崧缵述先业，成《春秋左氏传大义》二卷；刘恭勉守家学，通经训，著有《论语正义》《广经室文钞》等；戴望九岁即师从程大可，学《周易》《尚书》，后受业于陈奂，得声韵、训诂之法，著《论语注》二十卷、《管子校正》二十四卷。

　　桐城派学者与汉学传人汇聚金陵，得以深窥考据学之风采，进而补苴罅漏、兼采两学。曾氏幕僚中，钱泰吉、张文虎、唐仁寿、黎庶昌、薛福成、张裕钊、缪荃孙等桐城谱系学者，时常与刘毓崧、戴望等人燕集酬和于金陵愚园、飞霞阁等处。张文虎、莫友芝、萧穆等人的日记多有记述。如：同治五年十二月，张文虎"与壬叔、缦老、韦守斋、陈卓人、庄中白、戴子高、丁犀方、陈小浦集飞霞阁祝东坡生日"；同治六年二月，"汪梅老邀与陶善之水新楼

---

① 戴名世撰，王树民编校：《戴名世集》，中华书局，1986年，第54页。
② 姚鼐著，刘季高标校：《惜抱轩诗文集》，上海古籍出版社，1992年，第50页。

茗话。缦老招与陈卓人、孙徵之、壬叔、养泉飞霞阁午饮。莫偲老招夜饮,同集汪梅老、刘叔俯、伯山、唐端甫、戴子高、壬叔,主客八人";同年五月,"节相招饮,同集:俞荫甫太史、周缦老、倪豹丞、汪梅老、莫偲老、刘伯山、叔俯、唐端甫、钱子密、赵惠甫、李壬叔、刘开生十三人。申刻返。是晚缦老、梅老、子慎、壬叔、端甫、周孟舆置酒飞霞阁为予寿"。① 孙衣言亦曾言及交游盛况:"时江宁设有官书局,于治城山之东北隅修葺'飞霞阁'为勘书之庐,与其事者皆四方硕彦之士,若张啸山、戴子高、仪征刘北山毓崧及其子恭甫寿曾、宝应刘叔俛恭冕、海宁唐端夫仁寿辈,朱墨之余咸耽文咏。而周缦云、莫子偲及武昌张濂亭裕钊亦来客金陵。江宁宿儒汪梅岑士铎方自鄂归,授徒讲学。衣言官事之余,偕诒让从诸先生游,相与议论为文章,或宴饮歌诗为笑乐,诒让因得识诸先生。"② 在雅集交游中,桐城派学人领略汉学家风采。张裕钊在《赠戴子高》一诗中对戴望十分推崇,诗言"江表耆儒近凋丧,浙西弟子欵联翩",且在《秋夜》诗中表示自己"晚学今耽小戴经"。③ 孙衣言对成蓉镜所作《禹贡班义述》称赞备至,以为"芙卿之辑此书,于今文、古文之同异莫不缕析条分,即郑注与班义偶殊者,必一一为之辩证,而班义与经文不合者,亦不曲护其非,洵可谓引史证经,实事求是者矣。昔人谓颜注为班氏功臣,识者以为过情之誉,惟移赠此书,斯为名副其实耳"④。

在曾国藩之前,桐城学者表面上虽能以相对理性的态度对汉学做不同程度的吸收,但在学派相争的局面下,汉宋两者绝无可能在桐城派学者理念中平分秋色。方苞虽未将汉宋之学对立,且表示治经之途应"以宋元诸儒议论糅合汉儒,疏通经旨,惟取义合,不名专师"⑤,但考据却未真正渗透在其治学之中。姚鼐表面上主张吸取汉学家考证之学,在《复秦小岘书》中曾言:"鼐尝谓天下学问之事有义理、文章、考据之分,异趋而同为不可废。"⑥ 又在《述庵文钞序》一文中提出义理、文章、考据三者相济论,"鼐尝论学问之事,有三

---

① 张文虎著,陈大康整理:《张文虎日记》,第74、80、92页。
② 孙延钊撰:《孙衣言孙诒让父子年谱》,上海社会科学院出版社,2003年,第96页。
③ 张裕钊著,王达敏校点:《张裕钊诗文集》,上海古籍出版社,2007年,第288、285页。
④ 孙衣言:《逊学斋文钞》,《清代诗文集汇编》(第662册),第263页。
⑤ 参见梅曾亮著,彭国忠、胡晓明校点:《柏枧山房诗文集》,上海古籍出版社,2012年,第119页。
⑥ 姚鼐著,刘季高标点:《惜抱轩诗文集》,第104页。

端焉：曰义理也，考证也，文章也。是三者苟善用之，则皆足以相济"①，但姚氏对汉学之鄙夷十分显著。他在《复蒋松如书》中表示："今世学者乃思一切矫之，以专宗汉学为至，以攻驳程、朱为能，倡于一二专己好名之人，而相率而效者，因大为学术之害。夫汉人之为言，非无有善于宋而当从者也。然苟大小之不分，精粗之弗别，是则今之为学者之陋，且有胜于往者为时文之士，守一先生之说而失于隘者矣。博闻强识，以助宋君子之所遗则可也，以将跨越宋君子则不可也。"②言语中对汉学之轻视十分明显。方东树作《汉学商兑》一书，虽零星提及汉学之优势，但更多的是对汉学之抨击。

曾国藩则明确提出了"一宗宋儒，不废汉学"③的治学主张，极大提升了考据之学在桐城派学术体系中的地位。在道、咸的时代大变革之下，"莫如尽取其书，悉心折中而兼采之"④的学术理念成为学界主流。曾国藩早年虽服膺于桐城之学，并在邵懿辰、唐鉴等人的引导下，建立了对程朱理学的信仰⑤，但曾国藩对汉学家长处，绝不一概抹杀，他曾言："自乾隆中叶以来，世有所谓汉学云者，起自一二博闻之士，稽核名物，颇拾先贤之遗而补其阙。"⑥当友人孙鼎臣大肆抨击汉学之时，曾国藩则表示："君子之言也，平则致和，激则召争。辞气之轻重，积久则移易世风，党仇讼争而不知所止。……近者汉学之说，诚非无蔽，必谓其致粤贼之乱，则少过矣。"⑦道光二十三年（1843），曾国藩在与同乡刘蓉探讨学问时指出：

> 许、郑亦能深博，而训诂之文或失则碎；程、朱亦且深博，而指示之语或失则隘。其他若杜佑、郑樵、马贵与、王应麟之徒，能博而不能深，则文流于蔓矣；游、杨、金、许、薛、胡之俦，能深而不能博，则文伤于易矣。由是有汉学、宋学之分，龂龂相角，非一朝矣。仆窃不自揆，谬欲

---

① 姚鼐著，刘季高标点：《惜抱轩诗文集》，第61页。
② 姚鼐著，刘季高标点·《惜抱轩诗文集》，第95—96页。
③ 曾国藩：《曾国藩全集》（第26册），第335页。
④ 姚莹：《钱白渠七经概叙》，参见严云绶等主编：《桐城派名家文集》（第6卷），第24页。
⑤ 参见余英时：《现代儒学的回顾与展望》，生活·读书·新知三联书店，2004年，第300—307页。
⑥ 曾国藩：《曾国藩全集》（第14册），第279页。
⑦ 曾国藩：《曾国藩全集》（第14册），第206页。

兼取二者之长，见道既深且博，而为文复臻于无累。①

显然，曾国藩洞见到汉、宋学二者之弊端，并明确表示了自己要兼取二者之长，从而使学问达到深博。同治元年（1862），曾国藩又在致友人书札中言道：

> 天下相尚以伪久矣！陈建之《学蔀通辨》，阿私执政；张烈之《王学质疑》，附和大儒。反不如东原、玉裁辈，卓然自立，不失为儒林传中人物……姚惜抱尝论毛大可、李刚主、戴东原、程绵庄，率皆诋毁程朱，身灭嗣绝，持论似太过。……博核考辨，大儒或不暇及，苟有纠正，足以羽翼传注，当亦程朱所心许。……国藩一宗宋儒，不废汉学。②

他斥陈建、张烈之学为伪学，并给予戴震、段玉裁高度评价，且对姚鼐咒骂汉学家之言论加以纠正，最后明确提出自己汉宋兼采的治学理念。

曾国藩对汉学之态度，使得考据之学真正渗透到桐城派血脉之中。正是在曾国藩的影响下，桐城后学张裕钊、吴汝纶、马其昶等皆能精于考释训诂，且在著述中多引乾嘉学派成果。如吴汝纶在《庄子点勘》直接引用王念孙、王引之学术观点，解《人间世》"若能入游其樊而无感其名"句云："王怀祖云：'《广雅》：樊也，边也，字通作藩，《大宗师》吾愿游乎其藩。'"解"名也者，相札也"句云："王伯申云：'礼与札形似而谓。'"③马其昶《庄子故》亦大量征引段玉裁、洪颐煊、卢文弨等人成果，考据之学终成桐城学术的重要组成部分。

古文审美之变

方、姚文章标目清真，流风至咸同年间，其浅弱之弊已十分明显。在风雨

---

① 曾国藩：《曾国藩全集》（第23册），第8页。
② 曾国藩：《曾国藩全集》（第23册），第335页。
③ 周小艳、刘金柱主编：《吴汝纶全集》（第15册），国家图书出版社，2020年，第255页。

如晦、桐城派古文亟须变革的情势下，曾国藩于金陵踵姚鼐"阳刚、阴柔"说而增其华，提出"古文八美"之概念，并编订《古文四象》①，为重建的桐城派构建了一个新的文章审美体系。在此体系中，桐城之文得以汲取汉赋雄迈之气，兼采六朝骈俪之辞，在清雅的基础上进而"振翱翔之骨，发铿訇之响"②。

姚鼐晚年于金陵致信友人时提出文章"阳刚、阴柔"之说。③姚门弟子方东树、管同等人皆承继此说。乾隆五十五年（1790），姚鼐在《复鲁絜非书》中指出除圣人之言能兼统阴阳二气之外，其他文章皆有阳刚、阴柔之分。姚鼐以一系列具象为拟，深入揭示了刚柔之别："其得于阳与刚之美者，则其文如霆，如电，如长风之出谷，如崇山峻崖，如决大川，如奔骐骥。其光也，如杲日，如火，如金镠铁；其于人也，如凭高视远，如君而朝万众，如鼓万勇士而战之。其得于阴与柔之美者，则其文如升初日，如清风，如云，如霞，如烟，如幽林曲涧，如沦，如漾，如珠玉之辉，如鸿鹄之鸣而入廖廓。其于人也，漻乎其如叹，邈乎其有思，暖乎其如喜，愀乎其如悲。"乾隆五十九年，姚鼐又在《海愚诗钞序》中进一步指出："天地之道，阴阳刚柔而已。苟有得乎阴阳刚柔之精，皆可以为文章之美。阴阳刚柔并行而不容偏废。"④虽然姚氏晚年论文主张刚柔并济，但却未能落实于个人创作之中。管同、吴德旋等人亦以阳刚、阴柔论诗文，但作为姚氏之徒，他们皆恪守桐城家法，并未能对姚鼐刚柔之论作深入阐释或实践。

入主金陵之前，曾国藩就对姚鼐"阳刚、阴柔"说心有戚戚焉。曾国藩早在《圣哲画像记》中就曾以"阳刚""阴柔"论文，他言道："西汉文章，如子云、相如之雄伟，此天地遒劲之气，得于阳与刚之美者也，此天地之义气也。刘向、匡衡之渊懿，此天地温厚之气，得于阴与柔之美者也，此天地之仁气也。"⑤咸丰十年，曾国藩又表示："吾尝取姚姬传先生之说，文章之道，分阳

---

① 黄霖先生认为《古文四象》出自吴汝纶之后，可疑之处甚多。参见黄霖：《近代文学批评史》，上海古籍出版社，1993年，第196页。根据曾国藩家书、日记，可断定曾氏手编过此书，虽然此书仅有编选目录留存，但曾国藩晚年古文审美理念已于此编中明确。

② 曾国藩：《曾国藩全集》（第14册），第129页。

③ 姚鼐正式以"阳刚、阴柔"论文最早见于《复鲁絜非书》，周中明先生在《姚鼐年谱》中认为此书作于乾隆五十五年夏，是年姚鼐已主讲钟山。

④ 卢坡：《姚鼐信札辑存编年校释》，安徽大学出版社，2020年，第13页。

⑤ 曾国藩：《曾国藩全集》（第14册），第150页。

刚、阴柔之美二种。大抵阳刚者，气势浩瀚；阴柔者，韵味深美。浩瀚者，喷薄而出；深美者，吞吐而出之。"①

同治四年，曾国藩于金陵正式提出"古文八美"之说，从古文理论上对桐城派的审美视野作出拓展。他言道：

> 余昔年尝慕古文境之美者，约有八言：阳刚之美曰雄、直、怪、丽，阴柔之美曰茹、远、洁、适。蓄之数年，而余未能发为文章，略得八美之一以副斯志。是夜，将此八言各作十六字赞之，至次日辰刻作毕。附录如左：雄，划然轩昂，尽弃故常；跌宕顿挫，扪之有芒。直，黄河千曲，其体仍直；山势若龙，转换无迹。怪，奇趣横生，人骇鬼眩；《易》《玄》《山经》，张韩互见。丽，青春大泽，万卉初葩；《诗》《骚》之韵，班扬之华。茹，众义辐凑，吞多吐少；幽独咀含，不求共晓。远，九天俯视，下界聚蚊；瘖痱周孔，落落寡群。洁，冗意陈言，类字尽芟；慎尔褒贬，神人共监。适，心境两闲，无营无待；柳记欧跋，得大自在。②

曾国藩将姚鼐所谓阳刚、阴柔进一步细分为雄、直、怪、丽、茹、远、洁、适八字，并对每一类风格做了阐释和例说，从理论上为古文审美开拓出新的格局。

随后，曾国藩又在"古文八美"的理论基础上，着手编选《古文四象》。曾氏所谓四象，即太阳、太阴、少阳、少阴，分别对应古文气势、识度、情韵、趣味的审美范畴。而四象又进一步分为八类，即气势类：喷薄之势、跌宕之势；识度类：闳括之度、含蓄之度；情韵类：沉雄之韵、凄恻之韵；趣味类：闲适之趣、诙诡之趣。四象八类的选文方法，是曾氏对原有"古文八美"思想的拓展与实践。曾国藩逝后，此书散佚，吴汝纶多方踌躇，终未能完璧此编，仅依据曾国藩所编目录缮写成册。吴汝纶对曾氏此编评价甚高，他以为"殆古今最精之选本，虽已刻之《经史杂钞》不能及也"③。

---

① 曾国藩：《曾国藩全集》（第 18 册），第 378 页。
② 曾国藩：《曾国藩全集》（第 18 册），第 137 页。
③ 吴汝纶：《吴汝纶全集》（第 3 册），第 422 页。

《古文四象》是曾国藩于金陵重建桐城派后最重要的古文选本，选文理念承继姚鼐阳刚阴柔之说并加以拓展。曾氏以风格选文，突破了古文编选的体裁限制，使得桐城派古文能广泛汲取各类文体之优势，而以荡开的审美气度应对窳弱之时局。

　　曾氏于《古文四象》中广泛选取司马相如、左思、扬雄之赋，意在驱使桐城古文上汲汉赋之气，而运豪迈之势。曾国藩强调学汉赋以增加文章喷薄之势，他告诫为文"气体近柔""笔力稍患其弱"的张裕钊，要"熟读扬韩之文，而参以两汉古赋"。① 曾国藩自己亦是时时翻阅两汉之赋，如："夜温《长扬赋》，于古文行文之气，似有所得"，"少时曾读《子虚》《上林》赋，未甚成诵，年来好看汉赋，亦为熟读"。② 曾国藩亦作赋，《如石投水赋》《远佞赋》皆阐理幽深，文气纵横。直到晚年，曾国藩犹在《重刻茗柯文编序》中对张惠言所编、所作之赋大加称赞："编次七十家赋，评量殿最，不失铢黍。自为赋亦恢宏绝丽。"③

　　《古文四象》选文不废六朝骈体。在《古文四象》之中，曾国藩择选庾信、鲍照、江淹等人之骈文，意在使桐城古文能兼采骈体之优势。曾氏充分认识到骈文骨气端翔、情韵茹远的优势之处。他以为骈文之所以能气势纵横，与讲求用典、对仗密切相关。因此，他在训示其子时屡屡强调："宜从对仗上用工夫。"④ 他亦对弟子言及："鼎臣精心为诗，须古人之骈文，观其对仗使典，讨论一番。乾嘉以前，翰林作赋，类多富赡工整。道光中叶后，词苑后进腹俭，而为之亦苟。骈文久不讲矣。不独骈文宜求工切，即古文亦然。"⑤ 他亦关注到骈文情韵茹远的一面，表示："自群经而外，百家杂述，率有偏胜。……以情胜者，多悱恻感人之言。……自东汉至隋，文人秀士，大抵义不孤行，辞多俪语，即议大政，考大礼，亦每缀以排比之句，间以婀娜之声，历唐代而不改。虽韩、李受大古，而不能革举世骈体之风，此皆习于情韵者类也。"⑥

---

① 曾国藩：《曾国藩全集》（第 23 册），第 124 页。
② 曾国藩：《曾国藩全集》（第 16、18 册），第 469、366 页。
③ 曾国藩：《曾国藩全集》（第 14 册），第 219 页。
④ 曾国藩：《曾国藩全集》（第 20 册），第 564 页。
⑤ 王定安：《求阙斋弟子记》卷二十一《文学》上，参见曾国藩：《曾国藩诗文集》（附录一），岳麓书社，2011 年，第 450 页。
⑥ 曾国藩：《曾国藩全集》（第 14 册），第 333—334 页。

曾国藩《古文四象》选文亦注重经世精神。《治安策》《戒妃匹劝经学威仪之则疏》《王守仁申明赏罚以厉人心疏》等皆为经世治民之名文。曾国藩对经世之文青眼有加，是其引导桐城派文风转变的重要表现。入主金陵之后，两江实务之杂著如告示、章程、军制、营规等，曾国藩无不亲自创制。曾国藩十分清晰地知道，在时代大变局之中，社会迫切需要是"足以救乎时"[①]的实用之文。

桐城之文若自归有光论起，[②]至姚门四子相继离世，已历两百余年，其强大的生命力不仅在于对古文传统的坚守，更在于它能在时代浪潮之涌动中兼收并蓄，不断完善自身理论。姚鼐开宗立派，讲学金陵，晚年论文已显露出刚柔并济的审美视野。曾国藩于金陵重建桐城派，自觉担荷起文脉传承之重任，他在姚鼐"阳刚、阴柔"说的基础上构建出桐城古文的新审美，以启发桐城后学立经世济民之志，运雄迈宏肆之气，作刚柔并济之文。

薪火传承

同治十一年（1872），曾国藩带着功业未竟的遗憾离世。他于金陵所复兴的桐城之学却为弟子及再传弟子继承扩大，并如满天星火一般散布南北。

张裕钊是曾国藩"刚柔并济"文论的重要实践者。曾国藩晚年自言其于"阳刚阴柔"之说，"知其意，而不能竟其学"。[③]张裕钊则不仅在理论上提出"雅健"的概念，创作中更兼有阳刚与阴柔之美。张裕钊以为文章要追求"雅健"之境。他在《答刘生书》中言道："夫文章之道，莫要于雅健。"[④]"雅"显然是强调平淡阴柔，"健"则是着重雄奇阳刚。"雅健"这一概念，是张裕钊对姚鼐、曾国藩阳刚阴柔说的继承与发扬。

[①] 方东树：《辩道论》，参见严云绶等主编：《桐城派名家文集》（第1卷），第178页。
[②] 吴孟复先生在《桐城文派述论》中，认可吴敏树的观点，以为桐城派的直接渊源是归有光。吴先生认为归有光并不是简单地模唐仿宋，其真正源泉在于吸收了评话、小说的描写方法，而将其创造性地运用于散文。详述可参见吴孟复：《桐城文派述论》，安徽教育出版社，2001年，第4页。
[③] 曾国藩：《曾国藩全集》（第17册），第471页。
[④] 张裕钊著，王达敏校点：《张裕钊诗文集》，第87页。

金陵的生活经历是促成张裕钊为文兼顾刚柔的重要因素。在设席金陵之前，张裕钊就在曾国藩的引导之下形成了刚健之文风。但随着曾国藩的离世、清廷的不断衰败，以及友人刘毓崧、莫友芝、戴望诸人的先后凋丧，他将其孤独与愤懑的情感代入创作之中，其焦灼、抑郁、孤寂之情愈发显著，甚至一度将"萧疏暗淡"推崇为文章佳境。① 光绪二年，沉淀之后的张裕钊在创作中将阳刚与阴柔之气相结合。他与黎庶昌游览狼山时所作《游狼山记》，描绘山景劲悍生炼："山多古松，桂、桧、柏数百株，倚山为寺，寺错树间。最上为支云塔，危居山巅，万景毕纳。迤下若萃景楼及准提、福慧诸庵，亦绝幽迥。所至增舍、房廊屈曲，左右苍翠环合，远绝尘境。"② 但在文章结尾，他写阮籍遭逢世乱，而念及自身又槁枯朽钝，为时屏弃，萧疏沉郁之气浮出，这种写法在曾氏之文中断然没有。又如《重刊毛诗古音考序》一文，语言古茂质实，得桐城诸老雅淡之精，而他又运化汉赋之辞入文，使得文章气势非凡。

曾门弟子黎庶昌续编《古文辞类纂》并于金陵书局刊定。咸丰十年，曾国藩针对姚鼐所编《古文辞类纂》"不复上及六经"及"不载史传"的弊端，编定《经史百家杂钞》，为桐城派文章选本做出了突破性的贡献。光绪十五年，黎庶昌继承其师之事业，续编《古文辞类纂》。黎本《续古文辞类纂》吸收姚、曾选本之长并加以丰富。上编依照曾氏《经史百家杂钞》之目补录经、子之文与"叙记""典志"；中编录史传九类以补姚氏之弊；下编打破姚鼐仅选方苞、刘大櫆之文以及曾国藩仅收姚鼐一家的做法，辑录清文二百余篇。黎本《续古文辞类纂》选文不拘义法说，在拓展桐城派选文领域、改善纂编体例等方面具有重要意义。

光绪二十一年，辗转各处的张謇应张之洞礼聘，重新回到金陵，任江宁文正书院山长，又为桐城派注入新的生命力。张謇在桐城之学中涵泳已久：同治十三年，张謇就与吴汝纶、张裕钊往来密切③；光绪七年，张謇获依侍于张裕钊

---

① 王达敏：《张裕钊与清季文坛》，参见徐成志：《安徽省桐城派研究会会议论文集》，安徽大学出版社，2007年，第416—446页。
② 张裕钊著，王达敏校点：《张裕钊诗文集》，第187页。
③ 张謇曾记载其同治十三年七月八日、八月十日即往见张廉卿、吴汝纶两先生。参见李明勋、尤世玮主编：《张謇全集》（第8册），上海辞书出版社，2012年，第31页。

门墙，受古文法①。光绪十五年（1889），张謇更是在致吴汝纶信中表示"辱先生垂眷甚至"，可见吴汝纶对张謇之青睐。其于桐城之学多有阐发，曾言："夫古文之道，非苟焉而已，不言义法则紊，言义法矣，而短学与才则弱。"②认为文章不可没有义法，且义法须与才学兼备，否则会导致文章气弱。张謇主张诗赋词章与时务策论并重，注重经世致用之学。他深切认识到科举之弊端，指责六经"全无当于生人之用"，"人人骛此，谁与谋生"。③因而讲学文正书院时，他开设汉文、算学、英文、翻译等课程。且在《代鄂督条陈立国自强疏》中建议清廷"广设学堂，自各国语言文字，以及种植、制造、商务、水师、陆军、开矿、修路、律例、各项专门名家之学，博延外洋各师教习"④。此后更是投身实业，与弟子江谦、江导岷推动中国近代社会之变革。

曾国藩逝后，曾门弟子与幕僚将复兴的桐城之学由金陵进一步散布全国。张裕钊、吴汝纶远赴畿辅，在河北莲池拓展出新的支脉；黎庶昌、薛福成流转诸国，在西方世界的奇光异彩中标举桐城文派。而当张、吴之辈纷纷谢去，桐城之学在新时代的冲击下日渐式微，桐城后学如张謇，又将曾国藩所注入到桐城派的经世思想付诸实业，极大地延续了桐城派的生命。

结　语

曾国藩总督两江之时已是垂老暮年，但他为桐城派在金陵之重建兀兀穷年，立下卓荦之功。在桐城中坚纷纷谢去之时，他于金陵力振文教，锻造桐城派复兴之基。新义理之学的构建，为桐城之学在学术转型的路口肇启新风。他在桐城派新阵营中广纳汉学名士，使得桐城学者得以深窥考据风采，进而补苴罅漏，兼采两学。他又将桐城古文审美加以变革，不仅使桐城之文突破固有之弊

---

① 张謇在《祭张濂亭夫子文》中提到"自单于之上岁，获依侍于门墙"，可参见李明勋、尤世玮主编：《张謇全集》（第 6 册），第 252 页。
② 李明勋、尤世玮主编：《张謇全集》（第 6 册），第 565 页。
③ 李明勋、尤世玮主编：《张謇全集》（第 6 册），第 21—22 页。
④ 李明勋、尤世玮主编：《张謇全集》（第 6 册），第 36 页。

端,进而在"三千年未有之大变局中"赓续前行,更使江左乃至全国文风为之一变。在中西碰撞的时代背景下,旧学已逐渐凋敝,而他一如桐城派振兴之木铎,以鸿博之视野与经世之精神,造就了一批紧扼时代脉搏的桐城后学。他们或坚守文坛,为中国文学由古典走向现代谋求新径;或投身实业,为中国近代社会之变革贡献实绩。桐城派经曾国藩重建后,以新的姿态屹立于清季文坛,并闪耀着炫目光辉。

清末民初"桐城派"总体批评之梳理与反思
——以国人中国文学史著述为中心*

许朝晖　欧明俊**

摘要：清末民初，文学史家综合前人通行观点，建构秦汉古文家、唐宋八大家、归有光、桐城三祖、姚门弟子及再传弟子、桐城后学谱系，强调桐城派、阳湖派同源异流，推动"高第弟子"说传播，将曾国藩纳入桐城派自身，批判"桐城末流"。国粹派强调骈、散相合，其桐城末流批判更尖锐。新青年派或持杂文学观批评桐城古文艺术，或持纯文学观批评其内容，文学观分裂。整体而言，此期桐城派总体批评偏重介绍说明，综合多于创新，虽有滞后性，亦不乏学理性，建构性、建设性兼备，推动了桐城派古文文本和批评话语体系经典化。桐城古文派、散文派定位先后遮蔽其经史之学，邓实、刘师培等人"桐城学派"的提出有纠偏意义。

关键词：清末民初；桐城派；总体批评；中国文学史；反思

本文"清末民初"特指19世纪末至五四运动前。据笔者不完全统计，清末民国涉及桐城派批评的国人中国文学史（以下简称文学史）著述约90部，清末

---

* 本文为国家社会科学基金重大项目"两岸现代中国散文学史料整理研究暨数据库建设"（18ZDA264）的阶段性成果。

** 许朝晖，福建师范大学文学院古代文学专业硕士研究生；欧明俊，福建师范大学文学院教授、博士生导师。

民初共 10 部。①学界桐城派批评史研究集中于清国史馆《文苑传》、新文化人、民国以及整个 20 世纪学术界，尚未深入挖掘、利用这些文献，仅部分论著提及胡适《五十年来中国之文学》（1922）、钱基博《现代中国文学史》（1930）等，并述及梁启超《清代学术概论》（1920）中论及文学史的部分。②近代以来，西学、东学持续输入，中西之争、新旧之争构成思想史主线，语言文学领域集中表现为文白之争。国粹派、新青年派学者皆要求改革语言，后者更主张以白话代替文言。桐城派作为晚近文言代表被集中批判，沦为"受污最深之文派"③。随着新式学制颁行，中国两千余年教育体制改变，现代意义的文学学科创立。文学史著述既是产物，也是推手，更新文学观，生成文学史知识，影响了后人对桐城派的"前理解"。本文梳理清末民初桐城派谱系书写与评价，反思桐城派定位、文学观、流派观与文学史著述体性、体例对桐城派总体批评的影响，以期深化桐城派、古代散文史以及文学史学研究。

一、学派、文派、诗派定位与桐城派谱系追认

"桐城派"概念内涵复杂，既有生成性、流动性，又有稳定性。学术研究

---

① 分别为窦警凡《历朝文学史》（1897年完稿，1906年初版）、林传甲《中国文学史》（1904）、黄人《中国文学史》（1905）、张德瀛《中国文学史》（撰于1905—1909年）、来裕恂《中国文学史稿》（撰于1906—1909年）、王梦曾《中国文学史》（1914）、曾毅《中国文学史》（1915）、张之纯《中国文学史》（1915）、朱希祖《中国文学史要略》（1916年完稿，1919年初版）、谢无量《中国大文学史》（1918）。许指严《中国文学史讲义》（清末）、褚石桥《文学蜜史》（1919）待访，吴梅《中国文学史》（约作于1917年）、钱基厚《中国文学史纲》（1917）未论述桐城派。除清以前分期文学史著述及笔者尚未访及 10 余部文学史著述外，清末民国未论及桐城派的国人文学史著述约 40 部，或因主题系文学理论，或因故未写至清代，或写至清代古文而无桐城派，或立足纯文学、俗文学、进化文学。清末民国，文学史、学术史界限未分明，部分学术史著作兼有文学史功能，宜归入文学史著述讨论范围。参见陈玉堂：《中国文学史书目提要》，黄山书社，1986年；吉平平等编著：《中国文学史著版本概览》，辽宁大学出版社，1992年；黄文吉编著，连文萍等撰稿：《台湾出版中国文学史书目提要（1949—1994）》，台湾万卷楼图书有限公司，1996年。

② 如任雪山：《桐城派文论现代批评接受研究》，南京大学博士学位论文，2015年；常威：《民国桐城派研究平议》，《安庆师范学院学报》2016年第3期；范丹凝：《"曾门四弟子"在近代文学史的产生与接受》，《烟台大学学报》2019年第3期；陈云昊：《可变与可法："钱基博、李详之争"与桐城派批判》，《新疆大学学报》2021年第4期。

③ 徐景铨：《桐城古文学说与白话文学说之比较》，《文哲学报》1922年第1期。

应重视这一稳定性,亦不宜忽视其生成、流动性。作为流派,桐城派有大体公认的立派时间、组成人员、核心主张与基本性质,这些"公认"的话语构成桐城派学术研究的前理解。还原其建构历程,追踪其追认、复述之路,不应忽视在近现代学制体系下开始作为学术研究起点的文学史著述。①

文学史著述系编纂、写作结合体,属学制构成,与官方意识形态及政令关系密切,代表通行观点,多缀辑前人言论表述见解,属复述性质,其价值不在创新,而在认证,写入文学史著述代表被主流认可,具有广泛传播效益。复述既生成文学史知识,又推动相关话语体系经典化。

桐城派的立派标志为姚鼐《刘海峰先生八十寿序》引周永年等人语:"维(惟)盛清治迈逾前古千百,独士能为古文者未广。昔有方侍郎,今有刘先生,天下文章,其出于桐城乎?"②标举桐城方苞、刘大櫆一脉古文。姚鼐自称学文于刘氏,隐含继武之志,"又使乡之后进者,闻而劝也"③,有意凸显桐城文脉。桐城派是姚鼐追认的。曾国藩《〈欧阳生文集〉序》突出姚鼐古文成就及与方苞、刘大櫆师承关系,"由是学者多归向桐城,号'桐城派'"④,具体论述其传衍过程,坐实流派名称桐城派,立派人物及时间以姚鼐为中心,主要成员为方苞、刘大櫆、姚鼐、姚门弟子及再传弟子。姚鼐追认方苞、刘大櫆,曾国藩追认、命名桐城派,二人此处所论桐城派主要指桐城文章派,具体即桐城古文派。

吴敏树《与筱岑论文派书》曰:"今之所称'桐城文派'者,始自乾隆间姚郎中姬传。"⑤较早论及桐城文派概念。又曰:"其意盖以古今文章之传系之已也……自来古文之家,必皆得力于古书。"⑥其所谓"桐城文派",主要指桐城古文派。黄人《中国文学史》始标桐城文派之目,其后文学史家或设专节,或直接使用此概念,推动文派说广泛传播,强化了桐城派的古文内涵。⑦

---

① "追认"作为一种文学史建构中的"命名",指对过去一切与文学有关的名义、声誉、价值、地位的提升和重新评定。参见欧明俊:《"追认"与宋词价值重估》,《文艺理论研究》2010 年第 4 期。
② 姚鼐撰,刘季高点校:《惜抱轩诗文集》,上海古籍出版社,1992 年,第 114 页。
③ 姚鼐撰,刘季高点校:《惜抱轩诗文集》,第 115 页。
④ 曾国藩:《曾国藩全集》(第 14 册),岳麓书社,2011 年,第 204 页。
⑤ 严云绶等主编,查昌国点校:《桐城派名家文集·吴敏树集》,安徽教育出版社,2014 年,第 298 页。
⑥ 严云绶等主编,查昌国点校:《桐城派名家文集·吴敏树集》,第 298 页。
⑦ 黄人:《中国文学史》,苏州大学出版社,2015 年,第 19、322 页。

晚清民国，纯文学观传入，学术、文学逐渐分离。一方面，传统古文、文章概念变为纯文学散文概念，与诗歌、小说、戏剧并列，被纳入文学四分法中；另一方面，对古文、文章体性的认识亦由载道为主变为抒情、叙事为主。"文"不再天然具备学术内涵。桐城文派随之由文化流派降格为文学流派。新文化人汪倜然从纯文学角度批评桐城文派古文毫无价值。[1] 标榜桐城派者亦多从文风立论："'桐城文派'……总不会越出雅正的范围之外。"[2] 学术、文学走向分离，部分学者于桐城文派概念外标举桐城学派概念，国粹派主将邓实说：

> "桐城学派"以方苞、姚姬传为其大师。方氏为文，效法宋曾巩、明归有光，谨守绳度，谓之桐城"义法"；又熟治"三礼"，冀厂程朱为其后世，然所得至肤浅，无足重。姚氏慕其乡方氏之所为，而受法于刘海峰，以私淑方氏。然其始尝欲从戴东原问学，及戴谢之，始憾戴氏，而别标"义理""考据""词章"三者以为宗，以与"汉学"自异。[3]

姚鼐建构桐城派，强调以学立文，以文显学，义理、考证、文章三位一体，主要出于对抗汉学、建立新学术体系策略，问学于戴震遭拒是其导火索。除邓实外，国粹派中坚刘师培亦论及此事。[4] 文学史著述中，张德瀛复述邓实所论"姚鼐问学"一事文字，影响较小。[5] 民国时期，仅梁启超等少数学者关注此事与桐城派关系。[6]

邓实较早提出桐城学派概念，其内涵既包括方苞义法说，又包括方氏礼学、理学见解；既包括姚鼐古文成就，又包括其义理、考证、文章学术体系。稍后，刘师培曰："（邵懿辰、潘德舆）均治古文、理学，略与'桐城学派'相

---

[1] 汪倜然：《论中国文学的新研究》，《读书月刊》1931年第2卷第2期。
[2] 唐子敬：《桐城派在中国文学史上的位置（续）》，《我们的教育：徐汇师范校刊》1934年第8卷第2期。
[3] 邓实：《国学今论》，《国粹学报》1905年第1卷第5期。
[4] 刘师培：《戴震传》，《国粹学报》1906年第2卷第1期；刘师培：《近儒学术统系论》，《国粹学报》1907年第3卷第3期。
[5] 张德瀛著，闵定庆点校：《张德瀛著作三种》，南京大学出版社，2017年，第150页。
[6] 梁启超：《清代学术概论》，商务印书馆，1921年，第110—111页。

近。"① 其"桐城学派"概念包括"桐城古文派""桐城理学派"。邓实、刘师培二人所言桐城学派，相当于桐城派别名，并非其上位概念或下位概念。

文学史著述对学派说有所呼应。来裕恂标举桐城学派，以方苞、姚鼐、方东树、方宗诚为代表，陈大受、陆燿为别支。陈大受为方苞弟子，归入别支尚有一定合理性；陆燿为江苏吴江人，与桐城派并无密切往来，学术、文学见解皆有别于桐城派，不宜归入桐城学派别支。② 来氏于第六章《国朝之古文学》中重点论述桐城派，而将桐城学派置于论述儒学的第十二章《国朝诸儒之学派》下，有区分桐城派古文之学与其经学、理学等的倾向。③ 1927年前后，梁启超《儒家哲学》亦标举桐城学派：

> "桐城学派"，以方东树（自注：植之）为代表。我讲桐城人物，不举方苞，不举姚鼐，因为他们仅能作点文章，没有真实学问，所谓桐城文学，不过纸上谈兵而已……"桐城学派"，以前实无可讲，嘉庆末年出了一个伟大人物，即方植之……广东学风采调和态度，不攻"宋学"，是受他的影响。此犹其小焉者。还有更大的影响，就是曾文正一派。④

其桐城学派概念不包括桐城文章，仅强调方东树推举宋学、攻击汉学对广东学风及曾国藩等人的影响。梁启超对桐城派的批评集中于《东籍月旦》《新民说》《论中国学术思想变迁之大势》《清代学术概论》《前清一代中国思想界之蜕变》《近代学风之地理的分布》《中国近三百年学术史》《儒家哲学》等论著中。梁氏对汉学、宋学、桐城派的评价存在前后变化，但其所论桐城派概念多指向以方苞、姚鼐等为中心的桐城流派，则较为固定。其立足桐城一地追认

---

① 刘师培：《近儒学术统系论》，《国粹学报》1907年第3卷第3期。
② 参见周积明、傅才武：《陆燿与〈切问斋文钞〉》，《求索》1998年第3期；方东树：《〈切问斋文钞〉书后》，严云绶等主编，严云绶点校：《桐城派名家文集·方东树集》，第328—330页。
③ 来裕恂：《萧山来氏中国文学史稿》，岳麓书社，2008年，第193—208页。
④ 梁启超著，汤志钧、汤仁泽编：《梁启超全集》（第十六集），中国人民大学出版社，2018年，第480—481页。任雪山等学者认为梁启超首次明确提出"桐城学派"概念，参见任雪山、胡晓梅：《梁启超桐城学派的提出及其意义》，《合肥学院学报》2015年第1期。实则梁氏标举"桐城学派"，晚于"国粹派"学者及文学史家约20年。

方以智、钱澄之、戴名世等为桐城派之祖，方苞为桐城派创派者，即体现此认识。① 在梁氏看来，桐城学派由桐城派中有"真实学问"之人组成，是桐城派下位概念。

立足历史语境，应将桐城派整体视作桐城学派。此"学"字指与纯文学、纯艺术创作等对举的学术总名，包括经学、史学、子学，亦包括古文之学、诗学等。② 来裕恂、梁启超所论桐城学派之学，皆有排斥古文之学的倾向，既体现出清末民初纯文学观传入中国后所引发的学术、文学分离态势，亦体现出从属于纯文学四分法的散文概念出现后，属于古代学术体系下的古文之学、文章之学逐渐被纯文学学科体系下的散文之学取代的现象。近现代学者在西学、东学广泛传入，引发"中学"蜕变的新学术体系下命名桐城学派，体现出对纯文学观下桐城散文派定位的纠偏。除文章学著作外，桐城派学者亦有丰富的经学、史学著述③，应首先被视作学派，桐城文派更多代表其文章学成就。国粹派学者的桐城学派论述更合学理。

桐城派谱系包括桐城派师法对象、渊源、自身及桐城后学师承。桐城派渊源包括后人追认的方以智、钱澄之、潘江、戴名世、朱书等人；桐城派自身即狭义桐城派，包括桐城三祖、姚门弟子及再传弟子；桐城后学包括阳湖派、湘乡派、闽派等别支。三者构成广义桐城派。④

文学史著述不断复述桐城派师法对象。窦警凡建构韩愈、欧阳修、归有光、方苞文统；来裕恂引李光地、方苞语，称赞方苞、刘大櫆得韩愈、欧阳修真传；张德瀛指出方苞守"秦汉唐宋"宗旨；曾毅复述《四库全书总目》，指出方苞规仿《史记》《汉书》及韩愈、欧阳修文章，体现清末民初向前追认桐

---

① 梁启超：《前清一代中国思想界之蜕变》，《改造》1920年第3卷第4期；梁启超：《近代学风之地理的分布》，《清华大学学报》1924年第1期；梁启超：《中国近三百年学术史》，民志书店，1929年，第281页。

② 参见欧明俊：《"文学"流派，还是"学术"流派？——"桐城派"界说之反思》，《安徽大学学报》2011年第6期；欧明俊：《学术视野中的古代文章学》，王水照、侯休健主编：《中国古代文章学的衍化与异形——中国古代文章学二集》，复旦大学出版社，2014年，第35—52页；欧明俊：《古代散文研究脱离传统"学术"体系之反思》，《兰州大学学报》2021年第1期。

③ 参见刘声木撰，徐天祥点校：《桐城文学渊源考撰述考》，黄山书社，1989年，第377—548页。

④ 欧明俊：《"文学"流派，还是"学术"流派？——"桐城派"界说之反思》，《安徽大学学报》2011年第6期。

城派谱系的风气。① 朱希祖说：

> 言文章者，自明季钱谦益、艾南英辈，已远法欧、曾，近效归有光，颇与几、复两社相抗。清初侯方域、汪琬、朱彝尊皆承其流。徒以钱为二臣，人皆羞称。追迹源流，实亦为一代开风气之人。其后方苞、姚鼐继之，"义法"益严，而师承不易。徒以润泽理学，好以"道统"自期，遂以韩、欧、曾、归而后，直接方、姚，钱、侯、汪、朱，屏之宗派以外……清初顾炎武著《救文格论》（自注：《日知录》中亦有论文章格律数百条），黄宗羲、万斯同、邵晋涵、全祖望颇善于记事，实皆有以启之。②

不同于窦警凡等人标举韩愈、欧阳修，朱氏首论欧阳修、曾巩，其后才加入韩愈。桐城派学者师法唐宋八大家为文学史共识，但八大家中的代表及具体师法对象仍存分歧。朱氏追认欧阳修、曾巩、归有光、钱谦益、艾南英、侯方域、汪琬、朱彝尊、方苞、姚鼐古文谱系，指出顾炎武诸人对桐城派亦有先导之功，反对桐城派学人为标举道统而遮蔽文统，将钱谦益等人排除于宗派之外。考察文学史，桐城派发展呈以桐城为中心的辐散趋势，追认桐城派渊源，不应忽视地域因素。方以智、钱澄之、潘江、戴名世皆为桐城人，朱书籍贯今安徽宿松，生于潜山，临近桐城，与戴名世、方苞过从甚密，亦可视为桐城派渊源。钱谦益等人可视为桐城文派师法对象，不宜归入桐城派渊源或自身。朱希祖排除地域、学术因素建构桐城文派，学理性稍显不足。几社、复社成员多擅骈文，朱氏从骈散之争及古文师法角度追认桐城文派渊源，反思桐城派学者依据道统建构文统的历史，有助于把握桐城学派与桐城文派关系。

自姚鼐至民国文学史著述，多从桐城古文派追认桐城三祖，与桐城派学者贯通道统、文统，强调因文见道有密切关系。谢无量说："及方苞出，而桐

---

① 窦警凡：《历朝文学史》，转引自周兴陆：《窦警凡〈历朝文学史〉——国人自著的第一部中国文学史》，《古典文学知识》2003 年第 6 期。窦氏《历朝文学史》现藏北京图书馆北海分馆，下引其书皆据周兴陆文。来裕恂：《萧山来氏中国文学史稿》，第 195 页；张德瀛著，闵定庆点校：《张德瀛著作三种》，第 150 页；曾毅：《中国文学史》，泰东图书局，1915 年，第 307 页。

② 林传甲、朱希祖、吴梅著，陈平原辑：《早期北大文学史讲义三种》，北京大学出版社，2005 年，第 307 页。

城派遂为一代正宗矣……及方苞出，其学独有传于后，于是所谓桐城派古文者，终清之世不绝……后人称桐城派，实自望溪始也。"① 方苞为人严谨，位尊名高，崇尚理学，反对古文经学，为文清真雅正，又为乡前辈，姚鼐追认其为桐城古文之祖具有多重动机。谢无量将桐城派立派时间追认至方苞，在桐城古文派意义上有一定合理性，却从根本上遮蔽了桐城学派产生背景及其受遮蔽历史，造成对桐城学派的二次"遮蔽"。

姚鼐自述"少闻古文法于伯父姜坞先生及同乡刘耕南先生"②，张德瀛融合王先谦论述曰："姚惜抱既受古文法于海峰及其世父南菁，覃心冥追……"③ 姚范经学造诣深，诗文成就高，影响及于姚鼐，应视为桐城派渊源。钱锺书指出："桐城亦有诗派，其端自姚南菁范发之……为桐城家言者，只诵说方、姚，南菁几如已祧之祖。"④ 从桐城诗派角度推重姚范。

文学史著述对桐城诗派关注较少，曾毅说："（刘大櫆）诗格亦苍劲入古，为文名所掩。"⑤ 注意到桐城派诗歌创作，但复述李元度《国朝先正事略》时独删去"（姚鼐）选五、七言诗以明振雅祛俗之旨"⑥，一定程度上遮蔽桐城派诗学成就，反映清末民初文学史家多将桐城派诗歌视为其古文创作附庸，未充分重视。

姚鼐弟子众多，姚莹《〈惜抱先生与管异之书〉跋》以管同、梅曾亮、方东树、刘开为"姚门四杰"⑦，曾国藩《〈欧阳生文集〉序》标举"高第弟子"⑧，以姚莹置换刘开，引发讨论。光绪八年（1882），王先谦《续古文辞类纂·例略》仍标举梅曾亮、管同、刘开、方东树四人，但次序较姚莹所论颇有变化。⑨ 及至民国，十余部文学史著述复述曾氏见解，仅名目稍异，推动了高第弟子说

---

① 谢无量：《中国大文学史》卷十，中华书局，1918年，第17页。
② 姚鼐纂集，胡士明、李祚唐点校：《古文辞类纂》，上海古籍出版社，1998年，第1页。
③ 张德瀛著，闵定庆点校：《张德瀛著作三种》，第150页。
④ 钱锺书：《谈艺录》，商务印书馆，2015年，第364—365页。
⑤ 曾毅：《中国文学史》，第308页。
⑥ 李元度纂，易孟醇点校：《国朝先正事略》，岳麓书社，2008年，第1228页；曾毅：《中国文学史》，第316页。
⑦ 严云绶等主编，施立业点校：《桐城派名家文集·姚莹集》，第313页。
⑧ 曾国藩：《曾国藩全集》（第14册），第204页。
⑨ 姚鼐、王先谦选编：《正续古文辞类纂》，浙江古籍出版社，1998年，第276页。

经典化、常识化。曾国藩《〈欧阳生文集〉序》同时指出吴德旋非姚门弟子，王先谦未取其说，将吴氏列入弟子籍。王梦曾整体复述王先谦所论桐城派传衍过程，唯以高足弟子说替换姚门四杰，材料选择尤显用心。① 民国文学史著述中仅朱东润复述姚莹见解，推举刘开。② 另有数人将姚莹等五人并提③，其中谭正璧最具代表性。其《中国文学史大纲》光明书局1925年初版未述及姚莹等人；1931年改订第八版，以姚莹四人为"高足弟子"；1946年再次修订，沿用高足弟子概念，但将刘开纳入，首次在文学史著述中使用一概念统摄姚莹五人。④ 此外，张之纯以姚椿、毛岳生代替姚门四杰中的方东树，影响较小，民国中后期文学史著述中仅胡怀琛《中国文学史略》（1924）思路相近，以姚椿取代方东树。⑤

除文学史著述外，邓实、萧一山等人标举姚莹等四人，刘声木指出存在以姚莹替换刘开为姚门四杰现象，有一定影响。⑥ 1917年，徐珂《清稗类钞》初刊，标举姚椿等五人，与张之纯相同。该书抄录他人言论多未注明出处，桐城派论述与王梦曾、张之纯等人多有重合，本文倾向于认为徐珂抄录二人言论。⑦

刘开、姚莹文风有别，当世评价高，成就难以轩轾。曾国藩持大文学观，其文学承担义理、考据、辞章、经济功能，他追认姚莹为高第弟子，实质系突出姚莹文章济世功用，强化桐城古文派的事功内涵。高第弟子说具特定内涵。张之纯籍贯今无锡，姚椿、毛岳生籍贯今上海，清中叶后皆属江苏⑧，张氏标举二人，或出于地缘因素，学理性不足。20世纪80年代后期，关爱和等人标举

---

① 王梦曾：《中国文学史》，商务印书馆，1914年，第88页。
② 朱东润：《中国文学批评史大纲》，开明书店，1944年，第352页。
③ 如周群玉：《白话文学史大纲》，群学社，1928年，第117—118页；陈冠同：《中国文学史大纲》，民智书局，1931年，第168页；杨荫深：《中国文学史大纲》，商务印书馆，1938年，第511页。
④ 谭正璧：《中国文学史大纲》，光明书局，1925年；1932年，第126页；1949年，第100页。
⑤ 张之纯：《中国文学史》下，商务印书馆，1915年，第104页；胡怀琛：《中国文学史略》，梁溪图书馆，1924年，第133页。
⑥ 邓实：《国学今论》，《国粹学报》1905年第1卷第5期；萧一山：《清代通史》（卷中第二册），中华印刷局，1925年，第152页；刘声木撰，徐天祥点校：《桐城文学渊源考撰述考》，第160页。
⑦ 徐珂：《清稗类钞》，中华书局，1984年，第3884—3887页。
⑧ 乾隆二十九年（1764）续修《大清一统志》，将江南省分为安徽省、江苏省。姚椿生于乾隆四十二年，毛岳生生于乾隆五十六年，清时皆为江苏人。

梅曾亮、管同、刘开、方东树、姚莹等五人为"姚门五弟子"[1]，更合学理。

二、文学观、流派观与桐城派批评

桐城派学者标举宋学，除学术专著外，主要通过古文传道。科举讲求宋学、时文，推动桐城文派传衍。汉学在清代复盛，汉学家既从学术角度批评宋学，又立足骈文批评古文，扬州学派尤具代表性。汉宋之争、骈散之争为一体两面，各有侧重。桐城古文声势浩大，桐城派批评多为大文学批评，由文学及于学术。

扬州学派导源戴震，汪中、阮元等中坚皆具考据根柢，为文主"沉思翰藻"，重新定义"文"之概念，建构骈文统绪，力图颠覆、解构唐宋八大家等古文正统。国粹派学者多继承其资源，立足汉学批评宋学，立足六朝文批评唐宋文，立足骈文批评古文。其中，刘师培关于桐城派的批评集中于《文章源始》《论文杂记》《南北学派不同论》《戴震传》《论近世文学之变迁》《近儒学术统系论》《清儒得失论》等著作中，意在批判宋学，轻视桐城学术。论桐城文派，则多批判桐城末流，间涉文之定义。邓实桐城派批评意在弥合汉宋之争。章太炎通常被归入此派，其桐城派批评集中于《訄书·清儒》《与人论文书》《自述学术次第》《菿汉微言》《文学略说》等论著中。章氏批判桐城末流与李详、刘师培等人相近[2]，但他同时从"文"之定义角度批评扬州学派，立足魏晋文章派批评桐城古文派，理性看待义法说，又与国粹派其他学人相异。

五四运动初期，新青年派学者激烈抨击桐城派，过分否定、解构其价值意义。陈独秀、钱玄同等人既从杂文学观出发，要求文学表现社会，传达科学，完成启蒙，批判桐城派内容空疏，搬运典故，卖弄义法；又从纯文学观出发，

---

[1] 关爱和：《嘉道时期的桐城派——姚门弟子思想与创作略述》，河南省文学学会编．《文学论丛》（第六辑），黄河文艺出版社，1987年，第190—202页。

[2] 李详是否属"国粹派"尚有争议，江小角等人将其归入"国粹派"，沈卫威将其归入"学衡派"。江小角、方宁胜：《桐城派研究百年回顾》，《安徽史学》2004年第6期；沈卫威：《"学衡派"谱系：历史与叙事》，江西教育出版社，2007年，第108页。多数学者未将李详归入上述内派。本文倾向于将李详"桐城派"批评纳入"国粹派"视域下讨论，详见下文。

要求文学表现情感，情真意实，批评桐城派近于八股，矫揉造作，追求功利，以文载道。①文学观呈分裂状态。1920年，钱玄同致信胡适："'新文学''文学革命'之声浪虽然闹了四五年，毕竟'什么是文学'这个问题，像我这样徘徊、彷徨的人一定很多。"②尚未明确究竟何为文学。

文学观本质是对文学性的认识，包括"什么是文学""什么是好文学"两个层面，前者界说文学与非文学，后者辨析文学内部高下，二者常浑然不分。明治中后期，日本学者受西学影响，提出纯文学、杂文学概念。二者于清末民初传入中国。③纯文学强调情感、美感，杂文学多指纯文学以外的文学，强调应用、教导。④大文学概念尚未通行，仅谢无量《中国大文学史》等少数用例近于今人，囊括杂文学、纯文学。古代主流的大文学观随着清末以来学术、文学分途而逐渐被纯文学观取代，杂文学被排斥出文学殿堂。清末民国桐城派批评正是在这一背景下展开的。

文学观影响文学史家桐城派谱系追认。窦警凡分古文家、骈文家二类论清代文章，古文家下又分桐城派、阳湖派与不入桐城、阳湖之派，清初诸家不分宗派，曾国藩融贯经、史之学与骈、散之文。桐城派代表人物复述张之洞《书目答问》，其中方苞、刘大櫆为姚鼐追认的桐城派始祖，梅曾亮等为姚门弟子，吴嘉宾、朱琦为姚门再传弟子，有别于桐城派渊源与桐城后学。骈散之争是大文学观下的体性、语体、体制、体式之争，不能代表纯文学观与杂文学观的对立。窦氏从骈、散分野建构桐城派，实质是追认、突出大文学观下的桐城文派，在纯文学散文概念流行后，散体之"散"与散文之"散"合一，骈、散分野由大文学观下的骈体、散体之分变为纯文学观下的骈文、散文之别，文章丧失学术内涵，容易导致对桐城学派的遮蔽。

朱希祖立足桐城文派，反思桐城派学者依据道统建构文统的历史，凸显大

---

① 主要见钱玄同等：《通信》，《新青年》1917年第3卷第1号；傅斯年：《文学革新申义》，《新青年》1918年第4卷第1号；钱玄同：《〈尝试集〉序》，《新青年》1918年第4卷第2号；钱玄同等：《文字改革及宗教信仰》，《新青年》1918年第4卷第6号。胡适"桐城派"批评较符合学理，较少解构"桐城派"，参见胡适：《建设的文学革命论》，《新青年》1918年第4卷第4号。
② 钱玄同：《钱玄同文集》（第六卷），中国人民大学出版社，2000年，第96页。
③ 张健：《纯文学、杂文学观念与中国文学批评史》，《复旦学报》2018年第2期。
④ 郭绍虞：《文学观念与其含义之变迁》，《东方杂志》1928年第25卷第1期；施蛰存：《杂文学》，《新中华》1937年第5卷第7期。

文学视域下纯文学因素。朱氏编写《中国文学史要略》时仍持大文学观，1920年该书出版，序云"此编所讲乃广义之文学，今则主张狭义之文学矣"①，从其师章太炎大文学观转向纯文学观。此转变并非突变，具有内在逻辑，大文学中亦有纯文学因素，纯文学观取代大文学观成为主流，既是西学、东学改替中学，亦是"中学"吸收二者完成自我蜕变，不宜过分强调纯文学与大文学的对抗关系。桐城派学者立足学派建构文派，在传播过程中，文派说又逐渐遮蔽桐城派的学派本质。桐城学派先后遭桐城古文派、桐城散文派遮蔽，与大文学、纯文学间包含对抗关系有关。大文学中含纯文学因素，是桐城古文派遮蔽桐城学派之一因；大文学、纯文学间对抗关系，是桐城散文派遮蔽桐城学派之重要原因。

  对刘大櫆的评价受到学者文学观影响，吴敏树《与筱岑论文派书》曰："姚氏特吕居仁之比尔，刘氏更无所置之。"②曾国藩《复吴南屏书》反驳："刘氏诚非有过绝辈流之诣，姚氏则深造自得，词旨渊雅……惟亟称海峰，不免阿于私好。要之方氏以后，惜抱固当为百余年正宗，未可与海峰同类而并薄之也。"③刘大櫆为文闳放，稍显粗疏，姚莹《惜抱先生行状》曰："世谓望溪文质，恒以理胜；海峰以才胜，学或不及；先生乃理、文兼至。"④不同于方苞、姚鼐，刘大櫆是纯然以才气取胜的文士，论文主"神气音节"，更近现代纯文学。曾国藩文学观尤显驳杂，多轻视刘氏，清末民初古文家多从其说。

  文学史著述较少论述刘大櫆。曾毅论桐城诸家多取先论学术、后论文学次序，评刘大櫆曰："其文喜《庄子》，尤力追昌黎，然比于方氏之深醇，不逮远甚。其所由见重者，姚鼐表章之力耳。"⑤未及其学术成就，也明显轻视其文，与曾毅大文学观有关。刘大櫆学术成就评价取决于批评者学术背景，刘师培立足汉学，曰："凡桐城古文家，无不治宋儒之学，以欺世盗名，惟海峰稍有思想。"⑥抑扬有别。

---

① 林传甲、朱希祖、吴梅著，陈平原辑：《早期北大文学史讲义三种》，第1页。
② 严云绶等主编，宜昌国点校：《桐城派名家文集·吴敏树集》，第298页。
③ 曾国藩：《曾国藩全集》（第14册），第204页。
④ 严云绶等主编，施立业点校：《桐城派名家文集·姚莹集》，第91页。
⑤ 曾毅：《中国文学史》，第308页。
⑥ 刘师培：《论文杂记》，《国粹学报》1905年第1卷第5期。

王梦曾复述黎庶昌《〈续古文辞类纂〉自序》、佚名《清史列传·文苑传》，曰："入清以来，文体之纯正莫过于望溪。海峰之文集《庄》《骚》《左》《史》、韩、柳、欧、苏之长，此正望溪所吐弃不屑者。"① 方苞维护古文纯洁性，显露出对古文形式美的追求。王梦曾从古文辨体立论，坚守纯古文立场，在大文学视域下突出纯文学因素。刘大櫆为文重气势，长于感发，以方苞文风否定刘大櫆，除义理因素外，亦显露纯文学因素中感发、审美，阳刚美、阴柔美等的潜在冲突。

汉宋之争是桐城派产生、发展的重要背景。建构桐城古文派，标志汉宋之争在一定程度上转向骈散之争，文学史著述对此有所反映。朱希祖说："至清而'桐城''仪征'两派，皆奋其一偏之见，以相水火，不务反观三代、两汉、魏晋之文以综合体要，各欲以其一端隳栝一切文体，其弊甚矣。自汪中、李兆洛出，始上法魏晋，以复古代骈、散不分之体。"② 主要从语体角度把握桐城、仪征二派之争，骈散观近于李详《〈骈文学〉自序》《〈龙宛居士集〉叙》等强调骈、散相合，自然摇曳，而没有回护仪征派。③

曾毅指出"汉宋之争"消弭过程："盖汉、宋门户之争，得文正之铲除，而又加以外力之冲荡，有识者始晓然于一邱（丘）一壑之为非。前此姚鼐、恽敬之徒，固尝欲磨镕而砥平之，而必至文正推而至之大者，亦时会之有以为之也。"④ 晚清时期，今文经学复盛，西学、东学冲荡，汉宋之争逐渐趋向汉宋调和与新旧之争。

黄人首次以进化论指导文学史著述，以新文学观批评桐城派：

> 文学家之不解事者，既自扞文网，以膏兴朝之斧锧，其黠者遂相率蒙头改面，习为脂韦滑梯以避指目。于是有桐城之"文派"，有新城之"诗派"，有平胡（湖）、安溪之"理学派"，鼓吹休明，力求雅正，法圣尊王，一肃士气。内蓄杜矢、伍鞭之志，而下笔则曰"天王圣明"；跼蹐越

---

① 王梦曾：《中国文学史》，第81页。
② 林传甲、朱希祖、吴梅著，陈平原辑：《早期北大文学史讲义三种》，第308页。
③ 李详著，李稚甫编校：《李审言文集》（下），江苏古籍出版社，1989年，第898—901页。
④ 曾毅：《中国文学史》，第320页。

货、胠箧之行，而相勖则曰"成仁取义"。并不恤取古人文学中单词只句、迹近忌讳者，涂改其词意，刊落其点画，以表其媚兹一人之忱悃。盖当其握笔展卷时，常若执法在前，匍匐对簿，又安得有凌古铄今之气概、笔歌墨舞之乐趣哉！①

自人格、内容多方面批判桐城派，激烈程度较国粹派学者犹有过之，仅次于新文化人含义扩大后的"桐城谬种"说。②黄人划分中国文学为上世、中世、近世：两汉前为上世，文学由胚胎至全盛；西晋至元为中世，文学经第二级演进；明、清为近世，文学至黑暗期。明朝虽摆脱异族，而专制达到极点；清朝以少数民族入主中原数百年，文祸尤烈。③黄人桐城派批评实质系批判专制义学，理论视域有别于其他文学史著述。

流派观影响桐城派批评，主要体现于流派之争，涉及桐城后学、扬州学派等。阳湖派立派脉络清晰。陆继辂《〈七家文钞〉序》推举恽敬、张惠言古文。④张之洞《书目答问》首标"阳湖派"，列恽敬、张惠言、陆继辂、董士锡、李兆洛五人，揭橥阳湖派古文大旗。⑤王先谦则反对阳湖派之说，《续古文辞类纂·例略》论述姚鼐师传谱系时述及恽敬、张惠言，针对陆继辂、张之洞言论曰："此阳湖为古文者自述其渊源，无与桐城角立门户之见也……近人论文，或以'桐城''阳湖'离为二派，疑误后来，吾为此惧。"⑥文学史家多有回应。窦警凡采用张之洞论述，未述及刘大櫆、钱伯坰对"阳湖派"的影响，强调阳湖诸家"议论才气非'桐城派'所可范围"。林传甲指出恽敬出于刘大櫆，张惠言亦弃汉学而事古文，未言及三人文风异同，且认为李兆洛古文师法汉魏，与桐城派异流，未将阳湖派作为独立流派论述。⑦来裕恂复述王先谦见解，但观点颇有矛盾之处，如曰："（'阳湖派'）非与桐城有角立门户之见也……（恽

---

① 黄人：《中国文学史》，第 19 页。
② 参见欧明俊：《"桐城谬种"说之学理反思》，《斯文》2020 年第 1 期。
③ 黄人：《中国文学史》，第 11—19 页。
④ 陆继辂：《崇百药斋续集》卷三，清道光四年合肥学舍刻本。
⑤ 赵德馨主编，吴剑杰等点校：《张之洞全集》（第 12 册），武汉出版社，2009 年，第 302—303 页。
⑥ 姚鼐、王先谦选编：《正续古文辞类纂》，第 276 页。
⑦ 林传甲：《中国文学史》，科学书局，1914 年，第 183 页。

敬）当时与桐城角立，谓之'阳湖派'。"①自张德瀛后，清末民初文学史著述大体皆认为阳湖派源出桐城派，虽未有意与其角立，但亦自成一派。

桐城派、阳湖派关系涉及桐城派创立于何人问题。姚鼐、恽敬、张惠言古文皆渊源刘大櫆，彼此无师承，以姚鼐为桐城派立派人物，容易强调二派同源异流。张德瀛曰："（恽敬、张惠言）其于文也，大体由桐城而出，稍辟町畦，世乃称之曰'阳湖派'。"②此为通行观点。谢无量以方苞为桐城派之祖，故直言"海峰实'桐城''阳湖'二派之宗。阳湖诸子……固不能异于桐城"③，强调二者无异，实质上不承认阳湖派的独立性。阳湖派包含地域、成员、主张、创作业绩等流派因素，可独立成派，渊源于刘大櫆，也可归入广义的桐城派。

曾国藩流派归属有争议，文学史著述多将其归入桐城派自身。来裕恂复述王先谦《〈续古文辞类纂〉序》，首标此说。④张德瀛复述王先谦《续古文辞类纂·例略》，点明曾国藩出于桐城派而能自出机杼，具有代表性。⑤曾国藩脱离桐城派过程与湘乡派概念接受史关系密切。李详首提湘乡派概念，指出曾国藩及其弟子师法桐城派而自成一家。其建构湘乡派出于特定流派观："所宗何师，即为一派……云'此为正派，余则非是'，固无此理。"⑥其"派"实谓"宗何师"，"湘乡"即曾国藩，非地域概念，"湘乡派"即学曾国藩之人，意在标举有师则有派，不宜论正派、旁派，并相互排斥。其说忽略成员籍贯差异，制约概念接受。直至民国中期，胡适、陈子展、钱基博、赵景深等人在文学史著述中集中使用湘乡派概念，此派作为独立流派才逐渐成为共识。其中胡适影响较大，赵景深即误认为湘乡派系胡适命名。⑦李详建构湘乡派，强调创新性，区分了桐城派自身与桐城后学。

也有学者主张不立宗派。吴敏树《与筱岑论文派书》否定桐城派："韩

---

① 来裕恂：《萧山来氏中国文学史稿》，第 195—196 页。
② 张德瀛著，闵定庆点校：《张德瀛著作三种》，第 151—153 页。
③ 谢无量：《中国大文学史》卷十，第 27 页。
④ 来裕恂：《萧山来氏中国文学史稿》，第 193 页。
⑤ 张德瀛著，闵定庆点校：《张德瀛著作三种》，第 153 页。
⑥ 李详：《论桐城派》，《国粹学报》1908 年第 4 卷第 12 期。
⑦ 胡适：《五十年来中国之文学》，《申报》1922 年 10 月 10 日，第 4 版；陈子展：《最近三十年中国文学史》，太平洋出版社，1930 年，第 78 页；钱基博：《现代中国文学史》，世界书局，1930 年，第 28 页；赵景深：《中国文学史新编》，北新书局，1936 年，第 337 页。

（愈）尚不可为派，况后人乎？乌有建一先生之言，以为门户涂（途）辙，而可自达于古人者哉！"①王先谦《〈续古文辞类纂〉序》曰："宗派之说，起于乡曲竞名者之私，播于流俗之口，而浅学者据以自便，有所作弗协于轨，乃谓吾文派别焉耳。"②王氏不喜论宗派，既为反对不学无术之徒借为自便，又与推举姚鼐有关，《致萧穆》曰："其（姚鼐）所纂述……非姚氏之私言，古今天下之公言也。或以宗派之说求之，所见无乃小乎！"③王氏认为"宗派说"是看轻了姚鼐。来裕恂复述王先谦《续古文辞类纂》，标志文学史著述对不立宗派说的回应。④

不立宗派说主要针对桐城末流，李详最具代表性。其《论桐城派》《与钱基博》等标举姚范、姚鼐、方东树之学，批判桐城末流弃实就虚，只知尊奉《古文辞类纂》，剿袭字句，妄自尊大，借流派自便。⑤文学史著述多批判桐城末流，但较少否定、解构桐城派存在及其合理性。王梦曾说："盖自姚氏以来，天下之文章必曰桐城。末流效之，不免以空疏相尚。"⑥曾毅复述吴敏树《记抄本〈震川文〉后》："夫古文自曾氏而后可称者绝少，追汉魏者喜为奇词奥语，摹方、姚者取媚闲情眇状。"⑦桐城文派沦为空疏不学、妄自尊大之派。钱锺书说："蠹生于木，还食其木。"⑧虽批评桐城派之于唐宋八大家，亦适用于桐城末流之于桐城派。张德瀛论及流派师法问题：

> 望溪往矣，其流波所及，沾溉百余年，而成就远大如此，岂非其"义法"渊源持者正，故有以致之欤……然究其所从出之涂（途），则第奉熙甫以为模范，极其量至欧、曾而已止矣……惜抱之思力，原可以上追漆园，与周秦诸子相揖让，惜其囿于望溪、海峰之藩篱而不克自振耳。世之

---

① 严云绶等主编，查昌国点校：《桐城派名家文集·吴敏树集》，第298页。
② 姚鼐、王先谦选编：《正续古文辞类纂》，第276页。
③ 王先谦：《葵园四种》，岳麓书社，1986年，第845页。
④ 来裕恂：《萧山来氏中国文学史稿》，第193页。
⑤ 李详：《论桐城派》，《国粹学报》1908年第4卷第12期；李详著，李稚甫编校：《李审言文集》（下），第1048—1050页。
⑥ 王梦曾：《中国文学史》，第89页。
⑦ 曾毅：《中国文学史》，第322页。
⑧ 钱锺书：《谈艺录》，第442页。

学惜抱文者，如草之从风、水之赴壑，既皆成名以去矣。若使学之而有未善焉，气不充则失之馁，力不继则失之弱，学不富则失之浅，才不丰则失之薄，疵类丛生，摇笔既至，又不可不预防其弊也。①

张氏推举方苞义法说，实即强调善于取法。桐城派学人虽递相师法，然多不善学。张德瀛论取法、师法，已隐然与学衡派学者探讨继承、创新问题相接。

三、文学史著述体性、体例与桐城派批评

清末民初颁布壬寅学制（1902）、癸卯学制（1904）、壬子癸丑学制（1912—1913）。② 壬寅学制大学分七科，文学科目为经学、史学、理学、诸子学、掌故学、词章学、外国语言文字学。③ 壬寅学制未有效施行。癸卯学制为首次应用的近代学制，大学堂分八科，经学、文学分立，文学学科学期三年，每星期24学时，详细规定"要义"，以文体、文法、文用、文德等为主。④ "壬子癸丑学制"为蔡元培制定，反映其美育思想。纯文学因素日益增加，现代新式文学学科最终确立。文学史著述受学制制约，须适于课堂教育，结合课时、课业要求书写，意在传授文学史常识。这一体性决定文学史著述体例，进而影响其桐城派批评。林传甲《中国文学史》为癸卯学制产物，桐城派批评未出其"要义"范围。朱希祖《中国文学史》同为北京大学（京师大学堂后身）讲义，受蔡元培"兼容并包"理念影响，写作较为自由，呈现个性化思考。评价文学史著述，不应脱离具体教育语境，孤立文本。

文学史著述体例源于西方汉学。1854年，德国汉学家硕特《中国文学述稿》出版，为国际汉学界首部中国文学史。该书共十三章，仅末章专论文学，

---

① 张德瀛著，闵定庆点校：《张德瀛著作三种》，第151页。
② "癸卯学制"颁布于癸卯年十一月二十六日，即公元1904年1月13日，已入西历第二年。
③ 璩鑫圭、唐良炎编：《中国近代教育史资料汇编·学制演变》，上海教育出版社，1991年，第236—237页。
④ 璩鑫圭、唐良炎编：《中国近代教育史资料汇编·学制演变》，第340—357页。

学术、文学不分，亦持大文学观。①1882年，末松谦澄《中国古文学略史》出版，开启日本中国文学史撰写之学。至1919年，约有6部文学史著述论及桐城派，多一笔带过，如冢本哲三论方苞曰："字灵皋，号望溪，为文简洁，缺乏才气。"②仅久保天随等少数学者缀辑曾国藩、王先谦等人言论，论述较详。③

文学史著述是研究文学的史书，亦讲求史才、史学、史识、史法、史料。清末民初文学史著述草创，各方面尚未成熟，多复述通行见解，吸收古人文本多于时人，与新文化对话较少，缺乏新见。其价值主要是推动桐城派古文文本与批评话语体系的经典化，应从时代性、创新性、建构性、学理性等多角度评价文学史著述及其桐城派批评。

窦警凡桐城派批评主要复述张之洞《书目答问》，在文学发展与文体演变中定位桐城派，表述简略，近于目录。林传甲多复述曾国藩《〈欧阳生文集〉序》，大体依照桐城派、阳湖派、与桐城异流、湘乡派顺序。黄人之作创新度较高，惜未写至清代。三人"文学史"著述完稿于1895—1905年间，论述以钩玄提要为主，引用材料较少，可视为第一代成果。

来裕恂率先复述王先谦《续古文辞类纂》，引用李光地、万斯同、方苞等人言论概括方苞、刘大櫆古文成就，自姚鼐以下皆简述字号、籍贯、著作及风格，融合正史"文苑传"、目录书体式，更具条理。张德瀛复述方苞《书韩退之〈平淮西碑〉后》、康绍镛《康刻〈古文辞类纂〉后序》（原书误作方苞语）等说明义法重要性；复述姚鼐《刘海峰先生八十寿序》、王先谦《〈续古文辞类纂〉序》、陆继辂《〈七家文钞〉序》、邓实《国学今论》等，梳理桐城派、阳湖派发展过程；复述曾国藩《圣哲画像记》《复吴敏树》等，论述曾氏与桐城派关系，材料更丰富。二人文学史著述完成于1905—1909年间，体例渐趋完备，可视为第二代成果。

王梦曾首次复述王兆符、雷鋐、沈廷芳所记方苞言论，阐释方氏立身祈向及义法说，引入《国朝先正事略·方望溪先生事略》《清史列传·文苑传》等，

---

① 参见范劲：《中国文学史的世界文学起源——基于德国19世纪以来世界文学史书写的系统论考察》，《文艺研究》2020年第2期。
② 〔日〕冢本哲三：《精说国汉文要义》，有朋堂书店，1913年，第387页。
③ 〔日〕久保天随：《中国文学史》，人文社，1903年，第416—417页。

对后世文学史著述影响较大。作者另编有《中国文学史参考书》，收录姚鼐等人文章，二书搭配，方便学习。① 曾毅引入纪昀《四库全书总目·望溪集》、吴敏树《记抄本〈震川文〉后》材料，扩大王先谦《续古文辞类纂》引用范围，复述其中论姚鼐学术及义理、考证、文章三合一部分。王先谦所言本于曾国藩《〈欧阳生文集〉序》。在学术规范尚未完备的晚清民国，复述往往伴有增、删、改，生成不同衍生文本，既衍生复杂含义，又构筑经典话语体系。文学史著述作为"公家著述"，这一特点尤为明显。

张之纯进一步扩充姚莹《惜抱先生行状》、朱一新《无邪堂答问》材料。朱希祖多主己意，尤具创见。谢无量《中国大文学史》作家小传更翔实，抄录姚鼐《复鲁絜非书》等文章。诸人文学史著述作于民国初期，桐城派论述拓展至义法、言有物、言有序等理论范畴，见解更趋全面，补充新材料，加入作家小传，完善体例，可视为第三代成果。

文学史著述复述材料既有当世批评，又有后世批评；既有自批评，又有他批评、互批评；既有集部著作，又有史部著作；既有序跋、传状等正宗古文文体，又有尺牍、语录、提要、例略等不宜杂入古文之体，呈现不断扩展新材料、复述旧说的特征。有些材料固定下来，成为经典文本；有些材料随文学观及文学史著述体例变动渐遭冷落。对比今人文学史著述，桐城派文论材料由次核心跃居核心，学术成就、谱系传衍、桐城末流之弊等材料多遭排斥，文学史著述叙述重点的转移折射出文学研究重心的变动。② 文学史著述由配合学制要求的个人写作变为结合教育部规定的群体写作，体例日趋划一。作家座次在文学史著述层累书写中渐成"公论"，排除小家，增加大家、名家比重。考察学术史、文学史，在观念、观点变化外，不应忽视构成其根基的文本升降轨迹。

清末民初的桐城派批评具有新旧交融特色。一方面，序跋、尺牍等传统文体继续发挥批评功能；另一方面，报刊、期刊等新兴媒介大量出现，学者以刊

---

① 王梦曾编纂，蒋维乔、许国英校订：《中国文学史参考书》，商务印书馆，1914年，第174—178页。

② 这一趋势显露于20世纪30年代，其时文学史著述始集中论述桐城派文论，今人文学史著述材料大体未出其范围。参见游国恩等主编：《中国文学史》（第四册），人民文学出版社，1964年，第349—351页；袁行霈主编：《中国文学史》（第四册），高等教育出版社，1999年，第388—393页；袁世硕主编：《中国古代文学史》（下），高等教育出版社，2016年，第299—303页。

物为阵地开展桐城派批评、反批评。国粹派学者依托《国粹学报》，立足学与文、骈与散及流派间关系批评桐城派为旧派内部之争，章太炎、李详、刘师培为中坚。新青年派学者依托《新青年》，出于启蒙语境批评桐城派，整体范式为文化批评对标文学流派，从杂文学观出发批评桐城派古文艺术；文学批评对标文化流派，从纯文学观出发批评桐城派古文内容，文学观分裂。陈独秀、钱玄同为代表，胡适观点更具学理性，民国中后期有所反思。同时期，学衡派学人依托《学衡》，反攻新青年派。其桐城派批评主要出于对抗新青年派策略，实质系文言与白话、传统与创新之争，较合学理，但观点稍显浮泛。胡先骕、吴宓为代表，前者受业林纾，受学缘影响，批评不免带有主观感情色彩。①

以上三派对魏晋文章派、扬州派、湘乡派、新文学等有建构性，多符合学理成分，有建设性，但更多解构、破坏桐城派。建构、解构是客观行为，属事实层面；建设、破坏是价值判断，依据为学理性。旧派内部之争、新旧之争中的桐城派批评受多种因素影响，不尽出于学理。

清末民初"文学史"著述兼具新旧特质。其新多体现于新体例、新体系，其旧主要表现为旧观点、旧观念。限于体性、体例，文学史著述复述、综合多于创新，多不是开风气之先，而是随通行观念变动，因此多显露滞后性。这是文学史著述文体特点。

清末民初文学史著述处于草创期，偏重介绍说明，而学理评价不足，文学史家在确定桐城派存在合理性的基础上追认、建构各自理解的桐城派。由于受众的特殊性，文学史著述多复述经汰选后的桐城派古文及相关批评成果，因而具有较强建设性。文学史著述传播广泛，推动了桐城派古文文本和批评话语体系经典化，影响了数代人对桐城派的"前理解"。

结　语

清末民初文学史家梳理桐城派谱系，逐步建构了秦汉古文家、唐宋八大

---

① 吴宓：《论今日文学创造之正法》，《学衡》1923年第15期；胡先骕：《评胡适〈五十年来中国之文学〉》，《学衡》1923年第18期。

家、归有光、桐城三祖、姚门弟子及再传弟子、桐城后学的文统。朱希祖追认钱谦益等人为桐城派渊源及自身，谢无量追认方苞创立桐城派，显露出其桐城文派定位对桐城派学术本质的遮蔽。文学史家多以姚鼐为核心建构桐城派立派、传衍过程，指出桐城派、阳湖派同源异流，推动高第弟子说传播，将曾国藩纳入桐城派自身，批判桐城末流空疏之弊，较少以纯文学、新文学否定桐城古文，仅黄人从清代专制统治与文学发展角度否定桐城文派。文学史家多持大文学观，明确提出桐城学派，兼顾桐城派经史之学与古文成就，间及诗歌创作。文学史著述属学制构成，主要功用在教育，多复述古典资源阐发见解，材料取舍受桐城派定位，文学观、流派观与著述体性，体例制约。国粹派学者立足学与文、骈与散及流派间关系批评桐城派，为大文学观内部之争。新青年派学者批评桐城派，整体范式为文化批评对标文学流派，持杂文学观批评桐城古文艺术；文学批评对标文化流派，持纯文学观批评桐城古文内容，文学观分裂。学衡派学者的桐城派批评为其与新青年派对抗的缩影，实质系文言与白话、传统与创新之争，较合学理，但观点略显浮泛。整体而言，此期的桐城派总体批评偏重介绍说明，综合多于创新，虽有滞后性，亦不乏学理性，建构性、建设性兼备，传播广泛，推动了桐城派古文文本和批评话语体系经典化。清末民国，散文概念逐渐取代传统古文、文章概念，属于古代学术体系下的古文之学、文章之学逐渐被纯文学学科体系下的散文之学取代，新青年派为代表的学人对古文、文章体性的认识亦由载道为主变为抒情、叙事为主。散体之"散"渐与散文之"散"合一，骈、散分野由大文学观下的骈体、散体之分变为纯文学观下的骈文、散文之别，文章丧失学术内涵。国粹派、文学史家、新青年派等学者的桐城古文派、桐城散文派定位先后遮蔽"桐城派"经史之学，体现出大文学、纯文学间包含、对抗关系。邓实、刘师培、来裕恂、梁启超等人集中标举桐城学派，虽各自内涵有别，但总体上体现出对纯文学观下桐城散文派定位的纠偏。

文献考辨

《天子游猎赋》在细节上的矛盾与歧异

刘 明[*]

摘要：《天子游猎赋》在细节上具有矛盾和歧异，前者表现在作品中存在溢出性的文本细节，而与该赋创作在建元、元光间的判断相抵牾，表明赋作在元光之后仍存在不断润色修饰的过程；后者表现在该赋各版本之间存在语句多寡的差异，据文本内证和文献佐证可以判断这些差异主要产生在流传过程中。

关键词：《天子游猎赋》；创作因袭；流传歧异

司马相如创作的《天子游猎赋》，又称《子虚上林赋》，是在汉赋发展史上具有重要地位的一篇作品（《文选》析为两篇，分别称以《子虚赋》《上林赋》），奠定了汉大赋的体制，确立了"劝百风一""曲终而奏雅"（《史记·司马相如列传》之语）的赋学批评传统，同时也造成了后世同类主题的赋作模拟过甚而缺乏独创性的倾向[①]。观察此赋的文学史意义，除把握其总体的创作风格，还需要注意作品的创作面貌存在细节上的矛盾与歧异。矛盾主要表现在《天子游猎赋》的作品内部存在"溢出性"的文本细节，与既有的作品作年的判断不相契合。这表明其创作应该是一个持续的润色修饰过程，并非作品在

---

[*] 刘明，中国社会科学院文学研究所图书室副研究馆员，文学博士。

[①] 文学史家称："汉赋自司马相如始以歌颂王朝声威和气魄为其主要内容，后世赋家相沿不改，遂形成一个赋颂传统。他们也奠定了一种铺张扬厉的大赋体制。后世赋家大都按照这一体制创作，愈来愈失去了创造性。"游国恩等主编：《中国文学史》（修订本），人民文学出版社，2002年，第144页。

建元至元光年间即得以定型，从而加深了对《天子游猎赋》创作过程的认识。歧异主要表现为《天子游猎赋》在不同的文献载体里（如《史记》《汉书》和《文选》所录者）呈现一些语句多寡的不同，而不仅仅是一字一词的差异。如《史记》所录者即多有增益性的语句。笔者结合作品的内证及相关文献佐证，针对此类语句何时进入作品予以分析。此外，《天子游猎赋》还存在因袭前人李斯和枚乘作品的语句，对它们在管窥司马相如创作方面所起到的作用，也一并予以讨论。

兹先从阅读史的视域细检前人如何阅读和理解此篇赋作。该赋最具代表性的评价是明人王世贞，称："《子虚》《上林》材极富，辞极丽，而运笔极古雅，精神极流动，意极高，所以不可及也。长沙有其意而无其材，班、张、潘有其材而无其笔，子云有其笔而不得其精神流动处。"[①] "运笔古雅"盖指采用《楚辞》主客问答的结构形式，虚构人名以展开辩论则又承袭《庄子》的手法，渊源有自。"精神流动"应指谋篇布局的层次井然，宛如流水般条畅自如，例如《子虚赋》描写云梦的一段。"意"指为文作赋的格调，书写出汉帝国的鼎盛局面和磅礴气势。王世贞又称此篇"造体极玄"，把创作引向神秘莫测的地步，则不免肤廓之谈。《天子游猎赋》的文学影响力是毋庸置疑的，左思《咏史》诗称"著论准《过秦》，作赋拟《子虚》"。但平心而论，司马相如创作此篇很难说有高超的艺术技巧，后人难以企及主要表现在才和力两方面，而非创作技巧难以达到。[②]《天子游猎赋》勾画出人人可见的框架，"何者先写"与"后写为何"都可以程式化的进行，并非王世贞所说的"玄"。但为何只能在司马相如手中才能完成呢？因为他有创作该篇的才识与气力，《西京杂记》即充分认识到了此特点，云："司马相如为《上林》《子虚赋》，意思萧散，不复与外事相关，控引天地，错综古今，忽然如睡，焕然而兴，几百日而后成。其友人盛览……尝问以作赋。相如曰：'和綦组以成文，列锦绣而为质，一经一纬，一宫一商，此赋之迹也。赋家之心，苞括宇宙，总览人物，斯乃得之于内，不可

---

① 王世贞：《艺苑卮言》，丁福保辑：《历代诗话续编》，中华书局，1983年，第982页。
② 《汉书·叙传》称司马相如的创作"多识博物，有可观采，蔚为辞宗"，又张燮《重纂司马文园集引》称"长卿他文，俱以赋家之心发之，故成巨丽，凡拙速辈无此格力"，均是就其创作的才识和气力而言。

得而传.'"① 这也使得《天子游猎赋》读起来有种让人透不过气来的感觉：才识则堆砌辞藻，甚至叠床架屋，不达其极致而不收笔；气力则不避繁累，平铺直叙，令人难以卒读。这就造成了该篇的艺术表现平板单调②，迟缓呆滞；鲁迅就有"制作迟缓"的评价，但又说："不师故辙，自摅妙才，广博闳丽，卓绝汉代。"③"妙才"和"广博"仍是就司马相如的才识和气力而言，而"不师故辙"则造就出汉大赋的标志性和里程碑式的作品。

接着谈《天子游猎赋》存在的因袭特点。这最先是由刘勰在《文心雕龙·事类》中提出来的，称："相如《上林》，撮引李斯之书。"④意思是说《上林赋》中存在因袭李斯《谏逐客书》的语句。该句是"建翠华之旗，树灵鼍之鼓"，李斯《谏逐客书》作"建翠凤之旗，树灵鼍之鼓"，只是将"凤"改写为"华"字。《谏逐客书》以该句表达秦王拥有天下之宝，并不局限于是否出产在秦地；司马相如因袭此句，则意在表现上林苑中的天子尊显的场面。此细节表明司马相如阅读过《谏逐客书》，并在一定程度上受到它的影响。附带一提的是，贾谊创作《过秦论》也以适当改写的方式因袭了《谏逐客书》中的语句，表明贾谊同样读过李斯的此篇文章。由此可以看出《谏逐客书》的影响，恐怕汉初的作家里也不止司马相如和贾谊读过，其文学魅力表现在铺张纵横的气势和整齐和谐的文辞中，贾谊、司马相如的创作即受此文风濡染。司马相如还因袭了枚乘《七发》里的语句，如《子虚赋》里的"左乌号之雕弓，右夏服之劲箭"句，《七发》作"右夏服之劲箭，左乌号之雕弓"，只是颠倒了语序；又如《上林赋》"于是乎背秋涉冬"句，《七发》作"于是背秋涉冬"。这表明司马相如读过《七发》，而且应当就是在游梁期间最早读到了该篇。按《史记·司马相如列传》云："会景帝不好辞赋，是时梁孝王来朝，从游说之士齐人邹阳、淮阴枚乘、吴庄忌夫子之徒，相如见而说之，因病免，客游梁。"⑤景帝前元七年

---

① 葛洪：《西京杂记》，《古小说丛刊》中华书局，1985年，第12页。
② 文学史家称："《子虚》《上林》赋在艺术表现方面是很平板的。"参见中国社会科学院文学研究所编：《中国文学史》，人民文学出版社，1962年，第121页。
③ 鲁迅：《汉文学史纲要》，岳麓书社，2013年，第71页。
④ 刘勰著，黄叔琳注、李详补注、杨明照校注拾遗：《增订文心雕龙校注》，中华书局，1999年，第469页。
⑤ 司马迁：《史记》，中华书局，1982年，第2999页。

（前150），孝王第三次入长安朝见，司马相如遂从之游梁①。本传又称："梁孝王令与诸生同舍，相如得与诸生游士居，数岁，乃著《子虚之赋》。"②司马相如得以与枚乘等相互切磋文学。考虑到今之传本《子虚赋》，学界有观点认为即以游梁期间创作的《子虚赋》为基础，赋中既然留下因袭《七发》的痕迹，印证司马相如最有可能是在游梁期间读到了《七发》。反推《七发》亦应创作在枚乘第二次从游孝王时，此即李善注所称的"孝王时，恐孝王反，故作《七发》以谏之"，为确定枚乘写作《七发》的旨趣提供有力的佐证。贾谊和枚乘都曾游走于汉廷与诸侯藩国之间，与司马相如有着相近的经历，上述因袭的细节也印证他们有着共同的文学趣味，即战国以来的纵横文辞的烙印和质素。

再来谈赋中存在的溢出性的文本细节。一般认为，《天子游猎赋》作于建元四年至元光元年之间（前137—前134），其中《子虚赋》部分乃以景帝中元五年（前145）所作《子虚赋》为基础。该赋中却又存在与此作年不相匹配的细节，此类细节见于各种版本的《天子游猎赋》，因此它不属于异文的范畴，意味着这是司马相如创作过程中出现的现象。牟歆博士《司马相如〈天子游猎赋〉创作时间及成赋过程新论》一文是近些年来研究司马相如作品的重要成果，该文撷取了该赋相抵牾的三处细节，兹以该文为基础再略加申述。

如《上林赋》有"樱桃蒲陶"句，何谓蒲陶？《史记集解》引郭璞语云："蒲陶似燕薁。可作酒也。"③《文选·闲居赋》"石榴蒲陶之珍"句，李善注"蒲陶"称"似燕薁"，本于郭璞之说，又注引《博物志》云："张骞使大夏得石榴，李广利为贰师将军伐大宛，得蒲陶。"④按《汉书·西域传》云："天子遣贰师将军李广利将兵前后十余万人伐宛……宛王蝉封与汉约，岁献天马二匹。汉使采蒲陶、目宿种归。天子以天马多，又外国使来众，益种蒲陶、目宿离宫馆旁，极望焉。"⑤李广利伐大宛在太初元年（前104），则蒲陶传入中原在此年之后，上林苑有蒲陶宫（《汉书·匈奴传》称"舍之上林苑蒲陶宫"）亦至早

---

① 此依据束景南《关于司马相如游梁年代与生年》一文的考证意见，《文学遗产》1984年第3期，第107页。
② 司马迁：《史记》，第2999页。
③ 司马迁：《史记》，第3029页。
④ 萧统编，李善注：《文选》，中华书局1977年版，第226页。
⑤ 班固：《汉书》，中华书局，1962年，第3895页。

在此年后。司马相如卒于元狩五年（前118），不可能及见蒲陶及蒲陶宫，因此赋中是不应该出现蒲陶的。但这并不意味着蒲陶的书写一定是后人掺入赋中，蒲陶可通过传闻的形式写到赋里，司马相如即可能根据当时有关蒲陶的传闻。《史记·大宛列传》记载"大宛之迹，见自张骞"，《汉书·张骞传》也记载张骞到过大宛，而大宛盛产蒲陶，且有以之酿酒的技术，该见闻必然由张骞带回中原，而书写在呈送汉武帝的文书报告里。按建元三年（前138），张骞奉武帝命出使西域，元朔间返回中原，此时司马相如尚在世，或许他从文书报告里看到了张骞有关西域蒲陶的记述①，也或许他直接从张骞那里听到了蒲陶的传闻。为了表现上林苑里的奇珍异物，于是司马相如将尚未传入中原、只是停留在传闻里的蒲陶写到了《上林赋》里，目的正如李善注引晋灼之语"博引异方珍奇"②。实际在张骞通西域之后，出现了争言外国奇异的潮流，即《张骞传》所称的"自骞开外国道以尊贵，其吏士争上书言外国奇怪利害"③。宋人王观国《学林》卷七却称："盖橘、橙、枇杷、杨梅、荔枝，皆南方之物，非西北所产。然而上林者，天子之宫苑，四海之嘉木珍果，皆能移植于其中，不但本土所生者而已。"④意思是说，赋中所描写的蒲陶在上林苑中是有种植的，而非纸上传闻。即便如此，也应当至早在张骞通西域之后，目前所掌握的材料不支持通西域之前中原就已经存在蒲陶的种植情形。这就意味着建元至元光年间创作《上林赋》的判断，是不能涵盖蒲陶这一文本细节的，《上林赋》在元朔年间或之后曾进行过再创作。当然，学界也存在弥合此矛盾的意见，称："据本赋可知蒲萄在张骞通西域以前已传入中国。"⑤这是不符合历史事实的。与蒲陶相类的还有"珊瑚丛生"中的"珊瑚"⑥，也应是张骞通西域后传入中原的⑦。推定《上

---

① 《汉书·张骞传》称："骞身所至者，大宛、大月氏、大夏、康居，而传闻其旁大国五六，具为天子言其地形，所有。"颜师古注云："土地之形及所生之物也。"
② 萧统编，李善注：《文选》，第126页。
③ 班固：《汉书》，第2695页。
④ 王观国：《学林》，岳麓书社，2010年，第212页。
⑤ 参见司马相如撰，金国永校注：《司马相如集校注》，上海古籍出版社，1993年，第58页。
⑥ 有意见称："《上林赋》中还著录有珊瑚的名称，这是迄今所见的最古著录。"参见冯承钧编译：《西域南海史地考证译丛》第一卷第五编，商务印书馆，1962年，第83页。
⑦ 也有意见认为："早在张骞之前，中原与西域的一些信息交流和商品往来就已存在，康居国的名字也已传到了汉朝。"参见郝树声、张德芳：《悬泉汉简研究》，甘肃文化出版社，2009年，第216页。照此理解，蒲陶等细节又是可以出现在元光元年定稿《上林赋》作品里的。

林赋》的文本在元朔年间（或在司马相如卒之前）由司马相如进行了一定程度的修改润色[1]，印证该赋从创作到定稿是一个持续不断修订的过程。

又如《上林赋》"孙叔奉辔，卫公骖乘"句，《史记集解》引《汉书音义》云："孙叔者，太仆公孙贺也。卫公者，卫青也。"[2] 颜师古注云："郑氏曰：孙叔者，太仆公孙贺也，字子叔。卫公者，大将军卫青也。"[3] 李善注亦云："孙叔者，太仆公孙贺也，字子叔。卫公者，大将军卫青也。大驾，太仆御，大将军参乘。"[4] 据《汉书·百官公卿年表》，公孙贺在建元六年（前135）始任太仆，而卫青任大将军则在元朔五年（前124）之后。[5] 该细节意味着《上林赋》的创作时限涵盖建元六年至元朔五年之后，是在元光元年之后又进行过修改润色的佐证。但将该句放在上下文里来理解，却又略显突兀，此段文字云："于是乎背秋涉冬，天子校猎。乘镂象，六玉虬，拖蜺旌，靡云旗，前皮轩，后道游；孙叔奉辔，卫公参乘，扈从横行，出乎四校之中。"[6] 天子可能指汉武帝，更可能是汉代帝王的泛指，再者全文人名如子虚、乌有和亡是公亦皆虚指，此处冒出实指的公孙贺和卫青两人似于文理不合。前人也注意到了其中存在的不合常理之处，梁章钜《文选旁证》卷十一云："《两汉刊误补遗》云：孙叔、卫公非时人，盖古之善御者。孙叔，即《楚词》所谓'骥踌躇于敝辇，遇孙阳而得代'者是也。卫公，即《国语》所谓'卫庄公为右，吾九上九下，击人尽殪'者是也。"[7] 认为二人是古代的善御者。今人也多以二人指古之善御者而非实指，如金国永称："《汉书》注、《文选》注皆谓孙叔为公孙贺，卫公为大将军卫青。征之史实，相如上此赋时，'青时给事建章，未知名'（《汉书·卫青传》），武帝校猎，不得为骖乘。公孙贺于武帝即位后虽已为太仆，然实指其人非辞赋家

---

[1] 有意见认为："张骞应在纪元前一二六年回中国，此赋撰时与此时相距不远。不过就张骞回国那种情况看来，好像不能携带甚么植物或种子。"参见冯承钧编译：《西域南海史地考证译丛》第一卷第五编，第83页。将蒲陶的细节，作为考订《上林赋》作年的依据。
[2] 司马迁：《史记》，第3033页。
[3] 班固：《汉书》，第2564页。
[4] 萧统编，李善注：《文选》，第127页。
[5] 班固：《汉书》，第768页。
[6] 班固：《汉书》，第2563页。
[7] 梁章钜：《文选旁证》卷十一，清光绪八年（1882）刻本，第9叶a面。

本色。赋中'天子',亦未必实指武帝,亦属傅会。"①也有学者称:"盖此类描写皆于《离骚》,不必实指其人。"②笔者倾向于并非实指公孙贺和卫青,如果作家的本意确实是指此两人,那么便是司马相如在元朔年间或之后仍对赋作有修改润色,与上文所论述的蒲陶细节相同。

再如《上林赋》"文成颠歌"句,何谓"颠歌"?李善注引文颖语云:"颠,益州颠县,其人能作西南夷歌也。颠与滇同也。"③认为指滇地即今云南一带的民族歌舞。根据史料记载,汉朝与滇交往始于元狩元年(前122),《史记·西南夷列传》云:"及元狩元年……天子乃令王然于、柏始昌、吕越人等,使间出西夷西,指求身毒国。至滇,滇王尝羌乃留……使者还,因盛言滇大国,足事亲附,天子注意焉。"④则颠歌为汉人知晓应在是年之后,司马相如于元狩五年卒,故还是有机会修改润色赋作,构建汉帝国协和万邦的盛世景象。另外考古界根据晋宁石寨山 3 号墓主出土汉代的兵器,认为滇国在武帝之前便与汉朝有往来。⑤这又表明,颠歌在汉初就有可能已经传入内地,况且元光五年(前130)汉通西南夷,司马相如至巴蜀一带,虽未至滇地,但巴蜀与滇相毗邻,颠歌或许已经在巴蜀当地流传而被司马相如接触到。审慎而言,该赋在元光元年之后也经过了润色。

综合蒲陶、珊瑚、孙叔和卫公的细节,可以基本断定司马相如大致于建元四年开始创作《天子游猎赋》,元光元年写定并进呈汉武帝,此后又经过了润色修饰,似乎主要集中在元朔年间,甚至直至他去世之前还在修改。所以,牟歆博士提出"直到元狩五年司马相如去世之前方才最终定型",故"赋中方出现了许多建元中的司马相如不可能得知之事"⑥的见解,很具有启发性。如何看待溢出性的文本细节的产生?一方面是要考虑在流传过程中产生,即由后人进行修饰增益;另一方面则要充分考虑到是由作家本人造成的,也就是作家会

---

① 参见司马相如撰,金国永校注:《司马相如集校注》,第 67 页。
② 参见张连科笺注,吴云校审:《司马相如集编年笺注》,辽海出版社,2003 年,第 72 页。
③ 萧统编,李善注:《文选》,第 128 页。
④ 司马迁:《史记》,第 2995—2996 页。
⑤ 参见黄懿陆:《云南史前史》,云南人民出版社,2018 年,第 456 页。
⑥ 参见牟歆:《司马相如〈天子游猎赋〉创作时间及成赋过程新论》,《四川师范大学学报》(社会科学版)2016 年第 6 期,第 148、150 页。

对作品不断进行修改，这些经修改而造成的文本"突变"被不同程度地保留下来。回到《上林赋》中存在的上述歧异，还是将之视为作者不断修改作品而形成这些溢出性的文本细节，较为符合实际。事实上，多从作家个人身上思考作品中存在的此类矛盾性，会深化对作品文本生成过程复杂性的认识。它意味着不再追求静止的单一的作品作年，而是将作品视为不断生成的创作过程。构拟进入过程的作品创作史，是作家作品研究的一个重要切入点。

最后再来谈歧异。由于《天子游猎赋》存在《史记》《汉书》和《文选》三种主要的载录本，各版本之间存在的文字面貌的差异，属于异文的范畴，这里主要讨论的是增益性的语句。这些语句多寡的产生，或源于流传过程，或源于作者个人的修改。陈君通过对汉魏六朝时期诗文的异文造成类型的细致考察，认为有些差异产生在作家的创作阶段，而不完全是在流传过程中由传抄者所造成的。[①] 这是值得重视的研究意见，它拓展了对于异文生成机制的认识。笔者通过分析《天子游猎赋》中这些有差异的语句（为了行文的方便，兹依据《文选》而分别称之为《子虚赋》和《上林赋》），认为这些语句应该大多是在流传过程中产生的，并掺入到文本中的，后又通过刊刻而固定下来，它们成为管窥抄本时代文献复杂性的实例。兹结合刘跃进先生《文选旧注辑存》有关此类差异性语句的按语，再略为申述如下。

如《子虚赋》（依据《史记》，中华书局 2014 年版）"楚使子虚使于齐，齐王悉发境内之士，备车骑之众，与使者出田"句，《汉书》（依据中华书局 1962 年版）录本作"楚使子虚使于齐，齐王悉发车骑与使者出田"[②]；《文选》（依据清胡克家刻本）作"楚使子虚使于齐，王悉发车骑，与使者出畋"，与《汉书》基本相同，李善注云："本或云'境内之士，备车骑之众'，非也。"[③] 李善未指明何本，可能是唐初李善时的《史记》传本。按下文又云"乌有先生曰：是何言之过也！足下不远千里，来贶齐国，王悉发境内之士，而备车骑之众，以出田"[④]，即《史记》所录的《子虚赋》出现两次"悉发境内之士""备车骑之众"，

---

① 陈君：《汉魏六朝诗文文本的流动与变异》，《文学评论》2021 年第 1 期，第 179 页。
② 班固：《汉书》，第 2534 页。
③ 萧统编，李善注：《文选》，第 119 页。
④ 司马迁：《史记》，第 3014 页。

其中应必有一处为衍文。从文意的逻辑而言，子虚使齐，受到齐王的接待，结果子虚不为所动，而是借机夸耀楚国。这引来了齐人乌有先生的不悦，所以借强调齐王的隆重接待即"悉发境内之士，备车骑之众"，意在责备子虚辜负了齐国的美意。为了回应子虚，乌有先生又借机夸饰齐国，可以看出责备的目的正是为夸饰齐国找到"合适"的理由。烘托责备和借机夸饰正是这两句话放在此处所起到的作用，而《史记》录本置于全文开篇，就起不到这样的效果了。《汉书》及《文选》录本均未重复此两句话，且都置于"乌有先生曰"之处，应以之为是。

如《子虚赋》"其山则盘纡弗郁，隆崇嵂崒；岑岩参差，日月蔽亏"句，其中"隆崇嵂崒"四字，《文选》作"隆崇崒崒"，《汉书》作"隆崇律崒"。王先谦称古本《汉书》无此四字，《汉书补注》云："宋祁曰越本无'隆崇嵂崒'四字。王念孙曰景祐本亦无此四字，而《史记》《文选》有之，疑皆后人所加也。注引郭璞曰'诘屈竦起也'……诘屈是释盘纡二字，《文选》注'诘屈'作'隆崇'，乃后人不晓注意而妄改之。竦起是释弗郁二字，而'隆崇崒崒'不与焉。"[①] 而《史记》《文选》虽有之但疑为后人掺入。按《艺文类聚》卷六十六《产业部》载有司马相如《子虚上林赋》，即无此四字，又该赋开篇作"楚使子虚使于齐，齐王悉发境内之士，备车骑之众，与使者出田"，与《史记》同，印证所录赋作当即出自《史记》，则唐初时《史记》传本不载此四字。《史记索隐》及《正义》均未注此四字，又检《班马异同》所载的《子虚赋》乃《史记》录本，及现存宋绍兴淮南路转运司刻末元明初递修本《史记》均有此四字，推断《史记》传本掺入此四字至迟在南宋

图一　北宋刻递修本《汉书》

---

① 王先谦：《汉书补注》卷五十七，清光绪刻本，第5叶a面。

初。再者，从用字的角度看，"崒"当即"崪"字，首见于《集韵》，可佐证北宋时的《史记》传本已有此四字。至于《汉书》，颜师古不注"隆崇律崒"，表明唐初的《汉书》传本确无此四字，至前人所称的北宋景祐本一直保持此貌。所谓"景祐本"，即现存的北宋刻递修本《汉书》，检该本即无此四字（如图一所示）。按《通志》卷九十八载《子虚上林赋》已有此四字，所录该赋开篇诸句同《汉书》，推断南宋初《汉书》传本已掺入此四字。《文选》明州本李善注已经是作"隆崇，竦起也"，即将"诘屈"妄改为"隆崇"，目的是迎合正文中存在"隆崇崒崒"四字。妄改的时间难以确定，不过据吕向注称"言山之诘屈高峻，拥蔽日月也"，并未注此四字（"高峻"当是注释嵂郁二字），可断定五臣本《文选》无此四字，日本所藏的九条本《文选》即同五臣本《文选》，但现存宋代刻本《文选》均已有此四字。结合上下文的语意，该句重在写云梦一带的山具有蜿蜒曲折、连绵不断的特点，"隆崇崒崒"则重在写其高，与下面的"日月蔽亏"也形成呼应。故此四字即便是后世掺入，也不影响文意，反而使山之描写更细致更丰满。

如《子虚赋》"其东则有蕙圃衡兰，芷若射干。穹穷昌蒲，江离麋芜，诸柘猎且"，《汉书》作"其东则有蕙圃，衡兰芷若，穹穷昌蒲，江离麋芜，诸柘巴且"①。李善注本系统《文选》同《汉书》，均无"射干"两字。明州本《文选》校语即称"善本无射干"，尤袤本李善注称："芷若下或有射干，非也。"②颜师古注亦云："今流俗书本'芷若'下有'射干'字，妄增之也。"③《艺文类聚》所录《子虚上林赋》有此四字，则唐初《史记》传本应已有之，此或即颜师古所称的"流俗本"。但"射干"两字已固定为《史记》的文字，故《史记索隐》云："《广雅》云'乌蓬，射干'，《本草》名乌扇。"④"射干"两字是否是《子虚上林赋》的固有文字，前人看法不一，王观国《学林》卷四云："《子虚赋》此一段数百言，皆以四字为一句，以《史记》之文读之，则用'射干'字乃成四字一句，于文则顺，于韵则协。以《汉书》之文读之，则去'射干'

---

① 班固：《汉书》，第 2535 页。
② 萧统编，李善注：《文选》，国家图书馆出版社 2017 年，第 2 册，第 207 页。
③ 班固：《汉书》，第 2537 页。
④ 司马迁：《史记》，第 3006 页。

字,遂不成句法。以此知《史记》之文为是,而《汉书》之文阙也……《子虚赋》虽两言'射干',而实为两物,于文义奚嫌焉?"①而胡绍煐《文选笺证》则认为:"以蕙圃、衡兰、芷若、射干为句,于韵叶矣,于文则未顺。'蕙圃'是地名,'衡兰'是草名,四字不得并合为句。"②结合下文的"其南则有平原广泽""其西则有涌泉清池""其北则有阴林巨树",《史记》作"蕙圃衡兰"合其句法,但又略有不合,画波浪线的三者皆为同类事物的并列结构,而"蕙圃"指草圃,"衡兰"指香草,略显不类。推测"蕙圃"后有同类事物的两字脱去,而与下句中的"衡兰"连读,则导致以下各句不成句法,遂衍入"射干"两字以补其阙。按《太平御览》卷八百二十四引《拾遗录》称"昆仑山第二层下有芝田蕙圃,皆数万顷,群仙种耨焉"③,所脱两字似可补作"芝田",以下各句仍依《汉书》为是。又《七发》称"游涉乎云林,周驰乎兰泽",或"蕙圃衡兰"改作"蕙圃兰泽",以下各句则仍依《史记》为是。金国永认为应有"射干"两字为是,同时将"兰"训为"栏","衡兰"即"以香草为饰之栏",并称:"若无'射干'二字,句读当改为'其东则有蕙圃,蘅兰芷若',而训'兰'为香草。文义虽顺,然不如保留'射干'二字,训'兰'为'栏',使'其东'及下文之'其南'以下各五句相对成文为胜。"④此解可备一说。该段是写云梦东面的情景,各种香草丛生,郁郁葱葱,射干作为香草的一种,有或者无,从大的层面而言都不影响文意。

如《子虚赋》"其上则有赤猨蠷蝚,鹓雏孔鸾,腾远射干"句,《汉书》无"赤猨蠷蝚"句,明州本《文选》有此四字,有校语称"善本无赤猨玃猱四字",检尤袤本即同《汉书》。按《艺文类聚》作"其上则有鹓雏孔鸾,腾远射干",又五臣之吕向亦未注"赤猨蠷蝚",则唐初的《子虚赋》文本应无此四字。但《史记集解》称:"徐广曰:'音仇柔。'"《正义》亦云:"蠷音仇,蝚音柔,皆猿猴类。"⑤则至迟自南朝宋裴骃时的《史记》传本又存有此四字。按《上林赋》有"于是玄猨素雌,蜼玃飞鸓,蛭蜩蠷蝚"句,"玄猨"即"赤猨",它与"蠷

---

① 王观国:《学林》,第 144 页。
② 胡绍煐:《文选笺证》卷九,清光绪刻《聚学轩丛书》第五集,第 4 叶 b 面。
③ 李昉等撰:《太平御览》,《四部丛刊三编》,卷八第 9 叶 b 面。
④ 参见司马相如撰,金国永校注:《司马相如集校注》,第 8—9 页。
⑤ 司马迁:《史记》,第 3008 页。

蜒"均重出。据现有资料不容易判断该句是流传过程中掺入，还是出自司马相如之手。王先谦《汉书补注》称此四字"盖班删之"①，持司马相如所作《子虚赋》本有此四字的意见。

如《子虚赋》"其下则有白虎玄豹，蟃蜒貙豻，咒象野犀，穷奇獌狿"句，《汉书》无"咒象野犀，穷奇獌狿"句，《文选》各本亦无此句。按《史记集解》云："郭璞曰'蟃蜒，大兽，长百寻'。《汉书音义》曰'豻，胡地野犬，似狐而小也'。"《史记索隐》云："郭璞云'蟃蜒，大兽，长百寻'。张揖云'貙，似貍而大。豻，胡地野犬，似狐而小也'。"②《索隐》同《集解》均未注"咒象野犀，穷奇獌狿"之句，这印证在司马贞时的《史记》传本并无该句。而《史记正义》则云："咒，状如水牛。象，大兽，长鼻，牙长一丈，俗呼为江獂。犀，头似獂，一角在额。"③则张守节时所见《史记》传本已存在该句，应属在流传过程中掺入。但王先谦认为此八字不见于《汉书》，乃班固所删④，此说似不符合《集解》《索隐》的注释情况，因为司马贞之前的《史记》传本所载《子虚赋》本来就无此两句，何来班固删之呢？再证以《史记正义》同时称"《汉书》无此一句"，颜师古的注释亦确未及此句表明《汉书》在载录《子虚赋》时即无该句，一直到颜师古注《汉书》时都保留该面貌。掺入的原因不可考，钱大昕《廿二史考异》称："'獌狿'即上文'蟃蜒'。'穷奇''象犀'则《上林赋》有之，当是后人妄增。"⑤金国永称："《汉书》《文选》均未载，疑与'獌狿'二字复出有关，遂为疑案。"⑥按《战国策·宋卫策》称"荆有云梦，犀、咒、麋鹿盈之"，提到了犀与咒两种动物，推测"咒象野犀"的掺入或与此有关。

如《子虚赋》"襞积褰绉，纡徐委曲，郁桡谿谷"句，《汉书》无"纡徐委曲"四字，今《文选》各本有此句。按《史记集解》云："《汉书音义》曰：

---

① 王先谦：《汉书补注》卷五十七，第10叶a面。
② 司马迁：《史记》，第3008页。
③ 司马迁：《史记》，第3009页。
④ 王先谦：《汉书补注》卷五十七，第10叶b面。
⑤ 钱大昕：《廿二史考异》（上），陈文和主编：《嘉定钱大昕全集》（增订本），凤凰出版社，2016年，第2册，第94页。
⑥ 参见司马相如撰，金国永校注：《司马相如集校注》，第15页。

'襞积，简醋也。褰，缩也。纡，裁也。其纡中文理，荝郁迟曲，有似于谿谷也'。《史记索隐》:"小颜云:'襞积，今之裙褶，古谓之素积。'苏林曰'褰纡，缩蹙之'是也。纡音侧救反。醋音叉革反。裁音在代反。郁桡谿谷，孟康曰'其纡中文理，荝郁迟曲，有似于谿谷也'。"① "荝郁迟曲"是对"郁桡谿谷"的注释，《集解》及《索隐》均未注"纡徐委曲"，印证司马贞时的《史记》传本尚无此句，佐证出于司马贞之后的掺入。按《上林赋》有"酆鄗潦滴，纡余委蛇，经营乎其内"句，"纡余委蛇"即"纡徐委曲"之义，与此属重出。《史记》形容衣裙的皱纹，用了"纡徐""委曲"和"郁桡"三个词，状其摇曳多姿之貌，也可看出此处用词的拖沓。至于《汉书》，颜师古注云:"襞积即今之帬褶，古所谓皮弁素积者，即谓此积也。言襞积文理，随身所著，或褰纡委屈如谿谷也。"② 其中的"委曲"应该是注释的"郁桡"两字，颜师古时的《汉书》传本即无此四字。至于《文选》，胡绍煐《文选笺证》称:"上下皆两句为韵，此多一句，则文法参差矣。向注'纡徐委曲，裙下垂貌'，疑有者为五臣本。"③ 检明州本《文选》，吕向注确如胡氏所云，推断五臣本系统《文选》有该句。李善未注该句，又引郭璞注引张揖注云:"襞积，简醋也。褰，缩也。纡，裁也。其纡中，文理荝郁，有似于谿谷也。"④ 注文相较于《集解》和《索隐》，无"迟曲"两字，可印证张揖、郭璞所见的《子虚赋》文本即无此四字，唐时所传李善注本《文选》继承之。而在唐五臣注《文选》时，所载的《子虚赋》则已经掺入该句，并在此后影响到李善注本系统的《文选》，此四字亦掺入其中，遂成今所见《文选》各本均有此句之貌。黄侃《文选平点》明确称:"'纡徐委曲'四字似衍。《汉书》无四字，此注亦不当有。"⑤

如《子虚赋》"缥乎忽忽，若神仙之仿佛"句，《汉书》无"仙"字。按《艺文类聚》所载的《子虚上林赋》亦作"神仙"，印证唐初的《史记》传本即如此。按《文选》傅毅《舞赋》李善注引《子虚赋》"若神仙之仿佛"，则当

---

① 司马迁:《史记》，第 3011 页。
② 班固:《汉书》，第 2541 页。
③ 胡绍煐:《文选笺证》卷九，第 16 叶 a、b 面。
④ 萧统编，李善注:《文选》，第 120 页。
⑤ 黄侃著，黄延祖重辑:《文选平点》，中华书局，2006 年，第 80 页。

即据自《史记》所录的《子虚赋》。《史记正义》云:"仿佛,言似神仙也。《战国策》云:'郑之美女粉白黛黑而立于衢,不知者谓之神仙。'"① 从注文"言似神仙也",表明至张守节所见的唐本《史记》亦保持该貌。按《汉书》颜师古注云:"郭璞曰:言其容饰奇艳,非世所见。《战国策》曰:'郑之美女粉白黛黑而立于衢,不知者谓之神也'。"②《正义》所引《战国策》作"神仙",而颜注所引则作"神也",《史记》《汉书》在该处的正文存在差异,注文亦相应不同。至于《文选》,明州本有"仙"字,吕延济注云:"眇眇忽忽,犹非人所当见,仿佛然若神仙。"③ 印证五臣本系统的《文选》确有该字。明州本的校语称"善本无仙",但今所见尤袤本《文选》有此字,但据李善注本称"若神,已见上文",李善注本应无此字为是。胡克家《文选考异》称:"详注意,善不当有甚明。尤本此处修改添入,乃其误也。"④ 检尤袤本正文中的"忽若神仙之"五字相当拥挤(如图二所示),本应四格(字)的位置却刻了五个字,明显是做过挖版处理,也就是胡克家所称的"修改添入",于是造成李善注本也有"仙"字之貌。黄侃称:"'仙'当是衍文。"⑤

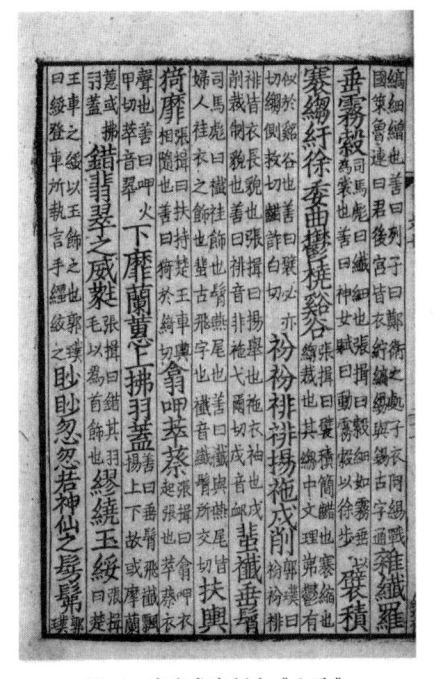

图二 南宋尤袤刻本《文选》

如《上林赋》"于是乎崇山龍嵷,崔巍嵯峨,深林巨木,崭岩参嵯"句,《汉书》作"崇山矗矗,龍嵷崔巍"。《史记正义》注云:"龍,力孔反。嵷,子孔反。崔,在回反。巍,五回反。郭云'皆峻貌'。"并未注音"嵯峨"两字。

---

① 司马迁:《史记》,第 3012 页。
② 班固:《汉书》,第 2542 页。
③ 萧统选编,吕延济等注:《日本足利学校藏宋刊明州本六臣注文选》,人民文学出版社,2008年,第 127 页。
④ 胡克家:《文选考异》,萧统编,李善注:《文选》,第 868 页。
⑤ 黄侃著,黄延祖重辑:《文选平点》,第 80 页。

又下文有"嵯峨磼礏，刻削峥嵘"句，重出"嵯峨"两字。胡绍煐《文选笺证》称此两字乃后人所加，其说可从，即《史记》本应作"崇山龍嵸崔巍"。至于《汉书》，颜师古注云："郭璞曰'皆高峻貌也'。龍音籠。嵸音才總反。崔音摧。巍音五回反。"①并未给"蠱"字注音，似亦作"崇山龍嵸崔巍"，与《史记》同。王念孙《读书杂志》云："'蠱蠱'二字后人所加也，'崇山龍嵸崔巍'六字连读，后人加'蠱蠱'二字，而以'崇山蠱蠱'为句失之矣。"又举《文选》班固《西都赋》李善注引作"崇山龍嵸崔巍"而无"蠱蠱"二字为证，且《汉书》《文选》皆未对此字注音，认为"其为后人所加无疑"。②"崇山蠱蠱"的形成，可

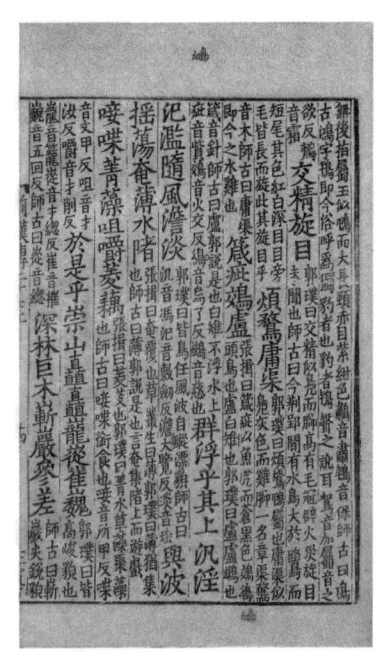

图三 北宋刻递修本《汉书》

能与句式的表达有关，如"于是乎周览泛观""于是乎离宫别馆""于是乎卢橘夏熟"，皆为四字连读。但也不尽然，如"于是历吉日以齐戒""若夫终日暴露驰骋"，则又皆为六字连读。从文献旁证和内证来看，"蠱蠱"两字应为后人掺入，发生在颜师古注《汉书》之后。检北宋刻递修本《汉书》已有此两字（如图三所示），此掺入因刊刻而固定下来。

  综合上述的考察，可以看到作品内部的溢出性细节主要集中在《上林赋》，而语句多寡的差异则主要集中在《子虚赋》。这意味着从流传层面而言，《子虚赋》相较于《上林赋》具有更多的不稳定性；而《上林赋》较《子虚赋》则又呈现作者不断润色修饰的过程。两篇赋的文字面貌和创作过程都有所区别，似乎表明将之视为一篇完整自足的赋作即《天子游猎赋》并不符合实际情况。如此说来，《文选》将之析分为两篇赋作即《子虚赋》和《上林赋》的做法，倒是有几分合理性。

---

① 班固：《汉书》，第 2553 页。
② 王念孙：《读书杂志》，清嘉庆刻本，《汉书》第十，第 18 叶 b 面。

《杨执一神道碑》的石本与集本

朱玉麒*

摘要：张说《杨执一神道碑》的唐代石刻在近年被发现，提供了与后世传承复杂的张说文集本进行校勘的重要资料，而《文苑英华》总集本的作品收录过程也因此得到个案式的发覆。唐代石刻作为一种文化景观，在宋代以来也成为重要的知识传播媒介，由石本与别集本校勘而成的《文苑英华》总集本，正是石刻文本进入传播的重要例证。

关键词：张说；杨执一；神道碑；石本；集本

一、杨执一及其神道碑石刻的发现

《杨执一神道碑》是张说（667—731）文集中有唐代石刻保存下来的少数作品之一。

杨执一（661—725）是中古时期弘农杨氏"观王房"的后人、武则天到唐玄宗开元年间的重臣，是研究唐代前期政治史的关键人物之一。在两《唐书·杨恭仁传》下，他的生平只提到一句：

> 执柔弟执一，神龙初，以诛张易之功封河东郡公，累至右金吾卫大

---

* 朱玉麒，北京大学历史学系暨中国古代史研究中心教授。

将军。①

关于其生平的重要资料，主要依靠其神道碑和相关墓志的记录而得到揭示。根据碑志资料，杨执一在武则天朝就走上仕途，这是与其出身相关的。据《新唐书·宰相世系表》所载，杨绍三子，杨执柔、杨执一为其长子杨雄（字士雄）的曾孙②，而武则天的母亲杨氏则为其少子杨达（字士达）之女；所以，杨执一兄弟是武则天母系一方的子侄辈。武则天当政之后，对于其武氏家族和母系杨氏家族之间的封官许爵，采取了平衡手段，使得杨氏兄弟也在其时获得了荣宠。这也是两《唐书·杨恭仁传》提及的史实：

> 续孙执柔，则天时为地官尚书，则天以外氏近属，甚优宠之。时武承嗣、攸宁相次知政事，则天尝曰："我今当宗及外家，常一人为宰相。"由是执柔同中书门下三品。③

杨执一在之后的玄宗朝能够继续腾达，则是与两《唐书》记载其"神龙初，以诛张易之功"而站到了李氏一方的正确立场相关。此后经历的三思乱政、韦后之乱，杨执一都是拥戴李家的忠臣。正因为如此，开元十四年（726）杨执一去世，得到了唐玄宗专门的诏赠、赐谥，以及"归赗成丧，有加恒数"（《杨执一神道碑》，下同）的礼遇；他的神道碑也由其子"衔恤靡訴，托词疇識"，请得当时的"大手笔"张说撰写。张说同样是从武则天时代科举入仕，并在反对二张、匡复唐社中成为开元名相的。

张说所撰《杨执一神道碑》之前曾在别集本的《张说之文集》卷二五、总

---

① 《旧唐书》卷六二，中华书局，1975年，第2383页。《新唐书》卷一〇〇略同，"弟执一，亦以诛张易之功封河东郡公，累官右金吾卫大将军"，中华书局，第3928页。
② 《新唐书》卷七一下，第2350—2360页。
③ 《旧唐书》卷六二，第2383页。《新唐书》卷一〇〇略同，"执柔，恭仁从孙，历地官尚书。武后母，即恭仁叔父达之女。及临朝，武承嗣、攸宁相继用事。后曰：'要欲我家及外氏常一人为宰相。'乃以执柔同中书门下三品"，第3928页。《旧唐书·杨恭仁传》总结杨氏家族在唐之荣盛，也专门提及武周时的"外戚崇宠"："始恭仁父雄在隋，以同姓宠贵；自武德之后，恭仁兄弟名位尤盛；则天时，又以外戚崇宠。一家之内，驸马三人，王妃五人，赠皇后一人，三品已上官二十余人，遂为盛族。"第2384页。

集本的《文苑英华》卷八九五中流传下来。如果两种早期的宋版得以留存，对于我们校勘早期文本的异同，获得接近唐人文本的真实面貌，将有很大的裨益。但是张说文集本的宋本虽然传承有序，至今我们却只能看到清代的影抄本传世①，其后的明刻本《张说之文集》与大部分的明代刻书一样，难逃粗制滥造的恶名。不仅如此，明刻本还丢失了三十卷本的后五卷②，因此清代学者都很想恢复张说集的原貌，但因为没有相应的资料参考，最终不仅未能复原古本，有些判断甚至距离原貌渐行渐远。所以，《张说之文集》是一部很难恢复宋刻原貌、版本复杂的别集。而收录该文的《文苑英华》卷八九五也只有明版和明影宋抄本留存③，后世掺入的错讹亦不在少数，用它来作为张说作品的参校本，也须注意到总集本身的版本复杂性。

因此，通过唐代石刻本来帮助我们了解张说文本的流传和集本的真实面貌，显得弥足珍贵。之前，《杨执一神道碑》在宋代金石学盛行之际的诸家著录中，都未见记载；其后清代碑学振兴，也未见表彰，可能很早就仆倒在地、湮没人间。然而地不爱宝，这样的机会，终于在近年出现。

2010 年夏，《杨执一神道碑》在咸阳国际机场附近出土，现收藏在咸阳市渭城区顺陵文管所。2014 年，李小勇《唐杨执一神道碑考释》（以下简称《考释》）最先公布并研究了这一碑刻④。据其介绍：该碑出土之际，已经断为两截，碑座已佚。碑身通高 300 厘米、宽 104 厘米、厚 30 厘米，碑额高 85 厘米，碑榫长 62 厘米。碑额篆书，碑文隶书，30 行，满行 65 字，共 1864 字。

更早的 1951 年，杨执一墓志及杨执一妻独孤氏墓志也在附近的底张湾出土，被收藏在西安碑林博物馆。《杨执一墓志》因为作者是唐代知名的文学家

---

① 朱玉麒：《宋蜀刻本〈张说之文集〉流传考》，《文献》2002 年第 2 期，第 87—104 页。
② 朱玉麒：《明代刻本〈张说之文集〉流传考》，张采民编：《郁贤皓先生八十华诞纪念文集》，中华书局，2011 年，第 156—172 页。
③ 参《文苑英华》"出版说明"，中华书局，1966 年，第 9 页注 [10]。此外，尚有影宋抄本传世，参傅增湘：《文苑英华校记》，北京图书馆出版社，2006 年。
④ 李小勇：《唐杨执一神道碑考释》，《文博》2014 年第 4 期，第 59—65 页。最新的研究，可参韩达：《墓志、碑文与史传：多文本语境下的文学书写与史实考辨——以〈杨执一墓志〉〈杨执一神道碑〉为中心》，《浙江大学学报》2020 年第 6 期，第 157—167 页。

贺知章而闻名学界。① 甚至，杨执一的母亲高惠的墓志，也在2008年11月出土于底张街道办事处西的蒋村东南，现藏于顺陵文管所。② 底张湾即"底兆湾"的讹称，以其地在顺陵兆域下方而得名。顺陵是武则天母杨氏的墓葬所在，从称名顺序上来说，是杨氏先归葬于杨氏家族墓葬区③；而随着武则天身份的崇高，遂将杨氏墓单独辟为"顺陵"④。要之，在顺陵周边即咸阳机场、底张湾附近出现杨氏碑志，是理所当然。这些碑志的陆续出土，对于我们认识中古时期杨氏家族与隋唐政治社会历史，提供了丰富的内容。

以下关于《杨执一神道碑》的研究，将以别集本《张说之文集》中的影宋抄本（椒花吟舫本）、明刻本（龙池草堂本）、清刻本（结一庐本），总集本的《文苑英华》《全唐文》本，以及当代学者熊飞的《张说集校注》本（简称《校注》）作为比较对象⑤，来分析石本与集本的文献学意义。在与石刻本进行比较时，本文将用"石本""集本"做出分别，而"集本"的概念总括以上别集、总集本；在分别比较别集、总集本之间的异同时，则以"别集本""总集本"相称；具体到某一集本的差异时，则以上述别集的括注名称和总集全名相称。其中碑志引文为便于比勘，均以规范繁体出现。文中亦时参以贺知章《杨执一墓志》作为比照。

---

① 贺知章撰《杨执一墓志》拓片，最早公布于武伯伦《西安碑林简史》，《文物》1961年第8期，第17—22、16页附图版。其后研究成果有王翰章《陕西考古发现唐代文学家撰写的墓志铭》，《唐代文学研究年鉴1983》，陕西人民出版社，1984年，第341—345页；贺忠辉：《唐〈杨执一墓志〉记事考补》，《碑林集刊》第2辑，西北大学出版社，1994年，第73—79页；戴伟华：《贺知章所撰墓志的史料价值》，《中山大学学报》2011年第6期，第19—25页；陈尚君：《贺知章的文学世界》，《杭州师范大学学报》2012年第3期，第23—29页；杨斌：《论唐〈杨执一墓志〉的文献价值》，《广州广播电视大学学报》2014年第4期，第40—43页；虞越溪：《新出石刻与贺知章研究综述》，《中国诗歌研究动态》第十六辑，学苑出版社，2015年，第33—43页；虞越溪、胡可先：《新出资料与贺知章文学研究》，《国学》第七集，巴蜀书社，2019年，第274—307页；及上引韩达《墓志、碑文与史传：多文本语境下的文学书写与史实考辨——以〈杨执一墓志〉〈杨执一神道碑〉为中心》等。
② 刘向阳、李小勇：《新见〈唐高惠墓志〉考释》，《文博》2014年第1期，第57—63页。
③ 武三思《大周无上孝明高皇后碑铭并序》亦言杨氏遗嘱葬于其父郑恭王杨士达墓侧："后疾将大渐，……以为合葬非古，礼贵从宜。将追冈极之慈，愿在先茔之侧。圣上奉遵遗旨，无忝徽音。割同穴之芳规，就循陔之懿躅。即以其年庚午闰九月辛丑朔廿一日辛酉，迁座于雍州咸阳县之洪渎原郑恭王旧茔之左，礼也。"《全唐文》卷二三九，中华书局，1983年，第2421页。
④ 武三思《大周无上孝明高皇后碑铭并序》："文明元年，圣上临朝。其年九月，追尊先妃曰魏王妃，食邑一万户，寔封加满五千户，改咸阳园寝曰顺义陵。……天授元年，追尊曰孝明高皇后，陵曰顺陵。"《全唐文》卷二三九，第2421—2422页。相关研究，可参田有前：《唐顺陵营建过程研究》，《考古与文物》2013年第4期，第100—105页。
⑤ 张说著，熊飞校注：《张说集校注》，中华书局，2013年。

二、石刻本的重要信息

《杨执一神道碑》石刻的出土，体现了多方面的文献学价值。首先是石刻物质性的存在，丰富了我们认识开元年间碑文上石的一些重要信息。

（一）神道碑的标题

石刻有篆书碑额，题作"大唐故河東忠公楊府君之碑"。正文的标题残泐，可以辨识者，《考释》作"大唐故冠軍大將□□□□□□□□□□□大夫持節朔方道行軍節度大總管關內支度營田蕃落□□（遣）［等］大使□□祿大夫（并）［行］鄜州刺史贈户部尚書上柱國河東郡開國忠公楊府君□□□□□□"①。可以进一步深究的是：根据神道碑正文中的任职，空缺处第一部分 11 字，可能是"軍右威衛將軍衛尉卿御史"；第二部分 2 字，可能是"鹽池"②；第三部分 3 字，可能是"金紫光"；第四部分 4 字，可能是"神道碑銘并序"。因此，碑文全题应该是"大唐故冠軍大將軍右威衛將軍衛尉卿御史大夫持節朔方道行軍節度大總管關內支度營田蕃落鹽池等大使金紫光祿大夫行鄜州刺史贈户部尚書上柱國河東郡開國忠公楊府君神道碑銘并序"。

以上的标题结衔概括了杨执一后期最重要的几任中央与地方军政职事长官，即右威卫将军、卫尉卿、朔方元帅、鄜州刺史，及其武官散阶（冠军大将军，正三品上）、宪衔（御史大夫，从三品）、文官散阶（金紫光禄大夫，正三品）、赠官（户部尚书，正三品）、勋级（上柱国，视正二品）、爵号谥号（河东郡开国忠公）。系统的品阶爵勋与职事官相配置，是唐代对官员社会地位认定的重要制度③；而死后的赠官、赐谥，则更是"盖棺认定"的最高荣誉。

---

① 等、行，《考释》作"遣""并"，误。其中残字空格数，亦有误，今据实际情况改。
② "盐池"二字，承史睿兄辨识，谨致谢忱。标题中"关内支度营田蕃落盐等大使"，均在"朔方节度使"兼职任内。《新唐书·方镇表》有开元间朔方节度使领关内支度营田使、兼关内盐池使、增领押诸蕃部落使及闲厩宫苑监牧使的记录，参《新唐书》卷六四，第 1762—1763 页。
③ 陆贽《又论进瓜果人拟官状》："命秩之载于甲令者，有职事官焉，有散官焉，有勋官焉，有爵号焉。虽以类而分，其流有四，然其务而授奉者，唯系于职事之一官，以序才能，以位贤德，此所谓施实利而寓之虚名者也。其勋、散、爵号三者所系，大抵止于服色、资荫而已，以驭崇贵，以甄功劳。此所谓假虚名以佐其实利者也。虚实交相养，故人不凌赏；轻重互相制，故国不废权。"陆贽撰，王素点校：《陆贽集》卷一四，中华书局，2006 年，第 450 页。

在《张说之文集》《文苑英华》中,《杨执一神道碑》这一标题的繁复性,都简单地标以"赠户部尚書河東公楊君神道碑"①,突出最后的赠官与封爵,是最简明扼要的认定,也是碑志的撰写者最容易确定的要素。贺知章《杨执一墓志》的标题则增加了杨执一最后的散阶与职事官,作"大唐金紫光禄大夫行邠州刺史赠户部尚書上柱国河东忠公楊府君墓志铭并序",也是符合常规的一种表达方式,是可以由撰写者拟定的。而且,这种"标所终官爵"是唐代"重君命、尊律令"的制度规定。②

对于杨执一这样历经数朝、频当大任的官员,如张说在神道碑中所概括的"凡领郡十五,将军十二,再杖節鉞,三執金吾,一至九卿,二兼獨坐",如此丰富而重要的仟职,将最重要的都标识出来,受制于唐代严格的律令,可能是碑刻主人的后代商定的结果,而并非张说起草的原貌。

(二)作者的结衔

神道碑作者结衔,也为集本所无,可以了解到张说此时的社会地位:"特進行尚書右丞相兼中書令集賢院大學士上柱國燕國公范陽張说撰"。"特進"是张说的文官散阶,正二品,仅在"開府儀同三司"之下;"右丞相兼中書令"是张说的职事官,行宰相之职;"集賢院"是玄宗开元年间设立的官方修书机构,张说充任首任学士、知院事;"上柱國"是张说的勋级;"燕國公"则为其爵号;"范陽"则其郡望。

根据《张说年谱》的记载:张说于开元元年封燕国公,并上柱国勋级;开元十三年十月,任右丞相兼中书令;十三年十一月东封泰山,进阶特进。但是,开元十四年四月,崔隐甫、宇文融及御史中丞李林甫共同奏弹张说,使停中书令兼职;开元十五年二月,又下制令张说致仕。③ 此碑集本有"以今十五年六月,合葬于咸阳之洪瀆川"句,石本作"以今十五年九月三日,合葬于咸阳之洪瀆川",碑末更有"開元十有五年歲在丁卯十一月己亥二旬戊午建"字

---

① 《张说之文集》卷首的目录则更简作"楊君神道碑"。
② 叶国良:《东汉官宦冢墓碑额题识例及相关问题》,《石学蠡探》,台湾大安出版社,1989年,第1—46页;唐宋"题终"的讨论,尤见第4—10页。
③ 陈祖言:《张说年谱》,香港中文大学出版社,第33—34、64、69、74、77页。

样，因此，不仅在张说撰写碑文的开元十五年六月前后，退而言之，在立碑的开元十五年十一月份，他的职事官"右丞相兼中書令"是不再行用了的。

关于"集賢院大學士"的说法，《唐会要》载："初以张说为大学士，辞曰：'学士本无大称，中宗欲以崇宠大臣，景龙中修文馆有大学士之名。如臣岂敢以大为称。'上从之。"① 贞元四年（788），宰相李泌辞去"大学士"之称时，犹引张说谦辞"大"字故事为证。②

可见，《杨执一神道碑》石本上的作者结衔，和碑主标题的结衔一样，都不是由作者本人确定，而是由作为碑主后人的立碑者为了增加碑刻景观的政治地位、社会声誉而确定的。

（三）书者梁昇卿

《杨执一神道碑》的书者"尚書兵部郎中安定梁昇卿書"，也是石刻留给我们的重要内容。梁昇卿隶书，是玄宗倡导的唐隶忠实的执行者。③ 开元年间，由名家撰写的文字，大多能见到梁昇卿书法的书丹。因此得到梁昇卿书丹，成为当时树碑立传的最高荣誉。梁昇卿与当朝宰相张说的撰、书合作，在今存历代资料中，就有《郭知运后碑》《萧灌碑》《张府君碑》三种。《杨执一神道碑》的出土，不仅增加了梁昇卿书碑的实迹，也为盛唐政治文化景观中文学与书法的结合，增加了例证。

总之，神道碑的实物存在，为我们展现了唐人立碑务求高大上的标题和书法层面的经营策略。

---

① 《唐会要》卷六四《史馆下·集贤院》，上海古籍出版社，2006年，第1322页。
② 《唐会要》卷六四《史馆下·集贤院》："其年（贞元四年）五月十一日，中书侍郎、同中书门下平章事李泌奏：'伏蒙以臣为集贤殿大学士，窃寻故事，中书令张说中朝元老，硕德鸿儒，恳辞大字，众称达礼。其后在德二载，崔圆为相，加集贤殿大学士，其后因循，遂成恒例。伏望削去大字，崇文馆大学士亦准此。'敕依。"第1323页。
③ 相关研究，可参熊飞：《唐八分书家蔡有邻、梁升卿、韩择木生平考略》，《辽宁师范大学学报》（社科版）1996年第6期，第56—62页；朱关田：《梁昇卿书迹考略》，《唐代书法家年谱》，江苏教育出版社，2001年，第638—641页；张默涵：《唐八分书家梁昇卿散论——从夫人薛氏墓志的发现说起》，《书法》2018年第5期，第56—65页。

（四）落葬与立碑时间

《杨执一神道碑》的石刻文本，还为我们提供了集本记载并不具体的安葬、立碑等等更加准确的时间信息。如杨执一与夫人独孤氏的合葬时间，别集本与《文苑英华》本作"以今十五年六月"，石本则作"以今十五年九月三日"，后者的时间与《杨执一墓志》同。这一差别，应该是在张说撰文之后、上石之前，落葬时间发生了变故，因此刻石做了修改。张说文章收入文集，并未根据后来的时间变化做出修订。

最后，石刻的末行，还留下了集本神道碑所不载的建碑时间："開元十有五年歲在丁卯十一月己亥二旬戊午建。"这个时间点，即开元十五年岁丁卯十一月己亥朔二十日戊午。其年十一月十四日，当公元727年12月31日。因此，按公历计算，则此碑建成，已在公元728年1月6日。

从杨执一去世时间的开元十四年正月二日，到落葬时间的开元十五年六月初选和九月三日再选，再到建碑时间的十一月二十日，提供了一个唐代官员完成其丧葬礼仪的先后程式在时间节点上重要的个案消息。

（五）家世信息

除了以上各种独特的信息为石本所独有之外，通过石本与集本之间的文字校勘，还会发现有些字句的信息属于碑主后人的加工，而并不属于张说撰写时候的内容。这主要集中在关于杨执一家世的问题上。

"漢太尉震十九代孫"：此句集本均无，应是张说撰稿不作枝蔓，仅以稍近之曾祖"隨司空觀王雄"为溯源之始，以呼应其下文"在隋则二代五公，在唐则一门三相"的总结。而作为碑主的后人，则循时尚，推迈远祖，增加了东汉太尉杨震为其远祖以增门耀[①]。"隨司空觀王雄"之"隨"即"隋"字，亦为集本所无，是碑主后人因为要与后来增补的"漢太尉震十九代孫"之"漢"字对应而增补。

---

① 《新唐书·宰相世系表》追溯杨氏之先，确也远溯西汉刘喜、东汉杨震，是为中古风气，《新唐书》卷七一下，第2346—2347页。贺知章《杨执一墓志》亦溯源杨氏自杨震始："自十九代祖汉太尉震暨曾祖隋司空观王雄，灵河开积石之宗，太华作坤元之镇，家声籍甚于海内，国史纷纶于天府，固可略而言焉。"贺忠辉：《唐〈杨执一墓志〉记事考补》，第73页。

"吾斯河東忠公之謂也"：此句集本均无"忠"字，与集本标题"贈戶部尚書河東公楊君神道碑"一致。"忠"为谥号，亦当系碑主后人所增补。

"□[字]太初"：集本作"字某"，是杨执一字，张说临文不知，而由碑主后人所补，此种"讳某、字某"的表达，在唐代碑志文稿中多有其例。

"觀公侍中恭仁，公之伯祖也；安□[德]公中書令師道，公之叔祖也"：杨恭仁、师道兄弟，均为杨执一祖父辈，张说偶然误记为父辈，"祖"均作"父"，碑主后人改正。《校注》于"父"字前均括补"祖"字，出校云："祖，底本原无此字，据史意补。"① 甚是。唯据石本，则集本"父"字均以"祖"字代替，不作"伯祖父""叔祖父"称谓也。

"其孤濯、汪、□[洄]、汲、汶等"：集本作"其孤濯、汪等"，是后三子之名，或未提供给作者，或作者以前成名之子二人以概全部，是碑志文常用体例。碑主后人增补，亦属常例。《杨执一墓志》亦署五人名字，故神道碑石本所泐第三子名，可补做"洄"。

三、《文苑英华》总集本对石本的利用

如前所述，目前所见传世的张说集本，主要是宋代传承下来的别集《张说之文集》系统和总集《文苑英华》系统。但是《文苑英华》该卷只有明版和影宋抄本留存，而《张说之文集》也是宋本清抄，孰是孰非，很难遽定。现在由于石本的留存，为我们厘清正讹，提供了个案。

逐句校对石本拓片和集本，可以发现的差异之处，有100多处。其中一些由于习惯性书写产生的歧异，如首句"若夫孝在扬名"，石本作"楊"，集本作"揚"；其后"不自言於蹊逕"，"逕"或作"徑"；"河嶽會靈"，"嶽"或作"岳"；"先君捐館"，"館"或作"舘"；"駙馬都尉瑯耶王同皎"，"耶"作"琊"；"鐘室之災先及"，"鐘"作"鍾"；"單于遁逃而遠跡"，"遁"或作"遯"；"豈知疊結梁魯"，"疊"或作"叠"；"璽書勞倈"，"倈"或作"徠"；

---

① 张说著，熊飞校注：《张说集校注》，第1217、1221页。

"礭乎不動","礭"或作"確";"向使迴避行於壹步","壹"或作"一";"念群胡之自孽","孽"或作"孽";"偘無媚辭","偘"或作"侃";"青虵入笥","虵"或作"蛇";"明察号神","号"或作"號";又有"于""於"不一等;这些并不构成我们判断文本系统的决定因素,在此从略。

但是,其余石本与集本差异的文字,则对于我们理解文本流传的一些问题,有很大的帮助。

首先是关于总集《文苑英华》本收录的《杨执一神道碑》的性质,可以通过石本的存在而作出判断。

（一）本字同于石本而校字合于别集

在明版《文苑英华》的《杨执一神道碑》中,有被认作是南宋周必大、彭叔夏等留下的双行小字校勘记,多达38处①。其中"集作某""集无某字"的校勘35处,其正字（或曰"本字"）大部分符合石本、校字符合别集的情况。如：

表1 《文苑英华》本字同于石本而校字合于别集例

序號	石刻	椒花吟舫	文苑英華
1	縞綬有制	縞素有制	縞綬有制（見《禮記》）
2	清門祖德	清明祖德	清門（集作"明"）祖德
3	貴胄能貧	勢胄其貧	貴（集作"勢"）胄能貧
4	故得叶心五王	故得協心五朝	故得叶心五王（集作"朝"）
5	政回豔□	政出豔哲	政回（集作"出"）豔哲
6	不隔曾氏之思	不隔曹氏之思	不隔曾（集作"曹"）氏之思
7	巖＝(巖)劍閣	巖巖劍山	巖巖劍閣（集作"山"）
8	雨不接乘	雨不接夜	雨不接乘（集作"夜"）
9	夜不解繈	身不解繈	夜（集作"身"）不解繈
10	又轉牧原州	又牧原州	又轉（集無此字）牧原州
11	十將耗五	十將万耗	十將耗五（集作"五耗"）
12	儼有直色	儼有直道	儼有直色（集作"道"）

① 张说：《赠户部尚书河东公杨君神道碑》,《文苑英华》卷八九五,第4714—4716页。

续表

序號	石刻	椒花吟舫	文苑英華
13	詵詵六藝	侁侁六藝	詵詵（集作"侁侁"）六藝
14	朔臨北□	邦臨北胡	朔（集作"邦"）臨北胡
15	天子授斧	天子授鉞	天子授斧（集作"鉞"）
16	獨傳茅土	獨封茅土	獨傳（集作"封"）茅土
17	督察九姓	督察伯姓	督察元（集作"伯"）姓
18	殞絕＝（絕）時	殞絕逾時	殞絕經（集作"逾"）時
19	既而強公追䁏	既而強公追捷	既而強公追䁏（集作"睫"）[1]

(1) 此句傅增湘據《文苑英華》景宋鈔本："睫作捷。"是知"睫"字為明刻本之誤。傅增湘《文苑英華校記》，北京圖書館出版社，2006年，第9冊，第741頁。

以上19例，除了第1例省略了"集作素"的提示之外，均為"集作某"例，這些地方，是以石本為正字，而以別集本為異文的情況，得到了現存石本和別集本的支持；後3例，雖然文字略有差異，是《文苑英華》刻版之誤，而"元"為"九"、"經"為"絕"、"睫"為"捷"字之訛，仍可想見其校勘原意。

（二）本字同于别集而异于石本

但是《文苑英華》本的本字，也有與別集本相同而與石本相異的情況：

表2 《文苑英华》本字同于别集而异于石本例

序號	石刻	椒花吟舫	文苑英華
1	一見拔玉鈐兵曹	一見拔玉鈐倉曹	一見拔玉鈐倉曹
2	珠盤寶爵	珠盤瑤爵	珠盤瑤爵
3	章信蕃部	彰信蕃部	彰信蕃部
4	遂兼御史中丞	遂攝御史中丞	遂攝御史中丞
5	河南倣擾	河朔倣擾	河朔倣擾
6	強循連率夏州	強脩連率夏州	強脩連率夏州
7	奄焉殂沒	奄焉徂歿	奄焉徂歿
8	朝端遙賞	朝端延賞	朝端延賞
9	徵拜左威衛大將軍	徵拜右威衛大將軍	徵拜右威衛大將軍
10	乃命公兼御史大夫	乃命公攝御史大夫	乃命公攝御史大夫

续表

序號	石刻	椒花吟舫	文苑英華
11	為朔方元師(1)	為朔方元帥	為朔方元帥
12	迺下詔曰	下詔曰	下詔曰
13	故金紫光祿大夫、行鄜州刺史、上□[柱]國、河東郡開國公	故官某	故官其(2)
14	凡領郡十五	凡領郡十四	凡領郡十四
15	右威衛大將軍	左威衛大將軍	左威衛大將軍
16	以今十五年九月三日	以今十五年六月	以今十五年六月
17	觀王華裔	觀王之裔	觀王之裔
18	珠贇玉苠	珠華玉麗	珠華玉麗
19	重世牧京	重葉尚主	重葉尚主
20	三朝匡帝	三朝嬪帝	三朝嬪帝

（1）"師"当作"帥"，石本原误。
（2）"其"字，傅增湘据《文苑英華》景宋鈔本："其作某。"是知"其"字为明刻本之误。傅增湘：《文苑英华校记》，第9册，第742页。

综合以上两表的信息来看，《文苑英华》总集本的《杨执一神道碑》，与收录的大多数张说诗文一样，是用别集本作为底本进行了抄录，因为一些碑志文在当时有石本或其衍生物如拓片或抄自拓片的文本可参，遂据石本系统做了校正。这种校正，基本上只是对文字做了一对一的"择善而从"的置换，如表1；但有一定的主观性，因此并不完全依傍石本，还保留集本文字的未尽之处，如表2。特别是涉及职官、时间、人物（包括上节所言落葬时间、家世信息等），均从集本而未加改正——也正是这些重要的信息维持集本的原文，是我们确认《文苑英华》的《杨执一神道碑》并非石本而为别集本的理由。

宋代以来流传的《张说之文集》，是最为接近张说创作原貌的文本。"说殁后，帝使就家录其文，行于世"①，意即张说的文集得到玄宗皇帝的重视，在张说去世之后即从家中抄录出来，流传世间。到了宋代，这个"家集本"便有了刻本，流传到后世，却均为影抄和残刻，其中要分辨张说文字的真相，已经非常困难。因此，以上集本不同于石本的文字，原则上我们可以认为最接近张说

---

① 《新唐书》卷一二五，第4410页。

原创，但究竟有多少属于张说原稿或者他本人后来的增订，以及宋代刻书家的改正，则是很难认定的事实。

（三）石本和别集本文字相同，而与总集本文字不同

根据现存石本，我们还可以发现《文苑英华》本的《杨执一神道碑》部分"集作某"的校字其实与石本文字相同，而《文苑英华》本的本字反而与别集和石本不同的情况。如：

表3 《文苑英华》本字不同于石本和别集本例A

序號	石刻	椒花吟舫	文苑英華
1	綵紋五百	綵紋五百	文綾（集作"綵文"）五百[1]
2	總統貔武	總統貔武	總統貔虎（集作"武"）
3	分三土之上腴	分三土之上腴	分將士以上腴（集作"三土之上腴"）
4	莨叔成周而見咎	莨叔成周而見咎	莨弘（集作"叔"）成（疑作"城"）周而見咎
5	以太夫人嬴老	以夫人嬴老	以太夫人年（集作"嬴"）老
6	吏扇紛獄	吏扇分獄	吏扇分（集作"紛"）獄
7	朝流欽歎	朝流欽歎	朝流欽德（集作"歎"）
8	旋屬降户翩叛	旋屬降户翩叛	方（集作"旋"）屬降户翩叛
9	擒奸摘罪	擒奸摘罪	擒奸摘非（集作"罪"）
10	宿吏之所干没	宿吏之所干没	宿吏之所乾（集作"干"）没
11	䩛鞘仍舊	䩛鞘仍舊	靶（集作"䩛"）鞘仍舊
12	改金紫光祿大夫	改金紫光祿大夫	又（集無"又"字）改金紫光祿大夫
13	歸賵成喪	歸贈成喪	歸賵成貢（集作"喪"）
14	珪爵傳乎祚胤	珪爵傳乎祚胤	珪爵傳乎祚脊（集作"胤"）
15	轉余爪士	轉予爪士	轉余士風（集作"爪士"）
16	苦身難□	苦身難孝	苦身難（集作"難"）孝
17	隨司空觀王雄之曾孫	司空觀王雄之曾孫	司徒（集作"司空"。按本傳：贈司徒）觀王雄之曾孫

（1）此句傅增湘据《文苑英華》景宋鈔本："文均作紋。"是知"文"字为明刻本之误。傅增湘：《文苑英华校记》，第9册，第741页。

以上情况的前15例，可能是《文苑英华》在早期抄写过程中已经发生笔误，而其字文义可通，南宋校勘官据集本写出校记，并不知石本与集本文字正同。第 16 例正字与校字同，可见正字原本应该是另外一个字，刻版时发生了错误，是古书刻字受邻字影响、"承下而误"的例证①。其中第 17 例改作"司徒"，可能是南宋校勘官根据《隋书·杨雄传》载杨雄卒后"赠司徒"的内容，对集本进行了校改，与其他属于北宋时抄写擅改的情况还不完全一致。

此外，《文苑英华》本《杨执一神道碑》中，更多的是并未出校"集作某"，而石本和别集本文字相同，《文苑英华》的本字与二者并不相同的情况，如：

表 4 《文苑英华》本字不同于石本和别集本例 B

序號	石刻	椒花吟舫	文苑英華
1	氣概生焉	氣概生焉	氣概生焉
2	達兼濟而弗矜	達兼濟而弗矜	達兼濟而弗衿
3	潞州湖城公思止之子	潞州湖城公思止之子	潞州胡城公（《唐宰相世系表》作潞州刺史、胡城縣男）思止之子
4	拜雲麾將軍、右鷹揚將軍	拜雲麾將軍、右鷹揚將軍	拜雲麾將軍、右膺揚將軍
5	增冠軍大將軍、右武衛將軍	增冠軍大將軍、右威衛將軍	贈冠軍大將軍、右威衛將軍
6	貶徙沁州刺史不知事仍長任	貶徙沁州刺史不知事仍長任	貶徙沁州刺史不知事仍長在
7	輯綏凋弊	輯綏凋弊	輯綏凋弊
8	徒跣□路	徒跣永路	徒跣求路
9	夜不解纓	身不解纓	夜（集作"身"）不解纓
10	因心過禮	因心過禮	因心通禮
11	雪山開而無寇	雪山開而無寇	雪山開而無冠
12	武都石折	武都石折	武都右折
13	蘊規略長於襟帶	蘊規略長於襟帶	縕規略長於襟帶
14	歷清道率	歷清道率	歷左清道率
15	戡剿二豎	戡剿二豎	勘剿二豎
16	奮飛北落	奮飛北落	奮飛北洛
17	又賜天馬瑞錦	又賜天馬瑞錦	又錫天馬端錦

---

① "集作'雛'"句，傅增湘据《文苑英華》景宋鈔本："雛作鶂。"是知"雛"字为明刻本之误。傅增湘：《文苑英华校记》，第 9 册，第 742 页。

续表

序號	石刻	椒花吟舫	文苑英華
18	此三黜之屯躓	此三黜之屯躓	此三黜之迍躓
19	於是搏膺星奔	於是搏膺星奔	於是搏膺星奔
20	公剛腸疾惡	公剛腸疾惡	公剛腸嫉惡
21	與福祿而始終	與祿而始終	與福祿而終始
22	感稱伐之垂文	感稱伐之垂文	感稱代之垂文

以上22例中大部分的文字，属于《文苑英华》的臆改或误刻。有些文字，或可通假，如"蘊"作"縕"、"賜"作"錫"、"屯"作"迍"、"疾"作"嫉"、"始終"作"終始"；但有些则文意有差，乃至不词，如"氣概"作"氣慨"、"湖城"作"胡城"①、"戡剿"作"勘剿"、"鷹揚"作"膺揚"、"增"作"贈"、"瑞錦"作"端錦"、"長任"作"長在"、"輯綏"作"輯緩"、"搏膺"作"搏膺"、"永路"作"求路"、"過禮"作"通禮"、"稱伐"作"稱代"、"石折"作"右折"等。其中"北落"一词，是星名"北落师门"的简称，代指人间军事，汉长安有"北落门"，象此；"北洛"则无此喻义。

果然，当我们核对傅增湘据《文苑英华》影宋抄本做出的校勘记，上列表格中"武都右折"在内的前12例，影宋抄本均与石本和椒花吟舫本保持了完全一致。②可见《文苑英华》的异文，均为明刻致误。而以下十例的错误，或是宋刻抑明刻误而未校出者，均有可能。

四、《张说之文集》别集各本文字甄别

《杨执一神道碑》石刻本的发现，也有助于我们判断《张说之文集》各本在流传中发生的文字差别，从而分辨出接近于宋本《张说之文集》原文的信息来，这对于宋刻丢失而版本传递复杂的张说集来说，无疑是重要的甄别资料。

---

① 《文苑英华》校记以"《唐宰相世系表》作潞州刺史、胡城县男"，今核《新唐书》卷七一下，当作"湖城"，第2353页。

② 傅增湘：《文苑英华校记》，第9册，第740—742页。

（一）宋刻别集本的失误

由于《张说之文集》的椒花吟舫影宋清抄本和龙池草堂明刻本是出自不同宋本来源的别集本，因此，在二者文字的相同处与他本不同时，基本可以判断是属于宋刻别集本的失误。如：

表5　椒花吟舫与龙池草堂本不同于石本和《文苑英华》例

序號	石刻	椒花吟舫	龍池草堂	文苑英華
1	一見拔玉鈐兵曹	一見拔玉鈐倉冑	一見拔玉鈐倉冑	一見拔玉鈐倉曹
2	左授伊□府果毅	授伊州府果毅	授伊州府果毅	左授伊川府果毅
3	以匡復勳	以臣復勳	以臣復勳	以匡復勳
4	玉瓚黃流	玉瓚流黃	玉瓚流黃	玉瓚黃流
5	以太夫人羸老	以夫人羸老	以夫人羸老	以太夫人年（集作"羸"）老
6	擢衛尉卿	擢衛尉卿尉	擢衛尉卿尉	擢衛尉卿
7	人寬吏急	寬利急	人寬利急	人寬吏急
8	與福祿而始終	與祿而始終	與祿而始終	與福祿而終始
9	謚曰"忠"公	謚曰"忠"公	謚曰"忠"公	謚曰"忠"公
10	夫人新城郡夫人獨孤氏	新城郡夫人獨孤氏	新城郡夫人獨孤氏	夫人新城郡夫人獨孤氏

以上10例，有集本误字例，如："倉曹"，"曹"误作"冑"；"以匡復勳"，"匡"误作"臣"；"人寬吏急"，"吏"误作"利"。有夺字例，如："授伊州府果毅"夺"左"字、"以太夫人羸老"夺"太"字、"與福祿而始終"夺"祿"字、"夫人新城郡夫人獨孤氏"夺主语"夫人"。有衍字例，如："擢衛尉卿"衍"卿"下"尉"字。有互乙例，如："玉瓚黃流"，"黃流"乙作"流黃"①。

这些属于别集本的失误，《文苑英华》虽未出校，但既然《文苑英华》与石本文字一致，应看作是总集本据石本对别集本做出了增删的结果。

---

① "黃流"与上句"紫綬"对出，集本以为不词，乙作"流黃"。

(二）影宋椒花吟舫本的失误

也正因为如此，当椒花吟舫本与龙池草堂本的文字发生差异时，我们也能够判断出与石本文字不同的本子，应该是该本在传刻／抄过程中自身所发生的失误。如：

表 6　椒花吟舫本不同于石本和它集本例

序號	石刻	椒花吟舫	龙池草堂	文苑英華
1	貴冑能貧	勢冑其貧	勢冑能貧	貴（集作勢）冑能貧
2	不以薦絺繡	不以薦繢繡	不以薦絺繡	不以薦絺繡
3	于當代之聖□	千當代之聖君	于當代之聖君	干當代之聖君
4	朝流欽歎	朝流飲歎	朝流欽歎	朝流欽德（集作"歎"）
5	放還侍母	改還侍母	放懷侍母	放還侍母
6	河西諸軍州節度、督察九姓、赤水軍等大使	州河西諸軍節度、督察伯姓、赤冰軍等大使	河西諸軍州節度、督察伯姓、赤水軍等大使	河西諸軍州節度、督察元（集作"伯"）姓、赤水軍等大使
7	人寬吏急	寬利急	人寬利急	人寬吏急
8	歸賵成喪	歸贈成喪	歸賵成喪	歸賵成賁（集作"喪"）
9	公之亢宗	公之冗宗	公之亢宗	公之亢宗

以上例证中，椒花吟舫本"其貧"之"其"、"繢繡"之"繢"、"千當代之聖君"之"千"、"飲歎"之"飲"、"改還"之"改"、"赤冰軍"之"冰"、"歸贈"之"贈"、"冗宗"之"冗"，均属抄写之讹；而"州河西諸軍"则为"河西諸軍州"之乙；"寬利急"除与龙池草堂本误"吏"为"利"外，别有夺"人"字之误。

(三）明刻龙池草堂本的失误

同理，当龙池草堂本的文字均有异于石本、《文苑英华》本和椒花吟舫本时，也可以判断那是明刻龙池草堂本的失误。如：

表7 龙池草堂本不同于石本和它集本例

序號	石刻	椒花吟舫	龙池草堂	文苑英華
1	貴胄能貧	勢胄其貧	勢冒能貧	貴（集作"勢"）胄能貧
2	歷清道率	歷清道率	歷清率道	歷左清道率
3	忠歸令德	忠歸令德	志歸令德	忠歸令德
4	達兼濟而弗矜	達兼濟而弗矜	達兼善而無矜	達兼濟而弗衿
5	太夫人在□	太夫人在堂	大夫人在堂	太夫人在堂
6	既極安親之心	既極安親之心	極既安親之心	既極安親之心
7	干當代之聖□	千當代之聖君	于當代之聖君	干當代之聖君
8	論天下之成敗	論天下之成敗	論曳（芰）下之成敗	論天下之成敗
9	彼五績之摧頹	彼五績之摧頹	彼五繢之摧頹	彼五績之摧頹
10	安劉之策未遂	安劉之策未遂	劉安之策未遂	安劉之策未遂
11	晝戶重扃	晝戶重扃	畫戶重扃	晝戶重扃
12	異南冠而同繫	異南冠而同繫	異南冠而同繫	異南冠而同繫
13	放還侍母	改還侍母	放懷侍母	放還侍母
14	河西諸軍州節度	州河西諸軍節度	河西諸軍節度	河西諸軍州節度
15	來就潘園之養	來就潘園之養	來就蕃園之養	來就潘園之養
16	雪山開而無寇	雪山開而無寇	雪山閒而無寇	雪山開而無寇
17	縟賞稠疊	縟賞稠疊	辱賞稠疊	縟賞稠疊
18	虜騎畏威	虜騎畏威	虜騎威畏	虜騎畏威
19	享年六十有五	享年六十有五	享年六十又有五	享年六十有五
20	其孤濯、汪、□、汲、汶等	其孤濯、汪等	其孤濯、注等	其孤濯、汪等
21	感稱伐之垂文	感稱伐之垂文	感稱代之垂文	感稱代之垂文
22	苦身難□，正國危忠	苦身難孝，正國危忠	正國危忠，苦身難孝	苦身難（集作"難"）孝，正國危忠
23	昔稱關西	昔稱關西	昔關稱西	昔稱關西
24	鬱為世濟	鬱為世濟	美為世濟	鬱為世濟

以上各例，有誤字例，如："貴胄能貧"，"胄"誤作"冐"；"忠歸令德"，"忠"誤作"志"；"達兼濟而弗矜"，"濟""弗"誤作"善""無"；"太夫人"，"太"誤作"大"；"干當代之聖君"，"干"誤作"于"；"論天下之成敗"，"天"誤作"曳芰"；"彼五績之摧頹"，"績"誤作"繢"；"晝戶重扃"，"晝"誤作

"畫";"異南冠而同繫","同"誤作"司";"放還侍母","還"誤作"懷";"來就潘園之養","潘"誤作"蕃";"雪山開而無寇","開"誤作"閒";"縟賞稠疊","縟"誤作"辱";"其孤濯、汪等","汪"誤作"注";"鬱為世濟","鬱"誤作"美"。有衍字例，如："享年六十有五"衍"有"上"又"字。有夺字例，如："河西諸軍節度"，"軍"下夺"州"字。有互乙例，如"道率"乙作"率道";"既極"乙作"極既";"安劉"誤作"劉安";"畏威"誤作"威畏";"苦身難孝，正國危忠"乙作"正國危忠，苦身難孝"（"苦"又誤作"若"）;"昔稱關西"乙作"昔關稱西"。

从《杨执一神道碑》在椒花吟舫本和龙池草堂本发生错误的比例来看，后者在抄刻传承中产生的问题更多，甚至使文句不可卒读，这与明代刻书的时代风气是有巨大关系的。

（四）清人集本辑刻的失误

由于《张说之文集》完备的宋刊三十卷文集本在元明以来如绝迹人间，流传于世的明刻龙池草堂二十五卷本又因其残缺与错失过甚，使《张说之文集》成为清代以来学者不断校勘、增补、辑佚的重要对象，因此张说文集在清代出现过乾隆年间的四库全书七阁抄本和武英殿聚珍版的官府整理本。张说集的最后一次整理，是在20世纪初的清代末年完成，这就是由文献大家缪荃孙（1844—1919）为清代藏书家结一庐主人朱学勤（1823—1875）之子朱澂（？—1910）整理的"结一庐朱氏剩余丛书"本《张说之文集》二十五卷、补遗五卷本（简称结一庐本）。[①] 此外，嘉庆年间在文颖馆设立全唐文编修机构，编纂《全唐文》，张说文十四卷（卷二二一至卷二三四）也在其中得到了辑佚、校勘。兹即以《杨执一神道碑》的《张说之文集》结一庐本和《全唐文》本为例，考订清代张说文别集与总集本的失误。

1. 结一庐本《张说之文集》

结一庐本《张说之文集》由清末文献大家缪荃孙亲自校勘，兼之使用的版

[①] 清代张说集整理本的研究，参笔者：《〈张燕公集〉的阁本与殿本》，《中国典籍与文化论丛》第七辑，北京大学出版社，2002年，第78—92页；《结一庐本〈张说之文集〉辑刻研究》，郭英德、过常宝主编：《庆祝聂石樵先生九十寿辰文集》，北京师范大学出版社，2017年，第470—478页。

本后来居上，基本的质量当然高于明刻龙池草堂本，但也因为无法看到影抄宋本的椒花吟舫本等早期刊本，产生了无所依据的理校，部分文字远离了张说的原貌。除了有些文字如"潞州胡城公思止之子""總統貔虎""奮飛北洛""贈冠軍大將軍""又錫天馬端錦""以太夫人年老""不知事仍長在""殞絕經時""徒跣求路""因心通禮""朝流欽德""方屬降户翻叛""既而强公追睫""公剛腸嫉惡""宿吏之所乾没""靶鞘仍舊""感稱代之垂文"，受到前揭《文苑英華》的影响而顺延其误外，还因为校勘不精的原因，出现了新的误字，如：

表8　结一庐本不同于石本和它集本例

序號	石刻	椒花吟舫	結廬	文苑英華
1	達兼濟而弗矜	達兼濟而弗矜	達兼善而無矜	達兼濟而弗衿
2	乃濯纓璜渚	乃濯纓璜渚	乃濯纓潢渚	乃濯纓璜渚
3	鐘室之災先及	鍾室之災先及	鍾室之哭先及	鍾室之災先及
4	哀訴不允	哀訴不允	哀訴不免	哀訴不允
5	則攘竊啟於萬端	則攘竊啟於萬端	則攘竊起於萬端	則攘竊啟於萬端
6	念群胡之自孽	念群胡之自孽	念群雄之自孽	念群胡之自孽
7	開元四載	開元四載	開元四年	開元四載
8	涼鎮西隅，朔臨北□［胡］	涼鎮西隅，邦臨北胡	涼鎮西方，邦臨北隅	涼鎮西隅，邦臨北胡
9	仁恩名子	仁恩名子	仁恩名予	仁恩名子

其中，"鍾室之災先及"，"災"误作"哭"；"哀訴不允"，"允"误作"免"；"則攘竊啟於萬端"，"啟"误作"起"，文意虽可通，但据石本和椒花吟舫本及《文苑英華》本比勘，均非原貌。

此外，这种新的失误还有文意俱失者，如"達兼濟而弗矜"，"濟""弗"误作"善""無"，此承龙池草堂本之误，如上节所示，此句之对句为"窮獨善而無撓"，故二字皆承上邻字而误，非《孟子》典故本义。又如"乃濯纓璜渚"，"璜"误作"潢"，璜渚即磻溪，相传姜太公垂钓而得玉璜，故名，作"潢"，则无喻义。又如"念群胡之自孽"，改"胡"为"雄"；"涼鎮西隅，邦臨北胡"，改作"涼鎮西方，邦臨北隅"，均恐受清代文字狱之忌，而后者改"胡"为"隅"，也使铭文韵脚无法通押。"開元四載"，改"載"为"年"，是受到玄宗天宝三年改"年"为"载"的制度影响,其实行文中的年、载互用,在唐人并不受此局限;"仁恩名子",改"子"为"予",则在铭文中不能与前后通押韵脚。这些失误,有的可能还属于作者的理校,但在石本出现之后重校其文,所误也非常明显。

2.《全唐文》本张说文

《全唐文》本《杨执一神道碑》显然不属于别集本的范围,但它也使用了别集本予以校正,包括乾隆年间修四库全书而整理的《张燕公集》,因在此连带而及。对于别集本和《文苑英华》本文字的"择善而从",使《全唐文》本的神道碑已经不属于早期石本、别集本和总集本的任何一个系统;而且,上述各本的一些判断失误的文字,也被继承,如"達兼善而無矜""潞州胡城公思止之子""因心通禮"等。此外,也有《全唐文》在整理中新出现的错误。如①:

表 9 《全唐文》本不同于石本和它集本例

序號	石刻	椒花吟舫	文苑英華	全唐文
1	吾斯河東忠公之謂也	吾斯河東公之謂也	吾河東公之謂也	斯吾河東公之謂也
2	弘農華陰人也	弘農華陰人也	弘農華陰人也	宏農華陰人也
3	鄆州弘農公續之孫	鄆州弘農公續之孫	鄆州弘農公續之孫	鄆州宏農公續之孫
4	俾遷郡牧	俾遷郡牧	俾遷郡牧	俾還郡牧
5	珪爵傳乎祚胤	珪爵傳乎祚胤	珪爵傳乎祚膂(集作"胤")	珪爵傳乎祚允
6	全志節於夷險	全志節於夷險	全志節於夷險	全忠節於夷險
7	太守虞歌	太守虞歌	太守虞歌	太平虞歌

以上异文的出现,有互乙,如"吾斯"作"斯吾";有误认,如"遷"误作"還"、"志節"误作"忠節"、"太守"误作"太平";也有因为避讳而改字,如"弘農"作"宏農"、"祚胤"做"祚允"。相对而言,《全唐文》对《杨执一神道碑》的校订,较之龙池草堂本和结一庐本,还是错失较少的,但是以此为集本代表对新出石本进行校勘,则不能作为依据。

---

① 张说:《杨执一神道碑》,《全唐文》卷二二九,第 2311—2313 页。

（五）当代校注本的疏失

熊飞先生的《张说集校注》是目前唯一的张说文集整理本。其为张说研究的功臣，在校勘、注解方面的贡献，有益于唐代文史研究，自不待言。但是，《校注》的底本，使用了嘉庆年间山东藏书家李梴（1765—1816）研录山房的抄本。这个抄本又抄自椒花吟舫本，并且根据《全唐文》进行了校勘。因此，研录山房本也就沿袭了一些来自椒花吟舫和《全唐文》本的文字错误。这是没有早期底本带来的不可避免的疏失。今据《杨执一神道碑》的石本和椒花吟舫各本参校，约可见以下数处有待完善者。

（1）"斯吾河東忠公之謂也"："斯吾"当作"吾斯"，各本均作"吾斯"，此处延误自《全唐文》本。

（2）"觀公侍中恭仁，公之伯（祖）父也。安德公尚書令師道，公之叔（祖）父也"：前此"家世信息"已论《校注》据史料补二"祖"字甚当，然以"祖父"二字为词，犹未达一间。据石本，可校作"觀公侍中恭仁，公之伯祖也。安德公尚書令師道，公之叔祖也"。

（3）"乃濯纓潢渚"："潢"当作"璜"，研录山房本不误，校注者校订偶误，其注"潢渚"为"潢河水边"，亦无谓。此误字亦见于结一庐本（详上论）。

（4）"奮飛北洛"：研录山房底本等均作"洛"，《校注》据《文苑英华》等而延误。"北落"为词，见前考。

（5）"綵綾五百"："綾"当作"紋"，《校注》正文笔误，其校勘记作"綵紋"不误。

（6）"兼左衛將軍、□州河西諸軍節度"：底本"州"字误植在前，据石本，当在"軍"后（详前文），《校注》"州"前意补"□"，误。

（7）"天子受斧"："受"当作"授"，各本如此。

五、小结

《杨执一神道碑》石刻本的出现，对于唐代碑志的生成和影响增添了丰富的历史信息。

首先，它本身具有的文本上石的独特物质信息，为我们解读杨执一生平增添了集本所没有的细节。其次，它提供了《文苑英华》利用石本进行校勘的例证，也使总集本自身版刻过程中的失误得到了彰显。再次，它帮助我们厘清了椒花吟舫本、龙池草堂本两个根据宋刻《张说之文集》传抄/递刻的文本之间文字异同的性质；而清代以来辑刻过程中出现的异文，也因此得到了梳理。

《杨执一神道碑》的石本存在，也为我们研究唐代文本的生成提供了重要的个案。在由作者撰写而生成的集本与由后人立碑而生成的石本之间，在这些有差别的信息背后，体现的是唐代社会对于碑志需求的丰富动因。

从文献学的角度更可论者，是石本在唐代的存在，不仅是一种文化景观，其文字价值，也在宋代以来金石学兴起的背景下，成为重要的知识传播媒介。由《杨执一神道碑》在《文苑英华》总集本中对于别集和石本的文字选择，可以看到二者在后世产生的综合影响。

元代士人干谒书信考*

黄二宁**

摘要： 元代游谒风气盛行。在不同的历史时期，不少士人通过投递书信表达个人政治见解、文学观念、求荐诉求和入仕意愿。由于元代多族群、多元文化的时代现实，使得元代士人干谒书信也从一个侧面体现了多族群士人之间的交际网络，对于促进元代多地域、多族群士人之间的文化交流起到了积极的作用。本文结合相关文献记载，对元代士人干谒书信的具体篇目、创作背景、干谒目的以及最终效果进行考察，厘清有关干谒书信的具体信息，有助于我们理解书信在元代士人求仕与交游网络中的功能。

关键词： 元代；士人；干谒；书信

书信是古代士人常用的一种应用文体。在元代游历与干谒风气盛行的背景下，元代士人通过各种手段干谒求仕，书信成为干谒手段之一。学术界对干谒书信的研究主要集中在唐代，元代士人的干谒书信问题至今尚未引起学界的重视。有鉴于此，笔者尝试对元代士人干谒书信的具体篇目、创作背景、干谒目

---

* 本文所说的干谒书信是指士人为了政治性和功利性的目的（主要是求荐举）而主动向朝中权贵、地方官员、文坛领袖等掌握一定政治资源和文化资本的人进献的书信。因受征召而写作的上书（如干恽《上世祖皇帝论政书》《上御史台书》、刘因《上宰相书》等）、因职务所在或以隐士身份写作的论政书、代人写作的干谒书信（如刘壎《代友上太守求辟》《代上执政呈》、吴澄《与马伯庸尚书书》、许谦《代人上书补儒吏》、杨维桢《代宋无逸上省都事书》等）以及求学书信（如陈栎《上冯路教抱瓮先生书》、李存《上李明通先生书》）等不在本文论述的范围之内。

** 黄二宁，北京体育大学人文学院中文系副教授。

的以及最终成效进行考察，以期帮助我们认识元代士人在特定时代中的文化心态及元代干谒书信的时代特征。

1. 元好问1篇，《癸巳岁寄中书耶律公书》（蒙古窝阔台汗太宗五年[1233]）

元好问（1190—1257），字裕之，号遗山，太原秀容（今山西忻州）人，系出北魏鲜卑族拓跋氏。师从郝天挺，金兴定五年（1221）进士。这封信写作于汴京失守以后、金朝灭亡前夕。癸巳岁为1233年。中书耶律公是耶律楚材（1190—1244），字晋卿，号湛然居士，燕京（今北京）人，时任主管汉人文书的中书令。耶律楚材最早在金朝任职，贞祐二年（1214），金宣宗迁汴，耶律楚材留守燕京，为左右司员外郎。蒙古军攻陷燕京后，耶律楚材拜万松老人为师，潜心学佛。后来，成吉思汗闻其名，征为己用。耶律楚材随军西征西域、南下中原，深受成吉思汗、窝阔台汗信任。《元史》载：

> 旧制，凡攻城邑，敌以矢石相加者，即为拒命，既克，必杀之。汴梁将下，大将速不台遣使来言："金人抗拒持久，师多死伤，城下之日，宜屠之。"楚材驰入奏曰："将士暴露数十年，所欲者土地人民耳。得地无民，将焉用之！"帝犹豫未决，楚材曰："奇巧之工，厚藏之家，皆萃于此，若尽杀之，将无所获。"帝然之，诏罪止完颜氏，余皆勿问。时避兵居汴者得百四十七万人。
>
> 楚材又请遣人入城，求孔子后，得五十一代孙元措，奏袭封衍圣公，付以林庙地。命收太常礼乐生，及召名儒梁陟、王万庆、赵著等，使直释九经，进讲东宫。又率大臣子孙，执经解义，俾知圣人之道。置编修所于燕京、经籍所于平阳，由是文治兴焉。[①]

可见，在蒙古军攻下汴京之前，曾有屠城之议。耶律楚材曾在金朝任职，因此对汴京中的金代士大夫情况应有所了解，于是极力反对屠城。元好问的书

---

① 宋濂等撰：《元史》卷一四六《耶律楚材传》，中华书局，1976年，第3459页。

信写作当在此之后。信中一方面是为了保全中原士大夫性命，另一方面也有参与蒙元政权的意图。可以说，这与耶律楚材的想法不谋而合。《元史》中记载的耶律楚材访求孔子后人、召收名儒、兴起文治等事迹，均与《癸巳岁寄中书耶律公书》中的诉求相应。元好问《癸巳岁寄中书耶律公书》是蒙元时期干谒书信的开篇。其目的主要不是为了个人的仕进，而是为了在蒙金战争中饱受磨难的北方士人群体的一种代言行为。

2. 杨弘道 2 篇[①]，《投赵制置第三札子》，蒙古太宗七年、宋端平二年（1235）；《投蓝田县令张伯直启 名德直，以称职复任》

杨弘道（1189—1272？），字叔能，淄川（今属山东）人。金哀宗正大五年（1228）为避战乱，流寓邓、襄一带。天兴二年（1233）金亡，随金邓州守将归宋，1234 年任襄阳府学教谕。宋理宗端平二年，移唐州私户参军兼州学教授。但任职仅三个月，唐州复为蒙古大军所占，杨弘道自唐州北还故里，后寓济南以终。[②]

《投赵制置第三札子》名为第三，可见此前曾经投谒书信。信中说："盖某来归本朝未满三载，阁下之镇襄阳才数月尔。某不假一人之誉而挺然孤进，阁下不之疑而特见录用，求之古人，亦复罕有。"[③]结合宋、金对峙时期的形势来看，杨弘道南奔宋境，是一种可以理解的选择，也与南宋优待北来"归正人"的政策有关。[④]更何况，南宋与蒙古联合攻金，本身也有趁机收复中原之念，这也会促使南宋朝廷及官员对于南下的北方士人采取相对优待的政策。作为流亡南宋的金末士人，杨弘道在信中保持着一种卑微的姿态，降低自己的诉求。杨弘道不久后又回到了北方，寓居益都。第三封信似作于此时。从"十年避地，事业从可知；四海无家，生理何劳问"可见其当时的生活处境颇为艰难。

---

① 《全元文》还收录有《通镇江赵守范札子》一文。但据学者研究，此文乃误收南宋刘宰文，见刘宰《漫塘集》卷一七《通镇江赵守范》。参见王树林：《金元诗文与文献研究》，中华书局，2008 年，第 189 页；傅璇琮主编，查洪德分册主编：《中国古代诗文名著提要·金元卷》，河北教育出版社，2009 年，第 23 页。

② 傅璇琮主编，查洪德分册主编：《中国古代诗文名著提要·金元卷》，第 22 页。

③ 李修生主编：《全元文》，江苏古籍出版社，1998 年，第 1 册，第 194 页。

④ 详见裴淑姬：《试论南宋政府对归正人的政策——以科举、授官为中心》，《中国史研究》2003 年第 4 期；徐东升：《宋朝对归明、归朝、归正人政策析论》，《厦门大学学报》2012 年第 1 期。

杨弘道家族在蒙金战争中受严重影响，自称"贫贱之士"，其《送张景贤张彦远引》云："自经丧乱，身外无族。有子既冠，远游未还。年将四十，被檄西来。借一军职，有名无实。若此而与夫啗腴饮醇者同责，其畏避而不事事，不亦宽乎？后世惑于流俗，不知文武同方而失其所以用人，使贫贱之士，进退狼狈而不知其所为。悲夫！"①

3. 王恽 5 篇，《上经略史公启》(1252)、《上元仲一书记书》(1255)、《上张左丞启》(中统元年[1260]六月)、《上姚敬斋启》(中统元年七月六日)、《上张右丞书》(中统元年十一月)

王恽（1227—1304），字仲谋，号秋涧，卫州汲县（今河南）人。早岁从学王磐，曾得元好问指点，受史天泽宾礼。中统元年，左丞姚枢（1203—1280）宣抚东平，录为详议官。时初建省部，即被选入京师，擢为中书省详定官。二年春（1261），转翰林修撰、同知制诰，兼国史院编修官，世祖初期诏书辞令多出其手。②从王恽的仕途经历来看，中统元年是其入仕之始，而这几封书信多写作于该年，绝非偶然。

《上经略史公启》开头，王恽自称"门下"，应是王恽干谒史天泽时所作。史天泽（1202—1275），字润甫，燕京永清（今属河北）人。1213年，蒙古军逼近中都，天泽父史秉直率乡里数千口诣涿州木华黎军前投降。史天泽亦随父降蒙。后随军伐金讨宋，战功卓著。1252年，忽必烈受命主管漠南汉地军国庶事，"立经略司于汴，以忙哥、史天泽、杨惟中、赵璧为使"③。"世祖是时专制汉地，忧河南之不治也，乃请以天泽及杨惟中、赵璧为经略使，兴利除害，民获苏息。"④信中称史天泽为经略史公，可以推断，王恽此信作于是年以后。

《上元仲一书记书》中说自己"蟫蠹书史，兀坐穷年，占毕之外，百事不解，尔来二十有八年矣"⑤。王恽出生于1227年，可见该信作于1255年⑥。文中

---

① 杨弘道：《小亨集》卷六，文渊阁《四库全书》本。
② 李修生主编：《全元文》，第6册，第1页。
③ 宋濂等撰：《元史》卷四《世祖一》，第58页。
④ 曾廉：《元书》卷三八，清宣统三年刻本。
⑤ 李修生主编：《全元文》，第6册，第33页。
⑥ 宋福利《王恽年谱》将此信系于1254年。宋福利：《王恽年谱》，河南大学硕士学位论文，2013年。

称元仲一为"书记上人",并表示"当今之时,可以与权者,舍上人一二辈,其孰与哉?"①但元仲一事迹难考,推测其为政治高层中的佛教徒。

《上张左丞启》作于中统元年。张左丞指张文谦(1216—1283),字仲谦,邢州沙河人,与刘秉忠同学,受其荐举,为世祖所信用。"中统元年,世祖即位,立中书省,首命王文统为平章政事,文谦为左丞。建立纲纪,讲明利病,以安国便民为务。诏令一出,天下有太平之望。而文统素忌克,谟谋之际屡相可否,积不能平,文谦遽求出,诏以本官行大名等路宣抚司事。"②所以,信的开头说:"卫人王某谨斋沐顿首再拜启事于中书左丞宣抚相公阁下。"③文谦"尤以引荐人材为己任,时论益以是多之"④。这也是王恽投谒张文谦的原因。

《上姚敬斋启》作于中统元年。姚敬斋即姚枢,字公茂,号敬斋、雪斋,洛阳(今河南洛阳)人。"世祖即位,立十道宣抚使,以枢使东平。"⑤"中统元年,左丞姚枢宣抚东平,辟为详议官。"⑥也即信中所言"首令诏抚于山东"⑦。可见,此信作于姚枢宣抚山东期间。

《上张右丞书》(中统元年十一月)是一篇相当典型的干谒书信。只是张右丞不知所指。查《元史·宰相年表》,中统元年担任中书右丞者为廉希宪,而张启元于中统二年六月任中书右丞。⑧只是姓氏、时间均与此信不和。王恽《中堂事记》载:"庚申年(1260)春三月十七日,世祖皇帝即位于开平府,建号为中统。元年秋七月十三日,立行中书省于燕京,札付各道宣抚司,取儒士、吏员通钱谷者各一人,仍令所在津遣乘驿赴省。恽亦忝预其选。是年冬十月,至燕,以三书投献相府,大率陈为学行己、逢辰致用之意,颇蒙慰奖,令随省通知计籍,使综练众务、日熟闻见焉。"⑨另据《元史》载:"时省部初建,令诸路各上儒吏之能理财者一人,恽以选至京师,上书论时政,与渤海周正并擢为

---

① 李修生主编:《全元文》,第 6 册,第 32、33 页。
② 宋濂等撰:《元史》卷一五七《张文谦传》,第 3696 页。
③ 李修生主编:《全元文》,第 6 册,第 731 页。
④ 宋濂等撰:《元史》卷一五七《张文谦传》,第 3697 页。
⑤ 宋濂等撰:《元史》卷一五八《姚枢传》,第 3713 页。
⑥ 宋濂等撰:《元史》卷一六七《王恽传》,第 3933 页。
⑦ 李修生主编:《全元文》,第 6 册,第 731 页。
⑧ 宋濂等撰:《元史》卷一一二《宰相年表》,第 2794 页。
⑨ 王恽:《中堂事记》(上),《秋涧集》卷八十,文渊阁《四库全书》本。

中书省详定官。"①所谓"以三书投献相府",应包括此封书信在内。

4. 刘敏中 1 篇,《上执政书》,1274 年以前

刘敏中(1243—1318),字瑞甫,号中庵,济南章丘(今山东章丘)人。至元十一年(1274),由中书掾擢为兵部主事,拜监察御史。信中描述自己是"独某以崎嵚塞浅之迹,执刀笔,随指嗾,俯颜敛手,碌碌于众人之后"②,这是典型的掾吏生活状态,可知此信当作于 1274 年之前。干谒对象则不甚明确。

5. 王炎午 3 篇,《上贯学士》《上参政姚牧庵》《拟再上参政姚牧庵》

王炎午(1252—1324),字鼎翁,号梅边,安福(今江西安福)人。宋太学生,德祐间入文天祥幕府,以母老辞归。文天祥被俘后,作《生祭文丞相文》以促其死节,以此知名。入元隐居不仕。③王炎午为文天祥的同乡兼同学,宋、元易代之际激烈抗元,但让人意外的是,他与南下的北方官员多有接触,写了三篇具有干谒性质的书信。这充分说明他对于蒙元政权的抵触心理渐消,并且有出仕的意图。《上贯学士》中说:

> 恭惟阁下以开国元勋之孙、太平宰相之子,暂辞凤阙,来奉温清,推缣而畏人知,解貂而易甘旨,曾无一毫绮纨金璧犬马之事之好,萧然儒服,日与书生学子抵掌剧谈,倚马而著书,对客而评古,载酒而问字,履满不设限,而都人踵门。④

贯学士指贯云石,开国元勋指贯云石祖父阿里海涯,太平宰相是指贯云石之父贯只哥。元仁宗皇庆二年(1313),贯云石擢拔为翰林侍读学士。据《元史》载,贯云石"拜翰林侍读学士、中奉大夫、知制诰同修国史。会议科举事,多所建明。忽喟然叹曰:'辞尊居卑,昔贤所尚也。今禁林清选,与所让

---

① 宋濂等撰:《元史》卷一六七《王恽传》,第 3933 页。
② 李修生主编:《全元文》,第 11 册,第 386 页。
③ 李修生主编:《全元文》,第 17 册,第 322 页。
④ 李修生主编:《全元文》,第 17 册,第 324 页。

军资孰高，人将议吾后矣。'乃称疾还江南，卖药于钱唐市中，诡姓名，易服色，人无有识之者"①。书信中说："向使明公不为南浦来，来而深居东阁不与寒畯接，与寒畯接而某复屏居六七百里外，则草腐木朽固其分也。"可知这是王炎午前往拜谒之作。据杨镰研究，"贯只哥自元仁宗延祐初到泰定元年（1324），长期在江西行省任平章政事。而这个期间，正是贯云石离开大都移居江南的十年间"②。这封信作于贯只哥调任江西行省、贯元石前往南昌省亲之时。③

《上参政姚牧庵》《拟再上参政姚牧庵》中的姚牧庵是姚燧。姚燧（1238—1313），字瑞甫，号牧庵，洛阳（今河南洛阳）人，祖籍营州柳城（今辽宁朝阳），官至翰林学士承旨、知制诰兼修国史。伯父为姚枢。大德九年（1305），姚燧拜中奉大夫、江西行省参知政事。④推测王炎午的两封干谒书信作于大德九年。

值得注意的是，《上参政姚牧庵》目的是为了江南忠孝节义之士请命。但是，与《拟再上参政姚牧庵》相对照，我们发现两者之前存在内在的关联。王炎午为公之请其实是为其为父之请做铺垫。《拟再上参政姚牧庵》云："某比者不自揣量，拜书阁下，以褒拔亡国节义为请者，公也。今者既见颜色，复为己有请焉，则私也，而所请不敢货，则亦公矣。"此文的主要目的是请求姚枢为王炎午之父作传。"盖将乞铭四方，嘉惠千载，而太宗师适为分政江省来。"⑤姚燧在当时号称当世名儒，文章大家，特别是其写作的传记最富盛名，所谓"柳城姚公天上客，海内文章今第一"⑥。"盖自延祐以前，文章大匠，莫能先之。……当时孝子顺孙，欲发挥其先德，必得燧文始可传信；其不得者，每为愧耻。故三十年间，国朝名臣世勋、显行盛德，皆燧所书。"⑦正是在这种背景下，王炎午向姚燧干谒求文。

---

① 宋濂等撰：《元史》卷一四三《小云石海涯传》，第3422页。
② 杨镰：《元西域诗人群体研究》，新疆人民出版社，1998年，第129页。
③ 杨镰：《元西域诗人群体研究》，第135页。
④ 刘时中《牧庵年谱》云："（大德八年）拜中奉大夫、江西行省参知政事。冬十月，至龙兴。"见查洪德编校：《姚燧集》，人民文学出版社，2011年，第694页。
⑤ 李修生主编：《全元文》，第17册，第327、328页。
⑥ 贡奎：《云林集》卷三《贻郭安道学士》，明弘治三年范吉刻本。
⑦ 宋濂等撰：《元史》卷一七四《姚燧传》，第4059页。

6. 陈栎3篇，《上张郡守书》(延祐元年正月)、《上许左丞相书》(延祐二年正月)、《上秦国公书》(延祐二年八月)

陈栎（1252—1334），字寿翁，自号定宇，徽州休宁（今安徽休宁）人。入元后，科举废，以著书教授为生。元仁宗延祐元年（1314），参加江浙乡试，因疾病不能赴大都会试。虽然陈栎因病未能到大都，但却写了数篇干谒书信，表达自己的遗憾以及出仕的愿望。这主要体现在陈栎《上许左丞相书》（延祐二年正月）。许左丞为许衡之子许师敬，皇庆元年（1312），参与议定科举取士之法①。从书信内容来看，许师敬此年前往江浙主持乡试，陈栎以门生自居。但师敬升任中书左丞是在泰定二年（1325），"泰定二年，奏请颁族葬制，禁用阴阳邪说，从之。入为中书参知政事，迁左丞。"②文章题目为《上许左丞相书》，似师敬任左丞时间不合。此文收录在陈栎《定宇集》，而《定宇集》"为其族孙嘉基所刊"③，题目或许是在其祖孙编订文集时改写。

《上秦国公书》（延祐二年八月）中的秦国公是李孟。李孟（1255—1321），字道复，号秋谷，潞州上党（今山西长治）人。至大四年（1311），封李孟为秦国公。④《元史》评价李孟："孟宇量闳廓，材略过人，三入中书，民间利害，知无不言，引古证今，务归至当。士无贵贱，苟贤矣，不进拔不已。游其门者，后皆知名。"⑤此时，错过大都考试的陈栎看到了考试的题目和朝廷奖拔因病未能赴都考试之士的圣旨，"继获睹书坊所刊会试程文，内有科录程试，该载圣旨，内一款如栎等不曾会试病患来迟之人，亦许得与寸进"⑥。这又激发了陈栎的仕进之心，于是向李孟投书。

《上张郡守书》不同于求荐举的书信，但有助于我们认识元代士人的生活处境。信中的张郡守为东平人，具体事迹不详。陈栎时年63岁，其干谒所请的并非个人的政治仕途，而是生活过于贫困，请求学校给予一定的资助，即

---

① "皇庆元年，……诏钜夫与李孟、许师敬等议贡举法。"柯劭忞：《新元史》卷一八九《程钜夫传》，民国九年天津退耕堂刻本。
② 柯劭忞：《新元史》卷一七〇《许师敬传》，民国九年（1920）天津退耕堂刻本。
③ 永瑢等：《四库全书总目》卷一六七，中华书局，1965年，第1437页。
④ 《元史》卷二四《仁宗一》，第545页。
⑤ 《元史》卷一七五《李孟传》，第4090页。
⑥ 李修生主编：《全元文》，第18册，第13页。

"三五月耆儒粮米"："公举以充职员，某也虽愚，何敢自弃？固宜闻之踊跃，以期无负圣天子教养拔擢之盛心，奈何极贫无资，莫能自致学校。体例诸生年六十以上者，给以月粮，某犬马之齿六十有三矣，例当有请。前时以馆寓瓠系，未之敢请，今兹幸遇先生学道爱人之贤师，苟不仰首一鸣，复何时哉？倘蒙指挥学校，给以三五月耆儒粮米，使得少助往来之费，实拜生成之赐不浅鲜也。某平生编述仅刊《口义》一书，字细纸恶，不便台览，冒昧谨献一部，或可以呈之舍人焉耳。"①

7. 何中1篇，《上姚承旨书》，至大初（1308）

何中（1265—1332），字太虚，抚州乐安（今江西乐安）人。至大初，游京师，居两月而归。信中说："今也不远五千里来京师，惟阁下之为见也。至且一月，而徘徊不敢进。"②可见，此信作于何中游京师期间。姚承旨即姚燧，武宗至大年间（1308—1311），授翰林学士承旨、知制诰兼修国史。故信中称其为姚承旨。

8. 袁桷1篇，《上王尚书》，大德初

袁桷（1266—1327），字伯长，号清容居士，庆元（今浙江宁波）人。元成宗大德初，经阎复、程钜夫、王构等举荐，为翰林国史院编修检阅官，进《郊祀十议》，升翰林应奉同知制诰。信中提及"然独此书，实难其例"③，所谓"此书"或指《郊祀十议》。王尚书疑为王构（1245—1310），字肯堂，号安野，东平（今山东东平）人。大德元年（1297），王构升翰林学士。大德二年，参议中书省事。右丞相完泽评价其为"真儒"。王构在参议府六年，举荐贤能，兴利除弊。"此时王构逐渐参与元廷军国重事，是其政治生涯的高峰。"④信中说王尚书"伏惟内翰尚书先生，南州元老，故国重臣"，又说："树人为急，奖士

---

① 李修生主编：《全元文》，第18册，第16页。
② 李修生主编：《全元文》，第22册，第168页。
③ 李修生主编：《全元文》，第23册，第149页。
④ 郭翠萍：《元代东平王氏家族研究》，山东师范大学硕士学位论文，2012年，第13页。

尤先。子诚齐人,侈以都邑之富;波及晋国,化其潢污之卑。"① 这可以看作是袁桷对他的评价。

9. 张养浩1篇,《上董中丞书 时年二十七台掾满闲居》,大德元年（1297）

张养浩（1270—1329），字希孟，号云庄、云庄老人、齐东野人，山东历城（今山东济南）人。至元二十九年（1292），张养浩游京师，上书不忽木，获荐为礼部令史。"时年二十七台掾满闲居"，应是礼部令史秩满，其时为大德元年。为了谋求更好的仕进机会，张养浩又投书董中丞。董中丞即董士选，字舜卿，董文炳次子，治家甚严，礼敬贤士，"故世称求贤荐士，亦必以董氏为首"②。董士选当时应任御史中丞。张养浩此信显然起了作用。同年，张养浩就转任御史台令史。

10. 揭傒斯2篇,《上李秦公书》,延祐初（1314）;《与尚书右丞书》

揭傒斯（1274—1344），字曼硕，龙兴富州（今江西丰城）人。大德中，游湖南、湖北，为卢挚、程钜夫等赏识，荐为书院山长。延祐元年，以程钜夫、李孟、王约等荐，授翰林国史院编修。《上李秦公书》是揭傒斯写给李孟的。此信似作于李孟等人决定荐举揭傒斯入翰林，但结果尚未明朗之时。实事求是地看，揭傒斯以布衣而入翰林，绝非一封干谒书信之功。其中更有程钜夫的背景。揭傒斯在湖北干谒程钜夫，被程钜夫收为门生，程钜夫还将堂妹嫁给揭傒斯，可见其间关系的亲近。

《与尚书右丞书》也当作于延祐元年。但信中关于尚书右丞的描述缺乏具体的信息。查《元史·宰相年表》，延祐元年担任中书右丞的是八剌脱因和拜住。③ 据《元史》载："（延祐元年）冬十二月，（拜住）进右丞相、监修国史。帝欲爵以三公，恳辞，遂不置左相，独任以政。"④ 推测所谓尚书右丞或为拜住。拜住为蒙元名相安童之孙，以宿卫入仕，心向儒治。"每议大政，必问曰：'合

---

① 李修生主编：《全元文》，第23册，第149页。
② 宋濂等撰：《元史》卷一五六《董士选传》，第3678、3679页。
③ 宋濂等撰：《元史》卷一一二《宰相年表》，第2819页。
④ 宋濂等撰：《元史》卷一三六《拜住传》，第3304页。

典故否？'同官有异见者，曰：'大朝止说典故耶？'拜住微笑曰：'公试言之，国朝何事不依典故？'同官不能对。太常事简，每退食必延儒士谘访古今礼乐刑政、治乱得失，尽日不倦。尝曰：'人之仕宦，随所职司，事皆可习。至于学问有本，施于事业，此儒者之能事，宰相之资也。'"担任右丞相以后，更是"不次用才，唯恐少后，日以进贤退不肖为重务"。① 可能正是在这样的背景下，揭傒斯投书拜住。

11. 黄溍1篇，《上宪使书》，延祐初（1314）

黄溍（1277—1357），字晋卿，义乌（今浙江义乌）人。延祐元年充乡贡。信中说："郡具不见菲薄，猥以克贡。由是昧昧于一来，庶几求仲其所欲为重。"② 可知此信应作于此时。宪使则不知所指。

12. 王结1篇，《上中书宰相八事书》，武宗至大三年（1310）

王结（1275—1336），字仪伯，易州定兴（今属河北）人。信中说："国家自中统以来，仰稽古昔，建立省部百司，迁转世官，求治之意锐甚。然而日复一日，垂五十年……"建元中统为1260年，则此信约作于武宗至大三年。"中书宰相"或指康里脱脱，武宗亲信。至大元年（1308），"（脱脱）寻召拜录军国重事、中书左丞相。脱脱知无不言，言无不行，中外翕然称为贤相。至大三年，尚书省立，迁右丞相"③。值得注意的是，其中的第三条"育英材以备贡举"，提出要"屏弃隋唐以来科举之业，约周汉养士取士之制，教之以孝弟忠信，礼义廉耻，格物致知，修己治人之道"。④ 公然提出摒弃科举取士制度而采取周汉取士之法，可以看作是元代士人取士观念的一种另类表达。

13. 陈旅1篇，《上赵平章书》，泰定年间

陈旅（1288—1343），字众仲，兴化莆田（今福建莆田）人。笃志于学，于

---

① 宋濂等撰：《元史》卷一三六《拜住传》，第3300、3304页。
② 李修生主编：《全元文》，第29册，第25页。
③ 宋濂等撰：《元史》卷一三八《康里脱脱传》，第3324页。
④ 李修生主编：《全元文》，第31册，第330页。

书无所不读。《元史》载,陈旅"用荐者为闽海儒学官,适御史中丞马雍古祖常使泉南,一见奇之,谓旅曰:'子,馆阁器也,胡为留滞于此!'因相勉游京师";在京师,陈旅受到虞集、赵世延等赏识,"中书平章政事赵世延又力荐之,除国子助教"。①《上赵平章书》即是写给赵世延的书信。

赵世延(1260—1336),字子敬,号迁轩,雍古人,也里可温(基督教徒)。元仁宗延祐元年,拜中书参政,迁御史中丞,升翰林承旨,成为朝廷最重要的文臣。仁宗去世,赵世延正在四川行省平章任上,受到政敌帖木迭儿的陷害,欲逼令自裁。但赵世延熬过此劫。泰定元年,起为集贤大学士。元文宗即位后,更受到重视,除奎章阁大学士,拜中书平章,封凉国公。至顺元年(1330)致仕。赵世延是汉化程度颇深的元史名臣。②《元史》评价"世延历事凡九朝,扬历省台五十余年,负经济之资,而将之以忠义,守之以清介,饰之以文学,凡军国利病,生民休戚,知无不言,而于儒者名教,尤拳拳焉",其可谓朝廷重臣。赵世延担任平章政事是在天历二年(1329)八月,"天历二年……八月,拜中书平章政事。冬,世延至京,固辞不允,诏以世延年高多疾,许乘小车入内"。③这封信起到了一定的作用,赵世延荐举陈旅为国子助教。元文宗至顺元年,下旨编修《经世大典》,虞集与赵世延同任总裁,虞集荐举包括陈旅在内的众多儒士参与编撰。

14. 朱德润1篇,《上王伯洪中丞书》,时间不详

朱德润(1294—1365),字泽民,昆山(今江苏昆山)人。写作时间和干谒对象均不详细。该信写得极为含蓄,并未直接提出明确的干谒请求,"故试论韩公、苏子之出处,以及乎上世诚身而天下治者,惟阁下其察焉"④。其实是含蓄地表达了求荐的意图。

---

① 宋濂等撰:《元史》卷一九〇《儒学二》,第4347页。
② 赵世延生平参考杨镰:《元西域诗人群体研究》,第342页。
③ 宋濂等撰:《元史》卷一八〇《赵世延传》,第4166、4167页。
④ 李修生主编:《全元文》,第40册,第477页。

15. 杨维桢 4 篇，《投秦运使书》《上巎巎平章书》《上樊参政书》《上宝相公书》

杨维桢（1296—1370），字廉夫，自号铁崖，晚年又号老铁、东维子、铁笛道人、抱遗老人，绍兴诸暨（今属浙江）人。泰定四年（1327）进士，历任天台县尹、绍兴钱清场盐司令、杭州四务提举、建德路总管府推官等。

《投秦运使书》中的秦运使信息不详。① "运使"应是两浙都转运盐使司的简称，秩正三品，下辖盐场三十四所，每所司令一员，从七品。② 杨维桢曾任钱清场盐司令。这封信是其写给上司的。"某以父忧去司令之职，而司令之课曾无一二亏欠，而吏持文深者犹枝蔓其罪，不使其文符而去。使公道不在阁下，则吏者之言或得以移听；公道而在阁下，则吏持文深之过也。"③ 信中说"以父忧去司令之职"，杨维桢父亲去世于后至元五年（1339），则此信当作于此年或之后不久。

《上巎巎平章书》中的巎巎平章为康里巎巎（1295—1345），字子山，号正斋、恕叟，康里（属于色目）人，不忽木之子，师从吴澄。《元史》载："巎巎以重望居高位，而雅爱儒士甚于饥渴，以故四方士大夫翕然宗之，萃于其门。"④ 元顺帝至正四年（1344），出拜江浙行省平章政事。至正五年，以翰林承旨入朝。到京七日，感热疾，寻卒。信中说"阁下求遗佚于下，且二年于兹矣……"，可知此信当作于至正五年，康里回京之前。

《上樊参政书》中的樊参政是樊执敬（？—1352），字时中，济宁郓城（今属山东）人。据《元史》载，至正十年（1350），樊执敬拜江浙行省参知政事。至正十二年（1352），在与海寇交战时殉元。"俄报贼已至，执敬遽上马，帅众而出。中途与贼遇，乃射死贼四人，贼又逐之，射死三人。已而贼来方盛，填咽街巷，且纵火，众皆溃去。贼知其无援，呼执敬降，执敬怒叱之曰：'逆贼！守关吏不谨，汝得至此，恨不碎汝万段，何谓降耶！'乃奋刀斫贼，因中

---

① 有研究者认为"秦运使"是御史秦从德。参见杨尔、方爱龙：《杨维桢独特的生活道路和他独特的书法艺术》，《杭州师范学院学报》1996 年第 2 期。
② 宋濂等撰：《元史》卷九一《百官七》，第 2313 页。
③ 李修生主编：《全元文》，第 42 册，第 116 页。
④ 宋濂等撰：《元史》卷一四三《巎巎传》，第 3415 页。

枪而堕。"① 后至元五年（1339）以后，杨维桢"弃官以终二亲之养，养既终，吏部不调者十年"（《上宝相公书》）。此信当作于1350—1352年间，并随信献上了自己的作品《平鸣集》二十卷和《古乐府辞》十卷，目的是请求援引。

《上宝相公书》中的宝相公似为杭州路总管宝哥。据杨瑀《山居新语》载："至正十二年壬辰七月初十日，徽贼入寇杭城。樊时中执敬为浙省参政，亟出御贼，北行至岁寒桥遇害。先浙省以杭州路总管宝哥惟贤摄参政，调守御昆山之太仓领军而往，驻于昆山旧州山寺，离太仓州治三十余里，终不往。闻寇至，遂遁匿于杭之寓舍。适值贼破杭，乃挈家潜于西湖舟中。越三日，邻居无赖之徒利其所将，恐之，遂与次妻□氏连结其衣袂，溺水而死。"② 可见，樊时中与宝哥均在元末战乱中为元朝殉职，只是方式略有不同。杨维桢此信或与《上樊参政书》同时。

16. 王祎3篇，《上平章札剌尔公书》《上苏大参书》《上丞相康里公书》

王祎（1322—1373），字子充，义乌（今浙江义乌）人，从柳贯、黄溍学。至正六年（1346），黄溍奉诏入京，受命编修《后妃功臣列传》，为总裁官，24岁的王祎随行入大都，激情满怀，"矫首神京天咫尺，明朝喜拜玉堂翁"（王祎《通州有作》）。在大都，王祎参与了列传的编修，作《代国史院进后妃功臣列传表》，文名渐起。"帝都冠盖尽才贤，两载追随得后先。"（《留别京师诸同志》）虽然王祎后来入明，但其干谒书信写作时期是在元末，因此，本文将其作为元末游京师干谒的代表。

有学者认为，《上平章札剌尔公书》作于至正八年（1348），平章札剌尔公是朵儿只。③朵儿只，木华黎六世孙，脱脱子，拜住从弟。"（至正）七年，召拜御史大夫。会丞相虚位，秋，拜中书左丞相。冬，升右丞相、监修国史，而太平为左丞相。是时，朝廷无事，稽古礼文之事，有坠必举，请赐经筵讲官坐，以崇圣学，选清望官专典陈言，以求治道，核守令六事，沙汰僧尼，举隐

---

① 宋濂等撰：《元史》卷一九五《忠义三》，第4412页。
② 杨瑀撰，李梦生校点：《山居新话》，上海古籍出版社，2012年，第30页。
③ 参见徐永明：《元代至明初婺州作家群研究》，中国社会科学出版社，2005年，第527页。

逸士。"①

《上苏大参书》作于至正十一年（1351），王祎到钱塘参加科举考试。苏大参即苏天爵（1294—1351），字伯修，号滋溪，真定（今河北正定）人。据《元史》载，至正七年（1347），"拜江浙行省参知政事。江浙财赋，居天下十七，事务最烦剧，天爵条分目别，细巨不遗。九年，召为大都路都总管，以疾归。俄复起为两浙都转运使，时盐法弊甚，天爵拯治有方，所办课为钞八十万锭，及期而足"②。可见，苏天爵长期在江浙任职，王祎遂写信干谒。只是当时江南战乱频发，至正十二年，"妖寇自淮右蔓延及江东，诏仍江浙行省参知政事，总兵于饶、信，所克复者，一路六县"③。苏天爵奉命到饶州、信州（今属江西）镇压叛乱，这封信也就没有起到什么作用。

《上丞相康里公书》中的康里公指康里巎巎，前文已有介绍。王祎"志期年少早成名"（《忆昔》），这三篇书信具有策论色彩，显示了元末战乱的时代特征。王祎的干谒似乎以失败告终，并有隐居之思。其《青岩山居记》曰：

> 或谓予曰："仕与隐，其趋不同也。古之君子，未尝不欲仕，特恶不由其道耳。吾子学先王之道，且将为世用，胡为而遽言隐耶？"予告之曰："仕隐二趣，吾无固必也。十年以来，吾南走越，北走燕，而惟利禄之是干，其劳心苦思殆亦甚矣，是岂志于隐者乎。今天下用兵，南北离乱，吾之所学，非世所宜用，其将何求以为仕。藉使世终不吾用，吾其可以枉道而徇人，则吾终老于斯，益研穷六艺百家，而考求圣贤之故，然后托诸言语，著成一家之书，藏之名山，以俟后世，何不可哉！君子之行止，视时之可否，以为道之诎伸，是故得其时则行，守穷山密林而长往不返者，非也；不得其时则止，汲汲于干世取宠，勇功智名之徒，尚入而不知出者，亦非也。一山之隈，一水之涯，特吾寄意于斯焉耳。吾之行止，安敢固必乎哉。"④

---

① 宋濂等撰：《元史》卷一三九《朵儿只传》，第3354页。
② 宋濂等撰：《元史》卷一八三《苏天爵传》，第4226页。
③ 宋濂等撰：《元史》卷一八三《苏天爵传》，第4226页。
④ 李修生主编：《全元文》，第55册，第407—408页。

但王祎是一个功名进取之心颇为强烈的人，所谓的隐居只是权宜之计，甚至是故作姿态罢了。至正十八年（1358），朱元璋攻取婺州，王祎被荐为中书省掾史。至正二十一年（1361），朱元璋军队攻克江西，王祎献《平江西颂》，成为入明较早的元末士人。

17. 陈高1篇，《上达秘书卿》

陈高（1315—1367），字子上，自号不系舟渔者，温州路平阳州（今浙江平阳）人，至正十四年（1354）进士。信中称："高也性质顽钝，学疏而文卑，俛俛焉驱逐于乡贡进士之班列者，于今秋为再矣。其得失是有命焉，高之愚，尚何敢望焉。"可知作于陈高早年未中举时。

杨镰认为："达溥化是元代比较常见的蒙古、色目人的名字。西域钦察诗人泰不华的本名就是达溥华或达普化。"① 则达秘书卿应是泰不华。泰不华（1304—1352），字兼善，初名达普化，蒙古人，由元文宗御赐"泰不华"之名。其父塔不台曾入直宿卫，后出为台州录事判官，遂家于台。泰不华早年随父居住在台州，从理学家周仁荣学习，好读书，能记问。延祐七年（1320），应江浙乡试举第一；次年会试，赐右榜进士第一，历任集贤修撰等职。与修辽、金、宋三史后，授秘书监卿，进礼部尚书。至正十二年，在与方国珍部的遭遇中力战殉职。②

据学者考证，泰不华"至正五年（1345），升秘书卿，秩正三品，转礼部尚书，秩亦正三品，兼领会同馆事务"③。由此推测，此信作于至正五年稍后。秘书卿原称秘书监，为职掌坟典秘书之官，为中朝之清选。"至大四年二月改监为卿，正三品，凡五员，内二员中官，不食俸。延祐元年九月增一员。"④ 但

---

① 杨镰：《元西域诗人群体研究》，第366页。对于泰不华的族属，学界有西域人与蒙古人两说。主前者的有杨镰：《元西域诗人群体研究》；达应庚：《元代泰不华族源初探》，《甘肃社会科学》1991年第2期。主后者的有王叔磐：《泰不华传略与族籍考正》，《内蒙古社会科学》1991年第3期；白・特木尔巴根：《古代蒙古作家汉文创作考》，内蒙古教育出版社，2002年，第102页；王颋：《伯牙吾氏泰不华事迹补考》，《民族研究》2007年第2期。萧启庆《元代蒙古人的汉学》一文考证认定泰不华为蒙古人。参见萧启庆：《内北国而外中国：蒙元史研究》，中华书局，2007年，第608页。今从。
② 参见杨镰：《元西域诗人群体研究》，第397—400页。
③ 王叔磐：《泰不华传略与族籍考正》，《内蒙古社会科学》1991年第3期。
④ 王士点、商企翁编次，高荣盛点校：《秘书监志》，浙江古籍出版社，1992年，第160页。

是在《秘书监志》一书中的"秘书卿"名单中,并没有泰不华,或为遗漏?

泰不华华化程度颇深,诗文、书法兼善,热心荐举南方士人。元末王冕北游大都,就借住在泰不华家。"北游燕都,馆秘书卿泰不花家。泰不花荐以馆职,冕曰:'公诚愚人哉!不满十年,此中狐兔游矣,何以禄仕为?'即日将南辕。"①

---

① 宋濂:《王冕传》,程敏政:《明文衡》卷五七,《四部丛刊》景明本。

清初明遗民文学家徐芳散佚散文三篇考释*

潘浩正　潘承玉**

摘要：清初明遗民散文家、小说家徐芳的传世文集仅存两种，此外，还有不少散佚文字可以辑考，本文介绍其中的三篇。《陈伯矶愿学集序》反映了徐芳的文艺思想，即要求文学作品书写作家真性情，可以丰富以真情为贵的遗民诗论。《内省斋文集序》展示遗民之间的深挚友谊，揭橥了真诗诗论在散文领域的延续。《寄李太虚先辈》反映其传记文学观，提出撰写人物传记应精心选取重大事件，以此揭示人物内在的精神力量。这三篇序文对扩大考察清初明遗民文学家的文论思潮和心灵脉动颇有助益。

关键词：清初；遗民；徐芳；佚文；考释

清初明遗民徐芳，字仲光，号拙庵，又号愚山子，江西南城（今属江西抚州）人。明崇祯十三年庚辰（1640）进士，南明隆武朝吏部郎中迁翰林院编修，入清隐居，间以堪舆术漂泊江南。其生卒年向有多说，据笔者新近考订，其生于万历四十六年戊午（1618），卒于康熙九年庚戌十一月廿四日（公元1671年1月4日），殆无疑义。①

他是中外文学史界都比较重视的明清之际的作家之一。如吴承学先生指

---

* 本文为国家社科基金重大项目"南明文学作品全编整理与研究"（项目编号：19ZDA257）的阶段性成果。

** 潘浩正，上海交通大学人文学院博士研究生；潘承玉，绍兴文理学院人文学院教授，文学博士。

① 潘浩正：《清初明遗民文学家徐芳的生卒年及其他》，《文学遗产》2019年第6期。

出,在晚明小品中徐芳讽刺性杂文颇具特色,尺牍亦饶有情致。①陈文新先生还原文体史语境,把徐芳作品看作"用传奇笔法写叙事古文"而被视为传奇小说的代表。②李惠仪(Wai-yee Li)、伊维德(Wilt L. Idema)、魏爱莲(Ellen Widmer)等著名北美汉学家共同主编,从多个角度聚焦易代之变给清初文坛带来冲击的著作 Trauma and Transcendence in Early Qing Literature(《清初文学的创伤与超越》),也对徐芳颇为关注。③

徐芳现存作品成规模的,有刻本《悬榻编》六卷、抄本《藏山稿外编》二十四册(不分卷)。此外,徐芳还有一部由杨复吉辑刻入《昭代丛书丁集》的志怪小说集《诺皋广志》一卷。但据笔者研究,《诺皋广志》的作品辑自《悬榻编》。④因此,徐芳的存世文献仅有前两种。

鉴于徐芳的南明抗清经历和在清初遗民文学中的重要地位,国家社科基金重大项目"南明文学作品全编整理与研究"将其作品列为关注对象之一,对《悬榻编》《藏山稿外编》之外的散佚文字进行了广泛辑考,获得不少发现。本文移录、介绍其中的三篇,对相关问题略作考释,或对了解徐芳的文艺思想和文学史观,推动徐芳研究的进一步深入,不无价值。

其一,即《同治南城县志》卷九之三《艺文志》收录的《陈伯矶愿学集序》:

> 文章一事,人之性情见,山川之气亦见焉。夫性情,吾所自有,不必假之人;而山川于人非能有所挈以予之,然其肖之无或谬焉。是二者,物之最真者也。
>
> 古之称大家者八,晋、豫分二,而蜀与吾江各得其三。夫河东、南阳,中原奥区,其气雄浑庞博,钟为韩、柳两公固宜。予未尝游蜀,然考图经所载,峨眉之绵渺峭蒨、夔峡之崄悍激疾,天下山水之奇,宜莫过焉。及读眉山父子之文,而其横放快绝者,若与之遇也。吾江山水之名

---

① 参见吴承学:《晚明小品研究》,江苏古籍出版社,1998年,第361—364页,《晚明小品研究》(修订本),北京大学出版社,2017年,第376—379页。
② 参见陈文新:《文言小说审美发展史》,武汉大学出版社,2002年,第518—521页。
③ Wilt L. Idema, Wai-yee Li, and Ellen Wildmer ed:Trauma and Transcence in Early Qing Literature, Harvard East Asian Monographs 250. Cambridge (Massachusetts): Harvard University Press, 2006, p. 287.
④ 有关《诺皋广志》的成书问题,笔者已撰文进行论述,此不赘言。

秀，予不能悉数。盖尝溯彭泽以达星渚，苍岫摩天，长波浸日，彭蠡潴其南，匡庐峙其北，而一江一湖，泾渭划列，行数十里而意未肯舍，天下山之幽峻、水之清冽于是焉止。故其风气蕴毓，其人真朴而狷介，其文澹宕而孤削；天下有故，而危行特立、纯臣大节之士必出其间。非其性情之有异，亦山川之气有以自为肖也。

吾盱距临汝百里，而曾、王两公一时并起；其次则李盱江觏，力追大雅，文气与曾不相上下。入明二百余年，若罗近溪、邓潜谷、何椒邱、夏东洲诸先生，理学经史著作之盛，表表在人耳目，而圭峰罗先生尤卓然特出。即近日先辈若邓中丞壶邱、郑太守愚公，其人既清端可式，诗文亦工苦独到，在词坛中为老宿；虽处地僻远，俗敦本尚质，不走名誉。先世著作之遗子孙，不克传布，久而湮没，时复有之。以予所闻，盱之人文固不出四方下也，则山川之气，岂无以为助之者与？予生麻姑三谷之间，而军峰箫曲之青苍缥缈，无时不在目睫。天下山水之名秀，度亦未有过吾盱者；前辈名贤之挺生，亦固不偶然也。

流风未坠，是在来者；而读书稽古，自吾友何观我、汤佐平外，吾邑之俊，乃有陈子伯玑。伯玑翩翩佳公子，尊人立宇先生，在熹庙时以谠论为名御史。伯玑淡静自约，不减寒素；弱冠以时艺名，艾天佣尝序其稿。甲申后掷举子业不事，以诗文放佚，游江淮、吴越间；一时缙绅之贤者莫不望风延伫，愿与之友。近幡然以返，构小室苏公亭畔，左右图史，丹黄弗辍。虽瓶粟时罄，而闭户吟啸，悠然有以自适。此岂闻云卿、孺子之风而兴起者与？伯玑诗编之多至十数种，海内名人已详论之。其自订古文词曰《愿学集》者，近始成梓。予得受而读焉，其淡宕疏秀，固得气于庐陵；而幽思静致，修然时蹊之外，则伯玑之性情面目于是在焉，无所假于人，而人亦莫之及也。而吾乃得一言以似之曰：真。

夫真，不足以尽文也。而古大家名人之文，则未有不真者。未论韩、柳互唱，各不相袭；即王、曾诸子，师庐陵而不袭庐陵，自成其王、曾诸子之文；眉山父子相师亦并不相袭，而各成其眉山父子之文。虽才分气格之所到不同，而其所以立言之旨，未有不出于真者也。以伯玑之清姿冷韵，性情既已绝俗；而年力尚壮，日夕湖光烟霭之间，读书稽古，以宏其蓄而益其气,岂惟云卿暨吾家孺子?即近续圭峰,远追曾、王二公之轨,宁可量乎?吾盱山水将得其人,而益奇也。予于伯矶非一日之知也,于是其文,不得为谀言;而述其所期,以进伯矶,亦为古之真大家焉可矣。①

按,《愿学集》作者陈允衡(1622—1672),字伯矶,号玉渊,江西新城人。诸生,明亡,弃举业。②寓黄山,复移居南京,后归江西。嗜读诗书,颇工五言诗,深得王士禛赏识。③著有《澄怀阁诗》《爱琴馆集》④及《勤补堂愿学集》等,编有当代诗歌总集《国雅》《诗慰》。周亮工编《尺牍新钞》卷六曾收录徐芳尺牍一封即《与陈伯矶》,内中尽情吐露他在阴雨连绵状况下的抑郁心境,可见二人无话不说的密切关系。⑤又据《悬榻编》卷二《寿钱牧斋宗伯序》中所云"独记先生之年于今秋八十,予与在坐陈伯矶、朱望子皆以地远,不及觞祝,则更酌先生之咒,以寿先生"⑥,顺治十八年(1661),在文坛领袖钱谦益的寿宴上,徐芳同陈允衡、朱陵(即"朱望子")诸遗民雅集酬唱。

柯愈春《清人诗文集总目提要》著录其《勤补堂愿学集》一卷、《澄怀阁诗》一卷、《爱琴馆集》二卷,内载:"康熙间王舟瑶刻其《勤补堂愿学集》一卷,凡文二十三篇。"⑦可见,《愿学集》又称《勤补堂愿学集》,为王舟瑶于康熙年间所刻。实际上此书全名《豫章陈子勤补堂愿学集》,为邓之诚《清诗纪事初编》所著录。⑧经检索,此书今仍以海内外孤本存于中国科学院图书馆。又据袁行云《清人诗集叙录》卷七"《爱琴馆集》二卷(乾隆二十九年重刻本)"条云:"陈允衡……与王舟瑶善交,康熙六年,舟瑶自刻《水云集》,为

---

① 徐芳:《陈伯矶愿学集序》,李人镜等纂修:《同治南城县志》卷九之三,同治间刻本,第54—56页。
② 参见谢正光、佘汝丰编著:《清初人选清初诗汇考》,南京大学出版社,1998年,第78页。
③ 参见王士禛:《渔洋诗话》卷下《清诗话》,上海古籍出版社,1978年,第187页。
④ 上海图书馆藏陈允衡撰《爱琴馆集》三卷,乾隆四十年(1775)刻本,为海内外孤本。
⑤ 参见徐芳:《与陈伯矶》,周亮工辑:《尺牍新钞》卷六,朱天曙编校整理,《周亮工全集》,凤凰出版社,2008年,第9册,第464页。
⑥ 徐芳:《寿钱牧斋宗伯序》,《悬榻编》卷二,《四库禁毁书丛刊》集部,北京出版社,2000年,第86册,第63—64页。
⑦ 柯愈春:《清人诗文集总目提要》,北京古籍出版社,2001年,第159页。
⑧ 邓之诚:《清诗纪事初编》,上海古籍出版社,2013年,第222页。

允衡刻《勤补堂愿学集》附行，允衡之文二十三篇，赖之以传。"① 由此可见，徐芳此序当作于康熙六年（1667）或稍前。

此序首段云"文章一事，人之性情见，山川之气亦见焉"，提出了徐芳的文艺观，即文学作品是作家真性情与真实"山川之气"的反映；文学作品所折射的作家真性情，又是"山川之气"所赋予的，所谓"山川于人非能有所挚以予之，然其肖之无或谬"，即指有什么样的山川与山川之气，即有什么样的作家性情与作品个性。第二段进入文学史的视阈，以唐宋八大家为例，论述"山川之气"影响作家性情与文章风格。徐芳认为，中原、蜀地与江西由于山水风貌差异，文学家的文章风格也自有差别。晋、豫位于中原腹地，固成韩愈、柳宗元（"河东"指柳宗元、"南阳"指韩愈）为文之"雄浑庞博"，文章弥漫着豪宕雄浑之气。而天下险水恶山之极莫过于蜀地，故苏轼父子为文"横快放绝"，文气快利若见峨眉山、瞿塘峡一般。徐芳家乡江西的自然山水，"天下山之幽峻、水之清冽于是焉止"，故出忠厚朴实而特立独行之文人高士，成"澹宕而孤削"之文风。

序文第三段由唐宋文学史转入明遗民的当代文学史即明代文学史视阈，由文章的创作扩展到理学、诗词、文献传承等广泛的领域，进一步佐证"山川之气"对人文精神的涵养，对人文造诣起到的奠基作用，也流出强烈的地域文化自豪感。"吾盱距临汝百里，而曾、王两公一时并起；其次则李盱江觏，力追大雅，文气与曾不相上下"，"吾盱"即南城，"曾""王""李盱江觏"分别指北宋之曾巩、王安石、李觏。再从两宋文学史转入明代文化史的视阈，所谓"罗近溪、邓潜谷、何椒邱、夏东洲诸先生"指明代理学史上的罗汝芳、邓元锡、何乔新、夏良胜；"圭蜂罗先生"指罗玘；"近日先辈若邓中丞壶邱、郑太守愚公"指在诗词领域颇有成就的邓渼、郑之文。"先世著作之遗子孙，不克传布，久而湮没，时复有之"，又言南城之文献传承。第四段视角转向与徐芳同时代的同乡俊秀，着重点出了《愿学集》的独特价值。所谓"何观我""汤佐平""陈子伯玑"即指徐芳挚友何三省、汤来贺、陈允衡；"艾天佣"指明末散文大家艾南英。是段简要叙述了陈允衡生平，其别集《愿学集》是真实的

---

① 袁行云：《清人诗集叙录》，人民文学出版社，2016 年，第 227 页。

"山川之气"影响的又一个案。

文章末段全面阐述了文学创作对"真"的追求的内涵。"夫真，不足以尽文也。而古大家名人之文，则未有不真者"，唐宋八大家或互相唱和，或有所师法，然均"不相袭"，他们的作品保持了文学的独创性。徐芳认为，优秀的文学作品是作家真性情、真实"山川之气"的反映，同时具有文学的独创性，而这种独创性根源于作家本身独特的性情。诚如笔者指出的，"自甘隐沦的遗民诗人重提'诗以真性情为贵'，强调'有诸己而后出'，既是对诗歌兴衰尽到的匹夫不让之责，也是对明末诗歌合理成分的继承"①。明遗民们痛斥互相抄袭的假文学，提倡文学须尊重个性、真实地流露性情，要求作家真实地记录历史；而徐芳的这篇文章也是他真性情、真"山川之气"、真诗等文艺观的流露，亦为分析明清之际中国文坛的文学家追求真文学的个案。

其二，汤来贺《内省斋文集》卷首所收的《内省斋文集序》：

> 南丰汤佐平先生，其人司马涑水之人，而其文则欧阳子之文也，予恒诵而志之矣。近汇其《内省斋》诸稿属予评定，予读而叹曰：此所谓有德者之言乎！孔子称文莫犹人，而躬行未有得；若佐平者，其殆余于行而溢为文者乎！
>
> 始庚辰春，与佐平偕捷南宫，予骎骎不能知吏事。独念温饱弗志，昔人所训，当在今日；而朋辈中弘才劲骨、以天下己任未有佐平若者，因欢然定交。佐平亦不鄙孺子而教之，长安数月，晨夕靡间。所讲求砥切者，一以古名臣及当世之大贤为师。当是时，吾两人意气壮甚，谓他日治不东海、守不清献、立朝正色不宋广平，皆上负吾君父而下不齿于友者也。其后宦辙中外，各矢此意以往。予兢兢救过，而佐平为能激昂奋发，以生平所学尽见之政事。维扬数载，廉惠大著，督抚道邻史公倚眷若左右手。一时朝右柱础、要地锁钥，无不虚左推毂，思得佐平重者；而佐平竟以忤时相故，垣署偃蹇，分司远出。然后勋施懋立，游历崇阶；天下事不可为，而佐平之身，亦终于隐。

---

① 潘承玉：《"真诗"的探寻：清初明遗民诗论》，《中山大学学报》（社会科学版）2004年第5期。

呜呼！天之生才果有意乎？无意也？如非有意，等质齐量可矣，若马然，群驷之不必其骐骥；若木然，群栎之不必其豫章楠梗也。如有意耶，则宜与之时以大其用，若骐骥之必千里，豫章楠梗之必舟楫梁栋；使生其时者，群被其泽，以无憾也。然从来天下治日少，乱日多；贤人君子困抑之数多，而得事之日少。则岂其果无意？抑虽有意，而不能私厚之？通与塞，一听之于其遇耶？又岂其别有以用之，而所重者不尽在于荣名显功之际耶？嗟乎！佐平以追风蹑景之才，不驰骋天衢，而顿折于羊肠鸟径之间；其干云拂日者，不以备桢干于清庙明堂，而穷槁于空山绝壑。其坚忍鞣虺于斤斧之睥睨、雪霜之摧悴，盖亦有年；而佐平之人，亦于是老矣。此吾所以读其书而伤其遇也。

然时数在天，而道在人，无地不可自勉。佐平以其生平所学砥之于躬，又以躬之所不尽而著之于言，使后之服其训者，引绳削墨，若工之有矩而营度不忒；若医之有方，而所投沉痼之必起。斯其所济，不逾远乎？往佐平在扬，留意矜恤，所平反冤狱，至数百计。其敷政惠蔼，不下东海于公；而焚告之严，一如清献。其抗礼大珰，当上下茅靡之际；而丰裁岳立，召入考选，斥彼权奸之荐刿见饵而一刺不入。以是历梧垣遽夺，秉钺岭表，鹯击贪墨，几于莱公一笔；而衔宪握爵，拥犀渠十万众，若某勋某辅者抑首下气，请斯须之间弗得也。其立朝正色，又何减宋广平当日？夫人如佐平，亦可以止矣；所不能为者时，而考其树立，亦可弗愧矣。

司马公居锥十五年，而《资治通鉴》成，后世赖之。使其十五年中书，不过一时之治安也；而是书至今传，学士大夫之尊信诵习，与紫阳《纲目》并崇不朽者，未始不以司马公之故。言之轻重，存乎其人，盖彰彰矣，于佐平奚疑？又安知天之所以用吾佐平者，不于一日之荣名显功，而千秋之典则耶？予惰且拙，不能副鞭策十一，而终始同志三十年如一日，知佐平深，亦固有莫辞者，因读是集而谬为表著如此；若其为欧阳子之文，凡诸有目，能辨之矣。

南城眷年同学弟徐芳仲光氏拜手题于松朋阁。①

---

① 徐芳：《内省斋文集序》，汤来贺：《内省斋文集》卷首，《北京图书馆古籍珍本丛刊》集部，书目文献出版社，2000年，第113册，第460—462页。

按，"南丰汤佐平"即汤来贺（1607—1688）①，字佐平，号惕庵，父汤绍中，江西南丰人。崇祯十三年进士，历任扬州推官等。南明唐王时任户部侍郎、兵部侍郎、巡抚。永历立，召为都御史，归为遗民。顺治五年（1648），江西分巡湖东道莫可期来荐，拒之。晚年主白鹿洞书院，学者甚众。著有《内省斋文集》《鹿洞迩言》《居恒语录》等。②徐芳、汤来贺是同乡，又是同年。二人同仕隆武朝廷，且因政见相近被奸人目为"江西党"，继而辞官返乡。③入清后，二人均为当局所召，辞不就，终以清贫生活为乐，以钻研学术为人生乐趣。

在二人别集以及地方志中，留下了佐证二人交游的大量文字。除了上文所引《内省斋文集》序言，徐芳还为是集作了大量的文末评点文字，共计有105处④。徐芳《辛巳纪梦》载，崇祯十五年（1642），徐芳因母亲过世返乡守孝，经过扬州时，时任扬州推官的汤来贺来晤。⑤来贺因任扬州推官时政绩突出，寻迁礼部主事，又迁广东按察司佥事，后升广东左布政使。来贺临行时，徐芳作《送汤惕庵备兵东粤序》赠之。⑥崇祯十五年八月，徐芳为同乡李雯的戏曲作品《破梦鹃》作序，借来贺之语表达戏剧应旨在正人心、息邪说的观点。⑦顺治十年（1653），徐芳父德耀下葬，徐芳寄书请来贺属文⑧；来贺应约如响，

---

① 江西省地方志编纂委员会办公室编：《江西古代名人》，武汉大学出版社，2018年，第257页。
② 参见孟炤等纂修：《乾隆建昌府志》卷四十四《人物传（八）·汤来贺》，乾隆间刻本，第14—15页。
③ 参见邵子彝等纂修：《同治建昌府志》卷八之四《人物志·儒林》，同治间刻本，第21页。
④ 汤来贺：《内省斋文集》各卷正文后"徐仲光曰"，第471、480、482、483、486、487、489、490、495、497、501、503、505、520、526、528、533、534、548、549、550、568、583、589、590、591、592、593、597、598、615、616、618、619、622、628、629、631、632、635、636、637、638、645、646—647、648、651、656、657、658、662、663、666、666、670、674、675、677、678、680—681、682、692、701、713、715、730、730、736、746、748、755、757、762、768、769、781、782、782、783、784、786、788、789、808、808、810、810、830、831、841、843、843、844、845、848、848、849、849、850、850、851、851、851、852、853页。
⑤ 参见徐芳：《辛巳纪梦》，《悬榻编》卷五，第208—209页。
⑥ 参见徐芳：《送汤惕庵备兵东粤序》，李人镜等纂修：《同治南城县志》卷九之三《艺文志》，第52—53页。
⑦ 《破梦鹃序》原为《破梦鹃序》，"鹃"为"鹃"之误，径改，参见吴书荫：《对明末杂剧〈破梦鹃〉的不同解读——与〈古杂剧〈破梦鹃〉初探〉作者商榷》，《文化遗产》2017年第1期；徐芳：《破梦鹃序》，《悬榻编》卷二，第59—60页，此序收入廖可斌主编：《稀见明代戏曲丛刊（第一册）》，东方出版中心，2018年，第714页。
⑧ 参见徐芳：《与汤惕庵》，周亮工辑：《尺牍新钞》卷六，米天曙编校整理：《周亮工全集》，第9册，第441—444页。

作《徐养贞先生墓志铭》，勾勒出徐父之忠厚善良与严苛正直①。在另一封寄与来贺的信《与汤惕庵》中，徐芳倾诉烦恼。②康熙四年（1665），来贺作《徐母四十序》，为徐父之妾祝寿，亦表现了对徐芳异母弟徐藻的殷切期望。③康熙五年（1666），芳作《答汤惕庵（丙午）》。④徐芳欲为来贺作颂祝文，语甚恳切。康熙六年四月，来贺父亲汤绍中来南城，时年八十一。徐芳与汤父相处甚洽，又共登从姑山。⑤同年，徐芳五十大寿，来贺作《徐拙庵太史五十序》庆之。⑥

徐芳在此序中回顾了自己与汤来贺的交往。据序文，崇祯十三年庚辰两人同中进士，徐芳见汤来贺"弘才劲骨，以天下为己任"，因遂欣然定交。二人正当年富力强之时，意气风发，试图在吏事上大有作为。后汤来贺任扬州推官，《乾隆建昌府志》卷四十四《人物传》对其有"司理扬州，以廉著""史可法奇其才，推为天下治行第一"⑦等评语，而徐芳亦有"为廉吏冠"⑧之称，可谓履行了二人当年相约立下的"治不东海，守不清献，立朝正色不宋广平，皆上负吾君父而下不齿于友"的誓言。

忠于前朝的遗民情结、爱护百姓的为政之心，是芳与来贺等遗民结下深厚友谊的根本原因。徐芳盛赞汤来贺之"弘才劲骨，以天下为己任"，而汤来贺亦是因徐芳之"以古道自期，视彼干名狗利者若将浼焉"⑨而拳拳相惜。徐芳在汤来贺的《送方素伯序》文末点评云："予与惕庵、密之相得最深。当日惕庵辞本兵，密之辞揆席，相约偕隐，实获我心。"⑩亦可见"终始同志三十年如一日，知佐平深"之评，是为至语。那么，该序的作文时间可大致判定，自庚辰

---

① 参见汤来贺：《徐养贞先生墓志铭》，《内省斋文集》卷二十九，第817页。
② 参见徐芳：《与汤惕庵》，周亮工辑：《尺牍新钞》卷八，朱天曙编校整理：《周亮工全集》，第11册，第580页。
③ 参见汤来贺：《徐母四十序》，《内省斋文集》卷二十四，第765页。
④ 参见徐芳：《答汤惕庵（丙午）》，周亮工辑：《尺牍新钞三选结邻集》卷五，朱天曙编校整理：《周亮工全集》，第12册，第381—384页。
⑤ 徐芳：《再同无可道兄、汤恪素先生、文灯岩、何印兹、傅用兹、魏平仲诸公登从姑》，《同治南城县志》卷九之六《艺文志·诗赋》，第76页。按，汤恪素即汤绍中，"恪素"为其号。
⑥ 汤来贺：《徐拙庵太史五十序》，《内省斋文集》卷二十三，第747页。
⑦ 孟照等纂修：《乾隆建昌府志》卷四十四《人物传（八）·汤来贺》，第14页。
⑧ 汤来贺：《教育子孙说》（其二），《内省斋文集》卷六，第535页。
⑨ 汤来贺：《伏龙肇造记》，《内省斋文集》卷十二，第606页。
⑩ 汤来贺：《送方素伯序》，《内省斋文集》卷二十二，第736页。按，密之，方以智字。

以来三十年，当为康熙九年（1670）年前后。且该序位于张贞生序之后，张序云"康熙辛亥孟春庐陵后学张贞生幹臣撰"①，故张序作文时间当于康熙十年辛亥（1671）三月前后。查徐芳行踪，康熙九年庚戌，徐芳时游扬州②，顺道为友作序亦属情理之中。故综合考虑，该序确作于康熙九年。

徐芳采取"文品取决于人品"的论述逻辑，评价汤来贺别集《内省斋文集》。序文开篇引用孔子"文莫犹人"之说，将汤来贺为"有德之人"作为序文的论述焦点，围绕汤来贺的个人品德、人生遭际展开叙述与议论。序文在回顾二人的交游后，第三段以"天之生才果有意"为切入点讲述一个普遍现象，即天赋才能之人往往命途多舛，为下段阐发汤来贺便是这些怀才不遇的士人之一张本。第四段复以"嗟乎"发议论，指出汤来贺于空山绝壑处著书为文，是由于"以其生平所学砥之于躬，又以躬之所不尽而著之于言，使后之服其训者，引绳削墨"，其文有匡救时弊之意，具有鲜明的现实指向性。第五段笔锋一转，叙述来贺良苦用心的来源，以回顾其官宦历程的视角说明其文之针砭时弊实系为官本色。徐芳复以唐时名相宋璟为喻，盛赞来贺为人严正不阿，为士人楷模。第六段复归言"言之轻重，存乎其人"，以司马光作《资治通鉴》得不朽之名为例，对汤来贺其人及作品"不于一日之荣名显功，而千秋之典则"致以殷切希望。序文末尾，交代缘由，以"欧阳子之文"云云简要点评其行文风格。

其三，《寄李太虚先辈》：

> 往先生有命，以作传之役见属，非敢忘之。以枯索之胸，焚砚日久；又苦贫俗交驱，不得不以青乌小技，博饭于外，奔走疲薾，此事都废。昔顾凯（恺）之之画，必天日清霁，凉炎交适，乃登层楼之上，闭户去梯，而染毫焉；非其时也，未尝轻着一笔。画小艺耳，其矜重不苟，尚复如此；况文章千古事，先生之传，又一代最有关系之作，可于尘浊喧杳之际，草率就之乎？其逡巡愈久，而笔愈不得下者，亦矜重之情然也。

---

① 张贞生：《内省斋文集序》，《内省斋文集》卷首，第459—460页。
② 徐芳《嗜鳌纪报》末署："庚戌中秋日记于广陵旅次。"可知，徐芳于康熙九年庚戌（1670）中秋前后游扬州。徐芳著，欧阳健、欧阳紫雪主编，马晴点校：《嗜鳌纪报》，《藏山稿外编》卷二十，《全清小说·顺治卷》，文物出版社，2020年，第6册，第363页。

载观古之善为文者，其称引诵述，皆不务为溢誉，而必与其人之生平相权度；虽轻重详略之各有其法，要使传者无讥，而受之者不怍，故言出而信服于世。譬写生者，色之黔皙、肤之丰癯、躯干鬒发之短长多少，一以其人之质还之；而神情韵度，始可进而求也。郭令公命周昉写其婿赵侍郎从之貌，以示其女，便呼赵郎；荀勖潜图钟太傅像于新宅之门，二钟见之，即感恸废宅。无他，其状貌逼真，虽欲不喜而哗笑、悲而凄咽，不可得也。今之为文者，铺张涂缀，不度其宜称之何如，而惟夸是务。言诗则王孟避席，论文则韩欧比肩；征品业则姚宋、范韩之不足言，语学行则曾闵、周程之无以过。如写生之家，眉目肤体略无肖似，惟作一魁伟之躯、妍好之面而已。虽其子弟至亲，尚茫然不自辨识，况可出示他人，而传之于后耶？故近世之文之不古若，以其好誉而格卑也。而使不出于是，又无以餍其人之求；甚或以此得过，故作者苦焉。

若先生者，固深于古文词，而具千古之识者，世俗浮谀之言，知不以此相督。故昨所拟稿，不敢枝蔓其辞，而微参以《史断》之例，所不知者阙之。盖将以求先生之真，而期为可述也。且人之所以传，原不必多；得一二大端之卓然者，而其人已不朽矣。寇莱公为宋名士，惟是澶渊划策一事；而天书附会、烛泪成堆之类，前史亦并记之，以其不必讳也。先生之生平，高出于俗甚多；而今日所痛惜，后世所感叹而不能已者，乃在南迁一议。故特为详列焉，所谓从其大，而余可以不琐琐也。

惟是处境甚恶，日在尘浊喧沓中，求如凯（恺）之之层楼暇日，经营极致，固不可得；而手笔庸下，则其才分有所限矣。呈向先生，其堪受大匠之绳削否也？[①]

按，李太虚即李明睿（1585—1671），字太虚，江西南昌人。天启二年（1622）进士，改翰林院庶吉士，擢中允。甲申明亡，多尔衮授明睿礼部侍郎，同年十一月被革职，南归，隐居庐山。晚年居南昌阆园家中，潜心著述。卒年

---

① 徐芳：《寄李太虚先辈》，周亮工辑：《尺牍新钞三选结邻集》卷五，朱天曙编校整理：《周亮工全集》，第12册，第389—393页。

八十七。雅好诗词戏曲，与熊雪堂、陈士业等人为友，谭元春、吴伟业曾游其门下，执弟子礼。著作有《仙音谱》《阆园四部稿》等。①

据徐芳与李明睿存世之作，二人交游始于何时难以确定。据笔者推测，二人年龄相差三十岁的忘年之交或始于康熙年间，二人因时任南城县令的苗蕃而相识。康熙六年，苗蕃为徐芳选梓之《悬榻编》成，时年八十三岁高龄的李明睿为徐芳作序。②又查《悬榻编》卷五《题贲皇先生蓝笔卷一》及《再寄李太虚宗伯》③等文字，苗蕃曾有诗作《江帘咏》，李明睿有唱和之作并梓行成集；徐芳读后致书李明睿，对前辈"麻姑盱水盛文章，前有圭峰后有芳"之盛赞表示诚惶诚恐，足见李明睿对徐芳的赏识和对其文学功力的肯定。

徐芳在《再寄李太虚宗伯》中说道："如先生者，岂惟诗文之奇，吐吞河岳；耆德之重，冠冕人伦。盖当安危缓急之际，而勇沈知深，大事可属，如澶渊莱公、靖康伯纪，惟先生足以当之。""澶渊莱公""靖康伯纪"指寇准促成澶渊之盟、李纲抗金事，在此作比，似有其深意。而此深意在《寄李太虚先辈》这篇佚文中可得到详细解释："先生之生平，高出于俗甚多，而今日所痛惜，后世所感叹而不能已者，乃在南迁一议。"结合《乾隆南昌县志》卷二十三《文苑·李明睿》所言："时闻贼覆秦，京师震动，总宪李邦华密疏请太子监国南都，备不测，上疑未决。而明睿特请面对，太子幼，必上自出，乃可有为。不用其策。寇逼，范景文等重理前说，不及事矣。"④"南迁"事概指李自成陷山西，李明睿等人劝崇祯帝尽快南迁，然终未行其策之事。故在徐芳眼中，如若崇祯帝采纳李明睿南迁的建议，旧朝或许能仍有一线生机。可见徐芳对李明睿的敬佩之情，既基于对前辈巨公诗文成就的景仰，又基于对李明睿在危急时刻表现出的智勇而深深折服，是故明同道之间的惺惺相惜。

此篇佚文既佐证了李明睿南迁一议的相关史实，还侧面反映了徐芳有关写作人物传记的文论观。其一，在写作人物传记之前，作者需要琢磨、锤炼再三，方可下笔。李明睿曾嘱托徐芳写作的传记文章迟迟未能写成，徐芳在信中

---

① 参见施祖毓：《李明睿钩沉》，《复旦学报》（社会科学版）2002 年第 5 期。
② 参见李明睿：《悬榻编敘》，《悬榻编》卷首，第 10 页。
③ 参见徐芳：《题贲皇先生蓝笔卷一》《再寄李人虚宗伯》，《悬榻编》卷五，第 215、180—181 页。
④ 徐午等纂修：《乾隆南昌县志》卷二十三，乾隆间刻本，第 17 页。

解释道，写传记耗时之久，除了自身因维持生计而行堪舆之术，须四处奔走的现实原因，还由于一篇传记文的完成需作者反复斟酌，不可草率为之。徐芳以顾恺之作画讲求天时为例，说道："画小艺耳，其矜重不苟，尚复如此；况文章千古事，先生之传，又一代最有关系之作，可于尘浊喧沓之际，草率就之乎？"书法、文学同为艺术体裁，然"文章千古事"，书法尚需以矜重、崇敬之情对待，文章更需投入诸多时间精力构思、钻研，方可写成一篇优秀的人物传记。这里既有对"文章千古事"即对文章神圣性的推崇，亦认为作者创作文学作品应具有严肃认真的态度。

其二，在写作人物传记过程中，传主的人物形象必须真实可信，以表现人物的本来面貌。"载观古之善为文者，其称引诵述，皆不务为溢誉，而必与其人之生平相权度"一句，阐发了传主的人物形象需与事实相符，不能夸张溢誉的观点。在肤色、体态等外貌基础性要素符合真实的前提下，方可追求刻画人物的神韵，"神情韵度，始可进而求也"。徐芳以绘画技法比喻作文章法，以荀勖画钟繇像之典为例，说明在形似的基础上追求神似，可谓真正善为文者。随之从反面批评当今文坛脸谱化、浮夸风盛行，刻画人物形象之形似尚且难以做到，"今之为文者，铺张涂缀，不度其宜称之何如，而惟夸是务。言诗则王孟避席，论文则韩欧比肩；征品业则姚宋、范韩之不足言，语学行则曾闵、周程之无以过。如写生之家，眉目肤体略无肖似，惟作一魁伟之躯、妍好之面而已"。因此，"近世之文之不古若，以其好誉而格卑也"，亦点出当世文风不若古的原因在于文人追名逐利，品格低劣。徐芳对形似的重视，说明他看到了传主是人物传记的灵魂，强调传主形象的真实性亦是强调其独特性，不落窠臼；亦看到了传记写人与绘画画人都存在近似的形神之理，即形似是神似的基础与前提，外形若落于俗套与虚假，便无法真正写出人物的独特气韵。

其三，在写作传主的具体事迹时，应详略得当，忌面面俱到；必要时仅选取人物的一种代表性事件，尤其是重大事件，以此揭示人物内在的精神力量。徐芳在第三自然段中写道："且人之所以传，原不必多；得一二大端之卓然者，而其人已不朽矣。寇莱公为宋名士，惟是澶渊划策一事；而天书附会、烛泪成堆之类，前史亦并记之，以其不必讳也。"一篇传记只需重点突出传主一两则最具代表性的事迹即可，多则枝蔓琐碎。徐芳在另一札中，也表达过类似的文学观念:"载观古人为文,一篇止论一事,不更以多端杂之;故其言各有原委,而开合变化,一论自成一局。"① 无论是人物传记还是普通文章都应以一件事为书写焦点,在题材选择上有所取舍,不然则显得纷乱繁杂。

在《陈伯矶愿学集序》中,徐芳看到了明末清初假文学充斥文坛的不良现象,呼吁对真诗、真文学的追求,是明遗民"真诗"诗论观在散文领域实践的又一例证。《内省斋文集序》不仅仅是徐芳在挚友别集梓行之际写下的品评文字,亦包含着对遗民同志人格、志趣等方面的认同与赞许。《寄李太虚先辈》提出对写作人物传记的要求,作者须揣摩再三,精心选取重大事件,刻画真实可信的人物形象。这三篇佚文对进一步深化徐芳文论观研究,以及考察明末清初明遗民生态,都具有重要的价值。

---

① 徐芳:《与栎园三》,周亮工辑:《尺牍新钞三选结邻集》卷三,朱天曙编校整理:《周亮工全集》,第12册,第240—241页。

散文研究评述

2019—2020年明清散文研究综述

李梦琦　欧明俊[*]

2019—2020年，明清散文研究取得丰硕成果。兹从文献整理与研究、文体研究、文章学与散文理论研究、散文与学术文化关系研究、桐城派散文研究等五个方面，回顾、梳理其成就与进展，并进一步总结、反思与展望，以期推进明清散文研究深入发展。

一、文献整理与研究

2019—2020年，明清散文文献整理取得很大成就，几部大型丛书相继问世。《明代诗文集珍本丛刊》影印出版国家图书馆藏明代诗文集稀见珍本353种[①]，《清代乡试文献集成》（第一辑）收录清代乡试录、题名录、同年录等乡试文献368种[②]，《清人著述丛刊》（第一辑）刊布清代学人著述约350种[③]，《桐城派文集丛刊》汇集桐城派214位作家共340部诗文集[④]，《近代诗文集汇编》收

---

[*] 李梦琦，福建教育学院语文研修部讲师，文学博士，欧明俊，福建师范大学文学院教授、博士生导师。
① 国家图书馆编：《明代诗文集珍本丛刊》，国家图书馆出版社，2019年。
② 国家图书馆编：《清代乡试文献集成》（第一辑），国家图书馆出版社，2020年。
③ 曾学文、徐大军主编：《清人著述丛刊》（第一辑），广陵书社，2019年。
④ 曹辛华、刘慧宽主编：《桐城派文集丛刊》，北京燕山出版社，2019年。

录近代旧体诗文集 100 种①，皆为明清散文研究提供了基础性的原始文献。同时，地方文献的整理与出版，如《江苏艺文志》（增订本）28 册、《八闽文库》第一辑《福建文献集成》（初编）200 册、岳麓书社重出点校本《湖南文征》②，也包含大量明清散文文献。

明清文人别集接踵出版，代表性的如《傅岩文集》《梅文鼎全集》《宋荦全集》《戴名世集》《陈用光诗文集》《黄遵宪集》《叶昌炽集》《林纾集》③，有利于推进个案或专题研究。书信、日记作为"私人化"书写的重要文体，往往能带读者重回"历史现场"，整理出版的有《俞樾书信集》《王韬日记新编》《翁同龢日记》。④

有关学术论文，辑佚方面，陈开林《钱谦益佚文辑考》从清人典籍中整理钱谦益佚札四通、佚序两篇，并详考创作时间。⑤张明强《钱谦益集外文二篇考释》辑得钱谦益《〈识匡斋全集〉序》和《复陈乔生》两篇佚文，并对每篇佚文的写作背景、主要内容略做考释。⑥二文全录佚文，为研究钱氏交游、心态及文学批评提供了新材料。袁鳞《方苞佚札六通考释》从尹会一《健余先生尺牍》、单作哲《紫溟文集》各考得方苞三通佚札，对研究方苞晚年学术交往、精神状态以及生活境遇很有价值。⑦

---

① 夏静主编：《近代诗文集汇编》，巴蜀书社，2020 年。
② 江庆柏主编：《江苏艺文志》（增订本），凤凰出版社，2019 年；《八闽文库》编纂委员会编：《福建文献集成》（初编），福建人民出版社，2020 年；罗汝怀编纂，邓洪波主编：《湖南文征》，岳麓书社，2020 年。
③ 傅岩撰，陈春秀、颜春峰点校：《傅岩文集》，中华书局，2019 年；梅文鼎著，韩琦整理：《梅文鼎全集》，黄山书社，2020 年；宋荦等著，刘万华辑校：《宋荦全集（附宋氏家集）》，浙江古籍出版社，2020 年；戴名世撰，王树民编校：《戴名世集》，中华书局，2019 年；陈用光著，许隽超、王晓辉点校，蔡长林校订：《陈用光诗文集》，台湾"中央研究院"中国文哲研究所，2019 年；黄遵宪著，陈铮主编：《黄遵宪集》，中华书局，2019 年；叶昌炽著，王立民、徐宏丽整理：《叶昌炽集》，中华书局，2019 年；林纾著，江中柱等编：《林纾集》，福建人民出版社，2020 年。
④ 俞樾撰，汪少华整理：《俞樾书信集》，上海人民出版社，2020 年；王韬撰，田晓春辑：《王韬日记新编》，上海古籍出版社，2020 年；翁同龢著，翁万戈编，翁以钧校订：《翁同龢日记》，上海辞书出版社，2019 年。
⑤ 陈开林：《钱谦益佚文辑考》，杜桂萍、陈才训主编：《明清文学与文献》（第 8 辑），社会科学文献出版社，2019 年，第 171—187 页。
⑥ 张明强：《钱谦益集外文二篇考释》，《图书馆杂志》2019 年第 6 期。
⑦ 袁鳞：《方苞佚札六通考释》，《古籍整理研究学刊》2019 年第 1 期。

版本方面，邹建锋《〈阳明先生文录〉版本源流考》梳理数十种嘉靖、万历年间《阳明先生文录》，将其版本源流划分为黄绾、钱德洪、佚名、董聪四种版本体系。① 杨珂《国图藏抄本〈辨志书塾文钞〉与李兆洛别集流传》关注李兆洛别集早期初稿，即国家图书馆藏《辨志书塾文钞》，考察此稿与道光本、咸丰本、光绪本诗文集的递嬗关系，比较各版本之间差异优劣，为李兆洛诗文整理提供可信的版本依据。② 任群《钱仪吉诗文集版本考》对钱仪吉诗文集版本源流加以梳理。③

此外，魏宏远《王世贞诗文集的文献学考察》通过对王世贞诗文集累积性、派生性以及文本重复性的爬梳，为王世贞研究提供了一份可靠的文献清单。④ 彭国忠《曾国藩与梅曾亮文学关系新论：基于新材料的考察》从新发现湖南省图书馆藏梅曾亮致曾国藩十一通书札，揭示二人日常交往、诗文品评等具体情况，还原二人文学关系的实质。⑤ 吴钦根《谭献〈复堂日记〉的编选、删改与文本重塑》对比《复堂日记》稿本与刻本的差异，重现谭献在编定刻本时，为了重新定义自我、建构自我，对原始稿本所做的一系列文本重塑工作。⑥ 罗琴《原版与"盗版"间的互动：周亮工〈尺牍新钞〉三选与汪淇〈尺牍新语〉三编纠葛详考》从新的视角厘清了周亮工《尺牍新钞》与汪淇《尺牍新语》之间的因袭关系。⑦ 任雪山《新见〈望溪先生文偶抄〉汇评本及其文献价值》分析新发现《望溪先生文偶抄》汇评本的内容，揭示其版本、特征及文献价值等多方面意义。⑧

---

① 邹建锋：《〈阳明先生文录〉版本源流考》，《浙江社会科学》2019年第1期。
② 杨珂：《国图藏抄本〈辨志书塾文钞〉与李兆洛别集流传》，《文献》2019年第6期。
③ 任群：《钱仪吉诗文集版本考》，杜桂萍主编：《励耘学刊》（第三十二辑），社会科学文献出版社，2020年，第331—348页。
④ 魏宏远：《王世贞诗文集的文献学考察》，《文学遗产》2020年第1期。
⑤ 彭国忠：《曾国藩与梅曾亮文学关系新论：基于新材料的考察》，《学术界》2020年第9期。
⑥ 吴钦根：《谭献〈复堂日记〉的编选、删改与文本重塑》，《文学遗产》2020年第2期。
⑦ 罗琴：《原版与"盗版"间的互动：周亮工〈尺牍新钞〉三选与汪淇〈尺牍新语〉三编纠葛详考》，《文献》2019年第1期。
⑧ 任雪山：《新见〈望溪先生文偶抄〉汇评本及其文献价值》，郭英德主编：《斯文》（第六辑），社会科学文献出版社，2020年，第305—316页。

二、文体研究

文体研究是明清散文研究的一大热点。吴承学是文体学研究名家，专著《近古文章与文体学研究》集合多年文体研究成果，代表了当前古代文体学研究的最高成就之一。书中与明清散文研究相关的内容，如第九章总结七十年来明清诗文研究的发展与成就；第十章以《文章辨体》等三部总集为中心，分析明代文体学取得的成果；第十一、十二章分别探讨序题与晚明清言；第十五章讨论《四库全书总目》在诗文评研究史上的贡献；第十六章为《四库全书》与评点之学；第十七章研究《古文辞类纂》编纂体例之文体学意义。①

"正文体"作为明代统治者重建思想秩序的重要手段，受到学者关注。张德建《正文体与明代的思想秩序重建》回归历史"原生态"，以"正文体"为介质，在观察以明代为代表的中国古代社会如何实行思想控制的同时，详细阐释"正文体"的历史、观念、理论及功用。②视角宏阔，极有理论深度。仲晓婷《明中后期官方"正文体"奏议及行政运作》同样关注明代政制与文学的关系。从"正文体"的命名、"正文体"奏议的论涉范围、"正文体"的行政运作三方面，探究科举文屡"正"少功之根源。③刘尊举《真我·破体·摆落姿态：徐渭散文的文体创格》另辟蹊径，关注徐渭散文创作，探究他在明代中后期散文文体的演变过程中发挥的重要作用。④

骈文及骈、散关系研究持续深入与细化。张明强《论明清之际骈文的经典化》从骈文选本、骈文话、模拟、评点等方面，考察明清之际骈文经典的演变与典范效应，通过总集和注本探讨清初骈文经典化的机制和路径。⑤论文将文学、传播学与阐释学相结合，动态展示明清之际骈文的经典化过程。多角度论述，有些地方还可展开论述。张作栋《清代的骈文性灵说》指出清代诗歌领域提倡"性灵说"，骈文领域也有"性灵说"。吴鼐于嘉庆三年（1798）选辑袁

---

① 吴承学：《近古文章与文体学研究》，广东高等教育出版社，2020年。
② 张德建：《正文体与明代的思想秩序重建》，《文学遗产》2019年第1期。
③ 仲晓婷：《明中后期官方"正文体"奏议及行政运作》，《古代文学理论研究》2020年第1期。
④ 刘尊举：《真我·破体·摆落姿态：徐渭散文的文体创格》，《文学遗产》2019年第1期。
⑤ 张明强：《论明清之际骈文的经典化》，《苏州大学学报》2020年第5期。

枚、洪亮吉等八位师友骈文153篇为《八家四六文钞》，通过序、题辞与选文等批评形式倡导"性灵"，提出骈文"性灵说"，本质是骈文尊体，在清代骈文理论史上有重要地位。① 雷斌慧《清代浙东学派骈文之嬗变》认为清代"浙东学派"虽以史学名家，但骈文成就亦不可忽视。论文从黄宗羲、全祖望、邵晋涵、章学诚、黄式三、黄以周等人对骈文的态度及骈文创作、理论等，探讨"浙东学派"骈文嬗变。② 吕双伟《陈子龙对"古文辞"的推崇及其骈文地位的建构》认为陈子龙主观上没有以"四六""骈体""骈文"之名进行创作或批评，但通过其"古文辞"理论主张与实践、后继者的传承与发扬，对清初骈文振兴起了重要作用。③ 董新宁《论陈维崧的骈散关系观》指出陈维崧致力于骈文写作，但由于当时骈文衰微，不得不依托古文，以"骈—散"对举方式为骈文正名，提高骈文地位，扩大骈文影响。④ 两文皆从个案切入，着眼骈文与古文关系，充分体认古文兴盛之际骈文家为提高骈文地位而付出的努力。吕双伟《乾嘉骈序的抒情成就及其骈文史意义》认为乾嘉时期，骈序不仅数量多，而且在抒情方面取得杰出成就，是清代骈文复兴的重要体现，也提升了清代骈文的审美性。⑤ 郑宇辰《蒋士铨〈忠雅堂评选四六法海〉对徐庾骈文的传承》突出蒋士铨《忠雅堂评选〈四六法海〉》在清代骈文选本中的重要地位，进一步探讨蒋士铨为何特别提倡徐陵、庾信骈文，考察他如何以此为美学指标，并由此展开评点，建构骈文理论。⑥

八股文研究也极为活跃。陈维昭《八股文与情思的翅膀》肯定八股文表达思想及抒发情感的成就，呼吁学者摆脱成见，以历史的观点看待八股文。⑦ 张建华《八股文的文体失语及其定位方法》综合分析中西方文体学发展理论，提

---

① 张作栋：《清代的骈文性灵说》，《光明日报》2019年9月23日，第13版。
② 雷斌慧：《清代浙东学派骈文之嬗变》，《中国散文研究集刊》（韩国）第9辑，2019年，第231—247页。
③ 吕双伟：《陈子龙对"古文辞"的推崇及其骈文地位的建构》，《湖南师范大学社会科学学报》2019年第6期。
④ 董新宁：《论陈维崧的骈散关系观》，杜桂萍主编：《励耘学刊》（第二十辑），社会科学文献出版社，2020年，第141—157页。
⑤ 吕双伟：《乾嘉骈序的抒情成就及其骈文史意义》，《中南大学学报》2020年第4期。
⑥ 郑宇辰：《蒋士铨〈忠雅堂评选四六法海〉对徐庾骈文的传承》，《中国学术年刊》第41期，台湾师范大学国文学系，2019年，第59—82页。
⑦ 陈维昭：《八股文与情思的翅膀》，《中国文学研究》2020年第3期。

出回归文本,从文学文体学视角研究八股文的美学风范。① 郑雄《明代八股文发展分期的差异与折衷》梳理明清两代关于明代八股文分期的众多说法,考察不同分期说背后的标准与立场。② 三篇论文都主张客观公允看待八股文,考察历史语境,回归文体本身,重新思考其价值、得失等。安家琪《王锡爵的制义书写与晚明"文章之道复归词林"》着力个案分析,通过文本细读,考察王氏制义书写的词汇选择、句式构造,探究其"以古文为时文"的写作技法。同时,结合历史背景,分析王氏制义在晚明产生的强大示范效应。③

此外,辞赋、书序、书牍等文体研究也取得一些成果。踪凡《道光年间律赋总集之编纂》分析道光年间(1821—1850)律赋总集的概况、特点,进而总结当时律赋创作与编集兴盛之原因。④ 郭薇《清代辞赋中的江南书写与审美观照——以〈江南春赋〉〈杏花春雨江南赋〉为中心》探究清人辞赋书写中流露出对江南形象的认知与审美观照,进而感知其中所蕴含的清人江南意识与文化心理。⑤ 王润英《梓而有序:明代书序文研究》以当时主盟文坛王世贞及其周边文人群体书序文为重点考察对象,将书序文置于明代刻书泛滥的文化生态中,首次系统深入书序文作者、书籍编著者、读者等多个主体之间的复杂关系,从书写实践到传播实践,立体而动态地呈现书序文体在明代的发展演变,从文体学角度诠释了与书序密切相关的文学和文化世界。⑥ 叶晔、杜欢《论文书牍与明代文学论争的"境内"驱动》通过考辨"论文书牍"的名、实定义,往复语境,"友人"指代等基本问题,观察明代文学流派的共同体意识如何介入明人论文书牍写作之中,并推动这一文论体式的主要批评领域,从经验书写、文学史总结转向更纯粹、深入的学理辨析。⑦ 论证有力,新见迭出。夏朋飞、刘湘兰《名卿与大儒:明清王阳明传记书写的二维向度》、曹虹《晚清人

---

① 张建华:《八股文的文体失语及其定位方法》,《甘肃社会科学》2019 年第 5 期。
② 郑雄:《明代八股文发展分期的差异与折衷》,《文学遗产》2019 年第 4 期。
③ 安家琪:《王锡爵的制义书写与晚明"文章之道复归词林"》,杜桂萍、陈才训主编:《明清文学与文献》(第 8 辑),社会科学文献出版社,2019 年,第 3—24 页。
④ 踪凡:《道光年间律赋总集之编纂》,《学术研究》2019 年第 12 期。
⑤ 郭薇:《清代辞赋中的江南书写与审美观照——以〈江南春赋〉〈杏花春雨江南赋〉为中心》,《北京社会科学》2020 年第 7 期。
⑥ 王润英:《梓而有序:明代书序文研究》,商务印书馆,2020 年。
⑦ 叶晔、杜欢:《论文书牍与明代文学论争的"境内"驱动》,《文艺理论研究》2020 年第 6 期。

的域外游记》、陈刚《明万历笔记著述方式初探》①，分别研究传记、游记、笔记等文体，皆为扎实厚重之作。

三、文章学与散文理论研究

龚宗杰《明代文话研究》是第一部系统研究明代文话的学术著作，从文献、文本、文化三个层面对明代文话进行详细考察。作者全面梳理明代文话文献。正文分为五章，前三章为内部研究，探究明代文话的话语体系及其演变、文本生成与制作、表述策略及意义。四、五章则引入"近世性"视角，研究文章批评视野下和社会文化语境中的明代文话。②史料翔实、见解独到，是明代文话研究新拓展。附录《明代文话总目》，为学者进一步研究提供便利。

诸雨辰《弘道以文：文评专书与清代散文批评研究》以时代发展为线索，即明清易代之际、康熙中期至乾隆初期、乾隆初期至嘉庆前期、嘉庆前期至咸丰年间、同治年间至清末，其间稍有交叉。在每一历史时期，择取若干部文评专书，结合特有的社会文化语境，探究其中蕴含的散文批评方法与散文理论观念，进而发掘特定时期的学术思想、文化思想之间的密切关联，揭示其中深刻的文化思想与文化价值。③全书引证丰富，脉络清晰，论证严密，是极有分量的专题研究。

何诗海《清代非韩论及其对"文以载道"的冲击》从接受史入手，考察清人对韩愈文道观的阐释。清人重新审视古文理论和创作实践的功过得失及韩愈的"道统"和文学史地位，并由此引发对古代文章学的核心问题，即文道关系的反思。这对传统的"文以载道"说形成了一定的冲击乃至消解作用，成为"五四"新文学家批判"文以载道"的先声。④论证有力，观点新颖。何诗海、

---

① 夏朋飞、刘湘兰：《名卿与大儒：明清王阳明传记书写的二维向度》，《学术研究》2020年第4期；曹虹：《晚清人的域外游记》，《江西师范大学学报》2020年第4期；陈刚：《明万历笔记著述方式初探》，《北京社会科学》2019年第1期。
② 龚宗杰：《明代文话研究》，中华书局，2019年。
③ 诸雨辰：《弘道以文：文评专书与清代散文批评研究》，北京师范大学出版社，2020年。
④ 何诗海：《清代非韩论及其对"文以载道"的冲击》，《文学遗产》2019年第1期。

陈露《明清史传入集的文章学考察》指出明清总集编纂，打破《文选》以来不节录经、史、子著作的传统，大量收录史书中主要写人叙事的纪传文，甚至出现了不少专录《左传》《史记》或合选《史记》《汉书》的文章选本。究其原因，一是四部藩篱之突破，二是辨体批评之需，三是叙事文地位之提高，四是研习八股之需。诸种因素交互激荡，促成史传文大量和频繁入集，推动了史传文章经典化进程。① 论文逻辑严密，论证清晰，结论令人信服。张何斌《明清吴中与浙东文学的互动——以文章批评与选本为中心》以宋濂、归有光、钱谦益、黄宗羲、全祖望等人为线索，梳理并分析其思想与创作实践，结合相关文章总集对作家作品的选录接受情况，总结吴中与浙东两地在明清文学发展史上的互动交融及在全国文学版图中的突出意义。② 从人文地理学切入，视角独特。

学者借鉴西方文学理论，关注凡例、评点等"副文本"资源。何诗海《清代别集凡例与文学批评》着重从抉发文心、辨析文体、探讨文例、评点与反评点四个方面，探究清代别集凡例的文学批评意义。③ 余祖坤《古文评点向清代别集的渗入及其文学史意义》指出清代别集所附的古文评点，展示了大量清代古文作品最初的接受情况，呈现了很多作家及流派的古文理论，应重估古文评点在中国文学史上的价值与地位。④ 作为辅助性文本，凡例、评点伴随文集产生，其中所蕴含的丰富史料价值，应被充分挖掘。

西方现代学科体系引入之前，中国传统学术是经、史、子、集的"四部之学"。郭英德《论〈四库全书总目〉的古文观》探究《总目》对"古文"基本性质和形态特征的认识。《总目》在"古文"与"时文""骈体""语录"等文体类型的比较中，论定"古文"何以为"古文"的基本性质，进而在体制、语体、体式、体性等层面上，标举"古文"散行单句、华实酌中、法度谨严、醇朴雅正的形态特征。在治弊纠偏的意义上，《总目》明确倡导"轨辙复正"的"古文一脉"，以标树符合"正统"的古文观念。⑤ 论证有力，语言雅洁，"命名"

---

① 何诗海、陈露：《明清史传入集的文章学考察》，《文艺理论研究》2020年第4期。
② 张何斌：《明清吴中与浙东文学的互动——以文章批评与选本为中心》，《浙江社会科学》2019年第9期。
③ 何诗海：《清代别集凡例与文学批评》，《四川大学学报》2019年第2期。
④ 余祖坤：《古文评点向清代别集的渗入及其文学史意义》，《文学遗产》2019年第5期。
⑤ 郭英德：《论〈四库全书总目〉的古文观》，《文艺研究》2020年第2期。

学术新概念，尤其值得称道。何宗美《〈四库全书总目〉的小品批评——以明代子部提要为中心》认为在文献、认识、方法等方面，《总目》的小品批评具有启示意义。① 在子部中发掘"纯文学"小品，颠覆了文学在"集部"的通行观念，新人耳目。常方舟《四部之学的转换与近代文章流别论的生成》从清末民初词章之学的界域内出发，考察经、史、子、集四部之学的转换与近代文章流别论生成的理论渊源、具体表现和复合影响。②

个案性的文论研究，如朱泽宝《论魏禧"真气"说的理论内涵及其文论意义》认为魏禧"真气"说的内涵强调尊重作家个性禀赋，不背离"理义"，同时蕴含对多元化文风的倡导和丰富的政治意味，对桐城派文论确立起到积极作用，也成为评判文章优劣的重要标准。③ 方盛良《姚永朴文学"工夫"论及其文论史意义》以姚永朴《文学研究法》为中心，对姚氏文学"工夫"论进行再阐释。作者还指出，桐城派文论中，除"义法"说、"雅洁"说、"阳刚阴柔"说、"神气"说等，还有许多概念或命题值得梳理建构。④ 这是对桐城派古文理论研究的拓展和深化。

四、散文与学术文化关系研究

散文与文化权力关系，饶龙隼《明中期文柄旁落下的文坛变局》由文柄切入论题，在明中期文柄旁落大背景下，论述正德朝以后文坛格局变动之情态。⑤ 郭英德《布衣之文：清前期文坛身份意识的强化与文化权力的转移》以顺治、康熙年间古文家为主要对象，聚焦"布衣之文"的兴衰，描述这一时期文坛上身份意识的强化和文化权力的转移，借以考察清前期散文发展的总体趋向。⑥

---

① 何宗美：《〈四库全书总目〉的小品批评——以明代子部提要为中心》，《文学评论》2019 年第 5 期。
② 常方舟：《四部之学的转换与近代文章流别论的生成》，《文学评论》2020 年第 2 期。
③ 朱泽宝：《论魏禧"真气"说的理论内涵及其文论意义》，《文艺理论研究》2020 年第 5 期。
④ 方盛良：《姚永朴文学"工夫"论及其文论史意义》，《南京大学学报》2019 年第 3 期。
⑤ 饶龙隼：《明中期文柄旁落下的文坛变局》，《中山大学学报》2020 年第 6 期。
⑥ 郭英德：《布衣之文：清前期文坛身份意识的强化与文化权力的转移》，《福建师范大学学报》2019 年第 5 期。

张德建《八景的文本策略与权力关系》认为围绕着对八景的塑造，士人、国家、地方分别与八景建构出不同的权力关系，在这样复杂的权力关系网络中，文学艺术的表达退居次要位置，成为追求文化权力的工具。而当八景成为流行文化，高度稳定的符号造成审美固化与僵化，最终又导致八景文化衰落。① 文学发展变化受困于文化权力，特别是政治权力，文学独立性、纯洁性从来都是一种理想，上述三篇论文，从文化权力视角切入，新颖深刻，避免简单化看问题，学术含金量高，思维、方法、观点上皆给人以新的启发。

散文与社会文化关系，徐永斌《明清江南文士治生研究》爬梳地方志、明清文集、笔记等多种史料，较为形象地呈现出明清时期江南文人的治生风貌。② 日本学者大木康《明清江南社会文化史研究》第十七章，从八股文着手，讨论明清时期科举与文学之关系。③ 李瑞豪《乾嘉时期的"文人游幕与文学"研究》从乾嘉文人的诗文创作，揭示游幕文人心灵及精神状态，描绘乾嘉时期文人游幕与文坛的关系。④ 郑立勇、雷炳炎《明代地方儒学创修经费来源考论——以"学记文"为中心的考察》将明人学记文创作置于整个时代发展演变历史背景中，从具体的微观执行层面探讨明代地方儒学创修经费的来源及使用情况，进一步探究州县民众对朝廷兴学政策的响应态度与做法。⑤ 将学记文体与教育学结合起来研究。文韬《从"以文存园"到"纸上造园"——明清园林的特殊文学形态》将文学与建筑学结合，关照明清文人园林记创作，讨论明清士人如何把园林书写作为延续园林物质性存在的手段，继而以文章高下评定园林优劣，最终发展出向壁虚构的"纸上造园"。⑥ 这些著作、文章不满足于艺术分析，而是注重散文的社会文化功能，是散文研究视角拓展，皆增加了学术文化内涵。

文学与学术思潮关系，左东岭《"台阁"与"山林"文坛地位的升降浮沉——元明之际文学思潮的流变》对元明之际"台阁"与"山林"文坛地位的

---

① 张德建：《八景的文本策略与权力关系》，《文学遗产》2020年第2期。
② 徐永斌：《明清江南文士治生研究》，中华书局，2019年。
③ 〔日〕大木康：《明清江南社会文化史研究》，汲古书院，2020年。
④ 李瑞豪：《乾嘉时期的"文人游幕与文学"研究》，北京大学出版社，2020年。
⑤ 郑立勇、雷炳炎：《明代地方儒学创修经费来源考论——以"学记文"为中心的考察》，《青海社会科学》2020年第4期。
⑥ 文韬：《从"以文存园"到"纸上造园"——明清园林的特殊文学形态》，《文学遗产》2019年第4期。

升降浮沉及文学思潮的演变做详细论证，并揭示其复杂的社会历史原因。① 张德建《台阁文人的自我约束与审美贫乏》认为在台阁文本的阅读中，挥之不去的印象和感受就是在雍容大雅、平实质朴文风下思想和情感表达中严格的自我约束。这是理学思想塑造的敦厚详慎的政治品格与当时平淡之美、清乐之境、平远之景的审美模式所共同作用的结果。② 其中皆包含散文研究。

陆胤《晚清文学论述中的口传性与书写性问题》以章太炎的文论、经论为中心，钩沉晚清学人关于"口耳"与"竹帛"升降的论述。探究这些论述所折射的文化转型，以及在中西文明交汇之际，近代学人对于文化模式的期许或想象。③ 余莉《晚清社会学与刘师培文论观的建构》认为刘师培文论观的建构与晚清社会学有密切关系。晚清民初，随着西方社会学大量涌入中国，刘师培自觉运用社会学视野和理念进行"骈文正宗论"研究、"文体起源"研究、"南北文学不同论"研究。④ 不满足于就散文论散文、就文学论文学，追求思想性，提升散文研究的文化意蕴和学术品位。

五、桐城派散文研究

桐城派发展经历漫长历史时期，学者对桐城派进行历时考察，有的将目光聚集于桐城派早期发展，师雅惠专著《正声初起：早期桐城派作家研究》对早期桐城派作家进行综合系统的研究，第一章论述康熙朝士风在桐城派早期作家身上的体现，第二、三、四、五章从文体角度论述桐城派早期作家共有的文章观念。第六章到第十一章，为个案研究，分别探究方舟、王源、朱书、刘岩、方苞、何焯的文学创作。⑤ 刘相雨《论桐城派前期作家对古代散文理论的整合与超越》强调以戴名世、方苞、刘大櫆、姚鼐为代表的桐城派前期作家善于总

---

① 左东岭：《"台阁"与"山林"文坛地位的升降潭沉　元明之际文学思潮的流变》，《文学评论》2019年第6期。
② 张德建：《台阁文人的自我约束与审美贫乏》，《文学评论》2020年第6期。
③ 陆胤：《晚清文学论述中的口传性与书写性问题》，《中国社会科学》2019年第5期。
④ 余莉：《晚清社会学与刘师培文论观的建构》，《中国文学研究》2019年第4期。
⑤ 师雅惠：《正声初起：早期桐城派作家研究》，中国社会科学出版社，2019年。

结创作经验，并结合前人散文理论进行创造性转化和创新性发展。他们认为文章是天地之"气"的反映，并论述了"气"如何转化成"文"，还把"文气"说引入审美领域，使其成为古典美学的重要范畴。① 桐城派演进史研究仍有挖掘空间。

方苞倡导古文"义法"，并成为桐城派古文理论的起点和基石。刘文龙《"义""法"离合与方苞的评点实践》从方苞的创作批评实践出发，立足于其批点《史记》《左传》《离骚》、删削《荀子》《管子》及研治《春秋》和"三礼"等学术著作，探讨其取"义"的途径，发掘"义"的内涵，进而重新界说"义法"。② 张知强《桐城派的"义法"实践与古文删改》认为桐城派作家在众多评点本、选本中，以"义法"为依据，从"言有序"与"雅洁"两方面，对前人古文尤其是"唐宋八大家"古文进行删改，体现了桐城派在古文理论和创作方面的自信，及其在古文谱系中的正统地位。③ 张迪平《心理学视域下方苞古文"义法"说》运用心理学基本理论，联系心理优越感、安全感，结合"文无定法"说和"文以载道"说对"义法"作出新阐释，从而引领人们进入方苞的心理世界和精神空间。④ 袁方愚、张新科《"义法"理论在〈史记〉评点中的体现——清代王又朴〈史记七篇读法〉析论》从选本、评点、读法、评点史四方面对王又朴《史记七篇读法》的特点进行分析，探究其如何受方苞"义法"理论影响。⑤ 这一研究可谓"旧题新作"，是精耕细作式研究，仍有不少新见。

桐城派以"桐城"地域命名，但其影响深远，在地域上超出桐城，遍及全国各地。徐雁平《论桐城可作为清代地域文化研究的范本：以世家联姻与文献编刊为例》提出将桐城作为清代学术文化研究的"范本"。一方面通过县内世家联姻、世代文献编辑刊刻等因素，凸显其不同寻常的特点；另一方面，可借桐城作为"范本"的独特性来提供思考问题的方法，即将桐城文化研究"问题化"，进而将其与一般的地域文化研究建立合适的"区分度"，充分揭示其浓厚

---

① 刘相雨：《论桐城派前期作家对古代散文理论的整合与超越》，《江淮论坛》2019年第6期。
② 刘文龙：《"义""法"离合与方苞的评点实践》，《文学评论》2020年第1期。
③ 张知强：《桐城派的"义法"实践与古文删改》，《文学遗产》2019年第5期。
④ 张迪平：《心理学视域下方苞古文"义法"说》，《古代文学理论研究》2019年第2期。
⑤ 袁方愚、张新科：《"义法"理论在〈史记〉评点中的体现——清代王又朴〈史记七篇读法〉析论》，《人文杂志》2019年第10期。

的地方色彩或个性。①陈书录《明清地域商贾与桐城文派及阳湖文派》注意到戴名世、方苞、姚鼐、恽敬等人,都从不同角度论述《史记·货殖列传》,阐发对经商的看法。提出从地域士商风气对桐城文派、阳湖文派的影响切入,探究桐城派与阳湖派的文学主张异同,是一迫近历史真实而又比较新颖的研究视角。②刘文龙《桐城派传衍至江西的史学考察》分别以方苞、朱仕琇、姚鼐为中心,从三个阶段动态展示桐城派文章传衍至江西的历史过程。③

桐城派在现代如何"转型",值得探讨。王达敏《吴孟复:桐城派最后一位大师》指出吴孟复对"桐城派"与"王学左派""颜李学派"关系和刘大櫆思想独特性的论述,彰显了该派尊奉程朱理学之外,在思想方面的多元选择;对桐城派学者引小说元素入文的论述,解释了该派何以在晚清民国产生林纾、姚鹓雏和潘伯鹰等小说家的缘由;对桐城文是文艺散文的论断,显露出"五四"新文学中散文体裁与桐城文的丝连。这一系列原创性成果在学理上为桐城派从古典向现代转型提供了内在依据。④《论桐城派学者李诚的经世致用精神》认为江淮布衣学者李诚受到包括桐城派在内的中国传统文化熏染,又接受了"五四"新思潮的陶铸,将致用与求真相结合,在漫长的学术生涯中,始终坚持独立思考,坚持经世致用精神。⑤王达敏将桐城派传衍研究延伸到现当代,是对桐城派研究领域的新拓展,不仅注重桐城派散文的文学史意义,更注重其学术思想意义。孙之梅、范丹凝《吴汝纶的文道观念与桐城古文的现代转型》古今贯通,从吴汝纶文道观念切入,探究桐城古文的现代转型。吴汝纶主张"道因文存"和"以文求道",从内容和形式两方面规范古文,使得桐城古文在晚清新事物不断涌现的社会环境下能够适应近代文体革新,推动了桐城古文的现代转型。⑥

桐城派名家理论与创作的个案研究也取得新进展。卢坡专著《姚鼐诗文及交游研究》以桐城派在姚鼐手中开宗立派为中心论点,系统梳理、探究姚鼐诗

---

① 徐雁平:《论桐城可作为清代地域文化研究的范本:以世家联姻与文献编刊为例》,《安徽史学》2019年第4期。
② 陈书录:《明清地域商贾与桐城文派及阳湖文派》,《江海学刊》2020年第4期。
③ 刘文龙:《桐城派传衍至江西的史学考察》,《安徽大学学报》2020年第6期。
④ 王达敏:《吴孟复:桐城派最后一位大师》,《安徽大学学报》2019年第6期。
⑤ 王达敏:《论桐城派学者李诚的经世致用精神》,《江西师范大学学报》2020年第3期。
⑥ 孙之梅、范丹凝:《吴汝纶的文道观念与桐城古文的现代转型》,《山东社会科学》2020年第8期。

学思想、散文成就与生平交游情况。① 王坚《"理学家之理学"与"文学家之理学"：论理学在清代的新分流及原因》认为理学在清代分流为"理学家之理学"与"文学家之理学"。"理学家之理学"主体是传统理学家，即信奉理学的经学家。他们重践履、经世致用、下学上达、功夫论，学风兼容并包。"文学家之理学"主体是以桐城派为代表、以"文以载道"为使命的文学家，即信奉理学的文学家。他们重文以载道，执着宣传程朱理学。理学在清代的分流，对考据学派与桐城派的兴起、汉宋学之争等清代学术格局及清代皇权巩固、满人汉化等清代政治格局都产生重大影响。② 关爱和《吴敏树与桐城湘乡派》从吴敏树古文主张与创作入手，还原曾国藩、吴敏树"文讼"的历史真实，解读桐城湘乡派咸同之际形成的枢机奥妙。③ 欧明俊《姚鼐"义理考证文章"说探源》指出许多学者皆认为姚鼐首次提出"义理考证文章"说，时常在论著中引用，更有甚者，不少学者认为姚鼐提出"义理考据词章"或"义理考据辞章"说，而实际上这是曾国藩仅凭记忆对姚鼐"义理考证文章"说的"误读"。作者详细爬梳史料，清晰梳理姚鼐"义理考证文章"说的来龙去脉，还原此说提出的过程，分析此说产生的渊源，包括远源和近源，纠正了学界长期以来的"误读"。④ 吴怀东《〈登泰山记〉与义理、考据、辞章"相济"论》是个案细化研究，细读姚鼐《登泰山记》，结合历史背景与创作经过，考察姚鼐当时的情绪和心态。⑤

桐城派寿序、日记创作也受到学者关注。沙红兵《桐城派寿序与"中国之文"》认为桐城派寿序不仅关涉桐城派古文的狭义之"文"，而且关涉凝聚在一个个寿序人物、老成典型身上包括女德、家教、乡俗民风等在内的广义之"文"。在清季民初，古今中西之争愈演愈烈，桐城派寿序也从对老成人物寿庆的祝祷与祈望进而成为对面临一线难传之虞的"中国之文"的祝祷与祈望。⑥ 徐雁平《中国古代文学流派的桐城模式——基于萧穆咸同时期日记的研究》

---

① 卢坡：《姚鼐诗文及交游研究》，安徽大学出版社，2020年。
② 王坚：《"理学家之理学"与"文学家之理学"：论理学在清代的新分流及原因》，《河南师范大学学报》2019年第4期。
③ 关爱和：《吴敏树与桐城湘乡派》，《文学评论》2020年第5期。
④ 欧明俊：《姚鼐"义理考证文章"说探源》，《中国散文研究集刊》（韩国）第9辑，2019年，第209—230页。
⑤ 吴怀东：《〈登泰山记〉与义理、考据、辞章"相济"论》，《安徽大学学报》2019年第6期。
⑥ 沙红兵：《桐城派寿序与"中国之文"》，《中山大学学报》2019年第2期。

以萧穆咸丰十年（1860）至同治十一年（1872）的日记为材料，证明内涵丰充的桐城派可作为中国文学流派中的"桐城模式"。① 作者另一论文《贬抑桐城派的众声及其文学史意义——以"局外人"日记为考察范围》考察桐城派之外的"局外人"如何在较为隐私的日记中更直接、真实地批评桐城派，从而探究桐城派在拓展过程中所遭遇的境况及显现出的活力。② 作者跳脱出桐城派之外，审视桐城派的发展，极具启发意义。

除上述五个方面，也有几篇关于清代散文艺术研究的论文，杨旭辉《晚清"危言体"散文的文学史审辨》以汤寿潜《危言》为论述起点，将肇端于汤氏的晚清"危言体"散文书写置于晚清文学史中进行宏观审视和观照，并在此基础上分析其语体、文风特质，从而更好地帮助我们理解晚清时期这独特的散文写作方式的文学史意义。③ 论文多发前人所未发。王中敏、李中耀《清代西域行记分类及研究》、田启文《吴德功古文的求进思想及其传达手法》、莫山洪《从郑献甫骈文用典看清中叶中原文化在岭南的传播》、陈松青《才子之文——论易顺鼎辞赋骈文的情感特质、风格及其成因》、杨波《使臣实录与小说家言——晚清出使日记的文体风格与叙述策略》④，均回归文本，从"体制内"深入研究清代散文。不过散文艺术研究方面的不少论文深度上显得不够。

六、特点、反思及展望

初步统计，2019—2020 年明清散文研究成果丰富，有论文 170 余篇，著作

---

① 徐雁平：《中国古代文学流派的桐城模式——基于萧穆咸同时期日记的研究》，《文学评论》2020 年第 3 期。
② 徐雁平：《贬抑桐城派的众声及其文学史意义——以"局外人"日记为考察范围》，《南京大学学报》2019 年第 3 期。
③ 杨旭辉：《晚清"危言体"散文的文学史审辨》，《文学遗产》2020 年第 2 期。
④ 王中敏、李中耀：《清代西域行记分类及研究》，《新疆大学学报》2020 年第 1 期；田启文：《吴德功古文的求进思想及其传达手法》，《真理大学人文学报》2019 年第 23 期；莫山洪：《从郑献甫骈文用典看清中叶中原文化在岭南的传播》，莫道才主编：《骈文研究》，广西师范大学出版社，2019 年，第 39—46 页；陈松青：《才子之文——论易顺鼎辞赋骈文的情感特质、风格及其成因》，《中国文学研究》2019 年第 4 期；杨波：《使臣实录与小说家言——晚清出使日记的文体风格与叙述策略》，《河南大学学报》2019 年第 4 期。

8本，文献整理30余种，呈现多方面、多领域发展态势。不论是学养深厚、德高望重的前辈学者，抑或是崭露头角、意气风发的学界新秀，皆满怀热情，研精覃思，为明清散文研究贡献智慧，取得不俗成就，形成明显特点。当然，也存在一些不足，兹进一步总结、反思与展望。

（一）特点

1. 重视散文文献整理和研究。持续发掘、整理稀见文献，注重文献的系统化、专门化整理。将研究建立在可靠充实的文献基础上，进一步与理论探讨相结合，产生了不少颇具功力的成果。2. 拓展文体研究。古文之外，骈文、八股文是近两年的研究热点。辞赋、日记、传记、游记、学记、书序、寿序、小品、笔记等具体散文文体也获得关注。3. 吸收西方理论与跨学科方法。王润英《梓而有序：明代书序文研究》在探讨书序文书写时，引入西方学者提出的"主体间性"（intersubjectivity）理论，观照序文作者、书籍编著者、读者等多个主体之间的关系，分析序文作者在面对自己书籍、熟人书籍、陌生人书籍时所采取的不同书写策略。在探讨书序文的传播与接受时，则引入西方学者提出的"副文本"（paratext）理论，关照书序文与所序书籍之间的关系，即书序文是基于所序书籍而撰写的一种文体，探究书序文作为"副文本"所具有的导读与广告功能。[①] 张迪平《心理学视域下方苞古文"义法"说》运用心理学基本理论，探究方苞古文"义法"。[②] 4. 研究者多关注清代，明代散文研究约占总数四分之一。突出重点，多集中于"台阁"文学、"前后七子"、钱谦益、黄宗羲以及桐城派的大家、名家，从各个角度反复探讨。

（二）反思

1. 文献整理多集中于文学史上影响力较大的名家作品，仍有许多文人别集无人问津，缺少注释、汇评，缺少各种研究资料汇编，此方面亟须加强。2. 研究者在各自领域深耕细作，但宏观研究不够，有的宏观研究缺乏深度。3. 易代

[①] 参见王润英：《梓而有序：明代书序文研究》，商务印书馆，2020年，第73、246页。
[②] 张迪平：《心理学视域下方苞古文"义法"说》，《古代文学理论研究》2019年第2期。

之际、明代初中期、清代初中期散文的关注度和研究仍显不足。4. 文学研究不能远离文学本身，文本细读、艺术分析是明清散文研究的基础，此方面研究成果相对较少，深度有待加强。5. 对港、澳、台地区与国际汉学界的明清散文研究成果关注较少，视野不够开阔。缺乏理论自觉和方法论自觉，对西方新理论、新方法吸收不够，应加强对古代散文理论的体认、挖掘和阐释。6. 传统义理、考据、辞章三大学术路径，重考据而轻义理、辞章，理论阐发不够。7. 缺乏学术敏感性，习惯性思维和观念仍在一定程度上制约着创新，即使选题、材料都是新的，也很难写得有深度。

（三）展望

1. 文献整理应注重精细化，搜集收藏于世界各地的珍稀文献，择取善本，进行校勘、注释，最终形成可供研究者使用的可靠基础文献。注意发掘、利用新材料，进一步整理和研究散文文献，如明清散文家对古代散文的选辑、评点和研究，明清散文的当世和后世选本及评点研究。加强明清散文理论和创作名家交游考证，散文作品编年考证，散文集版本考证、笺注、集评，散文理论资料汇编。2. 易代之际，处于历史发展的连接处，风云变幻，思想活跃，创作繁荣，值得深入探讨。元末明初、明末清初与近代文学，都属于明清散文研究范围，应进入学者视野。散文大家、名家、重要流派，具有典范意义，可纵横交错地串起一个时代，甚至串起整个散文史、文学史、学术思想史、文化史，应深入探讨。① 同时注重扩大研究范围，避免出现过于"扎堆"现象。3. 注重回归文学本位，文本细读，深入文本内部研究。深化散文家思想、散文观念、审美趣味研究。深入研究作品艺术如结构、技法、语言、风格等。同时将作品研究与时代背景、社会文化、文学思潮等相结合，不满足于就文学论文学，拓展到学术思想史、社会文化史领域，提高学术品位。4. 加强常规研究。加强对明清散文发展演进规律的宏观把握，以及时代特点的概括。加强散文名家散文理论，特别是理论渊源、传播与接受研究；加强名家散文创作渊源、传播与接受研究，特别是对日本和韩国的影响；加强明清散文经典化过程的动态梳理；加强明清

---

① 参见欧明俊：《古代文学大家研究法》，《宋代文学四大家研究》，人民出版社，2013年，第12页。

散文文体理论文献整理和研究，各文体细化、深化研究，相近文体比较研究。加强各种角度的比较研究，如明代散文与清代散文异同优劣比较，名家散文理论异同优劣比较，名家散文创作异同优劣比较，各散文流派理论与创作比较，明清散文与先秦散文、唐宋散文比较，等等。5.改变思维，改变观念，改变视角，在一定程度上是创新的前提。应注重挖掘式研究，不应局限于"专业"散文家，还应注重学者、诗人、词人、小说家、戏曲家、书画家等散文研究，如徐渭、汤显祖在文学史上皆以戏曲名家，散文亦自成一家。进行散文名家理论与创作互动研究，改变单向度的影响研究习惯。融合多学科，进行跨学科研究。注重吸收新的理论和方法，加强学理性探讨，避免低水平重复式研究。开阔视野，广泛吸收国际汉学界的明清散文研究成果，借鉴新的研究理念和方法，与海外汉学家进行学术对话与合作，共同推进明清散文研究繁荣与发展。

基于数字人文方法的近 20 年中国古代散文研究刍探

韩玉凤[*]

摘要：基于文献计量方法，分析近 20 年中国古代散文研究，整体上以散文文体和作家个体为研究中心展开。"唐宋八大家"中韩柳、欧苏、王安石关注度高，柳宗元、王安石的相关研究自 2016 年趋少。分析以"前、后七子"为代表的古文论可知，明人谈复古重格调，产生了一些影响较大的命题。"文章学"中"文法论"的探讨晚于其他主题，除"桐城派""文体"等外，"简而有法""辞达而已"等评点受到了较多关注。在将散文文献作为语料库使用和作为可视化呈现两方面，数字人文方法有广阔的应用前景，可使古代散文及其研究呈现新的知识形态和实践路径。

关键词：古代散文；数字人文；CiteSpace；文本挖掘；可视化

数字人文（Digital Humanities）的前身为人文计算（Humanities Computing），是将计算机技术与人文学科相结合的新兴跨学科研究领域，有助于我们从整体和量化角度认识研究对象。本文以文献计量视角对近 20 年来国内古代散文研究作整体把握和个案分析，探讨利用数字人文方法研究古代散文的已有实践及其可能途径。

---

[*] 韩玉凤，清华大学中国古典文献学博士研究生。

一、古代散文研究的整体情况

CiteSpace 全称为 Citation Space（引文空间），是一款用于海量文献可视化分析的软件，能够帮助研究者找出海量文献之间的关系并以科学知识图谱的形式表现出来。运用 CiteSpace 软件[①]对近 20 年（2001—2020）国内古代散文研究论文[②]进行计量，分析期间发文量的**整体性趋势**和热点主题的**阶段性变化**。

（一）发文量整体上升

近 20 年中国古代散文研究相关成果总发文量为 22001 篇，年度发文数量总体呈上升趋势（具体走势如图 1 所示），年度峰值为 1650 篇（2019 年）。在古代散文研究领域，2019 年发生了什么？或者 2018 年发生了什么影响了 2019 年的发文量？这是一个有待进一步探究的问题。

总体来看，前 10 年与后 10 年形成鲜明对比：前 10 年发文量基数小（年均 746）、增速大（年均 16%），后 10 年基数大（年均 1545）、增速小（年均 3%）。从图中亦可看出 2014 年为转折之年，产量从低到高攀升之后转而下降。

---

① 此处使用 CiteSpace 5.7.R5 版本，运行环境为 Windows10。参考软件开发者论文：Chen, C, "CiteSpace II: Detecting and visualizing emerging trends and transient patterns in scientific literature", Journal of the American Society for Information Science and Technology, vol 57, no.3, pp. 359-377。

② 涵盖范围："古代散文"所涉颇广，参照《中国散文通史》（郭预衡、郭英德总主编，安徽教育出版社 2013 年版）体例、目录及内容按照体裁在中国知网设置如下检索词：1. 总体大类。"古代散文＋古典散文＋中国古代散文＋中国古典散文＋论辩文＋奏议文＋书序文＋书信文＋杂论文＋传状文＋碑志文＋杂记文＋杂事文＋辞赋＋铭颂＋哀祭＋杂感文"；2. 细分小类。"甲骨卜辞＋铭文＋盟辞＋诅文＋史传＋'语'类散文＋诸子散文＋体物赋＋抒情赋＋赋体杂文＋问对之文＋礼制之文＋颂文＋箴文＋诔文＋哀辞＋祭文＋吊文＋碑文＋墓志＋神道碑＋墓表＋墓铭＋书牍＋序文＋赠文＋序跋＋赋体文＋赋作＋章表＋奏疏＋诏策＋诏令＋疏议＋制册＋表章＋颂赞＋说体文＋辩体文＋解体文＋原体文＋人物传＋厅壁记＋山水游记＋台阁名胜记＋书画记＋斋记＋人事闻见记＋文赋＋画赞＋史论＋书论＋试策＋制义＋八股＋札记＋判文＋记史日记＋学术日记＋纪行日记＋清言＋小品文＋金代乐章"。含以上主题词之一即可成为检索结果，检索范围包括学术期刊、学位论文、会议、报纸。再对结果进行人工干预，筛选有关"学科"和"主题"，剔除无关成果，共得记录 22001 条（数据截止时间为 2021 年 7 月 31 日）。

基于数字人文方法的近20年中国古代散文研究刍探　247

图1　2001—2020年CNKI古代散文研究发文量总体趋势图

以上述趋势及增幅大小为依据，可将近20年的古代散文研究作三段式划分。

第一阶段（2001—2008年）：快速上升期，增速最快，发文量破千。本阶段年均发文约646篇，增速18%，为散文研究的快速增长期。

第二阶段（2009—2014年）：波动上升期，增速波动较大，其中，2009—2010年增速高达21%，此后增速回落，趋势维稳。

第三阶段（2015—2020年）：稳定上升期，年均增速2%。本阶段是近20年散文研究的火热时期，年均发文多达1489篇，2019年高达1650篇。

（二）热点主题的阶段性变化

将筛选后的文献数据导出，进行格式转换和数据去重等处理后导入到 CiteSpace 软件，对其中的关键词进行聚类分析[1]，最终聚类结果按频率统计呈现，根据实际数据情况，把阈值（出现频率的最小值）设为50，共聚成62类，采用 LLR 算法[2]进行聚类主题提取，最终聚类结果如图2[3]所示：

图2　古代散文研究关键词共现分析

---

[1] 其中，筛选标准选择 Top50，分析对象节点之间连线强度选择夹角余弦距离 Cosine。由于预处理得到的网络密度较小（0.0176），不再对网络进行修剪处理。因生成节点有重合语义，故对相关节点进行了合并和删减处理。

[2] LLR（Log-likelihood rate，对数似然率），一种聚类标签提取算法，LLR 计算出的值越大，对应的词就越具备代表性，最大值对应的词即为提取出的主题词。

[3] 扫二维码可参阅统计图，下同。

该聚类效果合理①，聚类显著的集群为：（#0）墓志、（#1）小品文、（#2）辞赋、（#3）史传文学、（#4）序跋、（#5）古代散文、（#6）金文、（#7）小说②。从上述集群的主题词中可以粗略看出，在对中国古代散文的研究中，学者关注度较高的散文文体有墓志、小品文、辞赋、史传、序跋、金文等。

解读聚类结果有几个重要指标。其一为中介中心性③，度量节点位置的重要程度，图谱中的"紫圈"为中介中心性≥0.1的关键词，被称为关键节点。其二为突现性④，表示突发性热点，标示某个关键词在短期内的较大变化，在图谱中以"红圈"表示，图中共有129个突发节点。其三为节点大小，节点越大，出现频次越多。其四为节点线圈的粗细，代表该节点在相应年份出现频次的多少。其五为节点之间连线的粗细，衡量两节点之间关联度的强弱。以上关键指标中的前三个可用表1直观罗列：

表1 阈值≥50的关键词排序列表

关键词	频次	中心性	突发性	年份	关键词	频次	中心性	突发性	年份
墓志	967	0.26	110.91	2001	欧阳修	83	0.05	5.84	2001
辞赋	457	0.15	3.24	2001	汉代	81	0.03	4.26	2002
唐代	451	0.1		2001	宋玉	78	0.03	6.52	2004
小品文	268	0.12	10.42	2001	《文选》	75	0.01	3.88	2004
序跋	260	0.08	3.59	2002	魏晋南北朝	74	0.02	7.79	2003
文体	251	0.15	4.07	2001	陆机	73	0.01	6.06	2002
散文	234	0.1	7.06	2001	碑刻	73	0	23.79	2016
明代	213	0.02	6.54	2005	古代散文	71	0.02	11.55	2016

---

① 考察聚类效果的关键指标：网络节点数为427，连线数为1603，网络规模适中；Modularity Q值为0.4063，说明网络结构显著；Silhouette值为0.7917，证明网络同质性较高，聚类结果合理。其中，网络模块化评价指标Modularity的Q值的取值范围为0—1，Q值越大聚类效果越好，当Q值>0.3时网络结构比较显著。Silhouette值用来衡量网络同质性，越接近1，网络同质性越高，大于0.7时聚类结果具有高可信度，大于0.5时，聚类结果可视作合理（聚类内部Size值偏小时，Silhouette值可信度降低）。

② 其中，"#"为簇团（聚成的类）编号，从"#0"开始，编号数值越小，聚类簇团越大，下同。

③ "网络中节点的中介中心性测量的是网络中节点的位置重要性。有两类节点可能具有较高的中介中心性：1）与其他节点高度相连的枢纽节点；2）位于不同聚类之间的节点。"引自胡志刚：《陈超美教授又一力作，你要的CiteSpace应用的完美范文来了》，科学网博客，http://blog.sciencenet.cn/blog-43950-1043931.html。

④ 在CiteSpace软件中突现性计算基于Kleinberg于2002年提出的突发检测算法。

续表

关键词	频次	中心性	突发性	年份	关键词	频次	中心性	突发性	年份
柳宗元	169	0.03	5.35	2001	青铜器	71	0.01	23.13	2001
影响	161	0.11		2002	北魏	69	0	13.26	2015
铭文	161	0.02	12.68	2002	祭文	66	0.03	6.85	2001
宋代	158	0.04	9.88	2006	序文	66	0.01		2001
研究	133	0.06		2002	诗歌	64	0.05	4.43	2001
山水游记	126	0.03	7.9	2001	西周	63	0.01	12.11	2002
《文心雕龙》	125	0.03	5.36	2001	接受	62	0.02	4.66	2006
清代	122	0.02	11.11	2005	苏轼	62	0.01	10.9	2002
汉赋	116	0.03	3.32	2002	史传文学	59	0.06	7.41	2002
艺术特色	114	0.02		2001	考释	59	0.01	14.81	2001
文学	108	0.07		2003	甲骨文	57	0	16.81	2002
史传	106	0.03	3.12	2001	中国古代散文	55	0.02	9.24	2001
价值	105	0.03		2002	文学思想	54	0.02		2001
《文赋》	104	0.01		2001	骈文	54	0.01	3.52	2002
碑志文	102	0.01	6.59	2003	甲骨卜辞	54	0	5.71	2001
韩愈	98	0.03	10.92	2002	小说	53	0.03	4.92	2001
《史记》	96	0.06	7.49	2003	刘勰	53		3.7	2001
碑文	93	0.01	5.12	2001	辽代	51	0	14.82	2012
北宋	90	0	6.23	2004	金文	51	0	13.78	2002
元代	87	0.02	3.18	2002	司马相如	50	0.01	4.92	2002

综合上述图表及其关键指标可知：近 20 年，古代散文研究整体以散文文体和作家个体为研究中心展开，**文体研究的整体格局为以墓志、辞赋为主，小品文、序跋、史传文学等为辅**；作家研究以柳宗元、韩愈、欧阳修、宋玉、陆机、苏轼等为主要对象；作品研究的关注点主要集中在《文心雕龙》《文赋》《文选》等范围；研究时段偏重于唐，明、清、北宋次之。

通过下面的突发节点分布图（图 3）考察热点的历时性变化，发现出土文献，如墓志、碑刻、青铜器、甲骨文等的研究自 2016—2017 年起成为突发热点，发文量陡增。其中，"墓志"的突现时间段为 2017—2020 年，结合发文走势可知对于"墓志"的研究在 2001—2015 年处于低值，自 2017 年起呈现爆发式增长，并于 2019 年达到峰值 180 篇。具体作家，如韩愈和苏轼的散文研究在 2014 年后突发性减弱，研究热度有所下降。

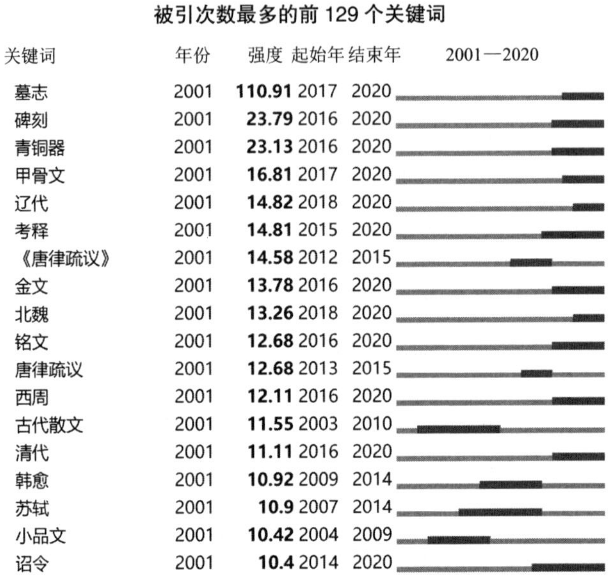

被引次数最多的前 129 个关键词

关键词	年份	强度	起始年	结束年	2001—2020
墓志	2001	110.91	2017	2020	
碑刻	2001	23.79	2016	2020	
青铜器	2001	23.13	2016	2020	
甲骨文	2001	16.81	2017	2020	
辽代	2001	14.82	2018	2020	
考释	2001	14.81	2015	2020	
《唐律疏议》	2001	14.58	2012	2015	
金文	2001	13.78	2016	2020	
北魏	2001	13.26	2018	2020	
铭文	2001	12.68	2016	2020	
唐律疏议	2001	12.68	2013	2015	
西周	2001	12.11	2016	2020	
古代散文	2001	11.55	2003	2010	
清代	2001	11.11	2016	2020	
韩愈	2001	10.92	2009	2014	
苏轼	2001	10.9	2007	2014	
小品文	2001	10.42	2004	2009	
诏令	2001	10.4	2014	2020	

图 3　突发性（≥ 10）关键词分布图

考察各簇团和节点的历时性变化更为显著的途径是通过时间线图谱，如图 4 所示，簇团表示为轴线，轴线上的点代表簇团节点，以节点的大小和疏密来度量发文情况。除墓志外，辞赋、小品文、史传文学、序跋等亦均为紫圈关键节点和红圈突发节点，同时作为簇团主题词。"小品文"轴线上出现较多的关键词有柳宗元、山水游记、艺术特色、韩愈、文赋、陆机、祭文、苏轼等，且自 2016 年前开始，轴线虚化，渐无发文。与"辞赋"共现较多的关键词有文体、《文心雕龙》、汉赋、汉代、宋玉、序文、接受、骈文、刘勰、司马相如等。成果集中在 2010 年以前，其后节点稀疏。"史传文学"和"序跋"方面的研究热度集中在 2006—2013 年之间。

从具体分析来看，有以下几个值得关注的现象。其一为"墓志"研究的高热现象。"墓志"不仅为最大聚类簇团主题词、最大紫圈节点关键词，同时具备最高突现性。但经过详细查考，发现墓志较多被当作"新材料"来进行墓主生平及家族

图 4　关键词时间线图谱

谱系的勾稽、社会制度及政治文化方面的研究等。如谢思炜考察元稹母系家族并对《莺莺传》中的崔莺莺之父进行考辨①，程刚以扶风武功苏瑜和苏孝慈墓志为材料研究苏氏家族的兴衰变迁，并以此为切入点探讨"北魏至唐初汉化鲜卑家族政治社会文化的变迁"②，再如韩昇《〈井真成墓志〉所反映的唐朝制度》③一文探讨唐朝对外授官与赠官制度。视墓志为原始文献，探讨文学作品和专题、挖掘新的文学现象及书写背景是另一成果集中方向。如胡可先《新出土文献与中古文学史的书写和建构》④一文以石刻文献和写本文献作为新出文献，认为"中古时期的新出文献呈献出更多的文学史内涵"，"可以推动中古文学史研究的多元化进展"，其另一成果《墓志新辑唐代挽歌考论》⑤将"刻在墓志盖上的挽歌和墓志铭中的挽歌"与传世挽歌进行比较，从文本内容和形式、唐代丧葬制度、礼仪习俗等多方面进行研究。杨柳通过北朝墓志书写者直面死亡所表现出来的强烈生命体悟，重新思考学界对北朝文学的固有论断"体物缘情，寂寥于世"⑥。

其二，"小品文"具备较强朝代属性，起源较早，微兴于宋，大盛于明。明代李贽、张岱、陈继儒等人以及竟陵派、公安派等成员的小品文创作尤为学界重视。回溯至宋，苏轼小品文的探讨甚为热烈，在艺术特色、风格特征、文艺思想、文学影响等方面均有较为深入的研究⑦。

其三，2014年与2016年为关键词高突发年份（均为14次），二者分属于上文的第二、三阶段，成果数量已达一定水平，增速放缓，同时一些重要节点关键词如"诏令""碑刻""青铜器""金文""铭文""西周""清代"等出现爆

---

① 谢思炜：《元稹母系家族考——兼及崔莺莺之父》，《文献》2008年第3期。
② 程刚：《墓志所见北魏末至唐初汉化鲜卑家族政治地位与其社会文化的变迁——以扶风武功苏氏为例》，《北方文物》2020年第6期。
③ 韩昇：《〈井真成墓志〉所反映的唐朝制度》，《复旦学报》（社会科学版）2009年第6期。
④ 胡可先：《新出土文献与中古文学史的书写和建构》，《浙江大学学报》（人文社会科学版）2016年第4期。
⑤ 胡可先：《墓志新辑唐代挽歌考论》，《浙江大学学报》（人文社会科学版）2019年第3期。
⑥ 杨柳：《直面死亡：北朝墓志文学中的生命意识》，《南京师范大学文学院学报》2018年第2期。
⑦ 如许晓燕《试论苏轼小品文对晚明小品的影响》（《汕头大学学报》（人文社会科学版）2012年第1期）；吕解颐《苏轼小品文中的文艺思想研究》（吉林大学硕士学位论文，2013年）；陈雨晴《论苏轼小品文的尚"奇"特点》（《文化学刊》2020年第11期）；杜晓霞、张海燕《论苏轼小品文的幽默与诙谐特征》（《青岛农业大学学报》（社会科学版）2009年第4期）等。

发式增长，成为后续古代散文研究的主要对象。

二、古代散文研究的重要命题

如要对古代散文研究情况作较为深入和具体的把握，仍需对其中的重要命题① 单独析出，兹分析如下。

（一）"唐宋八大家"研究

在知网中检索近 20 年与唐宋八大家"文"有关的文献②，人工筛选学科和主题后，得文 1577 篇，将数据处理后导入 CiteSpace 软件，按关键词频次（阈值为 5）聚类形成时间线图谱，如图 5 所示，以特殊节点为对象进行分析：

（1）初始节点。各簇团中首次出现相关研究的时间，如近 20 年对"#6 文统"的探讨始于 2003 年，相关成果如高洪岩《论唐宋八大家散文选本经典化与文论的演进》③、杜海军《"唐宋八大家"缘起》④。

（2）趋热节点。研究成果从某一年开始增多，如"#1 韩愈"簇团从 2001 年起持续为学界关注，从 2002 年起"#2 苏轼"簇团研究趋热，两者节点在时间线上分布密集，说明对二人的关注热度一直居高不下。其中，"韩愈"节点出现次数最多（213 条记录），自 2001 年起呈现持续走高趋势，2011 年达到峰值（22）。"苏轼"节点出现次数位居第二（165），自 2002 年起历经 10 年达到峰值（2012，17），所涉范围广泛，文体方面如苗贵松探讨苏轼 200 篇题画文⑤、许晓燕论述其小品文对晚明小品的影响⑥；交游方面如彭敏研

图 5 "唐宋八大家"研究时间线图谱

---

① 所选均是未能在第一部分的整体观照中充分体现且在散文领域较为重要的研究命题。
② 将检索主题设为"（唐宋八大家＋韩愈＋柳宗元＋欧阳修＋苏洵＋苏轼＋苏辙＋王安石＋曾巩）＊文"，在知网的高级检索中，运算符"＋"代表"或"，"＊"代表"与"，下同。
③ 高洪岩：《论唐宋八大家散文选本经典化与文论的演进》，《沈阳师范大学学报》（社会科学版）2003 年第 2 期。
④ 杜海军：《"唐宋八大家"缘起》，《江海学刊》2003 年第 6 期。
⑤ 苗贵松：《苏轼题画文中的空间意识与生命情怀》，《常州工学院学报》（社科版）2012 年第 3 期。
⑥ 许晓燕：《试论苏轼小品文对晚明小品的影响》，《汕头大学学报》（人文社会科学版）2012 年第 1 期。

究苏轼与文同的交谊①、喻世华论述其与鲜于侁的交往②；理论方面如曾明梳理从胡宿到吕本中的学术脉络，认为苏轼的诗文创作学说有承前启后之功③，罗书华将苏轼文道理念归为应物之道④等。

（3）**趋冷节点**。研究成果从某一年开始减少，关键词节点诞生时间间隔明显拉长。如"#0 柳宗元""#4 王安石"簇团自2016年起研究趋冷，此后节点分布渐趋稀疏。其中，"柳宗元"节点年均出现频次约为7（总146），2006年和2015年分别达到峰值12，"王安石"节点于2001年突现后约三到四年为一个周期，频次在2—7之间波动。

（4）**突现节点**。关键词节点在短时间内爆发，相关成果呈现爆发式增长，在图中以红圈标示。突现性最高的节点为"苏辙"，突现时间段为2014—2016年，期间主要成果集中在苏辙记叙文体（如传体文、记体文）研究，以及作为三苏成员考察研究方面⑤。其次为"北宋""王安石"，"北宋"2016—2020年间突现，研究热点集中在北宋各文体，如"四六"、题画文、奏议文、建筑物记、碑志文等；"王安石"突现时间段为2001—2002年，期间成果根据其身份划为两类，即将王安石视作文学家研究其创作作品和视作政治家研究其政治行为⑥。另外，"接受""文道观""《唐宋八大家文钞》"三个突现节点具备重合性，重合时间段为2010—2011年，说明三者同时被集中探讨，重合期间主要成果有研究韩愈、柳宗元在宋、明时期的接受情况⑦；陈瑜"将欧阳修的文道观置于宋

---

① 彭敏：《苏轼与文同的交谊》，《大众文艺》2012年第7期。
② 喻世华：《论苏轼与鲜于侁的忘年交谊》，《南京晓庄学院学报》2012年第5期。
③ 曾明：《苏轼"无意为文""有为而作"与中国诗学"活法"说论考》，《社会科学研究》2012年第6期。
④ 罗书华：《应物：苏轼文道的新变》，《福建论坛》（人文社会科学版）2012年第9期。
⑤ 前者成果有吴琼《苏辙传体文研究》（山西师范大学硕士学位论文，2014年）、牛丽娟《苏辙被贬筠州时所作记体文研究》（《钦州学院学报》2014年第7期），后者如王益鸣、王仿生《三苏文论源于田锡说》（《宋史研究论丛》2015年第2期）。
⑥ 前者成果有李凤岐、王嵩《深思慎取——〈游褒禅山记〉两处注释商榷》（《佳木斯教育学院学报》2001年第1期）、邬国义《王安石〈宋赠尚书都官郎中司马君墓表〉一文——兼论温公、荆公之关系》（《华东师范大学学报》[哲学社会科学版] 2001年第1期），后者成果如陈元锋《北宋馆职、词臣选任及文华与吏材之对立——以治平、熙宁之际欧阳修、王安石为中心》（《文学评论》2002年第4期）。
⑦ 查金萍《论朱熹对韩愈的接受》（《合肥学院学报》[社会科学版] 2010年第4期）考察朱熹在思想、文学等方面对韩愈的接受；全华凌研究明人对韩文的接受，认为"唐宋派对韩文是肯定的，对韩文的地位、文道观和文法作了全方位的审视和多层次的接受"（全华凌：《论唐宋派对韩文的接受》，《中国文学研究》2010年第1期）；李栋辉对比韩文、柳文在宋代不同的接受轨迹，考察柳文在宋代地位的嬗变（李栋辉：《论宋代柳文地位的嬗变——以韩愈作为参照》，《求索》2010年第10期）。

型文化的人文精神大背景中进行考查"，发现"欧阳修在论述文与道的关系时，实怀有以'道'来充实，挺立士人精神实体的人文精神指向"①；闵泽平从茅坤所遭学界非议出发，说明其《文钞》影响之大，探讨唐宋八大家学术谱系由破而立的完善过程②；林春虹从《唐宋八大家文钞》的编选目的、体例与评点内容研究茅坤的文统观③等。（图6）

被引次数最多的前10个关键词

关键词	年份	强度	起始年	结束年	2001—2020
苏辙	2001	3.84	2014	2016	
北宋	2001	3.83	2016	2020	
王安石	2001	3.74	2001	2002	
接受	2001	3.62	2009	2011	
文道观	2001	3.37	2009	2013	
《唐宋八大家文钞》	2001	3.35	2010	2012	
小品文	2001	3.18	2012	2014	

图6 唐宋八大家研究突发性分析

（5）**关键节点**。紫圈标示的中介中心性超过0.1的节点被称为关键节点。关键节点按中介中心性排序依次为"欧阳修""韩愈""王安石""柳宗元"和"苏轼"，说明此五人位于不同聚类之间，具备较强的枢纽作用。

（6）**最新节点**。近五年（2006—2010）新出现节点，如"#0 柳宗元"簇团上的"刘禹锡""柳侯祠""《南霁云睢阳庙碑》"等，"#1 韩愈"簇团"碑文""经典化""文章学"等，"#2 苏轼"簇团"文以载道""随物赋形""《文随》"等，"#3 欧阳修"簇团"《旧唐书》""《昼锦堂记》"等，"#4 王安石"簇团"《全宋文·王安石传》"等。

（二）以"前、后七子"为代表的明代复古文论研究

近20年以"前、后七子"为代表的明代复古文论相关文章在知网中共检

---

① 陈瑜：《论欧阳修文道观的人文精神指向》，《福建金融管理干部学院学报》2010年第4期。
② 闵泽平：《茅坤与唐宋八大家学术谱系的构建》，《长江学术》2010年第3期。
③ 林春虹：《〈唐宋八大家文钞〉与茅坤的文统观》，《宜宾学院学报》2011年第10期。

得 152 篇①，总体趋势如图 7 所示。可以看出，整体走势以 2011 年为界分为前后两段，前时段（2001—2011 年）整体上升，期间 2006 年达到小高峰（11）；后时段（2012—2020 年）整体趋稳，围绕均值（8）上下波动。

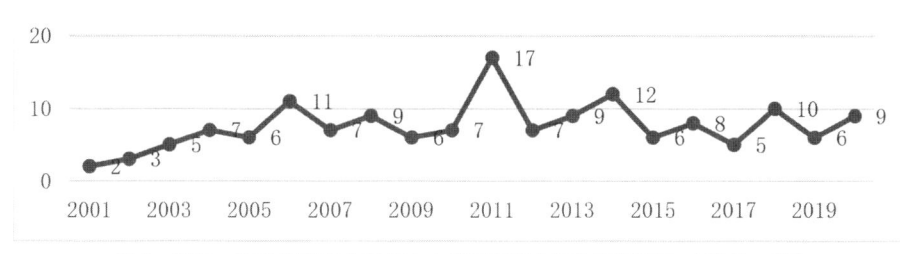

图 7　2001—2020 年前后七子复古文论研究发文量总体趋势图　（单位：篇）

聚类结果②如图 8 所示：

由图 8 可知，**明代文人谈复古注重格调**。"#0 明代"簇团下最大节点即为"格调"，且与"格调诗学""性情论""性灵论""以禅喻书"等节点联系紧密，相关成果如王刚认为明代文论的"复古"思潮体现了文人主体精神的本源性回归③；林冬梅认为明人"格调"包括两个范畴：典范意识和兴象风神④；杨若柳以"格调"为研究对象细致梳理其内涵变化与发展过程，系统考察茶陵派格调理论⑤。

当代学者对明人文论中的**话语权探讨**较为重视。"#2 失语症"簇团下主要探讨话题有"文论话语""文学""复古主义""古代文论""现代转型""异质性""存在论""回归传统"

图 8　前后七子复古文论研究关键词共现图谱

---

①　在中国知网中，把检索主题设置为"（复古 + 前七子 + 李梦阳 + 何景明 + 徐祯卿 + 边贡 + 康海 + 王九思 + 王廷相 + 后七子 + 李攀龙 + 王世贞 + 宗臣 + 谢榛 + 吴国伦 + 徐中行 + 梁有誉）* 文论"，并对学科进行人工筛选。
②　将数据清洗后导入 CiteSpace 软件，按关键词频次聚类，阈值设为 2，共聚为 66 类，聚类指标较优，（Q=0.8832，S=0.9484）。
③　王刚：《明代文论"复古"思潮与文人主体精神的本源回归》，《咸阳师范学院学报》2006 年第 1 期。
④　林冬梅：《明代格调派诗学理论辨析》，山东大学硕士学位论文，2006 年。
⑤　杨若柳：《格高调逸——历史维度中李东阳的格调诗论及其理论价值》，山西大学硕士学位论文，2020 年。

等关键词①。

《文心雕龙》作为重要的文学理论专著之一，被提及次数较多，形成单独簇团。在"#4《文心雕龙》"簇团下，刘勰的"通变"说探讨热烈，相关成果如伍同壮"站在今天的学术立场回望历史"探讨"通变"论固有的文化意义②；陈喆烨梳理"通变"涵义和近年"通变观"的研究现状③。其他成果有杨倩《明代〈文心雕龙〉接受研究》以接受美学为理论依据，"结合明代各时期的文学风尚、哲学思潮、地域文化、藏书印刷以及接受主体自身的经历、交游等多方面因素，归纳出明代《文心雕龙》接受的总体特征以及不同时段的具体接受特点，兼具效果史、阐释史、影响史等方面"④。

（三）文章学研究

以"文章学"为主题进行检索，剔除无关学科，共得文660篇（2001—2020年），整体发文呈上升趋势，并于2013年达到峰值53篇。（图9）按发文量和时间段可作如下划分：

第一阶段（2001—2010年），波动上升期。这是文章学研究的缓慢发展期，上下波动幅度较大，年均发文数约为23，而在后十年的迅速发展期年均可达44，几乎翻了一倍。

第二阶段（2011—2016年），上升趋稳期。除2011年跌至谷值24外，2012—2016年均在47左右波动，并在2013年达到峰值。

第三阶段（2017—2020年），缓慢下降期。近4年关于文章学的研究成果逐年递减，趋势缓慢。

对以上数据处理后进行关键词聚类分析，聚类效果较好（Q=0.688，S=0.9685），选择时间线图谱呈现，显示前10个簇团，以此考察近20年文章

---

① 相关成果如熊六良《90年代文学理论热点评述——"失语症"论的历史错位与理论迷误》（《文艺评论》2002年第4期）、晏资芬《"断代言诗"研究》（中国石油大学硕士学位论文，2014年）、靳义增《异质性与通约性：法国古典主义文论与中国复古主义文论比较》（《广西师范大学学报》（哲学社会科学版）2010年第5期）等。
② 伍同壮：《〈文心雕龙〉"通变"论的文化归途》，《文艺评论》2012年第12期。
③ 陈喆烨《古典文论之"通变"综述》，《安徽文学》（下半月）2010年第11期。
④ 杨倩：《明代〈文心雕龙〉接受研究》，山东大学博士学位论文，2012年。

学研究进程中各主要节点。（图10）

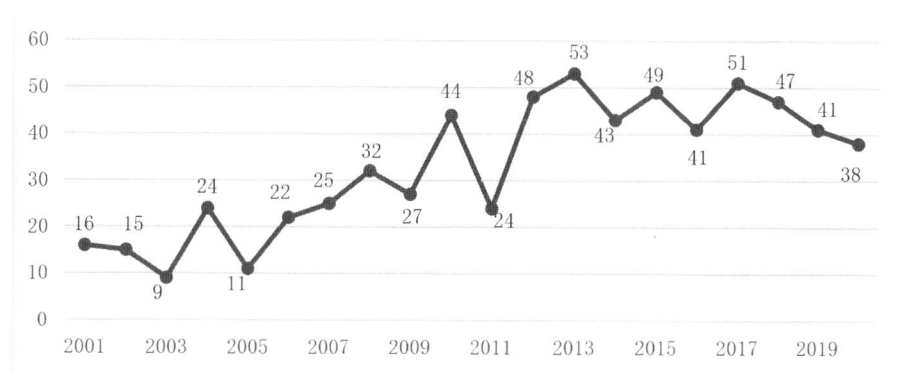

图9 2001—2020年文章学研究发文量总体趋势图（单位：篇）

（1）**初始话题**。"#3文体"簇团下关于"文话"的探讨首现于2005年，对应成果为王水照《文话：古代文学批评的重要学术资源》①，文中认为文话的四种类型（狭义"文话"、理论专著、资料汇编、选本评点）在宋代集中出现成为我国古代文章学成立的标志。"#7文法论"的研究较迟，节点在2012年出现，多节点重叠，主要围绕"刘师培"，如顾农《刘师培的讲课记录稿》②（"中古文学"和"刘申叔先生遗书"节点）对刘师培《中国中古文学史讲义》《汉魏六朝专家文研究》两本讲义的精髓进行概括评议，刘春霞《从传播学角度看刘师培的文章学理论》③（"传播学"节点），认为刘师培对文章的传播功能有多方面认识，表现在提出文章源起于"记诵之学"、文章之美在于"音节"、文章传播形式因时适变等。

（2）**趋热性与突现性**。图谱共有三个突现节点，均属趋热节点。其一为"桐城派"，此节点突现性最高，且自该节点之后"#4桐城派"簇团轴线上节点逐渐密集，研究趋热。突现时间段为2015—2017年。成果有蔡德龙《清代文话的成书、范

图10 文章学时间线图谱

---

① 王水照：《文话：古代文学批评的重要学术资源》，《四川大学学报》（哲学社会科学版）2005年第4期。
② 顾农：《刘师培的讲课记录稿》，《博览群书》2012年第6期。
③ 刘春霞：《从传播学角度看刘师培的文章学理论》，《韶关学院学报》2012年第7期。

围与文派流衍》①,此文高度认可清文话的地位,认为是"文派理论流衍与文派建构的重要平台";蒋寅《诗学、文章学话语的沟通与桐城派诗歌理论的系统化——方东树诗学的历史贡献》②探讨《昭昧詹言》所体现的理论倾向和历史意义。其二为"文体",突现时间段为2016—2018年,该节点首次出现在簇团上的时间为2009年,此后新增关键词出现时间缩短,并在2013年出现了探讨较多的"文法"。"文体"节点下主要成果有何诗海《"文章莫难于叙事"说及其文章学意义》③,文中认为该说是论文家为提高叙事文地位采取的尊体策略,深入考量了叙事文的体性、功用、审美特征、表现方式等方面;陈民镇《一种文体生成论——"文学出于巫祝之官"说的再思考》④,认为刘师培此说极具启发性,为探究中国古代文体的发生提供了重要线索。"文法"节点成果有陆德海《"文法"、"修辞"的历史关联与现代学科界定》⑤,认为古代文法学以修辞为基础,与文体学一起成为古代文章学的主体;彭时权《胡文蔚〈南华真经合注吹影〉文法研究及其庄学意义》⑥认为胡文蔚对清代治庄家门从文章学视角深入探索《庄子》有开启之功。其三为"刘师培",节点突现时间段为2012—2015年,该时间段为文法论研究成果集中段,期间代表成果有宁俊红以章学诚和刘师培将诸子学与文章学结合研究为例考察清代诸子学兴盛的现象及文章发展史观的变迁⑦;还有柯镇昌《刘师培的文体学思想及其研究方法刍议》⑧一文详细论述刘师培"骈文为文类之正宗"的文章辨体观、"与时代而迁变"的文体发展观及其问题研究方法的启示。(图11)

---

① 蔡德龙:《清代文话的成书、范围与文派流衍》,《斯文》2017年第1期。
② 蒋寅:《诗学、文章学话语的沟通与桐城派诗歌理论的系统化——方东树诗学的历史贡献》,《复旦学报》(社会科学版)2016年第6期。
③ 何诗海:《"文章莫难于叙事"说及其文章学意义》,《文学遗产》2018年第1期。
④ 陈民镇:《一种文体生成论——"文学出于巫祝之官"说的再思考》,《学术研究》2018年第7期。
⑤ 陆德海:《"文法""修辞"的历史关联与现代学科界定》,《中国文学研究》2013年第1期。
⑥ 彭时权:《胡文蔚〈南华真经合注吹影〉文法研究及其庄学意义》,《重庆第二师范学院学报》2017年第6期。
⑦ 宁俊红:《清代诸子学兴盛与文章发展史观的变迁——以章学诚、刘师培文章史观的接续与发展为例》,《北京社会科学》2015年第12期。
⑧ 柯镇昌:《刘师培的文体学思想及其研究方法刍议》,《中国社会科学院研究生院学报》2015年第4期。

被引次数最多的 10 个关键词

关键词	年份	强度	起始年	结束年	2001—2020
桐城派	2001	4.79	**2015**	2017	
文体	2001	4.51	**2016**	2018	
刘师培	2001	3.37	**2012**	2015	

图 11　文章学突现分析

（3）**趋冷节点**。图谱中的趋冷节点表现为稀疏转折或渐趋于无。"#1 评点"簇团上的"宋代"较为明显（2009），其后节点稀疏。"#5 章法学"末尾节点为"《史记》研究"（2014），成果有杨昊鸥《宋代〈史记〉研究与文章修辞之学》[①]，认为"宋代修辞学深化、拓宽了《史记》的文章学研究思路，完善了《史记》接受的主要形式，为明代《史记》研究的大繁荣奠定了基础"。"#8 阅读学"末尾节点为"李兆洛"（2013），成果如孟伟以李兆洛所编选《骈体文钞》的文章评语为核心，论述李兆洛注重特征与规范的文体学观念，归纳分析李兆洛文章学的批评方法[②]。

（4）**最新节点**。近 5 年（2016—2020 年）新出现节点，如表 2 所示：

表 2　近 5 年文章学研究新出现节点

簇团	节点（频次≥2）	代表成果	出现年份
#0 文章学	影响	武凤梅《明代文章学视域下的〈金瓶梅〉评点研究》、赛俊杰《文章学视域下的〈孟子〉研究》	2020
#1 评点	简而有法、辞达而已、苏轼、欧阳修	陆德海《从"简而有法"到"辞达而已"——论欧阳修与苏轼文章学的差异》《"简而有法"与"辞达而已"：对比鲜明的两种文法论范型》《理性精神的张扬与宋代文章学特质的形成》、李由《南宋周应龙〈文髓〉考论》、任童《从"不平则鸣"到"穷而后工"——试比较〈送孟东野〉与〈梅圣俞诗集序〉》	2016
#2 文学性	《国语》	胡晓红《春秋文研究》《从〈左传〉〈国语〉看春秋口宣之言的文章特性》	2016
	批评	江丹《乾嘉时期的八股文批评研究》、李耀威《〈文心雕龙〉之〈左传〉文章学批评研究》	2017

[①] 杨昊鸥：《宋代〈史记〉研究与文章修辞之学》，《四川师范大学学报》（社会科学版）2014 年第 5 期。

[②] 孟伟：《李兆洛的文章学理论与批评方法——以〈骈体文钞〉评语为中心》，《常熟理工学院学报》2013 年第 3 期。

三、古代散文研究的新方法

数字人文与古代散文结合的研究成果较为零散，尚未形成系统性的理论探讨。国内研究更多停留在计算机技术层面，较少解决文学问题或呈现文学结果。具体来说，目前的结合热点主要为：一、工具方法层面，把古代散文作为语料库进行文本处理的技术研究；二、实践应用层面，对古代散文涉及的文本内容及人物关系进行可视化呈现。囿于优质语料库，当前国内研究涉及的文本主要为先秦诸子散文、历史散文等。下文在对这些研究成果进行爬梳和分析时，尝试回应以下三个问题：该技术工具或方法实践可以解决古代散文研究中的什么问题？目前已经做到了哪一步？接下来还可以在哪些方面有所突破？

（一）作为语料库使用的古代散文

1. **断句与标点。** 古文的断句和标点是文本预处理中重要的基础工作，在国内尝试较早，相比于早期基于规则和统计的分词手法，目前较为领先的方法是基于机器学习和深度学习模型。以此类技术处理古代散文的成果，其断句或标点效果可用 F 值直观度量，F 值越大，效果越好。诸如张开旭等使用条件随机场（conditional random field, CRF）将断句和标点视为序列标注问题，对《史记》和《论语》进行建模训练，得到的最高 F 值为 0.762[①]；李成名以《二十四史》为训练集，在一体化词法分析的基础上，基于卷积神经网络（Convolutional Neural Networks, CNN）进行自动断句，在《三国志》上取得了 0.8669 的高 F 值[②]；王博立等人提出一种基于循环神经网络（Recurrent Neural Network, RNN）的断句方法，对含《阅微草堂笔记》在内的多种古籍进行训练测试，能有效利用上下文信息进行古文自动断句，得到的最大 F 值为 0.7551[③]；

---

① 张开旭、夏云庆、宇航：《基于条件随机场的古汉语自动断句与标点方法》，《清华大学学报》（自然科学版）2009 年第 10 期。
② 李成名：《基于深度学习的古籍词法分析研究》，南京师范大学硕士学位论文，2018 年。
③ 王博立、史晓东、苏劲松：《一种基于循环神经网络的古文断句方法》，《北京大学学报》（自然科学版）2017 年第 2 期。

俞敬松等人基于BERT模型对千万字量级的古籍语料进行处理，在单一文本和复合文本类别上的F值分别达到0.8997和0.9167[1]；程宁等基于BiLSTM-CRF神经网络模型在《左传》《梦溪笔谈》等古代散文文本上设计实现了古汉语断句与词法分析一体化的标注方法，断句F值达到0.7895[2]。

将断句和标点利用上述技术做成工具界面提供给人文学者使用，是对普通人文学者来说更为简便的方式，如北大的吾与点、龙泉寺的古籍酷、古联自动标点、北师大古诗文断句等。这些技术平台可直接移植于古代散文的句读处理，且因古代散文所涉文体虽广，但大多体式鲜明，如史、书、诏、令、铭、诔、行状等记叙性散文或奏议、策论等议论性散文，处理起来相对便宜。

2. 分词与标注。分词与标注是文本处理的重要环节，直接决定后续语料库是否精良，国内对古代散文的分词标注工作已有不少成功案例，其中，南京师范大学依托其特有的"先秦典籍语料库"在这方面取得了多项突破性成果。如石民等人对《左传》进行分词与词性标注的初步处理后，采用CRF进行自动分词、词性标注、分词标注一体化的对比实验，分词和词性标注的F值分别达到了0.946和0.8965[3]；徐润华等则利用注疏开辟了《左传》分词的新方法[4]；梁社会等基于CRF并利用相关注疏文献对《孟子》进行了自动分词处理[5]；李斌等人对《左传》进行了分词与词性标注、命名实体信息标注等工作，对处理后的人物关系网、游历轨迹与距离等进行了量化统计与可视化呈现[6]。

仅就标注来说，留金腾等人以《淮南子》为范例基于CRF及特征扩增进行词汇的自动标注，统计了高频词及词语长度频率[7]；俞敬松等人结合BERT和

---

[1] 俞敬松、魏一、张永伟：《基于BERT的古文断句研究与应用》，《中文信息学报》2019年第11期。
[2] 程宁、李斌等：《基于BiLSTM-CRF的古汉语自动断句与词法分析一体化研究》，《中文信息学报》2020年第4期。
[3] 石民、李斌、陈小荷：《基于CRF的先秦汉语分词标注一体化研究》，《中文信息学报》2010年第2期。
[4] 徐润华、陈小荷：《一种利用注疏的〈左传〉分词新方法》，《中文信息学报》2012年第2期。
[5] 梁社会、陈小荷：《先秦文献〈孟子〉自动分词方法研究》，《南京师范大学文学院学报》2013年第3期。
[6] 李斌、王璐等：《数字人文视域下的古文献文本标注与可视化研究——以〈左传〉知识库为例》，《大学图书馆学报》2020年第5期。
[7] 留金腾、宋彦、夏飞：《上古汉语分词及词性标注语料库的构建——以〈淮南子〉为范例》，《中文信息学报》2013年第6期。

非参数贝叶斯模型对《左传》进行分析，F 值高达 0.974[1]。

为人熟知的古籍半自动化标注平台 Markus、台湾的 DocuSky、北师大古诗文断句等国内外平台也均支持古籍的分词和标注处理。若长期从事数字人文方向的工作，学者须建立自己独立的标引库，通过现有工具、编程等方式对自己领域内的特有资料进行消歧、词性等基础处理，形成相对精良的语料库。

3. 抽取与分析。 在对文本进行分类时需要剔除意义较小的词语，提高分类准确率和效率，故此需要对其中的特征词汇进行抽取。如段磊等人以《史记》为例，尝试利用 6 种不同的统计方法提取其中的双字词，对比各自的应用结果，为基于不同目的识别词语结构的任务提供参考[2]；王东波等基于支持向量机对《论语》等 9 种先秦诸子典籍进行文本自动分类，在特征词抽取上采用了基于 4 种不同统计量的方法，当特征空间维数采用 80 时，TF-IDF 的效果最佳，F 值高达 0.9921[3]。

主题模型、句法分析、语义分析等均是文本挖掘任务阶段的工作，在实际应用中往往可以对呈现的技术结果进行初步分析得出一定的文学性结论。如何琳等人以《左传》为例，探究古文特征词提取方法，运用 LDA 主题模型从整个社会及各个诸侯国两个维度出发对春秋时期的社会发展进行主题挖掘与演变分析，发现整个春秋社会主要围绕"诸侯会盟""礼仪、迷信""诸侯国关系""诸侯国战争""诸侯国的宫廷权力斗争""周礼治国"这六大主题发展，各大诸侯国的发展也均围绕着"诸侯会盟""战争""宫廷权力斗争"等主题，还发现了某些诸侯国特有的发展主题，例如郑国的"政治治理"等[4]。句法分析是文本分析的基础工作之一，主要是对文本中的句子结构进行抽取并分析。在古代散文的句法分析方面，蒋灵慧基于现代汉语语法对《史记·列传》进行分析并建立语料库，统计归纳话语结构的分布情况、探求影响因素，利用统计分

---

[1] 俞敬松、魏一等：《基于非参数贝叶斯模型和深度学习的古文分词研究》，《中文信息学报》2020 年第 6 期。

[2] 段磊、韩芳、宋继华：《古汉语双字词自动获取方法的比较与分析》，《中文信息学报》2012 年第 4 期。

[3] 王东波、何琳、黄水清：《基于支持向量机的先秦诸子典籍自动分类研究》，《图书情报工作》2017 年第 12 期。

[4] 何琳、乔粤、刘雪琪：《春秋时期社会发展的主题挖掘与演变分析——以〈左传〉为例》，《图书情报工作》2020 年第 7 期。

析结果将《史记·列传》话题语与说明语功能范畴化①。同样以《史记》为研究对象，刘忠宝等人基于 BERT 和 LSTM-CRF 模型抽取了其中的历史事件，并以《商君列传》为例展示了事理图谱可视化系统平台的构建过程，用一张图谱直观呈现出商鞅从被重用到身死的各机要事件之间或顺承、或因果、或并列等环扣关系②。

以上案例初步展现出古代散文与数字人文结合的文学成果，这些成果以结果呈现为主，多与现有结论相互呼应和印证，较少文学问题前置或文学结论输出。散文以其特有的宽泛性及模糊性，文体类别历来具备较大的不确定性及争议性，使用数字人文手段对大量同质性散文文本进行特征抽取，建立较为明确的分类标准不失为未来可以尝试的途径之一。

4. 相似度计算。基于文本相似度的测量对文本进行相似句子的检索，或自动发现相似文本的不同表达手法，在中国古代散文中有较为广泛的应用。如郭锐等在《基于自动对齐的相似古文句子检索》一文中分析展现了如何基于机器翻译构建大规模古今汉语平行语料库，并从中检索和输入句子相似度最高的源句子，最终在《国语》《战国策》的句对结果上 F 值分别达到了 0.9937 和 0.9816③。

与对古典小说作者归属进行判定不同，古代散文的文本风格度量目前的成果主要在于语言风格的揭示和分析。如李越在他的硕士论文中以《左传》和《史记》为语料，自行设计了一种结合改进编辑距离以及事件信息标注的算法，自动识别并分析二者的"同事异文（描述同样历史事件的不同文字）"现象，共返回 836 对同事异文句珠，并对二者的语言风格进行分析，发现《左传》大量运用省略手法，而《史记》常用复音词并常出现某一语义单元重复出现的情况④。

文本风格相似度计算在国内外数字人文领域均取得了较多可资借鉴的实

---

① 蒋灵慧：《〈史记·列传〉话语结构研究》，中国矿业大学硕士学位论文，2018 年。
② 刘忠宝、党建飞、张志剑：《〈史记〉历史事件自动抽取与事理图谱构建研究》，《图书情报工作》，2020 年第 11 期。
③ 郭锐、宋继华、廖敏：《基于自动句对齐的相似古文句子检索》，《中文信息学报》2008 年第 2 期。
④ 李越：《〈左传〉〈史记〉同事异文自动发现及分析》，南京师范大学硕士学位论文，2014 年。

质性成果，在古代散文方面，李越所做尝试已洵属不易，在方向上有创新性突破，未来在精良语料库打底的基础上，进一步对如《明实录》与《明史》的"同事异文"现象进行挖掘，必定嘉惠学林。

（二）作为可视化呈现的古代散文

1. 社会网络分析。社会网络分析（Social Network Analysis，SNA）视社会结构为网状结构，将社会生活进行概念化和抽象化，通过调查、统计、测算的方式并结合图论形式，呈现社会系统中各单位的特征与相互之间的关系，研究社会关系、社会结构的特征及其属性。在文学研究中引入社会网络分析，不仅可以对个体所处群体关系中的影响权重进行计量，还有助于联通个体及群体间的时间和空间网络，体现多维立体的关系结构，呈现历时性演变特征。

将人物关系以网络形式呈现出来在古代散文领域应用颇多，如许超等对《左传》中的人物、事件进行社会网络分析[1]；刘浏等为《春秋》研究提供了新的视角，以《春秋》三传中女性人物为研究对象，考察春秋时期各诸侯国的联姻关系网，分别对嫁、娶的强度和广度进行量化，分析各联姻关系网络的强弱及变化，从侧面佐证齐、宋、卫等国在当时的强盛以及各国政治格局的演变[2]；陈松以靖康元年（1126）为界，把91位作者划分成两个子集，通过模块度分析、核心—边缘结构分析子群情况，通过计算作者的中介中心度评估他们在不同子群上的联通作用，得出"长江上游与其他文宏区之间存在着结构性鸿沟""南宋与北宋的差异在于，在跨地区的思想交流中扮演着关键角色的作者群体在学术渊源和思想背景上大异其趣"等结论[3]。

书信作为古代散文中较为特殊的文类之一，是古人联系交流的重要纽带，信中包含大量人物关系，如果集中对某一时期的书信进行搜集整理，抽取其中的实体关系进行可视化映射，必然会对理清和加强书信作者的人际关系脉络助益良多。

---

[1] 许超、陈小荷：《〈左传〉中的春秋社会网络分析》，《南京师范大学文学院学报》2014年第1期。
[2] 刘浏、黄水清等：《〈春秋〉三传女性人物的人文计算研究》，《图书情报工作》2020年第23期。
[3] 陈松：《为学作记——从网络分析和文本分析视角看宋代地方官学碑记的作者与主题》，来自公众号"DH数字人文"，2021年4月23日。

2. **GIS 可视化**。历史地理信息系统（Historical Geographic Information System，HGIS）简单理解就是把文本数据化、把数据空间化。随着相关技术的逐步发展及跨学科意识的不断增强，历史地理信息可视化研究逐渐成为数字人文领域的重镇。

以文献和作者两大模块来看，国内学者较常通过对文献的时空投射和对作者的行迹研究，并结合其他现有数据及文本，呈现特定信息空间分布特征、厘清作者心态演变或文学倾向。前者如刘京臣以《入蜀记》《北行日记》等行录笔记为中心，对其中的数据进行挖掘，"将道里邅迹、郡邑更革以及疆域、建置、名胜、古迹、山川、江河、时事等数字化"，并与已经数字化了的文献进行关联互补，利用 GIS 和 VR 技术进行地图标注和场景再现①；再如范文洁等人从《左传》战争中抽取进攻方和防守方，挖掘春秋战争格局的变化，并依据战争关系对各诸侯国进行社群划分，逐一进行讨论，用 ArcGIS 映射在地图上并对具体战争进行动态展示②。后者如黄鹏程将文献与作者结合，对《列朝诗集小传》可考籍贯诗人进行数据分析及可视化呈现，发现了明代诗人"南方性"特征明显，分析了其背后影响因素并"由此阐释钱谦益在选录诗人中对吴中诗人的倾向及其诗学观念"③。

GIS 与人文结合，不仅止步于简单的空间映射，国内多位学者在空间人文领域开辟了新范式，将统计分析与 GIS 可视化相结合。天津大学何捷教授开设了"空间人文与数字人文课程"，所指导的多位学生对古典文献从空间视角进行挖掘分析，古代散文方面如赵宇同学利用《清实录》对乾隆活动的时空特征进行分析，具体如不同空间对应事件类型的频次占比等④。

3. **语义网络与知识图谱**。知识图谱（Knowledge Graph，KG）就是将人类知识结构化形成的知识系统，其中包含基本事实、通用规则和其他有关的

---

① 刘京臣：《大数据视阈中的文学地理学研究——以〈入蜀记〉〈北行日记〉等行录笔记为中心》，《文学评论》2017 年第 1 期。
② 范文洁：《基于社会网络分析的〈左传〉战争计量及可视化研究》，《图书情报工作》2020 年第 6 期。
③ 黄鹏程：《〈列朝诗集小传〉诗人地理分布的可视化呈现与阐释》，《图书馆论坛》2017 年第 5 期。
④ 源自 2020—2021 学年春季学期"空间人文与数字人文"（天津大学 S2068057）硕士选修课的 14 项结组大作业终期汇报（线上腾讯会议）。

结构化信息，可用于信息检索、推理决策等智能任务。知识图谱由语义网络（Semantic Network）发展而来，语义知识图谱用节点表示实体，用边表示实体之间的属性或关系，实体、实体的属性或关系、属性值构成了 RDF 三元组（Resource Description Framework Triple），三元组是知识图谱的基本单位，如"（李白，朋友，杜甫）"就是一个简单的三元组条目。以人文学科的应用为例，知识图谱可用于知识增强的文本理解、机器阅读、语义相似度计算、同义挖掘等自然语言理解与语义计算相关任务，以及可视化、语义检索、知识问答、智能推荐等更进一步的应用。

国内对古代散文文本进行语义挖掘和知识抽取并形成图谱或网络的形式，目前已有不少成果。有鲁仪等从文献计量学角度对建安七子学科研究的发展态势进行关键词共现分析，讨论建安七子与曹丕、《典论·论文》和建安文学的关系[1]；陈晓洁的硕士学位论文"在概念模式分析的基础上采用基于模式匹配的方式完成《左传》战争本体的构建，并基于本体的语义关系，进一步实现《左传》战争知识地图的可视化"，"着重分析了国家与国家之间的战争频率、外交关系以及少数民族与中原地区的融合与冲突"[2]；严顺基于先秦上古汉语语料库进行分词、标注、统计分析、词性训练等一系列工作后，以《左传》等文献为例作出高频词分布曲线，并通过 Pajek 软件构建古汉语词汇网络，发现古文献网络满足无标度网络（大部分节点只与少数节点连接）、遵循小世界网络（大部分节点彼此不相连却可通过少数几步到达）[3]。

值得一提的是，于纯良等人"创新提出一种面向稷下学研究数字人文计算的细粒度知识单元标引与挖掘方案，设计了一个能够满足稷下学研究的人文计算和一站式资料获取需求的语义计算框架"，该语义网络知识库支持知识检索与自动问答，如"荀子最后一次出任稷下学宫祭酒的时间？""哪些思想家的思想学说有相似之处？"等，不仅如此，用户可以自行对时间、学派、师承等进行自主调节，更加切合个性化的学术研究需求[4]。

---

[1] 鲁仪、宋耀、陶诗雨：《建安七子关键词及共现分析研究》，《安徽文学》2015 年第 6 期。
[2] 陈晓洁：《基于本体的〈左传〉战争知识地图构建研究》，南京农业大学硕士学位论文，2018 年。
[3] 严顺：《基于上古文献的词汇级语义知识挖掘研究》，南京农业大学硕士学位论文，2016 年。
[4] 于纯良、吴一平等：《数字人文视域下稷下学语义计算平台建设研究》，《图书馆建设》网络首发论文，2021 年 4 月 23 日。

可以说，知识图谱是数字人文可视化的增强版，从语义角度出发，综合了人物关系网络、文本关系网络、历史地理信息系统等多种形式，并融合智能问答或语义搜索、智能发现等功能，真正实现典籍文献内部知识体系的"智慧"和"互联"。不仅古代散文，整个古典文献领域的知识图谱构建尚需进一步摸索前行。

四、余论

利用数字人文方法对古代散文进行研究，还存在多种新的途径与可能。如**散文形态与呈现方式的革新**。从静态的纸本载体变为动态的数字载体，可谓"一图胜千言"，具体呈现方式有如上文所述的社会网络图谱、文本信息地图、语义知识图谱等，兹不赘述。具体到游记散文、都市散文等文体，可以采用文字加影像的虚拟现实模式呈现。虚拟场景技术渐趋成熟，较有代表性的如由ZOAN高质量3D打造的"虚拟赫尔辛基"（Virtual Helsinki）[①]，其逼真生动之处在于对城市"流动的复刻"，即真实时刻的复制，使用者不仅可以领略四季不同场景，还可以成为虚拟公民进行购物、培训、参加音乐会等活动。移植到古代都市散文或游记散文，可以把文本还原为不同朝代的历史情景，给读者更加身临其境且充满互动的体验。

再如**散文作者与流派群体的界定**。作家群像绘制在唐诗、宋词领域已有应用，古代散文流派众多，群体现象显著，作家关系（如亲属、同乡、同门、朋友等）值得深入探究。通过对作家文章的词频统计、文本相似度比对等，可直观展现乃至界定流派成员，辅助或更新现有结论。作家之间的关系通过软件呈现，甚或通过规则发现（机器自动学习旧规则发现新关系），也对了解作家交往助益良多。

在使用CiteSpace进行计量分析时，仍存在诸多不足之处：第一，在数据的采集上以体裁为主，虽已尽力囊括，但恐仍有小范围疏漏，亦恐导致具体文

---

① 参见 https://www.virtualhelsinki.fi/virtual-helsinki-chinese/。

体方面成果较多，从而使结果呈现有偏颇之处。第二，未将流派、作者等作为检索主题词，因考虑到作者及流派甚多，无论如何罗列都会因前置影响结论，深恐有违数据驱动原则。第三，在关键词聚类上，选用 LLR 算法提取聚类主题，在对聚类簇团具体分析时则采用了人工方式检阅重要节点的所有文献，难免挂一漏万。

尽管古代散文在数字人文领域的探索实践较晚，但如前所述，在与数字人文诸多方向的结合上已取得了较丰硕的成果。这些成果已从最初的文本标注等预处理工作有意识地朝着更加智慧化的学术应用转型，在文本处理的基础上进一步对探勘结果进行文学性解释和学术性分析，不断拓展古代散文研究的界域和路径。

书 评

理论创新与文献深研兼备的文体学专著
——读王润英《梓而有序：明代书序文研究》

刘　扬[*]

中国文学与书籍文化经历了一段漫长交错的历史。至明代，书籍出版活动日益繁荣，书序文空前丰富，贡献了一批文体史、文化史和文人心态史等诸方面研究的宝贵资料。但以往，探讨书序文一般涵盖于"序跋"或"序"的范畴，难以发掘书籍文化与书序文之密切关联，王润英博士新著《梓而有序：明代书序文研究》[①]从传统的"序跋""序"中厘出"书序文"概念，首次系统关注明代繁盛书籍文化中的书序文，自选题上即弥补了文体学研究的空白。

既往研究多基于文章学范式，本书则以书序文为引领，拓展出一种更开阔的文化视角，既有文献支撑又擅于理论发掘，研究思路清晰独到。具体而言，绪论简要梳理了书序文的发展历程及明代的特殊性，明确具体研究对象（即王世贞及周边文人群体之书序文）和理论方法。首章呈现书序文产生和繁孳的文化背景，能将王世贞及其周边文人群体置于16世纪宏阔的书籍文化活动中考量。第二、三章分别从书序文与书籍编著者及书籍类型之关系这两个角度讨论其书写实践。第四章则探索明代书序文的实际传播与接受情况，书末还附有王世贞等人小传。这其中，书序文被放置在16世纪明代书籍爆发式增长的文化视域下加以观照，文体自身特点及理论也相应兼顾。从书序文文本、文化事

---

[*]　刘扬，北京大学中国语言文学系古典文献专业博士研究生。
[①]　王润英：《梓而有序：明代书序文研究》，商务印书馆，2020年。本文所引该书内容，皆随文括注页码，不另出注。

件、文人精神世界、文化空间四个层次考察研究对象，逻辑缜密，读来有抽丝剥茧之感。

（一）议题与理论

在本书博征的数种理论工具中，以"主体间性"理论的成功引入最为亮眼。作者指出，"主体间性"意味着消解既往主客体之对立，而突显一种互为主体的关系，即主体与主体之间通过对话、交往、沟通、体验，进而达致谐融与共在。由于书序文关系到书籍编著者、书籍文本、读者等多重元素，最终呈现的是书序文作者与上述主体之间取得平衡、达成谐融的结果。将其归纳为"主体间性"下文本书写的突出代表，反映了作者清晰的理论意识。在此基础上剖析文献，自然容易切中肯綮。

以往研究通常将书序文简单划分成"自序""他序"两类，本书则根据主体关系疏近的差异，将"他序"进一步区分为"身份相交"与"身份相离"两种，如此各类书序特点更易把握。在自序中，由于旁观视角的缺席，书序作者常采用"自嘲""自谦""他者引入"等书写策略，以保证文体功能及编著意图的顺利实现。在他序中，书序作者则采取淡化熟识书籍编著者的身份，或佯装与编著者熟知的书写策略，拉近读者距离，引导其进入书籍正文。再如作者从不同的主体间关系出发，对书籍类型作细致的分类探析，从而归纳出了不同书籍类型与书序文文本生成间的关系。此类成功运用在本书中不一而足。

更为难得的是，本书理论引入清醒且克制。作者借鉴徐雁平对德国学者雷德侯《万物》中"构件"一词的阐发运用，归纳书序文作者有时将谈诗论文的程式化观点当作书序文"书写构件"的现象；以及使用热奈特的"副文本"理论，处理书序文在传播过程中导读、广告等文体效能，都颇有创见。但作者明确指出，理论的运用只是为了更加系统和合理地解释研究中遇到的具体问题和现象，借助理论不能自缚于理论，最终要舍筏登岸。全书始终牢扣明代书序文这一论题，每一重要结论均在梳理并分析丰富的文献后自然得出，而不是通过削足适履式的理论建构。

回到"主体间性"理论，凭借对话和沟通从而生发新的意义一点尤为发人深思，书中在此方面梳理了多条文献。作者注意到，在为慎蒙《宋诗选》作序的过程中，王世贞紧扣所序对象，诗文观点不断生发和展开，一方面讲因"惜格"而"抑宋"，一方面又表达"代不能废人，人不能废篇，篇不能废句"，最后提出了"用宋而不能为宋所用"的融通观，向读者介绍书籍编著者意图的同时又有个人观点的阐释和流露。又如王世贞在《邹黄州鹔鹴集序》中谈到"先有他人而后有我，是用于格也，非能用格者也"的观点，并首次明确提出"盖有真我而后有真诗"，表现出向晚明性灵文学的过渡。作者指出，这些新观点或在撰序过程中受到启发，或因思想碰撞而催生，书序文的书写应为王世贞等人文学观念生成的来源路径之一。这些方面表现出本书作者使用"主体间性"理论解读原始文献时的敏锐和精当。

  作者并未将书序文作为一般文章对待，而是从文体功能出发，始终牢牢抓住研究对象的特殊性。作者指出，书序文最基本的文体功能就是吸引读者进入书籍正文的阅读，具体而言，包括评论所序书籍以及书籍的编著者，提供相关信息和资料，展现作品潜在的精神，彰显所序书籍的价值，推扬书籍编著者，帮助书籍及其编著者传之不朽等。作者具有明确的问题意识，从书序文的文体功能这一关键点出发，不断捕捉并把握书序文的文体特征和文体学现象。如书序文本质上是一种实用文体，具有极强的交际功能，明代书序文需在复杂的主体关系中辗转腾挪。书序文基于某部书籍而产生的文体特征，决定了其与书籍生产息息相关，不同书籍首先对于序文写作提出要求。再如书序文独特的文体属性，使其在面向读者时具有依附于所序书籍或完全独立两种截然不同的文本状态等。

  我们知道，书序文解读中最大的困难，在于把握序作者书写背后的复杂语境。书序文与所序书籍、书籍编著者、读者等主体之间的关系场域，在明代变得愈发复杂微妙，如何找出书序作者想要表达的真实意图，本书对此关键问题并未回避。作者始终以书序文的文体功能为中心议题，将目光锁定在多重复杂的主体关系间，通过对书序作者辗转腾挪的书写策略的解剖，揭示书序文字背后复杂的考虑因素，探讨明代书序义义体的发展与新变。将书序义的讨论放在明代书籍爆发式增长的大背景下，将书写策略置于复杂的文化生态环境中考察，从而展现书序文内容、结构、功能等方面的发展状态，这显示出《梓而有序：明代书序文研究》一书作者良好的文体学素养和不限于文体学的宏阔视野。

如前所述，本书扣住书序文的文体功能与特征，成功地归纳了书序文作者不同的书写策略。如自序作者通过自谦、自嘲，化被动为主动，缓解读者可能的心理落差，达到以退为进之效果，勾起阅读愿望。他序作者刻意淡化自身的熟识者身份，站在读者的立场去思考、言说，"欲擒故纵"以取信于读者，从而顺利地引导读者进入书籍正文。再如书序文作者时而故作态度谨严客观的文字，是为了消除读者的疑虑，迂回曲折、不露痕迹地达到广告宣传目的等。

此书还敏锐地处理了书序文与其他文体交叉的现象，使书序文文体的发展脉络清晰呈现。作者将眼光始终盯紧书序文的边界，而一种文体和其他文体间边界的弹性变化，正是某类文体自身发展最直观的表达。事实上，书序文用于介绍书籍编著者其人其事时，表现出类似史传的写法；当书序文作者更倾向于评论诗文集内容时，诗文集序即可充当诗文评；学术类书籍的书序，或谈论相关学术问题，或梳理以往的学术史，实际上具备了论学文的性质。通过对书序文与其他文体交叉处的把握，本书将书序文文体内容扩充、功能丰富的变化轨迹清晰地描述出来，读来令人会心。

（二）文化与文体

书序文，理应从"书"讲起。所序对象是与文人密切相关的书籍，意味着书序文同书籍文化、文人活动、文人的精神世界以及当时的文化生态密切相关。《梓而有序：明代书序文研究》以明代书籍种类和数量的爆发式增长为起点，将书序文的文体生成问题，通过书写策略的分析，转化为对书序文作者创作逻辑的考察。通过牢牢抓住书序文作者这一关键点，本书的研究一方面回到文体，解释文体的发展变化；一方面扩展到文化环境中，把握士大夫的精神世界和文化习染，外延和内涵两翼并进，使得全书的逻辑展开清晰而富有层次。

"事实上，无论序跋还是本书的考察对象书序文，其生成和发展演变都牵涉复杂的文化生态，因此只有从文化史的视角来探讨相关现象和问题时，才能真正论及根本。可以说，文体研究若失却伴随其生长的文化视角，则无异于隔靴搔痒。"（第9页）全书文体研究与文化研究并行，作者对书序文的讨论，始终建立在"正德以后明代书籍尤其是印本书籍出现爆发式增长"这一文化现象下，建立在书籍文化活动繁荣的背景下。这样一来，书序文的各种文体属性和文化功能的激发、开拓,从书序文的书写到传播的完整过程,就得以充分而周详地考察,呈现出立体、动态的研究理路与科学方法。

例如首章《16世纪的书籍文化活动与书序文》,作者一方面在前人研究基础上,从政治、经济、教育、科技、交通等多方面,梳理了明代有利于印本书籍出版的诸因素,指出"在多重有利因素的合力之下,16世纪的明代书籍从生产到流通的各个环节,已经形成了活跃而稳定的运转和发展系统"(第27、28页)。另一方面挖掘出数条16世纪关键节点上的书序材料,纵深地考察书籍史。如明嘉靖二十九年(1550)唐顺之致信王慎中(《答王遵岩》),力陈社会上书籍泛滥成灾之弊,申明他不愿刻集的决心,说明最晚此年明代社会的书籍刊印已经呈现出一种前所未有的繁盛态势。又如"在16世纪行将划过的万历二十八年(1600年)"(第243页),张凤翼在《新刻合并西厢记序》中对《西厢记》的盛赞和维护,回应了小说、戏曲类书籍蓬勃发展的形势。可见,认识到明代书序文的发展变化与印本书籍的种类、数量的丰富直接相关是关键,将其后各章对书序文的探讨置于更立体、更深广的文化视野下,这一做法无疑具备启发性。

本书捕捉到书籍增长背景下书序文发展的一些重要文献现象。作者梳理发现,此前书序、赠序之属只能算是文体的二级分类,包含在"序"类之下;以正德为拐点,王世贞及其周边文人群体中部分作家在文集中已经将书序文区别出来,由此前的"杂入"变为"单列",并在数量上开始超过赠序、寿序。其中,李维桢《大泌山房集》和梅鼎祚《鹿裘石室集》不仅将书序文区别出来,而且将书序从二级分类中提格,与表、记、论、书启、墓志诸体平行;《大泌山房集》又将学术类书籍序和其他类型书序置于不同卷内。书序文在《明文海》收录的28类文体中占有绝对的数量优势,许多书序文在题目中就直接显示出是为配合书籍刊行所作等。作者对上述现象的概述,有文献发掘考辨之功。

书中对不少文化事件的深析相当精彩。如作者分析汪道昆《方于鲁墨谱引》一例时,将此序与《方氏墨谱》中方字的言论、彭好古《墨苑序》及詹景凤《具雅》相关记载对读,以还原出整个出版事件的脉络:汪氏书序吸引了众多读者目光,遂使《方氏墨谱》风行,不久便引来他人翻刻,方氏墨从此更是名声大噪,后来方于鲁在墨中掺假而受人指摘,受骗者因为相信了汪道昆书序文的宣传，转而批判汪道昆的人品。整个案例从正反两方面，说明了书序文在明代书籍文化中具有强大的影响力。作者不仅考察书序文的书写层面，还将目光投向书序文的流通环节，像这样的案例通考书籍编著者、书序文作者、出版者、普通读者的不同反应，收到了很好的立体研究效果。又如书中例举李时珍《本草纲目》长期不能出版，直到王世贞为作序后，南京书商胡承龙才决定集资刊刻，也很能说明书序文在书籍流通中的广告效能。

书籍文化既成为明代文化建构中的基本构成要素，与书籍密切相关，基于书籍而产生的书序文在明代的书写和传播生态遂变得复杂而生动。本书在此视野下对书序文作立体研究是恰当的，这种多维研究的意识还体现在"以文见人"的进一步引申上。

文人在各个环节的积极参与，有力带动了书籍文化活动不息运转的轮轴。正因为深切地认识到这一点，作者讨论的虽然是明代书序文，却并未囿于文本，而是深入发掘材料，洞察文人心理。如第四章分析汪道昆《姜太史文集序》时指出，序中以"智矣、圆矣"微讽唐顺之晚年周旋于严嵩、徐阶等权臣间不能洁身自好，以"青出于蓝"反衬弟子姜宝之道德高尚。姜宝收到后以为不妥，在复信《与汪南明》中云："用毗陵相形，道及出处，与弟生平相较量，则惕然不敢自安，不觉芒刺之在背也……青出于蓝而胜于蓝，此世俗人所谓弟子贤于师者，以之论文犹可，以之论其人并及其出处之大凡，恐不可……以师短形己长，其何敢？"两则材料对比，书序文作者和书籍作者不同的心理考量一目了然。汪道昆后将此序收入《太函集》中并未修改，姜宝亦只好请王世贞另撰《姜凤阿先生集序》。这样，事件的前因后果交代清晰，文人复杂的性格、心理亦一一展现。又如以沈明臣《由拳集序》塑造的屠隆深藏不露、谦谦君子形象，与屠隆在《婆罗馆清言自序》中呈现的"饶舌"之病及禀性难移、一有所著辄欲刊行的形象对比，证实沈明臣对至交好友的维护心理，同样表现出作者的洞察力。盖书序文作者与书籍编著者亲疏不同、地位有别，各种相交关系同中有异，面对书序文中基于人际的心理变化，作者往往体察入微。

（三）论证与反思

《梓而有序：明代书序文研究》一书论证细腻、缜密，尤以反向论证和对比论证见长。反向论证例如，以强烈谴责请人作序的海瑞《淳安稿引》，证明即使在海瑞这样道德追求极端严格的士大夫心中，书序文俨然已是书籍刊印时的必需品。将书序文对诗文集内容直接针砭的部分，用作"书序文作者偏向诗文集类书籍这个主体最有力的证明"（第156页）。通过"缙绅至疑司马为人"（詹景凤《具雅》）的负面记载，证明汪道昆序在普通读者间产生的强大广告宣传效能。对比论证例如，李维桢为蔡伯华《五经翼》作序时，刻意记述了两人不同的学术观点，在书写上态度丝毫没有取悦、迎合对方的意思，与《明史》对李维桢"乐易阔达"的评价形成鲜明对比，这很好地说明了为学术类书籍撰作序文确有其特殊性。

作者善于捕捉材料细节。例如书中分析《西陵董媛少玉诗序》时指出，序中所用几组周弘禴和董少玉夫妻间比较私密的对话，原非外人可知，王世贞刻意回避信息来源，采用全知全能的叙事视角，是为了营造出更加真实的现场感，带领读者走近作者董少玉。又书中多处以书序署名充任有力论据，如以《世说新语补序》署"琅琊王世贞撰"，论证王世贞正面为小说论辩争取地位的立场；以汪道昆为《水浒传》作序署"天都外臣"，佐证为小说作序时，作者尽管地位显赫仍有诸多顾忌。书中以皇甫汸为其兄作《皇甫少玄外集序》不直接标明自己和书籍编著者之间的兄弟关系，仅题"百泉山人皇甫汸子循撰"，说明"亲缘而友"的关系下，书序作者委婉曲折的避嫌策略；并指出这种做法较之于皇甫濂《皇甫少玄集序》署"季弟理山濂谨书"更加用心。这些表现了作者对材料的准确把握和灵活运用。

当然，书中个别材料也有待进一步考辨与斟酌。例如，本书时间考察范围在16世纪，而复古派中部分作者实际生活到了万历二十八年以后，文中偶尔使用到17世纪的资料时似可加以说明。首章用曹学佺编刻《蜀中著作记》论证"16世纪在大量藏书的基础上，书籍目录被编为一部书籍单独刊行"的现象（第32页），然曹学佺在万历三十七年（1609）方任四川右参政[①]，编刊《蜀中广记》自是此后之事。类似的，书中用《青箱余序》佐证16世纪书序文的广

[①] 曹孟善：《明殉节荣禄大夫太子太保礼部尚书雁泽先府君行述》，苏晓君、俞冰主编：《稀见明史史籍辑存》（第十一册），线装书局，2003年，第8页。

告作用，认为该序是李维桢所撰（第39页），事实上在《大泌山房集》卷一四外，此序又见于万历四十五年（1617）刻本《新刻王氏青箱余》卷首，落款署汤显祖[1]，则文献的时间、作者均需考辨。

书中有个别无心之失，少量讹字如首章"中极殿大学士"，"极"讹作"积"（第68页）；第三章"故知词曲游艺之末途，非不朽之前着也"，"前着"当作"前箸"[2]（第218页）；又书中祁承"㸁"皆作"爔"。亦有讹字造成句读之误，如"客有斋示余甚旨之第，惜其时代、名氏往往纰误"（第76页），"斋"为"赍"之讹，应断作"客有赍示，余甚旨之，第惜其时代"。个别卷数出处标错，如王世贞《俞仲蔚先生集序》注作"《四部稿》卷六四"，实出自《弇州山人四部续稿》卷四四，《四部稿》所录者为《俞仲蔚集序》（第304页）。

个别序文因人称变换，对象或有误。如第二章认为汪道昆《南赣府奏议序》，"谈到王守仁自正德十二年在南赣作巡抚时直言上疏……序文后半部分表现出的对王守仁慷慨感奋之气的理解和感佩"（第135页），实则承上文"余尝侍尧山吴公"，奏议作者应是吴百朋而非王守仁，序名当作《南赣督府奏议序》，所序内容是嘉靖间事。又或因全书篇幅较长，个别书序前后释读有差异。如汪道昆《信州稿序》结尾"信乎余之未睹信州也"，第二章释为"始信汪道昆从未见过江信州"（第142页），第四章释为"听信了江信州所言，汪道昆不禁感叹自己对江信州的认识还是太过肤浅"（第320页）。相比较而言，从文义出发还是后一种解读更准确。据康熙《广信府志》卷七、康熙《徽州府志》卷一，知"江信州"为江珍，与汪道昆同为歙县（今属安徽）人，嘉靖二十三年（1544）比汪氏早一科中进士。

当然，由于作者引述十分丰富，材料上的个别疏失难免，实是瑕不掩瑜。重要的是，本书针对王世贞及其周边文人群体书序文所作的具体而微的分析，帮助我们重新认识和定位了书序文这一文体的面貌，提示研究者使用书序文时需要注意诸多问题。比如明人对书序文的需求已经发生了从最初的功能性到文化心理需求的质的转变，此时书序文何以定位便需仔细辨认。再如书中

---

[1] 王重民：《中国善本书提要》，上海古籍出版社，1983年，第341页；又见徐朔方笺校：《汤显祖集全编》，上海古籍出版社，2016年，第2225页。

[2] 按：亦有学者引作"前著"，实为"前箸"，典出张良"借箸销印"事。

指出诗文集序中谈诗论文的程式化观点，更像是书序文作者使用的不传达具体信息的书写构件，这启发我们在使用书序文材料时要更严谨，考虑其实际内涵。关于如何看待书序文中的具体观点，书中例举王世贞《邹黄州鶋鶋集序》、屠隆《玉茗堂文集序》两篇序文一定程度上被误读的情况，说明在理解序作者于书序文中发表的不同往常甚至完全相左的言论时，应考虑到文体对于书序文作者观点表达的牵制。考虑并认识到书写的复杂性，成为文献论证的指归和真正价值。

  总的来说，《梓而有序：明代书序文研究》一书以书籍爆发式增长为原点，在此背景下剖入书序作者、编著者、读者、书籍类型及文本本身复杂的"主体间关系"，别于以往的文体研究，作者从文体功能出发，把握书写策略，揭示各类复杂细腻的人情关系，让读者能清晰地感受到书序文作者经过调整、打磨、遮蔽的语言背后复杂的心态动机。作为时代文化和文人心理的文本载体，书序文作为一类独立文体的自我完足之价值和意义，也就不言自明。本书立足于丰富的文献材料，梳理出明代书序文从书写到传播的具体过程，挖掘其深层次的文体和文化意涵，在广阔的文化视域中，呈现出立体而多维的研究特点。尤其在文体研究渐趋模式化的现状下，本书能够取得突破，是一部难得的理论创新和文献深研兼美的佳作。

《斯文》稿约

一、本刊主要以中国古代散文为研究对象，因中国古代"文"之概念至广至大，故举凡与"文"相关之论题，除专研诗词、小说、戏曲者外，均可赐稿。

二、本刊实行双向匿名审稿制，审稿期为三个月，审稿期内论文请勿投他处。

三、本刊择文，唯质是取，不论作者出身，不限文章篇幅。来稿一经刊出，即赠样刊二册，并致薄酬（含著作权使用费）。

四、为便于作者投稿，本刊欢迎以电子文本投稿，本刊唯一指定投稿邮箱：siwen@bnu.edu.cn。

五、稿件内容包括题目、署名、摘要（300字以内）、关键词（5个以内）、正文、注释，项目、基金资助论文请在首页以注释形式标注，说明项目名称、编号。文末请赐示个人简明信息（姓名、性别、出生年、供职机构、职称、学术职务、邮政编码、通讯地址、移动电话、电子邮箱等）。

六、请核实引文，规范注释，格式要统一。注释采用脚注、圈码（每页重新编号）的方式，每页重新编号。正文内所引用的书籍，请统一书名、出版社、出版年份、页码等格式；所引用的文献请统一文章名、期刊名、年份期数等格式；古籍类文献则请注明篇名、所引古籍、卷数等信息。具体格式如下（请注意缩进格式）：

①梁启超：《中国近三百年学术史》，商务印书馆，2011年，第171页。

②〔英〕阿伦·布洛克著，董乐山译：《西方人文主义传统》，生活·读书·新知三联书店，1997年，第15页。

③任继愈：《论儒教的形成》，《中国社会科学》1980年第1期。

④朱汉国：《民国时期社会结构的变动》，《光明日报》1997年6月17日，第4版。

⑤管志道：《答屠仪部赤水丈书》，《续问辨牍》卷二，《四库全书存目丛书》，齐鲁书社，1997年，第88册，第73页。

⑥ Randolph Starn and Loren Partridge, The Arts of Power: Three Halls of State in Italy, 1300-1600, Berkeley: California University Press, 1992, pp.19-28.

⑦ Heath B. Chamberlain,"On the Search for Civil Society in China", Modern China, vol.19, no.2 (April 1993), pp.199-215.

七、本刊每年出版两期，第一期截稿日期为4月30日；第二期截稿日期为10月31日。

通信地址：北京市海淀区新街口外大街19号北京师范大学文学院

《斯文》编辑部，邮编：100875